細說紅樓夢

【中冊】

白先勇

目錄

【第四十一回】櫳翠庵茶品梅花雪　怡紅院劫遇母蝗蟲

這一回，庚辰本的回目是「櫳翠庵茶品梅花雪，怡紅院劫遇母蝗蟲」。黛玉笑劉姥姥大吃大喝，把她比做母蝗蟲，雖然比得有幾分像，但是拿它做回目不宜，而且櫳翠庵茶品梅花雪，也很含糊，沒有一個主題。程乙本的回目是「賈寶玉品茶櫳翠庵，劉姥姥醉臥怡紅院」，這兩個對得好，而且賈寶玉品茶，裏邊有滿多玄機的。

上回不是講了行酒令嘛！行過了，要喝酒了，賈母和探春、迎春她們當然用很精緻的瓷杯，劉姥姥笑道，自己手腳粗笨，怕失手打了瓷杯。最好有木頭杯，掉地下也不怕。她這麼一講，鳳姐就說了，我們有個套杯，十個竹根做的套杯，拿來好了。劉姥姥說，我們在鄉下都拿木碗來喝的。鴛鴦講我們也有木頭做的，十個大套杯拿來，灌她幾下。劉姥姥一看，那一個杯子像盆子那麼大，嚇壞了，怎麼喝得完？拿了來，你就要喝完啊！鳳姐講她。賈母說，不要灌她了，有年紀的人禁不起。劉姥姥討饒，喝了一大杯，把賈母逗得很開心。她們把她當做女清客，當時富貴人家，總養了一些清客來娛樂這些主人的。譬如賈政就有幾個男清客，像冷子興他們，常在旁邊湊趣、逢迎。那些清客大概都是念過書卻中不了舉的人，就依靠這些權貴，以逢迎為事。賈母當然喜歡劉姥姥，哪裏來的這麼個鄉下老太太，而且懂得湊趣、那麼好玩的一個人，當然對她很好。賈母本來憐老恤貧，她對劉姥姥禮遇，把自己的私房好菜拿給她嘗嘗，叫鳳姐夾了一些茄鮝。六三二頁：鳳姐說，你來吃吃，我們的茄子你看什麼味道。劉姥姥吃兩口，說這哪是茄子？你教教我怎麼做的。鳳姐兒笑道：「這也不難。你把才下來的茄子把皮刨了，只要淨肉，切成碎釘子，用雞油炸了，再用雞脯子肉並香菌、新筍、蘑菇、五香腐干、各色乾果子，俱切成釘子，用雞湯煨乾，將香油一收，外加糟油一拌，盛在瓷罐子裏封嚴，要吃時拿出來，用炒的雞瓜一拌就是了。」劉姥姥一聽，我的佛祖！這要十幾隻雞來配它，難怪那個茄子都沒有茄子味，完全不像茄子了。這就是過分精緻化，一個文化過分精緻，可能變得越來越脆弱，以現在科學的眼光，吃太過精緻的東西是不健康的，劉姥姥帶來的蔬食野菜反而是健康的。可劉姥姥在裏邊，看什麼都是新鮮的，我們也跟著通通變成劉姥姥，看大觀園裏吃的、喝的、用的，酒杯也不一樣，酒也不一樣，什麼都是最精緻的。劉姥姥吃飽喝足，樂的手舞足蹈起來。

六三四頁，黛玉有時候講起話來會傷人，但她自己不覺得，看劉姥姥的樣子，黛玉說：「當日聖樂一奏，百獸率舞，如今才一牛耳。」《樂經》裏面講，聖樂一奏，百獸起舞。其實劉姥姥，寶玉懂她的，所以寶玉後來到妙玉那裏喝茶的時候，他對於劉姥姥，不光同情她是一個鄉下老太太，可能很直覺地覺得她不是一個凡人。

吃完了飯，還要吃點心，盒子裏邊一樣是藕粉桂糖糕，這沒什麼稀奇，一樣是松穰鵝油捲，它裏面是蟹肉餡，難怪賈母說，太膩了！overrich，他們吃的東西精緻得太過分了。然後呢，一夥人移駕到櫳翠庵，櫳翠庵是賈府在大觀園裏起的一個廟，給妙玉在此修行。妙玉是《紅樓夢》裏一個很有意思的人物，我再慢慢講，先看他們去到櫳翠庵。櫳翠庵花木修剪得很好，非常雅淨，賈母進來了，妙玉就給老太太奉茶。妙玉用了一個海棠花式雕漆填金雲龍獻壽的小茶盤，放了一個成窯五彩小蓋鍾。成窯，明成化年間官窯燒製的一種瓷器，很有名的，妙玉用這個茶盤捧給賈母。賈母道：「我不吃六安茶。」妙玉笑說：「知道。這是老君眉。」妙玉都弄些最特別的東西，喝的茶也不一樣。她原本也不是一個普通的尼姑，出身官家小姐，大概家裏迷信說她的八字太硬，怕她活不長，要先出家修行，來到櫳翠庵。她的出身行事都跟一般尼姑不一樣，後來的命運很奇特。不過妙玉是個雅尼姑，他喝個茶諸多講究，水呢，是去年蠲的雨水，存起來，不是普通的水，這樣煮的茶才香。賈母喝了半盞，遞給劉姥姥說，你嘗嘗這個茶。劉姥姥喝了一口說：「好是好，就是淡些，再熬濃些更好了。」她不懂得品這個，賈母和眾人都笑起來了。妙玉給眾人的茶也都是一色官窯脫胎填白蓋碗。

這是妙玉第一次出現，也沒有給她多加筆墨，可是一下子好像就出手非凡。奉了茶之後，她把寶釵、黛玉的衣襟一拉，請兩個人進去了。在這些人裏面，她獨鍾寶釵跟黛玉，比較雅，合她的意。她的耳房內是禪修的地方，寶釵坐在榻上，黛玉坐在妙玉的蒲團上面，妙玉自己在風爐上扇滾了水，另泡了壺茶。寶玉悄悄地跑進來了，他說，偏偏你們吃體己茶。庚辰本的「體己」那個體字用「梯」，我很不習慣，應該是身體的體，體己就是你們喝私茶，把我撇到外面去。「妙玉剛要去取杯，只見道婆收了上面的茶盞來，妙玉忙命：『將那成窯的茶杯別收了，擱在外頭去罷。』」這個雅尼姑！那成窯本身是滿珍貴的杯子，因為劉姥姥碰過，就不准拿進來。妙玉把世俗一切的生命排出去。寶玉其實是滿能體貼人意的一個人，他知道劉姥姥用的杯子妙玉嫌髒，連一點俗世東西她都不能夠忍耐。若以雅俗的光譜來說，林黛玉大概十分裏邊有九分半偏雅了，可還有一個妙玉更怪、更孤高。「又見妙玉另拿出兩只杯來。一個旁邊有一耳，杯上鐫著『𤓰瓟斝』三個隸字」。這是個古玩意，像個葫蘆形的酒杯。像葫蘆有兩種說法，一種說法是一個葫蘆把它括著不讓它長大，鑲製成一個酒杯。另有一種就是製成像葫蘆形的酒杯。斝，從前古老時候就有這種樣子的酒杯了。杯上「三個隸字，後有一行小真字是『晉王愷珍玩』。」你看，都是那種收藏家的東西 collector's item。王愷是晉朝很有名的富人，他收藏的東西，而且還讓蘇東坡鑑賞過的。這麼一個古董杯子拿出來，給寶釵用。另外一個形似缽，小一點，也有三個垂珠篆字：「點犀盉」，很特別的一種篆體，等於牛角這類東西做的一個杯子，也是古玩，給黛玉用。給寶玉用的杯子是什麼？「前番自己常日吃茶的那只綠玉斗來斟與寶玉。」劉姥姥碰了一下的杯子就丟掉，妙玉居然把自己的杯子讓寶玉來用，可見得這兩個人是不尋常的緣分。很多人都認為，妙玉這個尼姑自視清高，其實不規矩，內心對寶玉有一種特別的情愫。我的看法不是這樣，如果照這麼講，曹雪芹寫妙玉好像尼姑思春，把她寫低了，寫俗了。不錯，妙玉對寶玉是非常特別，櫳翠庵有非常漂亮的梅花，到了冬天的時候梅花盛開，別人不能碰的。想要到妙玉那邊去拿幾枝梅花來，姑娘丫頭都不敢去，派了寶玉去，果然拿到了幾枝。她跟寶玉之間，有很多若有似無的情，應該是一種很特殊的緣分。

妙玉她會扶乩，能夠測算人家的命運，偏偏自己的命運看不見。妙玉對於寶玉，有一種特別的看法，她可能知道寶玉有一天會修成正果，是真正能夠解脫、能夠成佛的一個人，這也是妙玉念茲在茲想要成的境界。她年輕就出家修行，最後還是失敗了。佛門很廣，說起來每個人都能進去；佛門也很窄，不是都能夠修成正果的。妙玉刻意地修，最後還是沒有修到那個程度，她對寶玉特別，知道真正能夠達到成佛境界的是這個人。這兩個「玉」字，很有一種反諷性的佛緣。我覺得妙玉知道她自己業重，所以格外努力，她拿自己平常喝茶的綠玉杯讓寶玉喝茶，並不是普通一般男女之間的情分，是一種命運上滿神祕的關係。玉字不是隨便用的！

我們回頭看第五回那些命運的曲子，講妙玉的那首〔世難容〕：**氣質美如蘭，才華阜比仙**。說她的氣質很美，如蘭花般優雅，她也很有才，作的聯句、詩句不亞於寶釵、黛玉。**天生成孤癖人皆罕**。她非常孤僻，任何世俗的羈絆，都想把它砍掉，但著相了，特別執著的時候，反而更達不到。**你道是啖肉食腥膻，視綺羅俗厭；卻不知太高人愈妒，過潔世同嫌**。自己太孤高，進不了那個佛門的，佛家不是這樣子的。**可嘆這，青燈古殿人將老；辜負了，紅粉朱樓春色闌。到頭來，依舊是風塵骯髒違心願，好一似，無瑕白玉遭泥陷；**妙玉最後的下場不好，賈府衰敗了，外面的強盜進來行搶，把妙玉搶走了，下場可想而知。**又何須，王孫公子嘆無緣**。這整個就是在講妙玉的命運，俗世出世皆難容。

妙玉

寶玉生日的時候，妙玉寫了一個賀箋給他，這也是很特別的。以妙玉的為人孤僻，對寶玉生日特別寫一個箋，落款自稱「檻外人」，意思是自己跳出了塵世的鐵檻。寶玉一看到這麼奇怪的賀箋，發箋者稱「檻外人」，他回箋稱自己什麼呢？他剛好遇見邢岫烟，是薛姨媽那邊的一個窮親戚，從小跟妙玉是鄰居，妙玉教她讀書的，所以她對妙玉很了解。岫烟對寶玉說，妙玉認為從漢晉唐宋以來，好詩只有一句：「縱有千年鐵門檻，終須一個土饅頭」，重重鐵檻鎖住，最後呢，誰也逃不了這個土饅頭。妙玉自認為已經跨出了那個鐵門檻，所以她是檻外人。寶玉一聽，這樣子啊！邢岫烟就教他，她叫檻外人，你就回她一個檻內人，你還沒出檻，她就高興了。非常諷刺，最後倒過來了。寶玉他是真正的檻外人，一腳踏出了那個千年鐵門檻，踏出了滾滾紅塵的這個世間，妙玉踏不出去，還是進了千年鐵門檻裏頭，變成檻內人。

《紅樓夢》一些看起來非常世俗的 episode 情節，其實跟它的大主題，中國儒釋道的三種哲學息息相關。妙玉不僅是一個脾氣怪的尼姑，在佛法的修行上，她跟寶玉是對照。寶玉是容眾的，對劉姥姥這樣的鄉下老太婆，他也容，這回接下來就是劉姥姥誤闖到怡紅院，躺在寶玉的床上，酒屁臭氣，薰得他一屋子，寶玉也無所謂。終究要成佛的一個人，不會像妙玉，潔癖到著了相，反而修行不成。寶玉和妙玉的一段對話寫得很有意思，六三六頁：寶玉笑道：「常言『世法平等』，他兩個就用那樣古玩奇珍，我就是個俗器了。」妙玉道：「這是俗器？不是我說狂話，只怕你家裏未必找的出這麼一個俗器來呢。」多麼狂妄的口氣。你說俗器，我這個俗器可是與眾不同的。寶玉會講話，笑道：

「俗說『隨鄉入鄉』，到了你這裏，自然把那金玉珠寶一概貶為俗器了。」妙玉聽如此說，十分歡喜。又找了好大的一套茶杯出來，說就剩了這一個，你要嗎？寶玉說可。妙玉又說你沒有聽過一杯為品，二杯即是解渴的蠢物，三杯便是牛飲了嗎？喝茶也要有規矩。喝了以後，妙玉還要講：你來了我是不給你喝的，你託她們兩個人的福。寶玉說：我知道，我也是謝她們兩個，不謝你了。接著黛玉問：這是不是舊年的雨水？妙玉冷笑道：「你這麼個人，竟是大俗人，你黛玉這麼一個人也不識貨，也俗了。連水也嘗不出來。這是五年前我在玄墓蟠香寺住著，妙玉本來在蟠香寺修行的，收的梅花上的雪，共得了那一鬼臉青的花甕一甕，總捨不得吃。瞧瞧多麼講究，梅花上的雪，有梅花的清香的。那個甕呢，鬼臉青。曹雪芹怎麼想得出這個顏色，畫裏邊那個鬼臉的青顏色。整個《紅樓夢》是五色繽紛各種顏色都有，鬼臉青也是一個。埋在地下，今年夏天才開了。」你看看，喝杯茶要這麼講究。

寶玉真是心存忠厚的一個人，他跟妙玉說：那個茶杯雖然髒了，丟掉可惜，依我講，給那個貧婆子吧，她賣了可以度日。那是個成化瓷，明朝的古董，賣出去可是值錢的。妙玉說：也可以，你拿去。還好那杯子我沒喝過，我要是喝過那個杯子，我砸碎了也不給她。這個尼姑，可了不得！她說：拿去，快點給她去！寶玉說：你不要拿給她，我替你拿去。這樣子吧，我去叫幾個小么兒來把這裏都清洗一下吧。妙玉嫌髒，外人都進來過，劉姥姥也進來過了，趕緊洗乾淨。她說：你叫那些小么兒，水放在山下，可不能進來。這麼一個人，修行真是難，一點點世俗的東西，她都不能容，通通要排到外面去。

看完妙玉奉茶這一段，我想《紅樓夢》塑造人物真是厲害，妙玉這麼一個脾氣古怪的尼姑，要修行，怎麼寫她？果然她的第一次出場讓你永遠不會忘記。她跟劉姥姥之間這種對比，她跟寶玉之間的關係，在這一場喝茶裏頭，通通寫出來了。大家看《紅樓夢》的時候，不要放過細節。吃一道茄子，有這麼多的名堂，因為茄子的背後，有它整個的意義在裏頭。妙玉的奉茶也是如此，要仔細看，要仔細再思索一下，他為什麼在這個時候寫這個，那些細節，看看都很有味道。比如曹雪芹沒有怎麼描寫妙玉的外表，但她鮮明的個性完全突顯，連這麼會講話的林黛玉，在她面前也閉了嘴巴，也不敢還嘴了。妙玉的確是個非凡的角色，寫她也不過一兩個 page，所以寫的好不用篇幅多。

再往下看「劉姥姥醉臥怡紅院」。劉姥姥酒足飯飽，差不多喝醉了。他們領著繼續逛，到了「省親別墅」牌坊底下，看到大牌坊就下跪，人家問她，她說那是「玉皇寶殿」四個字啊，的確對她來講是個仙境。旁邊的人正取笑她，她的肚子咕嚕咕嚕響了，因為酒喝多了，油膩的東西吃多了，急得當場就要方便起來。當然快快拉走她，讓她自己到茅房去。上了茅房出來，劉姥姥頭暈腦脹，不辨方向，在大觀園裏繞來繞去迷路了，一下子闖進怡紅院裏。

大家想一想，之前講了好多次怡紅院，但從來沒有看到曹雪芹仔細描寫，現在劉姥姥進大觀園了，才把怡紅院——一個貴公子的房間，好好地像精雕細琢工筆畫一樣描畫出來。劉姥姥這輩子哪見過這麼華麗細緻的房子，進去以後很好玩。那個時候已經有鏡子了，不是銅鏡，是穿衣鏡。曹雪芹家裏就有很多外國進貢的東西，清朝跟西洋通商了，很多外國玩意兒都進來了，《紅樓夢》裏也寫了不少。像自鳴鐘、穿衣鏡，都是西洋玩意兒進來的。劉姥姥在房裏一看，怎麼對面來了一個插滿頭花的老婦，是我的親家來了！這個老不修，怎麼插了一頭的花？她去打招呼，一頭就撞上了鏡子，劉姥姥像看哈哈鏡，不認得自己。寶玉的房間有機關的，那鏡子就是西洋機括，可以開合，劉姥姥無意一碰，門開了！對她來說，等於進了迪士尼樂園一樣，樂不可支。進去後，一覺就睡到寶玉的床上，襲人進來一看，劉姥姥扎手舞腳地仰臥在床，打呼如雷，酒屁臭氣薰得滿屋子。襲人這一驚不小，慌忙趕上來將她推醒，劉姥姥也嚇壞了，竟然醉臥在這裏了，也不是哪位姑娘的香閨，而是怡紅公子的房間。劉姥姥醉臥怡紅院，把我們也帶著裏裏外外參觀一遍，參觀到寶玉的床上去，曹雪芹的設計有趣吧！

【第四十二回】

蘅蕪君蘭言解疑癖 瀟湘子雅謔補餘香

這一回滿要緊的，從這一回開始，寶釵跟黛玉兩個人的關係，漸漸有了變化。

劉姥姥來了幾天，要回去了。賈母因為高興過頭，東西也吃多了，受了點風寒，劉姥姥要走，就叫鳳姐，尤其是鴛鴦好好送她。這趟來，鳳姐和鴛鴦讓她耍寶，做女清客，逗得賈母開心。其實劉姥姥是一個非常聰明的人，她雖然是鄉下老太婆，人情世故很懂的，早就知道大家都希望哄老太太開心，她這一哄，得了好多銀子、好多衣服、好多緞子，還有吃的用的，這個也送她東西，那個也送她東西，劉姥姥滿載而歸。而且她帶回去的銀子，也夠她女婿做個小生意維生了。

這次劉姥姥到賈府來，真是沒有白來，滿載而歸，有意思的是六四六頁，劉姥姥走之前，鳳姐就把女兒大姐兒抱出來說：我這個女兒還沒有取名字呢。中國人很相信名字對於孩子可能帶來福或是帶來禍，名字取得不好，一生不順，名字取得好，可能一生就順暢了。鳳姐跟劉姥姥說，我這個大姐兒常常生病，你看怎麼回事？劉姥姥說：富貴人家嘛！孩子嬌嫩嘛！有些過於富貴、過於尊貴了，禁不起的，以後少疼她點就好了。鳳姐講，這也有理，她想想，要請劉姥姥取名字。這麼一個富貴人家，怎麼會要劉姥姥取名字呢？有道理的，他們相信這個孩子太嬌貴了難帶大，要像劉姥姥這麼一個鄉下老太婆，而且很長壽，借她的壽。又要故意取個像狗兒什麼的賤名，覺得好帶。鳳姐就說：「你們是莊家人，不怕你惱，到底貧苦些，你貧苦人起個名字，只怕壓的住他。」他們相信這個。劉姥姥就問大姐兒什麼時候生的，鳳姐說就是生的太巧了，七月七日，農曆，乞巧，日子不太好。劉姥姥忙笑道：「這個正好，就叫他是巧哥兒。這叫作『以毒攻毒，以火攻火』的法子。姑奶奶定要依我這名字，他必長命百歲，日後大了，各人成家立業，或一時有不遂心的事，必然是遇難成祥，逢凶化吉，卻從這『巧』字上來。」看起來好像不經意的這麼一個小節，關乎巧姐一生。

劉姥姥替她取名，在某種意義上，等於是她的 godmother，後來巧姐有難，就是劉姥姥把她救走的。巧姐長大了，那時賈府衰敗，被抄家了，抄家以後鳳姐就失勢了。後來鳳姐病逝，巧姐更沒有依靠了。當然鳳姐生前結了不少仇怨，她的哥哥王仁就不喜歡她，覺得在這個妹子身上沒得什麼好處。邢夫人的弟弟邢大舅，也是個整天想來搞錢的。賈環當然更恨鳳姐，因為他媽媽趙姨娘跟鳳姐是仇人。反正，這一夥幾個人合起來，要把巧姐賣出去，賣給一個藩王做妾，已經謀計好了。邢夫人糊里糊塗的，被他們幾個人一哄，真的以為嫁去做王妃了。只有平兒知道實情，當然急得不得了，去向王夫人求救，但邢夫人才是巧姐的親祖母，王夫人說也沒辦法做主。正是這千鈞一髮的時候，劉姥姥出現了。她很有意思，說：你沒看過戲裏面就有乘著轎子一躲就溜出去了，逃婚，這種事情有的是，戲裏邊常常演的。劉姥姥就把巧姐跟平兒一起，一個轎子就抬走了。這個土地婆拯救了賈家的一支，至少巧姐後來在鄉下嫁給一個員外的孫子，（庚辰本說嫁給了板兒，不是的！）巧姐這一支在賈府敗了以後，再得到重生。我想這個細節，大家不能放過，劉姥姥替她取名字，是給她 blessing 給她祝福，她說你是巧姐，遇了難的時候，這個巧字就能逢凶化吉。

這本書千絲萬縷，沒有一個細節是隨便寫的。劉姥姥這麼一個人物，也不是隨便寫的，他的出現恰逢其時，前後對照與鳳姐、巧姐的關係，其實是很動人的。鳳姐臨死託孤，劉姥姥去了，鳳姐生前做了很多虧心事，害死了一些人，她夢裏就看見鬼魂來追她，害怕得不得了，劉姥姥就嘰嘰咕咕念了咒，那個鬼就不見了。所以我講她真的像個土地婆一樣，替鳳姐來驅鬼，後來在節骨眼的時候又出現。

曹雪芹寫貴族寫的好，因為他非常熟悉他們的生活，難為他怎麼寫個鄉下老太太也寫得這麼好，在中國的小說裏頭，我想不起來還有哪一個鄉下老太婆，比劉姥姥更生動、更活潑、更叫人不能忘記的。他這個人物寫的好，在《紅樓夢》眾生相裏，這麼一個人物，好像滿桌的山珍海味，一道剛剛摘下來的茄子，鮮得很！這個點子真好，他的人物塑造真是很厲害的。已經寫了這麼多人物了，跑出個與眾不同的妙玉來也不簡單，妙玉是大觀園十二金釵之一，巧姐也是一個，雖然分量所占不多，但屬十二金釵的，都有命運的典型，仍是滿重要的兩個人物。《紅樓夢》這本書，人物的創造可以說層出不窮。以為寫到這裏寫盡了吧，又迸出幾個來，又是每個都有特別的生命、特別的意義在那裏，後面還有精采的呢！

劉姥姥走了，滿載而歸地離開了。六五〇頁，這裏有一個要緊的轉折。清早寶釵、黛玉去給賈母請安，回程寶釵突然叫黛玉說：我有些話跟你講，就相偕到了蘅蕪苑。「進了房，寶釵便坐了笑道：『你跪下，我要審你。』黛玉不解何故，因笑道：『你瞧寶丫頭瘋了！審問我什麼？』寶釵冷笑道：『好個千金小姐！好個不出閨門的女孩兒！滿嘴說的是什麼？你只實說便罷。』黛玉不解，只管發笑，心裏也不免疑惑起來，口裏只說：『我何曾說什麼？你不過要捏我的錯兒罷了。你倒說出來我聽聽。』寶釵笑道：『你還裝憨兒。昨兒行酒令你說的是什麼？我竟不知那裏來的。』」行酒令的時候，黛玉脫口而出《西廂記》、《牡丹亭》的句子，因為寶玉弄了很多戲曲、傳奇本子進來，黛玉都看過了，而且非常讚賞其中的文章。那時，這些算是禁書，像林黛玉這樣的閨秀不應該看的。她行酒令怕被罰，未加思索用了兩句，被寶釵逮個正著，這下子，林黛玉心虛起來。她們兩個人原本都是針鋒相對的，寶釵捏住了黛玉的痛腳，訓了她一頓。黛玉臉紅討饒，說以後再不講了。黛玉啊，這回輸了！寶釵就好好地跟她講了一套道理。她說，其實你不曉得我以前也看過這種東西的，「西廂」、「琵琶」通通看過，後來大人知道了，打的打，燒的燒，總算把那些都丟開了。寶釵講她的經驗和道理，為什麼黛玉會服她呢？黛玉是獨生女，母親很早就死了，她也沒有一個長姐長兄來教導她，寶釵這番話，至少是一番好意，她說女孩子看了這些東西，不要移了性情，尤其是我們又認得字，很容易移了性。黛玉身邊從來沒有一個人像大姐姐這樣子來勸導她的，由是感動起來。當然也有人說，寶釵心機很深，趁這個時候降伏了黛玉。不過從另一方面來看，寶釵可能也是真心的，黛玉私下讀《西廂記》、《牡丹亭》，還隨口引用，在當時的標準，的確不合閨閣的風範，寶釵好意提醒她，黛玉才第一次感受到，原來寶釵心中也是顧念她的。從這一回開始，慢慢地兩個人的關係就改善了。當然還有一個原因，這個時候寶玉與黛玉已經交心了嘛！寶玉把用過的手帕送給她，黛玉在手帕上題了女孩子最埋在心底的心思，伴著眼淚寫下，她本來就要以淚還他的，黛玉心中覺得，寶玉的心已經給她了。記得嗎？寶玉睡覺的時候，寶釵坐在旁邊繡他那個兜肚，突然寶玉在夢裏講：「什麼是金玉姻緣？我偏說是木石姻緣！」黛玉知道寶玉的真心在她身上，開始時的那種不安全感慢慢放下來了，已經沒有把寶釵當作情敵來看，那份敵意也就放下了。我想這個可能是更深的一層理由，並非寶釵三言兩語就把她收服了，林黛玉哪那麼容易收服的？

寶玉跟黛玉之間也不像從前兩個小孩子，一下子剪掉香囊，一下子哭，一下子鬧，兩個人漸漸成熟了，慢慢有了另外一種相知相惜的境界。下面一回就會看到寶玉秋天雨夜探望黛玉，兩情脈脈的情感。所以從這個時候開始，因為寶玉跟黛玉的情感更加進了一層，黛玉跟寶釵的關係也有了基本上的改變，這三個人的關係在《紅樓夢》裏很重要，也是一步一步很 subtle 的，很不經意地在變化。

劉姥姥進大觀園的時候，看到大觀園那麼美，那麼了不得，說如果把它畫下來就好了。賈母就說，我們四丫頭惜春會畫畫，要她畫。惜春在四春中年紀最小，夙有慧根，曹雪芹塑造這個人也很有意思。如果她是一個尼姑，也堪稱古怪，不過她跟妙玉不一樣，她是一步就踏出了鐵門檻，是真正解脫的一個人。她不像寶玉，要經過很多生老病死的考驗，最後求得解脫。惜春天生對整個人世間看得清清楚楚，很小的時候她就看得清楚。書裏頭一次寫惜春的時候，不是送給她一枝宮花嗎？她說我都要出家了，花往哪裏戴？她隨便講的一句話，後來果然變成了尼姑。這個時候畫畫這個工作落在惜春身上，大觀園裏這麼多人，都要畫在裏頭，她是從外面來看園內這些人，她的心已經踏出大觀園了，後來她出家，是最決絕的一個人，現在，就是畫這些眾生相。

從準備畫畫這件事，又看出寶釵的博學了。她什麼都懂，藥方懂，吃藥也懂，詩當然作得很好，對畫畫也講出一套理論來。她講，畫這個園子，四姑娘不是平常畫幾筆、寫意畫而已，畫這個園子要工筆畫，造園子本來就有一個圖，還不如把那個圖拿來做個底，讓惜春把人物畫上去。她又講用什麼顏色，用什麼絹，頭頭是道。她又叫開個單子，列出給惜春用的東西：「頭號排筆四支，二號排筆四支，三號排筆四支，大染四支，中染四支，小染四支，大南蟹爪十支，小蟹爪十支……」你看看，要多少畫筆，要多少的東西。畫這幅畫，還要風爐子，還要沙鍋，還要浮炭什麼的，這個炭，那個炭。還要生薑，還要醬，什麼都來。畫這一幅畫，功夫可了不得。黛玉很 witty 很湊趣的悄悄跟探春說：「你瞧瞧，畫個畫兒又要這些水缸箱子來了。想必他糊塗了，把他的嫁妝單子也寫上了。」姐妹間這種玩笑，這就是《紅樓夢》的對話，在這個節骨眼的時候來這麼幾句，整個趣味就抬起來了。

惜春

這幅畫可是要花功夫，後來惜春畫了一兩年才把它畫完。黛玉最後補一句：別忘了畫一個草蟲在上面。什麼草蟲？你們忘了嗎？母蝗蟲！她說，乾脆叫作〈攜蝗大嚼圖〉，母蝗蟲在上面。意思是上面通通畫好了，劉姥姥也把她畫上去，尤其她吃得最開心像母蝗蟲的時候畫上去。把人家笑翻了。所以，這一回寶釵跟黛玉兩個人關係漸漸改善，氣氛也輕鬆了。

【第四十三回】閑取樂偶攢金慶壽　不了情暫撮土為香

鳳姐生日到了，賈母一高興，叫大觀園的人要給她好好做一次生日，酬答她常年的辛勞。賈母說，也學學那些普通人家，大家湊份子，來給鳳姐做生日。她起頭一呼，把人通通集來了，王夫人、邢夫人都來了，不光如此，還把幾個老嬤嬤，像賴大的媽媽，也找了來。

從前宗法社會，那些乳母，尤其是侍奉過前輩的乳母，她們的身分地位，在家庭裏是很高的。像賴嬤嬤，她是賈政的奶媽，在榮國府的地位不同，鳳姐見了她還要讓座的。她們在賈母面前，賈母會賜座，吃飯的時候，鳳姐跟李紈身為媳婦要站著侍候，賴嬤嬤她們反而坐下來，有時候講一些話，也很受尊重。賴嬤嬤自己家裏頭，她的孫子做到縣官的地位，那時候當官，除了中舉，也可以捐個官，本來他們是奴才出身的，也能爬到那個地位。

別忘了，曹雪芹祖父曹寅的母親，曹璽的妻子，就是康熙的乳母，所以曹家得享聖寵這麼久。康熙的奶媽老的時候，康熙對她仍然很禮遇，對他們曹家非常照顧。這種主僕之間的關係很特別，很中國式的。西方若有像 old nurse 這類，最多像《亂世佳人》那個

Mammy 老黑人，Scarlett O'Hara 聽她的話而已，沒有尊重到像賴嬤嬤這種地位，這是中國宗法社會裏很特殊的現象，因為她侍奉過他們的長輩，尤其是哺過乳，好像有恩，所以等於家裏很親的長輩，有喜事也請來，她們也出錢湊一份子。

賈母說，她要出二十兩，薛姨媽當然隨著賈母也是二十兩，邢夫人她們說，不敢跟老太太並肩，少四兩吧！一個人十六兩。賴嬤嬤說自己應該矮一等，賈母說你們也是有錢的，也不肯讓她們少出，意思就是說她們身分是一樣的。可是呢，像尤氏、李紈，她們當然也要出錢，每個人十二兩。李紈守寡，賈母體恤她，說你那一份我包了。鳳姐就說了，老太太別高興，你算一算，你身上已經有兩份了，黛玉，寶玉，你出了，這會子又替大嫂子出，等一下子想想可能心痛了，說是為鳳丫頭花了那麼多錢。鳳姐就做面子，說：大嫂子這份我來出吧！後來，她暗暗地把這份賴掉了，這個鳳姐，真是貪財，這一點都不肯放。還是尤氏清點時查了出來。鳳姐在賈母面前說大嫂子的錢她來出，後來看出份子的人很多，夠用了，她就把這份昧掉了。

算賬的時候，鳳姐說，「上下都全了。還有二位姨奶奶，他出不出，指的是趙姨娘、周姨娘。鳳姐本來就很討厭趙姨娘，心想從她的二兩銀子月例扣回來，就說，也問一聲兒。盡到他們是理，不然，他們只當小看了他們了。」很會講話！賈母聽了說：「可是呢，怎麼倒忘了他們！只怕他們不得閑兒，叫一個丫頭問問去。」就問了，回來說：「每位也出二兩。」賈母就叫寫上了。尤氏因悄罵鳳姐道：「我把你這沒足厭的小蹄子！

這麼些婆婆嬸子來湊銀子給你過生日，你還不足，又拉上兩個苦瓠子作什麼？」鳳姐也悄笑道：「你少胡說，一會子離了這裏，我才和你算賬。他們兩個為什麼苦呢？有了錢也是白填送別人，不如拘來咱們樂。」這是鳳姐！比較起來，尤氏比較懦弱怕事，什麼都聽賈珍的。可是事實上，尤氏比她忠厚，後來還悄悄地把這二兩銀子還給兩個姨娘去了。兩個姨娘還不敢收，怕鳳姐。尤氏說，有我呢，不怕！你們收下吧，你們哪有那個閒錢替她做生日？這一段，看出鳳姐的厲害，鳳姐的不饒人，鳳姐的貪財。

鳳姐生日那一天，家裏熱熱鬧鬧，照理講，寶玉當然應該留在家裏，可是他居然跟他的小書僮茗烟悄悄地騎馬出去了。跑到哪裏去呢？為什麼跑掉？就是這一回後段的「不了情暫撮土為香」。寶玉是神瑛侍者降到紅塵，這塊頑石璞玉情網纏得這麼深，不了情，這些情都了不了。這天剛好是金釧兒的忌日，他跟小丫頭金釧兒不過是開開玩笑，居然無意中把她害死了，內心無比的愧疚、沉重。寶玉是個很多情的人，尤其對於一些女孩子，他特別同情，金釧兒這種下場，當然對他的打擊很大。寶玉最後斬斷情絲出家，是一步一步來的，金釧兒之後晴雯，然後黛玉。這是不了情。金釧兒的忌日，他到郊外一個廟裏，點了一炷香祭拜，紀念她。

《紅樓夢》裏兩組人物，一組是感性，一組是理性。感性這組，寶玉、黛玉領頭，多愁善感、多情的人，這麼一大串。對於金釧兒這件事，寶釵聽到的反應是：死了就死了，她自己糊塗，好好的跳井幹什麼？她接著就勸王夫人說：如果她真的是氣姨娘，也是

焙茗（茗烟）

糊塗人，怎麼罵幾聲、打一個耳光就自殺呢？當然從另外一方面講，金釧兒是氣性很高的一個人，對她來說受不了那種侮辱。所以理性的人跟感性的人，對人生的看法不一樣，哪個對哪個錯，也很難說，但人生一定是不同的結果。

寶玉去祭拜了金釧兒之後回來，府中早就到處找他了，他想了個理由搪塞過去，連跟著的茗烟都不知他祭的是誰呢！

【第四十四回】變生不測鳳姐潑醋　喜出望外平兒理妝

這一回是非常melodramatic，非常戲劇化的，幾乎是一齣鬧劇。

為了給鳳姐做生日，特別請了個戲班子來演戲，演的《荊釵記》是很有名的一齣南戲。宋朝的時候有南戲，後來崑曲也演《荊釵記》，現在還在唱《荊釵記》。這齣滿有名的戲講王十朋跟錢玉蓮這一對貧賤夫妻，本來感情很好，王十朋出去應考，中間發生很多誤會，錢玉蓮以為王十朋在外面又另娶妻，其實王十朋寫了家信的，那封信給壞人拿走了，錢玉蓮傷心之下就跳江了。跳江沒死被救起來，王十朋以為她死了，回來就在江邊祭她，所以那一折叫做〈男祭〉。林黛玉看到〈男祭〉，就跟寶釵講，這個王十朋也不通得很，不管在哪裏祭一祭好了，一定跑到江邊上幹什麼？俗語說「睹物思人」，天下的水總歸一源，不拘哪裏的水舀一碗看著哭去，也就盡情了。黛玉說完，你看下面的回應，庚辰本：「寶釵不答。寶玉回頭要熱酒敬鳳姐兒。」這一句變成這樣子，那就跟《荊釵記》一點關係都沒有了。程乙本：「寶釵不答。寶玉聽了，卻又發起呆來。」這就對了。寶玉在想，他何必跑那麼遠去祭金釧兒呢？就在賈府裏面拿一碗土就可以祭了。這一段就是這個意思，否則講不通。

鳳姐是生日宴的主角，他們一個一個來敬酒，她都推辭不掉，到最後，賈府裏那些老奶奶，像賴嬤嬤那種做過賈政的奶媽的過來敬酒，鳳姐只好灌下去。剛喝完，鴛鴦這一群又跑過來，鴛鴦是丫頭王，鳳姐說受不了了，要醉了，饒了吧。鴛鴦說：哎喲，擺一副主子樣子出來了，平常還不這樣，這會子不肯啦！鳳姐沒辦法，又灌下去，這一灌呢，心中噗通噗通跳，醉了！她就讓平兒扶著回到她自己的房間去，想醒醒酒。這一回去，一齣鬧劇上演了。賈璉生性好色，只要鳳姐閃個頭就要出事故，鳳姐看得那麼緊，只不過在外面喝了幾杯酒的時間，裏面就要偷吃了，賈璉就好色到這個地步。《紅樓夢》裏邊寫登徒子好色，寫得最好的就是賈璉。

鳳姐進去，一個小丫頭看到她就跑，鳳姐叫：停住！小丫頭還往裏面跑，她曉得不對了，把她抓下來，說：你沒眼睛啊？你看到我叫你，你還往裏面跑！小丫頭說：我沒看見。鳳姐幾個耳光過去，叫人燒紅了鐵來烙她的嘴巴，這下子不得不講了，小丫頭說，二爺趁著二奶奶不在的時候，拿了幾匹緞子給了鮑二家的。你看，賈府裏蕩婦也不少，一會兒是多姑娘，一下又跑出個鮑二家的，難怪惹得賈璉像飢鼠似地到處去啃。飢鼠，形容賈璉急色，用的很好。鳳姐再走進去，又一個丫頭在把風，賈璉倒防得滿仔細的，兩進把風，這個丫頭比較乖巧，一看逃不了，趕快把賈璉講了出來。

曹雪芹很會製造場景，這麼一個所謂家庭裏吃醋的事情，他能寫得天翻地覆的熱鬧。鳳姐就走到窗戶邊聽到了，那鮑二家的笑道：「多早晚你那閻王老婆死了就好了。」

曹雪芹會寫，第一句就讓鳳姐火冒十丈。賈璉道：「他死了，再娶一個也是這樣，又怎麼樣呢？」鮑二家的講：「他死了，你倒是把平兒扶了正，只怕還好些。」平兒是很溫和、很與人為善的一個女孩子，如果賈璉娶了她，鮑二家的想倒可以多來幾次，平兒不要緊的。所以叫賈璉：你把平兒扶扶扶正吧！賈璉就講：「如今連平兒他也不叫我沾一沾了。平兒也是一肚子委曲不敢說。我命裏怎麼就該犯了『夜叉星』。」鳳姐是強勢了一點，把賈璉制住，賈璉在她面前真的有點抬不起頭來，只好在這些女人面前誇口，要命的是把平兒扯進來了。「鳳姐聽了，氣的渾身亂戰，又聽他倆都贊平兒，便疑平兒素日背地裏自然也有憤怨語了。」這下子，也起了疑心了。平兒是最忠心的，鳳姐得罪了那麼多人，沒有一個人對鳳姐是真心的，只有平兒，對她真是從頭到尾都是護主之心。這個時候氣炸了，連最忠心的人也不管了，回頭就把平兒打了兩個巴掌，進去當然把鮑二家的痛打一頓。平兒真是委屈，你看鳳姐怎麼罵她。鳳姐一腳踢進門去，大概她沒有裹小腳，裹小腳的話根本踢不動。王鳳姐一腳踢了進去大罵：「好淫婦！你偷主子漢子，還要治死主子老婆！平兒過來！你們淫婦忘八一條藤兒，多嫌著我，外面兒你哄我！」說著又把平兒打幾下，打的平兒有冤無訴處，只氣得乾哭。這時平兒也是一肚子氣，好好的扯上她，那兩個偷吃就算了，怎麼把她也扯上來了！平兒被鳳姐打了這麼幾下，也沒辦法分辯，她也走過去，對著鮑二家的打起來了。這個賈璉被當場逮住，臉上已經很下不來，鳳姐要打鮑二家的，他不敢阻止，平兒也來打，到底是妾，到底是丫鬟，賈璉一看，就把平兒也踢了兩腳，還罵她：「好娼婦！你也動手打人！」賈璉到底是主子，這麼一來，平兒就氣怯了。鳳姐看賈璉居然護著鮑二家的，她又拱平兒去打，逼著平兒沒辦法，拿刀要自殺。你看看這一幕，他們妻妾三人鬧的，寫得是好笑。

記得嗎？賈璉跟多姑娘偷情的時候，平兒還替他掩蓋，揪了一綹頭髮出來甩兩甩，平兒逗他：這是一輩子的把柄喔！後來被賈璉搶走了。這下子又來一次，這次把平兒弄得好慘，喊著要自殺，鬧得不可開交，鬧得外面都知道了。尤氏一聽就跑進來勸架，你看鳳姐很乖覺的，尤氏一進來，鳳姐馬上變了。那時候做妻子的要賢慧，即使嫉妒也不好露出來，妒婦不是個好名聲，耍潑辣是不行的，尤其是男人偷吃，持槍弄杖的鬧起來，這是女人不夠賢慧。尤氏一進來，兩個人不同的反應滿有趣的。賈璉見了人，臉上更下不來了，拿起把劍就要去殺鳳姐。鳳姐一看人來了，不撒潑了，一面哭一面往賈母那邊跑，「老祖宗救我！璉二爺要殺我呢！」跟賈母講了這一回事。賈璉趁著酒還要逞威風，拿著劍跑進來，是一路殺進來了。「這下流種子，你越發反了，老太太在這裏呢！」她們看著他說。老太太、邢夫人、王夫人都在，敢那麼撒野。賈母說叫你老子來！賈璉誰也不怕，就怕他老子，那個賈赦比他還要不講理，還要不像話。看看賈母怎麼說，六八〇頁：賈母笑道：「什麼要緊的事！小孩子們年輕，饞嘴貓兒似的，那裏保得住不這麼著。從小兒世人都打這麼過的。都是我的不是，他多吃了兩口酒，又吃起醋來。」賈母講，你們這樣持槍弄棒的，其實我們都是過來人。男人偷吃一下實在不算一回事，怎麼吃起醋來？賈母就安慰鳳姐了，又說平兒我看她滿好的，怎麼也使壞？後來大家都講了，平兒受委屈得很，鳳姐拿她來出氣。賈母說：原來是這樣，快點叫人去安慰一下平兒，明天叫鳳姐賠不是。今天是她主子的好日子，不要胡鬧了。

平兒受了很大委屈，當然不肯回去了，大家東讓她西讓她，襲人很會做人的，這時候就把平兒讓到了怡紅院，要替她理理妝。是啊！挨打了，一定哭得一塌糊塗。寶玉呢，恨不得天下的女孩子他都去安慰一下，都去疼一下，平兒是賈璉的妾，平常他不好去示好，好不容易，這時有這麼一個機會了，所以，「喜出望外平兒理妝」。他想，平兒多麼可愛的一個女孩子，以賈璉之俗、鳳姐之威，她居然能夠在這裏面處得這麼好，有多難啊！的確啊，賈璉是那種整天想偷吃的男人，鳳姐那麼兇、那麼威風，她能夠處理得妥妥帖帖的。鳳姐管家本來就容易得罪人，對下人又嚴厲，好幾次還是平兒替她安撫了下面，替她暗中做了好事。這麼一個女孩子，真的叫人疼惜。

尤其後面「浪蕩子情遺九龍珮」那一回，賈璉又動念去勾引尤二姐，在外金屋藏嬌，被王熙鳳知道了，把尤二姐騙到大觀園裏去住，活活把她整死。按理講，尤二姐也是平兒的情敵，家裏又多了那麼一個漂亮的回來，不是很礙眼嗎？可是當鳳姐修理尤二姐，一步一步把她虐死的時候，還是平兒心地善良，暗中照顧，當尤二姐連飯都沒的吃，只讓吃一些剩下的餿水，平兒還暗暗地煮點東西給她。鳳姐抓到了說：「**人家養貓拿耗子，我的貓只倒咬鷄。**」後來尤二姐自殺死了，尤氏（尤二姐是尤氏的異母妹妹）看見平兒，就說：你真是好心人，難為你了。平兒一聽掉下眼淚，她心中很多委屈的。

寶玉本來喜歡弄脂粉這些東西，平兒到的時候，他就給她最好的胭脂，讓平兒打扮起來，溫言安撫，盡了一份心。第二天，賈璉酒醒了，賈母把他叫來，要他跟鳳姐、平兒賠不是。賈璉說，這樣鳳姐不是更驕縱了嗎？賈母說：她是懂事的人。六八三頁：「**賈璉聽如此說，又見鳳姐兒站在那邊，也不盛妝，哭的眼睛腫著，也不施脂粉，黃黃臉兒，比**

往常更覺可憐可愛。」鳳姐平日出來的時候，那一身綾羅綢緞、穿金戴銀，總是那麼威風凜凜的，這一次故意不施脂粉，臉兒黃黃，一副可憐相，好像受盡委屈了，賈璉一看，對鳳姐立刻有了一點憐惜的心，就跟鳳姐作了個揖，笑著說：「原來是我的不是，二奶奶饒過我罷。」賈母又命人叫平兒來了，「賈璉見了平兒，越發顧不得了，所謂『妻不如妾，妾不如偷』」——這是賈璉對女人的看法，他對平兒更加殷勤了：「姑娘昨日受了屈了，都是我的不是。奶奶得罪了你，也是因我而起。我賠了不是不算外，還替你奶奶賠個不是。」鳳姐當時一下子氣糊塗了，回頭一想，當然很羞愧的，居然對這麼忠心的一個人不念舊情地打罵，她表面不露，自己心裏面大概也非常不好受。

表面上這一家三口，賠了罪都回去了。但事情沒完，鮑二家的當然害怕了，回家吊頸死了，人命又是一條。賈璉、鳳姐當然吃了一驚，鳳姐忙收了怯色，反喝道：「死了罷了，有什麼大驚小怪的！」如果就這麼完畢，沒有後面那一筆的話，王鳳姐這個人就差一截了。六八五頁，最後這筆動人的。裏面鳳姐心中雖不安，面上只管佯不理論，因房中無人，便拉平兒笑道：「我昨兒灌喪了酒了，你別憤怨，打了那裏，讓我瞧瞧。」平兒道：「也沒打重。」這個時候，鳳姐真正向平兒賠不是了，而且她講的話，對平兒是很體己的。所以鳳姐有她的另外一面，不完全是個狠毒心肝的女人。

客觀來看，這賈璉也太不像話，難怪賈母說，趁她生日喝酒，就把這麼一個髒的臭的拉進去，怪不得鳳姐生氣。鳳姐氣她自己的面子掛不住，打了平兒出氣，讓平兒很受委屈，這下子，形勢兒過來，這個時候她對平兒還是真情畢露的。當然，因為賈璉也很喜歡平兒，鳳姐對她應該是防得很嚴，照樣有嫉妒之心，平兒一定處理得很好，不讓鳳姐覺得她是個威脅。鳳姐一受到威脅，反擊就很厲害，但她到底是榮國府的掌家，有能掌大局的風範。這是曹雪芹寫人寫得深刻的地方，總是在適當的那一刻，讓人性表現出來。《紅樓夢》裏面除了賈赦以外，幾乎沒有百分之百的壞人，但也沒有百分之百的好人，好人也有缺點，壞人也有優點。世界上沒有完人的，寫小說全寫出一些理想人物，那就不真實了。這一回，是滿動人的一回。

【第四十五回】金蘭契互剖金蘭語　風雨夕悶製風雨詞

鳳姐和平兒正在和解，李紈領著一羣姐妹，探春、黛玉、寶釵等等，都到鳳姐這兒來。他們不是起了一個海棠詩社嗎？詩社聚會，總歸要在一起喝喝酒、擺個席什麼的，上次史湘雲想要請個客，自己沒錢，得向寶釵討救兵，寶釵替她想了法子出了錢，所以他們詩社雖然小，也是需要一點經費的。李紈是詩社掌壇，她帶人來，其實是向鳳姐要錢的，但講得很好聽，邀她加入詩社，當個監社御史。鳳姐當然很聰明，她說：別哄我，我又不會作什麼詩，你要我進去，要我散財，要我拿錢出來。李紈笑道：「**真真你是個水晶心肝玻璃人。**」這形容得真好！

李紈老早守寡，在當時的大家庭裏，寡婦的處境很難的，完全要守本分，她唯一的責任，就是教導獨生兒子賈蘭成人。遵守儒家法統那一套做人的規矩，李紈做到了，她當然也有自己的個性，但很多時候她不能表露出來，在書裏是非常低調的一個人物。這種人物難寫，必須剛好有合情合理的位置，配合她的一言一行，才能寫得恰如其分。如果寫得太平了，這個人物完全出不來，所以這個時候講這麼一句「**真真你是個水晶心肝**

李紈

玻璃人」，可見得李紈也不是不會講話的人。她跟鳳姐兩個人開玩笑，鳳姐說：好好地不帶姐妹們做女紅，來作詩，來鬧這些事情。李紈就把鳳姐說了一頓：「你們聽聽，我說了一句，他就瘋了，說了兩車的無賴泥腿市俗專會打細算盤分斤撥兩的話出來。這東西虧他托生在詩書大宦名門之家做小姐，出了嫁又是這樣，他還是這麼著；若是生在貧寒小戶人家，作個小子，還不知怎麼下作貧嘴惡舌的呢！天下人都被你算計了去！昨兒還打平兒呢，虧你伸的出手來！那黃湯難道灌喪了狗肚子裏去了？」李紈這些話，其實也是真的，鳳姐多會精打細算，連府裏要發給大家的月俸錢，她都遲發幾天，拿出去放高利貸，自己賺利息。鳳姐一個大毛病就是貪財，後來賈府被抄家，她放高利貸的那些本子，都給搜出來了，這也是罪狀之一。李紈講的沒錯，平常她也不好講鳳姐，這時是半開玩笑，罵她一頓。也只有李紈這大嫂子，可以這麼講講。她又說要替平兒打抱不平，鳳姐看到這種情勢，乾脆把面子給平兒，鳳姐說道：「竟不是為詩為畫來找我，這臉子竟是為平兒來報仇的。竟不承望平兒有你這一位仗腰子的人。早知道，便有鬼拉著我的手打他，我也不打了。平姑娘，過來！我當著大奶奶姑娘們替你賠個不是，擔待我酒後無德罷。」鳳姐對平兒已經講過了心裏話，趁這種半開玩笑，再向平兒賠不是，以鳳姐來講很難的，她願意對一個人低聲下氣，那她真的是由衷地後悔了。由李紈這麼罵一場戳了出來，平常必須完全賢淑絕不會罵人的大嫂子，也有了適度突顯的角色。

這一回還有個細節也滿值得研究，就是賴大的媽媽到鳳姐這邊來，她的架式是小丫頭扶住的，「鳳姐兒等忙站起來，笑道：『大娘坐。』」連鳳姐這樣子的人都馬上站起來，那種的尊敬，是不把她當作僕人的。上次說過，那個時候，乳母的位子是高的，中國人有個想法是，乳母也當自己的母親一樣，要報恩的。賴嬤嬤是賈政的奶媽，她兒子賴大當上榮國府的掌櫃，當然跟賴嬤嬤有關。大家記得嗎？連賈璉的奶媽趙嬤嬤，王熙鳳都非常禮遇，賴嬤嬤就更不用說啦！

賴嬤嬤來了，鳳姐向她道喜了，原來她的孫子賴尚榮出頭了。賴嬤嬤原本是僕人，兒子賴大也算是僕人，兩代做僕人以後，也有能力培養孫子，像一般的少爺一樣，給他念書，還去捐了功名，當了官。所以那時候僕人也不見得一輩子做奴僕的。曹雪芹家本來也是僕人，他們是漢人當滿清包衣，因為孫氏當康熙乳母的關係，曹寅後來變成了江寧織造，這麼大一個肥缺給了他，子以母貴，得到寵幸。中國宗法社會相當複雜，當乳母，要看當了誰的乳母，當康熙皇帝的奶媽，當然是不得了，當賈政的奶媽，也是有派頭的。

賴嬤嬤來了說：「我也喜，主子們也喜。若不是主子們的恩典，我們這喜從何來？昨兒奶奶又打發彩哥兒賞東西，我孫子在門上朝上磕了頭了。」她是來道謝的，謝主子，謝賈府。李紈問：什麼時候上任？賴嬤嬤故意這麼講了：「我那裏管他們，由他們去罷！前兒在家裏給我磕頭，我沒好話，我說：哥哥兒，你別說你是官兒了，橫行霸道的！你今年活了三十歲，雖然是人家的奴才，一落娘胎胞，主子恩典，放你出來。」哥哥兒這個字，我在別的地方沒看過，哥兒是有的，哥哥兒我覺得有點怪。程乙本用「小子」，較好。如果是哥兒、哥哥兒，都還有一點寵他的味道，叫小子，等於拉下臉來教訓了。要他知道，他們是幾代當奴僕。那時候，僕人生下的孩子也是賈府的僕人，是賈府的恩典把他放出去，還他的身分，不要讓他當奴才了。所以，「上托著主子的洪福，下托著你老子娘，也是公子哥兒似的讀書認字，也是丫頭、老婆、奶子捧鳳凰似的，你看看，又有丫頭，又有奶媽，一樣很寵著養的。所以那時候的僕人、包衣，如果做得好，如果自己爭氣的話，也有這種改變身分的機會和可能。長了這麼大。你那裏知道那『奴才』兩字是怎麼寫的！這句話滿辛酸，僕人也不好當的。賴嬤嬤自己、兒子賴大，當了兩代的僕人，才熬出這個苗子出來。告誡他：只知道享福，也不知道你爺爺和你老子受的那苦惱，熬了兩三輩子，好容易掙出你這麼個東西來。從小兒三災八難，花的銀子也照樣打出你這麼個銀人兒來了。到二十歲上，又蒙主子的恩典，許你捐個前程在身上。賴家孫子這個官還是拿錢買的，不是考的，清朝的時候是可以買官的。所以他們家的環境可見得很不錯了。後來賴嬤嬤還為了孫子大擺筵席，在自己的花園裏頭，也照樣有排場的，還有唱戲。她說她提醒孫子：你看那正根正苗的忍饑挨餓的要多少？你一個奴才秧子，仔細折了福！意思是，別忘了你的出身是卑賤的，好不容易掙脫了奴才的身分，自己要知道自己的來由。賴嬤嬤一番話，看出一個大概也沒受過什麼教育老太太，也能講出一番大道理。她說：州縣官兒雖小，事情卻大，為那一州的州官，就是那一方的父母。你不安分守己，盡忠報國，孝敬主子，只怕天也不容你。」那個時候的老傭人，眼睛也看多了，見多了世面，在賈母那邊也學了一點東西，這個老太太也有她的威風。李紈她們就勸她，你不要操心了！

賴嬤嬤倚老賣老，把寶玉也拿來教訓了一頓，你看看，又指寶玉道：「不怕你嫌我，如今老爺不過這麼管你一管，老太太護在裏頭。當日老爺小時挨你爺爺的打，誰沒看見的。老爺小時，何曾像你這麼天不怕地不怕的了。還有那大老爺，講那個賈赦，雖然淘氣，也沒像你這扎窩子的樣兒，也是天天打。還有東府裏你珍哥兒的爺爺，那才是火上澆油的性子，說聲惱了，什麼兒子，竟是審賊！如今我眼裏看著，耳朵裏聽著，那珍大爺管兒子倒也像當日老祖宗的規矩，只是管的到三不著兩的。他自己也不管一管自己。」老嬤嬤發牢騷了，當年她看到賈府最盛的時候，那個規矩很大，現在她看到賈赦、賈珍所作所為，很看不下去，這時候講了出來。

《紅樓夢》往往借第三者，尤其僕人的話做一種 comment 評論，這種評論要緊的。記得焦大嗎？有一回他們要他去送秦鐘，焦大就罵：「爬灰的爬灰，養小叔子的養小叔子」，看不過去賈府後代的敗德、不法，都是暗示著以後賈府要崩潰。賴嬤嬤也是以一個老傭人來看賈府的從前和現在，她講出來的話，有一定的份量。曹雪芹不直接評論，用第三者，尤其是看過賈府老祖宗輩的傭人，知道他們管得很嚴，對不守規矩的子孫經常打罵的。賴嬤嬤這麼講的時候，也就是間接地批評了賈府，後來賈府被抄家，都和他們這些人所作所為有關係，所以在這裏暗下一筆。焦大的罵是一筆，賴嬤嬤這麼講也是暗下一筆。賈府興衰是《紅樓夢》很重要的一條主線，由盛到衰不是偶然的，所以這種 episode 情節，都是指向賈府表面的繁華底下埋了衰敗的因子，因為他們不守儒家的道德法律。

正說著，周瑞家的來了。周瑞跟周瑞家的是跟著王夫人的陪嫁過來的親信，按理講也滿有地位的。周瑞家的兒子喝醉了酒，還居然亂罵人，鳳姐就要把他攆出去，周瑞家的來求情了。剛好賴嬤嬤在，知道了這事，又有一番話了。六九三頁：賴嬤嬤笑道：「我當什麼事情，原來為這個。奶奶聽我說：他有不是，打他罵他，使他改過，攆了去斷乎使不得。他又比不得是咱們家的家生子兒，他現是太太的陪房。奶奶只顧攆了他，太太臉上不好看。依我說，奶奶教導他幾板子，以戒下次，仍舊留著才是。不看他娘，也看太太。」賴嬤嬤很明理的一個人，如果把周瑞家的兒子趕走了，王夫人臉上當然不好看，是她陪房的兒子，是吧？所以賴嬤嬤來講情了，別人不敢的！周瑞家的兒子仗勢欺人那麼可惡，以鳳姐的家規是不能容的。當然賴嬤嬤出面了，鳳姐也得賣她一個老面子。處罰四十棍好了，以後不許他吃酒。賴嬤嬤來見鳳姐的這一段，寫出了賈府的結構以及當時中國宗法社會，很複雜的，有一個系統，僕人、丫鬟都有一套可能不成法的規矩要守。賴嬤嬤這個人也寫的好，她的身世、勢力、地位在這裏面通通寫出來了，幾句評論又對照上賈府的今昔以及未來的隱憂。

下面兩個 episode 是相當動人的插曲，前一個講寶釵跟黛玉的關係，後一個呢，講黛玉跟寶玉的關係。秋天來了，天氣一涼，黛玉的身體就越來越壞了，她得的是肺病，到了秋天咳個不停。記得嗎？寶玉被打後送了幾塊用過的手帕給她，黛玉心中觸動，夜裏起身在手帕上寫了幾首情詩，寫完了以後，她覺得一陣虛火上冒，打開鏡子一看，滿臉赤紅，那時病根子已經種下了。秋天來了，她久咳不癒，寶釵來看她，這時她跟寶釵的關係已經改變了。黛玉跟寶釵講，我一直在咳嗽，醫不好。寶釵說再怎麼樣也要想辦法醫，黛玉就講，死生有命，富貴在天，也不是人力可強的，今年比往年覺得又重了一些。六九四頁，寶釵說：「昨兒我看你那藥方上，人參肉桂覺得太多了。雖說益氣補神，也不宜太熱。依我說，先以平肝健胃為要，肝火一平，不能克土，胃氣無病，飲食就可以養人了。每日早起拿上等燕窩一兩，冰糖五錢，用銀銚子熬出粥來，若吃慣了，比藥還強，最是滋陰補氣的。」寶釵講出一套養生的道理來，認為黛玉的體質，不宜用太多人參、肉桂這種上火的東西補，應該用滋陰的燕窩慢慢地吃。這倒是對黛玉的一番真心，黛玉當然很感動。黛玉嘆道：「你素日待人，固然是極好的，然我最是個多心的人，只當你心裏藏奸。從前日你說看雜書不好，又勸我那些好話，竟大感激你。往日竟是我錯了，實在誤到如今。細細算來，我母親去世的早，又無姐妹兄弟，我長了今年十五歲，竟沒一個人像你前日的話教導我。怨不得雲丫頭說你好，我往日見他贊你，我還不受用，昨兒我親自經過，才知道了。」黛玉真的被寶釵收服了，寶釵像自己的姐姐一樣。所以很多人看到最後寶釵嫁給寶玉了，大大反對這個結尾。寶釵對黛玉是不是真心的？還是只不過對她用了心機？這要看大家自己的判斷。至少黛玉方面，她是真的受了感動。黛玉到底是個真性情的人，如果她一直是那種小心眼，這個女孩子就不那麼可愛了。她有很真的一面，講的都是實情，那種孤女的心態，難怪她那麼多心、防衛，她沒有父母兄弟，寶釵到底有自己的母親，而且薛姨媽還是王夫人的親妹妹，薛蟠不管怎麼樣，還是個哥哥，寶釵的處境比她好多了。黛玉講，她在賈府，雖然受賈母寵愛，她自己也很小心的。請大夫熬藥，人參、肉桂已鬧得天翻地覆了，這會子又搞出個新鮮東西，還要熬燕窩，太麻煩人了！

黛玉是很謹慎、很孤傲的，不願意落人口實，不願意給人家褒貶，吃個燕窩是小事，她開口要，當然他們也會好好地每天給她準備，對賈府來說，燕窩不算什麼，但她的顧忌也是真的，她說：「你看這裏這些人，因見老太太多疼了寶玉和鳳丫頭兩個，他們尚虎視眈眈，背地裏言三語四的，何況於我？況我又不是他們這裏正經主子，原是無依無靠投奔了來的，他們已經多嫌著我了。如今我還不知進退，何苦叫他們咒我？」她心中很在乎的，她不是不懂事的人，她想連寶玉跟鳳姐受寵已經讓人背後嘀嘀咕咕了，她只是一個外孫女，有分別的。的確，到最後賈母讓寶玉娶寶釵，而黛玉已經病重快死了，賈府的人顧不周全了，賈母自己講，那個是我的孫子，你到底是我的外孫女。黛玉自己也知道，賈母疼她，不過是因為她的母親賈敏死得早，賈母愛屋及烏，把對女兒賈敏的疼憐，移情到外孫女身上。到了節骨眼的時候，就分別出親疏來了。寶釵安慰她，我跟你還不是一樣不是正經主子。黛玉說，你有媽媽，又有哥哥，自己家裏有生意、有房地產，什麼都有，來賈府做客不花他們的錢，是個親戚住一住而已，哪像我寄人籬下。寶釵開玩笑說：「將來也不過多費得一副嫁妝罷了，如今也愁不到這裏。」黛玉聽了說：「人家才拿你當個正經人，把心裏的煩難告訴你聽，你反拿我取笑兒。」寶釵講：「我在這裏一日，我與你消遣一日。你有什麼委屈煩難，只管告訴我，我能解的，自然替你解一日。我雖有個哥哥，你也是知道的，只有個母親比你略強些。咱們也算同病相憐。你也是個明白人，何必作『司馬牛之嘆』？」司馬牛是孔子的學生，因為他沒有兄弟，嘆他自己孤寂。寶釵就講，說了這麼多，乾脆由我來替你做燕窩吧！我來燉燕窩，天天送來給你。寶釵真會做人，這個時候誰不感動？黛玉說：「東西事小，難得你多情如此。」

寶釵走了以後，黛玉深有感觸，這段寫得相當動人。六九六頁：「這裏黛玉喝了兩口稀粥，仍歪在床上，不想日未落時天就變了，淅淅瀝瀝下起雨來。秋霖脈脈，陰晴不定，那天漸漸的黃昏，且陰的沉黑，兼著那雨滴竹梢，更覺淒涼。秋天來了，整個抒情詩傳統就是傷春悲秋，傷春寫過了〈葬花吟〉，這時候呢，黛玉也要寫她的秋聲賦了。知寶釵不能來，便在燈下隨便拿了一本書，卻是《樂府雜稿》，有《秋閨怨》《別離怨》等詞。黛玉不覺心有所感，亦不禁發於章句，遂成《代別離》一首，擬《春江花月夜》之格。大家知道，張若虛很有名的那首《春江花月夜》，黛玉用它的格式寫下這首詞《秋窗風雨夕》：秋花慘淡秋草黃，耿耿秋燈秋夜長。已覺秋窗秋不盡，那堪風雨助淒涼！助秋風雨來何速！驚破秋窗秋夢綠。這個「綠」字在這裏有點問題，秋夢綠，後面那個解釋有點勉強，秋天哪來夢到綠的顏色呢？程乙本是：「驚破秋窗秋夢續」，我想「續」字比較好，斷斷續續的。抱得秋情不忍眠，自向秋屏移淚燭。淚燭搖搖爇短檠，牽愁照恨動離情。誰家秋院無風入？何處秋窗無雨聲？羅衾不奈秋風力，殘漏聲催秋雨急。連宵脈脈復颼颼，燈前似伴離人泣。寒烟小院轉蕭條，疏竹虛窗時滴瀝。不知風雨幾時休，已教淚洒窗紗濕。秋天突然間感觸來了，雖然寶釵給了她一點溫暖，卻讓她更加感到自己身世的淒涼孤獨。想想看，還要仰賴寶釵悄悄地送燕窩來，如果自己的家還在，何須仰人鼻息？她抒懷成詩，隱隱知道自己可能壽命不長。那個時候肺病不好醫的，幾乎是絕症，何況黛玉本來體質就弱。她寫這首詩，最後的「已教淚洒窗紗濕」，春天掉淚，秋天淚更多，絳珠仙草以淚還債，淚乾了，也慢慢地枯萎了。

秋天的晚上下雨，雨勢很大，寶玉還要來看一看林妹妹，不放心。以前他們兩個小孩子吵來吵去，自從互相交心之後，有一種憐惜，這段我覺得寫得非常好。黛玉剛好寫完詩，寶玉就來了。他頭上戴著大箬笠，身上披著蓑衣，黛玉笑，哪裏來的漁翁？寶玉忙問：「今兒好些？吃了藥沒有？今兒一日吃了多少飯？」一面說，一面摘了笠，脫了蓑衣，忙一手舉起燈來，一手遮住燈光，向黛玉臉上照了一照，覷著眼細瞧了一瞧，笑道：「今兒氣色好了些。」看看那種體貼，還把燈光罩著怕刺了黛玉的眼睛，這種小動作，難怪有這麼多女孩子喜歡他。這時黛玉也接受了寶玉的感情，從前她常常不信任他，有時候還戳他兩下，現在不一樣了。黛玉看脫了蓑衣，裏面只穿半舊紅綾短襖，繫著綠汗巾子，膝下露出油綠綢撒花褲子，底下是掐金滿綉的綿紗襪子，靸著蝴蝶落花鞋。黛玉問道：「上頭怕雨，底下這鞋襪子是不怕雨的？也倒乾淨。」寶玉笑道：「我這一套是全的。有一雙棠木屐，才穿了來，脫在廊檐上了。」黛玉又看那蓑衣斗笠不是尋常市賣的，十分細緻輕巧，因說道：「是什麼草編的？怪道穿上不像那刺猬似的。」寶玉道：「這三樣都是北靜王送的。」寶玉跟北靜王有一種緣分，北靜王在書中的出現像個神仙一樣，他不光是對寶玉特別好，還在賈府落難時來救了一把，所以北靜王、蔣玉菡、馬上要上場的柳湘蓮，對寶玉都有種象徵的意義在裏頭。這些行頭是北靜王給的，寶玉說，我也給你弄一套戴戴看。黛玉笑道：「我不要他。戴上那個，成個畫兒上畫的和戲上扮的漁婆了。」講漏嘴了，前面說寶玉像個漁翁，講自己像個漁婆，這不成對了嗎？一想到這個，「後悔不及，羞的臉飛紅。」寶玉也不覺得，他心思沒像她那麼細，寶玉跑去她房間，拿剛寫的那首詩來看，他一看也知道黛玉的這種感觸。黛玉不讓他知道她內心世界，把那首詩燒掉了。寶玉說，我已經背在心裏了，你燒的，我都記得了。

寶玉只是來看一下就要走了，他怕黛玉要休息了，走的時候要拿一個燈籠，黛玉講，下雨燈籠會淋濕，寶玉說沒關係，是明瓦的，不怕雨。明瓦，是一種蚌類磨出來的東西。程乙本寫的是羊角，羊角挖空做的燈。六九八頁：黛玉聽說，回手向書架上把個玻璃綉球燈拿了下來，命點一支小蠟燭來，遞與寶玉，道：「這個又比那個亮，正是雨裏點的。」寶玉道：「我也有這麼一個，怕他們失腳滑倒打破了，所以沒點來。」黛玉道：「跌了燈值錢，跌了人值錢？你又穿不慣木屐子。那燈籠命他們前頭照著。這個又輕巧又亮，原是雨裏自己拿著的，你自己手裏拿著這個，豈不好？明兒再送來。就失了手也有限的，怎麼忽然又變出這『剖腹藏珠』的脾氣來！」寶玉聽說，連忙接了過來，前頭兩個婆子打著傘提著明瓦燈，後頭還有兩個小丫鬟打著傘。寶玉便將這個燈遞與一個小丫頭捧著，寶玉扶著他的肩，一逕去了。細細講這個，兩個人的感情通通出來了，這跟前面又不一樣了。他疼她，她疼他，兩個人疼來疼去，這一段寫得相當好。

後來寶釵遣兩個老婆子送燕窩來了，黛玉拿幾個賞錢給她們，黛玉也很懂事的。那兩個老婆子說，她們晚上守夜總要開個賭局，她曉得的，給了錢說你們快點去，不要阻了你們發財的機會。寶玉走了，燕窩送來了，晚上黛玉更加感觸。「紫鵑收起燕窩，然後移燈下簾，伏侍黛玉睡下。黛玉自在枕上感念寶釵，一時又羨他有母兄；一面又想寶玉雖素習和睦，終有嫌疑。雖然是這麼好，以後還不知能不能夠修成正果，心裏還是七上八下的。又聽見窗外竹梢蕉葉之上，雨聲淅瀝，清寒透幕，不覺又滴下淚來。直到四更將闌，方漸漸的睡了。」林姑娘悲秋，這是非常抒情、寫得扣人心弦的一回。

【第四十六回】
尷尬人難免尷尬事　鴛鴦女誓絕鴛鴦偶

《紅樓夢》的場景轉換，很像電影或戲劇，前面那一場很抒情，很詩意，境界很高的，它一轉過來，這一場就變成了近似鬧劇：賈赦看中鴛鴦了，要娶她做妾，鴛鴦反抗。兩個完全不同的境界，可是它的處理，並不覺得有衝突，很自然的就轉過來了。

上一回，做過賈政乳母的賴嬤嬤不是在鳳姐面前講了一番話，對賈府後人，尤其是賈赦、賈珍他們的行為很看不慣嗎？賴嬤嬤是賈府老人，她看過賈府最盛時老一輩的操守，傳到現在這些子孫，比前一輩差遠了，可能守不住祖業，那一番話不是隨便批評的。賈府之衰，當然跟元妃之死很有關係，但是另外一方面，賈府中的兩個爵位繼承人，榮國公賈赦，寧國公賈珍，撐不起這個場面，因為他們自己的操守德行不好，這一回就特別寫了賈赦做的尷尬事。賈赦這個人，跟他太太邢夫人可說是貪婪愚昧的一對，賈赦又好色，在德行上有很大欠缺，後來賈府抄家，賈赦做的很多事情也被列入罪狀。所以賴嬤嬤對賈赦批評，不是偶然。

《紅樓夢》常常用一個旁觀者來 comment，做評論，像最開始的冷子興，他是管家周瑞的女婿，對賈府當然很熟悉，他講了賈府的一些奇事。比如說焦大，他是跟著賈代化的老傭人，對賈珍他們的作為很不以為然，也批評了一頓。十七、十八世紀，甚至十九世紀有些西洋小說，作家自己從作品中跑出來，去批評、譴責一頓，作者的偏見常常影響讀者對人物的看法。《紅樓夢》不是，我們找不到曹雪芹在哪裏，他隱在後面的，往往借重旁邊的人物對整個事情有所評論或交代。前面那些批評，其實也為了連貫這一回的情節。

賈赦要娶妾。賈府裏那麼多丫鬟，個個美貌，他偏偏選中了鴛鴦。鴛鴦是丫頭王，是丫鬟裏邊的領袖，曹雪芹形容她鼻子高高的，臉上還有點雀斑。比起晴雯，比起襲人，她不是最美的，但她很有氣派。你看「金鴛鴦三宣牙牌令」那回，她果然是賈母下面的首席丫鬟，賈赦不識相，要娶她作妾。鳳姐當然知道是怎麼回事，鴛鴦的地位、賈母對她的倚重、她自己個人的心胸，鳳姐很了解的。你看看七〇三頁，邢夫人跟鳳姐說，老爺看中鴛鴦了，要你去講一講啦！要鳳姐去向老太太討妾。邢夫人講：「我想這倒平常有的事，只是怕老太太不給，你可有法子？」她以為鳳姐會站在她那一邊。鳳姐兒聽了，忙道：「依我說，竟別碰這個釘子去。老太太離了鴛鴦，飯也吃不下去的，那裏就捨得了？對她那麼倚重。況且平日說起閑話來，老太太常說，老爺如今上了年紀，作什麼左一個小老婆右一個小老婆放在屋裏，沒的耽誤了人家。放著身子不保養，官兒也不好生作去，成日家和小老婆喝酒。太太聽這話，很喜歡老爺呢？這會子迴避還恐迴避不及，倒拿草棍兒戳老虎的鼻子眼兒去了！太太別惱，我是不敢去的。」鳳姐非常知道輕重，勸邢夫人別自討沒趣。

鳳姐講這話其實一番好意，賈母是個聰明的老太太，她對於賈赦這已經做爺爺的人，左一個小老婆，右一個小老婆，官不好好做，很清楚的。她享福裝糊塗，不管那些事情，其實哪一個人的作為，她怎會不知道？賈政跟賈赦，在她心中的地位非常清楚。邢夫人這個人愚昧，她不聽鳳姐的勸還不說，她的反應很有意思。**邢夫人冷笑道：「大家子三房四妾的也多，偏咱們就使不得？」**她覺得三房四妾還得意得很，大家子哪個不是三房四妾的。她說：**「我勸了也未必依。」**這倒是講了實話，賈赦不會聽她的，她呢，一味的只會順從賈赦，胡作非為也順從他；再者就是貪錢，只捏著錢不放。看鳳姐不去，邢夫人就講了：**「我叫了你來，不過商議商議，真要你去嗎？我自己會去！你先派上了一篇不是。」**這兩婆媳本來就搞不好，邢夫人討厭鳳姐，討厭到了極點。為什麼？她好好的是大房的媳婦，跑到二房王夫人那裏拍馬屁，去做王夫人那邊的掌家。邢夫人本來就嫌鳳姐仗勢，賈母寵她，王夫人又寵她，邢夫人拿她沒辦法，所以平常有事沒事，要找鳳姐碴的，這下鳳姐頂她幾句，批評了賈赦，邢夫人當然很不高興。你看，鳳姐這個人多麼乖巧，多麼滑頭，一聽婆婆要給她吃排頭了，她馬上轉彎。七〇四頁，她說：**「太太這話說的極是。我能活了多大，知道什麼輕重？**她馬上講了一句言不由衷的話。**想來父母跟前，別說一個丫頭，就是那麼大的活寶貝，不給老爺給誰？」**鳳姐會轉彎，她知道如果再強下去，一定挨一頓臭罵，也沒好處，趕快逢迎邢夫人，你去說，很好！而且她很精明，去的時候，故意跟邢夫人坐一部車子去，到的時候讓邢夫人先進去，她溜掉了。為什麼呢？因為萬一邢夫人進去被賈母排揎一頓，她可能會懷疑鳳姐先去告了狀，所以鳳姐從頭到尾都讓邢夫人知道她不在場，不成也怪不到她了。你看看鳳姐精靈的，但她並不是完全沒有正義感的一個人，她也可以一開頭就順著邢夫人，賈赦要娶小老婆，不關鳳姐什麼事啊！但她到底是榮國府的掌家，看到賈赦這種行為，心中也不以為然的，但是婆婆這麼一來，能說什麼？只好轉個彎，弄個巧，捧她幾句。七〇四頁：鳳姐兒笑道：「到底是太太有智謀，這是千妥萬妥的。別說是鴛鴦，憑他是誰，那一個不想巴高望上，不想出頭的？這半個主子不做，倒願意做個丫頭，將來配個小子就完了。」邢夫人聽鳳姐這麼哄哄，又開心了，自己跑到賈母那邊去。鳳姐她心中又是怎麼想呢？庚辰本這句話有問題：「鴛鴦素習是個可惡的」，鳳姐跟鴛鴦的關係滿好的，鳳姐對鴛鴦也有三分敬佩，怎麼會想她是個可惡的呢？除非她說反話，很可惡，就是很不好弄，這麼說也不對。程乙本是：「鴛鴦素昔是個極有心胸氣性的丫頭」，這就對了！

邢夫人就到鴛鴦那邊去了，鴛鴦在繡東西，邢夫人打量她：「只見他穿著半新的藕合色的綾襖，青緞掐牙背心，下面水綠裙子。蜂腰削背，鴨蛋臉面，烏油頭髮，高高的鼻子，兩邊腮上微微的幾點雀斑。」她不是一個 perfect 的美人，幾句描寫，感覺她是很有個性的一個女孩子。烏黑的頭髮、高鼻子，特別強調她烏黑的頭髮有道理的，等一下就會看到鴛鴦拿出剪刀來，往她那烏黑頭髮一絞，那一幕寫得很好，非常 dramatic，把鴛鴦的個性完全表現出來了。鴛鴦看邢夫人這麼打量她，口裏又不斷稱讚她，就曉得不妙。邢夫人乾脆講出來了，看中你了！邢夫人的態度是抬舉你，以後呢，你也做個姨娘，也許生個兒子，就把你的地位升高了，做主子了。丫頭有什麼命呢？了不得以後配個小子出去了。邢夫人這麼講也是實情，賈母在，有靠山的時候，鴛鴦的地位很高，丫頭王，一旦賈

鴛鴦

母過世，鴛鴦失掉了靠山，命運就難測了。一下子來了這麼件事，鴛鴦怎麼講？她也不好去駁邢夫人，她就不出聲，無論邢夫人怎麼說，她都不出聲。邢夫人走了，鴛鴦當然心裏很不舒服，就溜到院子裏去，碰到襲人、平兒，她們幾個丫鬟在一起本來就是姐妹淘，安慰她兩下，又開開她玩笑，說新姨娘來了！這個講，乾脆許給我們璉二爺好了，那個講，乾脆許給我們寶玉好了，就不敢來搶了。鴛鴦很生氣，回了一句話：「你們自為都有了結果了，將來都是做姨娘的。據我看，天下的事未必都遂心如意。你們且收著些兒，別忒樂過了頭兒！」她這句話講對了。像襲人千方百計想當寶玉的姨娘，最後還是沒當成。後來會有什麼下場，都還難講。七〇八頁，襲人就說：「真真這話論理不該我們說，這個大老爺太好色了。」庚辰本用「好色」這兩個字做為對賈赦的 judgement，評斷得太平了！程乙本是：「這個大老爺，真真太下作了！」這個話對了。好色一般來講，不見得是壞事，下作，就不好了。連襲人是個丫頭，對賈赦也這麼瞧不起。襲人平常不大輕易講人壞話的，也講了句重話。

正講著，鴛鴦的嫂子來了。因為邢夫人一看好像鴛鴦沒搞定，她的嫂子也是賈府的傭人，讓她嫂子來講一講。嫂子這種人當然見錢眼開，覺得自己家的姑娘要做主子了、做姨娘了，當然他們也有好處的，就來向鴛鴦道喜。這個鴛鴦也不是好相與的，罵起人來也很兇的。七〇九頁，鴛鴦罵：「這個娼婦專管是個『九國販駱駝的』……」，九國不對，應該是六國販駱駝的，我們說六國封相，庚辰本也是手抄本，手抄的人不見得有學問，自己擅自抄，有時候寫錯了。當然是六國販駱駝的，形容嫂子到處找機會。鴛鴦就把她臭罵一頓，罵得痛快。《紅樓夢》那些女孩子一個個都伶牙俐齒的，鴛鴦、晴雯、司棋……

沒有一個好惹的，罵起來可是不留情的：「什麼『好話』！宋徽宗的鷹，趙子昂的馬，都是好畫兒，什麼『喜事』！狀元痘兒灌的漿兒又滿是喜事」。庚辰本七〇九頁這幾句，程乙本沒有的，我也覺得多餘，扯出宋徽宗、趙子昂來了！我想，就算鴛鴦是認識字的，因為她跟著賈母抄佛經、自習，但未必用得上這兩個典，而且用這兩個典罵嫂子，這嫂子茫茫然，什麼趙子昂，什麼宋徽宗，我想不妥，可能也是抄本的時候加進去的。後面這段她罵的是實情：「怪道成日家羨慕人家女兒作了小老婆，一家子都仗著他橫行霸道的，一家子都成了小老婆了！看的眼熱了，也把我送在火坑裏去。我若得臉呢，你們在外頭橫行霸道，自己就封自己是舅爺了，我若不得臉敗了時，你們把忘八脖子一縮，生死由我。」嫂子被罵得一頭包，臉上下不來，又把襲人跟平兒扯進來，她說：「俗語說，『當著矮人，別說短話』。姑奶奶罵我，我不敢還言；這二位姑娘並沒惹著你，小老婆長小老婆短，人家臉上怎麼過得去？」這下子，得罪了鴛鴦還不說，把那兩個也得罪了。襲人平兒說：「你聽見那位太太、太爺們封我們做小老婆？況且我們兩個也沒有爹娘哥哥兄弟在這門子裏仗著我們橫行霸道的。」三個人把嫂子圍剿一頓，嫂子抱頭竄逃，跑回去跟邢夫人說，不行！不行！這個鴛鴦不光是不聽我的話，還把我罵一頓。又說，襲人也在旁多話，平姑娘好像也在那裏。鳳姐在旁就故意講，平兒也在，快點把她打回來。鳳姐怕邢夫人怪到她身上，就藉故溜了，不陪邢夫人一起見賈母。

嫂子不管用，賈赦要賈璉去把鴛鴦的老子娘押來，要他們去勸，但老子中了風的，她娘也痴痴呆呆，沒用了的。賈赦生很大的氣，自己出醜了。你看七一二頁他對鴛鴦的哥哥講的這些話：「我這話告訴你，叫你女人向他說去，就說我的話：『自古嫦娥愛少年』，他必定嫌我老了，講得也沒錯，是嫌他老，做爺爺的人了。大約他戀著少爺們，多半是看上了寶玉，只怕也有賈璉。果有此心，叫他早早歇了心，我要他不來，此後誰還敢收？此是一件。第二件，想著老太太疼他，將來自然往外聘作正頭夫妻去。叫他細想，憑他嫁到誰家去，也難出我的手心。除非他死了，或是終身不嫁男人，我就伏了他！若不然時，叫他趁早回心轉意，有多少好處。」看看，強橫霸道吧！賈赦這個人！撂出狠話來了。鴛鴦聽了，記在心裏頭的。後來賈母一死，鴛鴦曉得難逃賈赦的手掌，吊頸自盡了。鴛鴦的確是個有心胸氣性的丫頭，不愧為眾丫鬟之首，寧願死也不願落在賈赦的手裏。

下面就是這一回最戲劇化的場景了。七一三頁，這時候賈母房中，王夫人、薛姨媽、李紈、鳳姐、寶釵姐妹通通都在，鴛鴦進來，庚辰本：鴛鴦喜之不盡，拉了他嫂子，到賈母跟前跪下。喜之不盡這四個字用的不好，這時候沒什麼好喜的。程乙本很簡單：鴛鴦看見。鴛鴦看見那麼多人在，拉了他嫂子，到賈母跟前跪下，一行哭，一行說，把邢夫人怎麼來說，園子裏他嫂子又如何說，今兒他哥哥又如何說，都講給賈母聽。她說：「因為不依，方才大老爺越性說我戀著寶玉，不然要等著往外聘，我到天上，這一輩子也跳不出他的手心去，終久要報仇。我是橫了心的，當著眾人在這裏，我這一輩子莫說是『寶玉』，便是『寶金』『寶銀』『寶天王』『寶皇帝』，橫豎不嫁人就完了！就是老太太逼著我，我一刀抹死了，也不能從命！若有造化，我死在老太太之先；若沒造化，該討吃的命，伏侍老太太歸了西，我也不跟著我老子娘哥哥去，我或是尋死，或是剪了頭髮當尼姑去！若說我不是真心，暫且拿話來支吾，日後再圖別的，天地鬼神，日頭月亮照著嗓子，從嗓子裏頭長疔爛了出來，發惡誓！爛化成醬在這裏！」原來他一進來時，便袖了一把剪子，一面說着，一面左手打開頭髮，右手便鉸。眾婆娘丫鬟忙來拉住，已剪下半綹來了。眾人看時，幸而他的頭髮極多，鉸的不透，連忙替他挽上。

曹雪芹常常給一個人物安排場景，讓他表現他的個性，鴛鴦的場景並不太多，她本來是所謂的 flat character，扁平人物、次要人物，因為小說裏不能都是 round character，周圓人物，主角太多打得一團了，不行！可是在某個時段，給它一個 scene，突然間這個扁平人物，一下子就長起來了，好像變大了，變高了。鴛鴦如此，以後的晴雯之死也是如此，這場 dramatic scene 以後，不能不對鴛鴦另眼相看。丫鬟也是人，何況是很得老太太倚重的丫鬟，她為了保住尊嚴而做出自我要求和反抗，當然有她與眾不同的地方。曹雪芹在這個地方，讓她充分發揮了她的個性。鴛鴦，她不必講什麼，這一段話夠了，尤其是她拿了剪刀出來把頭髮鉸了，以示她的決心，這種寫法非常戲劇化，也就特別表現了鴛鴦的個性。

賈母聽了，氣的渾身亂戰。賈母氣死了！居然敢打她的主意。就剩這個丫頭，她最倚重的丫頭，看看她講的一番話：因見王夫人在旁，便向王夫人道：「你們原來都是哄我的！外頭孝敬，暗地裏盤算。我有好東西也來要，有好人也要，剩了這麼個毛丫頭，見我待他好了，你們自然氣不過，弄開了他，好擺弄我！」老太太真的生氣了，不管青紅皂白罵了一頓再講。王夫人倒楣，剛好在旁邊，邢夫人還沒來，同樣也是媳婦，王夫人吃了這頓排頭。其實關王夫人什麼事，但做媳婦不敢講的，只好站起來。這個時候有意思了，只有三姑娘探春挺身出來替王夫人講話。探春這個女孩子極有個性，正直敢言，而且她極端理性，有時候理性過了頭，連自己親娘也不認的。這個時候她一想，這些人都不敢替王夫人講話，薛姨媽是王夫人的妹妹，不好講。寶玉是兒子不敢講，鳳姐、李紈是媳婦更不敢說了，幾個女孩子，迎春、惜春都不夠，想想，只有她出來了。她陪笑向賈母道：「這事與太太什麼相干？老太太想一想，也有大伯子要收屋裏的人，小嬸子如何知道？」意思是罵王夫人罵錯了。探春敢講話，這個時候敢出來，這麼一個小細節，也就表現了探春的個性。所以後來大觀園搜抄自己人，為了一個繡春囊，探春那種果決的表現，都是一貫的。這個時候若不是探春出來講話，怎麼收場？賈母生氣了，王夫人受了委屈，怎麼辦？探春來這一下子，賈母也很聰明，曉得錯怪了王夫人，賈母也就道歉了。當然賈母向自己媳婦不好講道歉，故意怪寶玉說，你娘受了委屈，你還不快點來說項。寶玉說，他怎麼敢呢？就說是我錯好了。寶玉是什麼錯都攬到身上去的。鳳姐這時候又來插一句：「誰教老太太會調理人，調理的水葱兒似的，怎麼怨得人要？我幸虧是孫子媳婦，若是孫子，我早要了，還等到這會子呢。」鳳姐取悅賈母是一流的，在這個場合，家族之間的互動通通寫出來了。邢夫人進來的時候，當然就挨了一頓排頭。

這一回，表面講鴛鴦，其實嚴厲地批評了賈赦，也就預示著後來抄家的時候，賈赦也是罪魁之一。往下呢，賈赦還做了一件傷天害理的事情，為了搶人家的古董扇子，把扇主石呆子害死了，這個也是抄家罪狀之一。所以說賈赦好色、貪婪，各種缺點都有，不好好做官。按理講，他的責任很大的，他是繼承了榮國公的 title，弟弟賈政倒是沒有 title 的。這位榮國公應該以身作則，成為子孫的榜樣，哪曉得竟滿門心思在娶小老婆上頭，鴛鴦不從，後來還是去買了個十七歲的妾。所以這一回，把對賈赦相當嚴厲的批判，非常戲劇性的寫出來。

【第四十七回】呆霸王調情遭苦打　冷郎君懼禍走他鄉

上回鴛鴦的事還未了結，邢夫人進來了，其他的人識相，通通都溜走了。看看賈母怎麼說她的。七一七頁，賈母見無人，賈母還算對邢夫人留了面子，等沒有人的時候，再訓她一頓，方說道：「我聽見你替你老爺說媒來了。你倒也三從四德，諷刺她，只是這賢慧也太過了！你們如今也是孫子兒子滿眼了，你還怕他，勸兩句都使不得，還由著你老爺性兒鬧。」看看邢夫人反應。邢夫人滿面通紅，回道：「我勸過幾次不依。老太太還有什麼不知道呢，我也是不得已兒。」這個邢夫人很不行的。賈母道：「他逼著你殺人，你也殺去？」賈母對她這一次滿嚴厲的，那個時候對自己的媳婦是可以教訓的。邢夫人是賈赦的元配，她也是封了夫人受封誥的，照理她的地位在賈府應該很高，但她自己不行，所以大家看起來好像王夫人反而超出她。其實她的地位比王夫人高得多，她真的是跟賈赦兩個繼承了榮國公的爵位 title 的。賈母平常對這種媳婦不能夠疾言厲色，這一次忍不住了，對這個大媳婦，話講得相當重。而且賈母說，要娶小老婆，我拿幾百兩銀子，你買去！講的是氣話。後來賈赦也真的拿了幾百兩銀子，去買了一個十七歲叫嫣紅的小丫頭放在房裏，這個人真是很差勁，吃了一個大排頭還不知羞恥。

賈母在生氣，鳳姐她們趕快陪老太太打打牌，消消氣。把薛姨媽也找回來，幾個人打牌，鳳姐嘛，就耍寶，逗賈母，講了好多笑話，賈母才慢慢高興過來。邢夫人好尷尬，被罵了一頓，又不能賭氣就走了，站在旁邊伺候。賈母也不理她，自己玩牌，這幾個人熱鬧的時候，讓她站在那裏。鳳姐這個孫媳婦呢，因為邢夫人在，她不敢坐的，賈府規矩很大。這時候因為賈母要她鬥牌，她只好坐下來，鴛鴦在旁邊幫賈母洗牌。你看多尷尬！邢夫人等於被罰站，她沒參加鬥牌。

這個時候賈璉不識相，跑過來想問賈母，賴嬤嬤的孫子賴尚榮當官了，她家裏頭擺宴請賈母，什麼時候出發？他一來平兒就說，你快別去，裏面邢夫人都挨罵了，快點走吧！賈璉想又不關我什麼事，就跑來探頭探腦，一下子給賈母逮到了。庚辰本這個地方，七二〇頁：「賈母一回身，賈璉不防，便沒躲伶俐。」沒躲伶俐什麼意思？我看是個錯的詞。程乙本是：「沒躲過」，很簡單的！賈母便問：「外頭是誰？倒像個小子一伸頭。」這下子賈璉躲不過了，就進來打聽老太太什麼時候出門。賈母道：「既這麼樣，怎麼不進來？又作鬼作神的。」賈璉陪笑道：「見老太太玩牌，不敢驚動，不過叫媳婦出來問問。」賈母道：「就忙到這一時，等他家去，你問多少問不得？那一遭兒你這麼小心來著！又不知是來作耳報神的，也不知是來作探子的，鬼鬼祟祟的，倒唬了我一跳。什麼好下流種子！這下子一罵罵了一家，他是賈赦的兒子，什麼好下流種子！你媳婦和我頑牌呢，還有半日的空兒，你家去再和那趙二家的商量治你媳婦去罷。」大家記得嗎？鳳姐生日那一天，賈璉一看得空，馬上就把鮑二家找來了。鴛鴦笑道：「鮑二家的，老祖宗又拉上趙二家的。」賈母也笑道：「可是，我那裏記得什麼抱著背著的，提起這些事來，不由我不生氣！我進了這門子作重孫子媳婦了，連頭帶尾五十四年，憑著大驚大險千奇百怪的事，也經了些，從沒經過這些事。還不離了我這裏呢！」一把賈璉趕走。

賈母講這些話裏有因，這些子孫不爭氣，她進賈府轟轟烈烈做了幾十年的媳婦，從重孫媳婦開始做起，到現在自己有重孫媳婦，看過整個賈家最盛的時候，下面子孫德業都虧了，導致抄家以後，還是老太太擔起來，非常動人的一回，就是她向天祈禱，祈求赦免她的子孫，自己擔當所有一切罪孽，老太太非比尋常。賈璉和他父親賈赦做出的事，都伏著後來賈府衰敗的因。

鴛鴦、賈赦的事情完了，下面一轉，又轉了個 scene，柳湘蓮這個人登場，雖然是一個 minor character，次級人物，但也有很重要象徵意義。前面賴嬤嬤來請賈母到她家裏面去，雖然是個奴僕，幾代累積也有了花園、亭臺樓閣，有宴客幾天的架式，當時的貴族生活，不說上面這一層，連下面的僕人管家都有氣派。賴尚榮請了一些世家子弟，也請了幾個他的朋友來作陪，其中有個柳湘蓮。七二二頁：「那柳湘蓮原是世家子弟，讀書不成，父母早喪，素性爽俠，不拘細事，酷好耍槍舞劍，賭博吃酒，以至眠花臥柳，吹笛彈箏，無所不為。因他年紀又輕，生得又美，不知他身分的人，卻誤認作優伶一類。」這是很特別的一個人，出生在世家，人長得美，性格也特別，照理講世家子弟不會去票戲、串戲、玩槍舞棒的，他卻是不拘禮俗。記得嗎？在《紅樓夢》開始的時候，冷子興跟賈雨村兩個人談論賈府的人，講賈寶玉的個性很怪。賈雨村就說，歷史上有堯、舜、周公這類的聖賢，也有蚩尤、紂王這種大奸大惡，還有一些人不屬於這兩類的，不能拿普通世俗的觀念來評判，譬如阮籍、嵇康。寶玉呢，就屬於不拘禮俗的人，柳湘蓮也屬於這一類，因為他喜歡串戲，有時就讓人誤會，像薛蟠這個呆霸王，就動了歪念頭。「薛蟠自上次會過一次，已念念不忘。又打聽他最喜串戲，且串的都是生旦風月戲文，不免錯會了意，誤認他作了風月子弟……」明清時代，唱戲的優伶，所謂戲子，有很特殊的身分，可以接近貴族階層，能跟他們交往，甚至變成孌童式的關係，像忠順王府對蔣玉菡就是這樣，蓄養他的。薛蟠以為柳湘蓮是戲子之流，那麼他可以隨便地招惹他，其實把柳湘蓮誤判了。

柳湘蓮跟寶玉是有特別的交情，你看賴尚榮找到寶玉了，說：「好叔叔，把他（柳湘蓮）交給你，我張羅人去了。」說完就走了。至於柳湘蓮跟寶玉的關係，從前是什麼樣子，怎麼認得的，通通不必講，在這場就講清楚了。寶玉便拉了柳湘蓮到廳側小書房中坐下，問他這幾日可到秦鐘的墳上去了？湘蓮道：「怎麼不去？前日我們幾個人放鷹去，離他墳上還有二里。我想今年夏天的雨水勤，恐怕他的墳站不住。我背著眾人，走去瞧了一瞧，果然又動了一點子。回家來就便弄了幾百錢，第三日一早出去，僱了兩個人收拾好了。」寶玉是個性情特殊的人，大部分的男人他都不喜歡的，尤其有兩種人，第一種像薛蟠、賈璉、賈珍那種，非常好色，不尊重女性，只喜歡肉體上尋歡的這一類。第二種像賈雨村，甚至於賈政那種，在官場裏攀爬求名利，儒家培養出來的頭腦，他也敬而遠之。他比較接近的，就像蔣玉菡、柳湘蓮、秦鐘，甚至於北靜王。秦鐘早夭，柳湘蓮也跟秦鐘熟識，都是串起來一掛子的。他們兩個人講話的時候也特別有一種親近，可以互吐心事。柳湘蓮說不久我又要走了。他是萍踪浪跡到處漂流的人，無法定在一個地方的。他跟寶玉告辭，說我還是早點離開好了，你的那個表哥，指薛蟠，又犯了毛病了。七二三頁：湘蓮道：「你那令姨表兄還是那樣，再坐著未免有事，不如我迴避了倒好。」寶玉想了一想：道：「既是這樣，倒是迴避他為是。只是你要果真遠行，必須先告訴我一聲，千萬別悄悄的去了。」說著便滴下淚來。柳湘蓮道：「自然要辭的。你只別和別人說就是。」寶玉依依不捨，要他出去到哪兒告訴一聲，不要一下子走了又找不到了。他跟他的關係，我想也不只是一般人講的同性之間特別的情誼。

柳湘蓮後來的結果是什麼？要等到尤二姐、尤三姐那一回。尤三姐是個性情特殊的女孩子，她看中了柳湘蓮也是很自然的，她什麼樣的人都看不起，自視甚高，因為她非常美。本來講好了，她發誓要嫁給柳湘蓮，也收到一對寶劍做信物，後來柳湘蓮對她誤會了，因為她們兩姐妹曾住在寧國府裏頭，後來賈璉娶了尤二姐當姨太太，賈珍也想染指尤三姐，柳湘蓮誤會她們兩姐妹跟那兩兄弟都有染，所以他說，你們東府裏只有兩個石獅子是乾淨的，就把她退婚了。尤三姐心氣很高的一個人，受此屈辱，還給他鴛鴦寶劍時，就持劍自殺了，以死來明志。柳湘蓮受了很大的刺激，剛好在這個時候，隱隱中看見來了個道士，幾句話把他度走了。所以寶玉在柳湘蓮身上，看到了未來的他也走上這條路，最後是一僧一道來引他走了。

寶玉對柳湘蓮也是特別的，他為男人掉眼淚的只有幾個人，秦鐘、柳湘蓮、蔣玉菡，與其說這幾個男人跟他有特別的關係，我想，象徵的意義更高，也跟《紅樓夢》整個的主題，寶玉最後的解脫有關，這些人都有一些指引性，柳湘蓮也是如此。曹雪芹塑造人物，有些是用重疊式的鏡像，mirror image，像黛玉、晴雯、齡官、柳五兒，從各方各面來反映主要人物。也有用相互對比的，寶玉跟薛蟠就是對比的兩極。寶玉是性靈方面的，薛蟠還停留在動物狀態。寶玉寫的〈紅豆詞〉那麼美，薛蟠會用大馬猴、烏龜、一隻蚊子嗡嗡嗡什麼的來打諢，他們兩個人物，一個極端的雅，一個是極端的俗。這兩個人物的對比，又表現在對男性、對女性的情。寶玉對於女性不用說了，那種的憐惜、溫柔、敬重，是他很大的特點。薛蟠呢，看中了香菱一把搶過來就是了，搶過來以後，也沒有好好的對待香菱，差點活活被整死，對於女人，薛蟠沒有一點敬重，對男人也是如此，只想肉體上的侵占。寶玉對柳湘蓮是可以傾吐心事的那種情愫，薛蟠把他當戲子來耍。這個呆霸王唯一的好處就是他呆，因為他呆，所以有一點天真，柳湘蓮本來要溜的，薛蟠在別人府上大喊大叫：「誰放了小柳兒走了！」這下子把柳湘蓮惹怒了，就要了他一遭。柳湘蓮哄他說：那你來吧，我們來約好，你到我家來會我。薛蟠聽見了，高興得不得了，七二五頁：「湘蓮便起身出來，瞅人不防去了，至門外，命小廝杏奴：『先家去罷，我到城外就來。』說畢，已跨馬直出北門，橋上等候薛蟠。沒頓飯時工夫，只見薛蟠騎著一匹大馬，還是一匹高頭大馬喔！遠遠的趕了來，張著嘴，瞪著眼，你看這個呆霸王，頭似撥浪鼓一般不住左右亂瞧。」撥浪鼓，一種手搖的小鼓，兩邊有兩條線，帶著兩個小錘子、小珠子，這麼一搖一搖咚咚會響，這形容得不能再好，頭轉來轉去像個撥浪鼓，瞪著個眼睛到處瞧在找人。

曹雪芹喜歡開薛蟠的玩笑，寫他要寶，上一次在唱哼哼曲的時候，把他大大地耍了一寶，這一回又好好地耍了他一番。薛蟠以為柳湘蓮喜歡上他了，要跟柳湘蓮兩個人發

柳湘蓮

誓，沒想到被狠狠地打了一頓，打得他先稱兄弟後稱祖宗，都不饒過他。他喝了酒，一打酒也吐出來了，柳湘蓮要他吞進去。他求饒了，柳湘蓮說：讓你看看我是什麼人！柳湘蓮當然很生氣，薛蟠把他看做那種風月場的人。打了一大頓，柳湘蓮就走了。賈珍、賈蓉他們來找，聽到蘆葦裏面哼哼哈哈的，就找了出來。賈蓉看了笑，七二七頁：「薛大叔天天調情，今兒調到葦子坑裏來了。必定是龍王爺也愛上你風流，要你招駙馬去，你就碰到龍犄角上了。」這下子當然很不好意思，這麼尷尬的被人看見，後來薛蟠就藉口學做生意跑出去躲一下，實在太丟臉了。

薛姨媽當然很疼兒子，要遣人去抓柳湘蓮，寶釵很識大體的一個人，她講：「這不是什麼大事，不過他們一處吃酒，酒後反臉常情。誰醉了，多挨幾下子打，也是有的。況且咱們家無法無天，也是人所共知的。媽不過是心疼的緣故。要出氣也容易，等三五天哥哥養好了出的去時，那邊珍大爺璉二爺這干人也未必白丟開了，自然備個東道，叫了那個人來，當著眾人替哥哥賠不是認罪就是了。如今媽先當件大事告訴眾人，倒顯得媽偏心溺愛，縱容他生事招人，今兒偶然吃了一次虧，媽就這樣興師動眾，倚著親戚之勢欺壓常人。」薛寶釵一番話總是很合情合理，曹雪芹把寶釵寫成這樣也不容易。一個正派人物不容易寫的，尤其她一下子就把儒家那一套拿出來講了，寫得不好就會讓人覺得很做作，但真的把她寫得不討厭，你會覺得她這麼講的確是對的，把她媽媽也說服了。這就是寶釵，很懂事，很冷靜的一個人。哥哥被人打成這個樣子，叫母親先別動聲色，讓他吃吃虧也好。曹雪芹寫這些人物，個性非常 consistent，從頭到尾連貫一致，不會覺得有矛盾，這就是他寫人物成功的地方。

【第四十八回】濫情人情誤思游藝　慕雅女雅集苦吟詩

薛蟠被打了沒臉見人，藉口要出去做生意離開一陣子，薛姨媽本來不願意，怕他出去闖禍，寶釵說了一番話勸母親：「哥哥果然要經歷正事，正是好的了。只是他在家時說著好聽，到了外頭舊病復犯，越發難拘束他了。但也愁不得許多。他若是真改了，是他一生的福。若不改，媽也不能又有別的法子。一半盡人力，一半聽天命罷了。」意思是哥哥出去可能沒有倚仗了，可能他會改好，要薛姨媽放心讓薛蟠出去。

薛蟠離家了，就牽涉到了他的妾室香菱。記得香菱嗎？我們回顧一下她的命運，在第一回裏面就講到了。她本來叫英蓮，《紅樓夢》一開場的時候，有兩個象徵性的人物出來，一個是甄士隱，一個是賈雨村，光看他們的姓，一真（甄）一假（賈），就跟整個書要探討的主題有關。甄士隱是蘇州人，蘇州在當時是非常繁榮、有文化的地方，他是那邊的一個鄉紳，家裏是望族，有點社會地位，雖沒做很大的官，但有財產，有聲望，滿讓人羨慕的小康之家。甄士隱的妻子生了一個女兒就取名英蓮，長得非常可愛。哪曉得生了這個女兒沒多久，他夢到有兩個瘋瘋癲癲的道人跟和尚，夢裏講《紅樓夢》頑石歷劫這段故事，講了以後，他醒來了。一日，甄士隱抱著女兒在鬧市街上走，怎麼夢裏面那兩個瘋瘋癲癲的道人和尚真的出現了，僧人跟他說：你抱了個連累父母的禍胎，還不把她捨給我罷。瘋瘋癲癲地講什麼，甄士隱也沒在意。可是第二年元宵節，英蓮就丟了，被一個拐小孩的人牙販子偷走了。甄士隱的家又一把火燒個精光，夫婦倆非常狼狽，跑去投靠丈人，丈人看窮女婿來，給他很難看的臉色，一下子人世間變幻無常，很美滿的生活忽然什麼都沒有了。這就是《紅樓夢》一開頭拿他做個引子。後來呢，有一天正是非常狼狽的時候，瘋瘋癲癲的道人又出現了，唱了一首〈好了歌〉給甄士隱聽，我們複習一下：「世人都曉神仙好，惟有功名忘不了！古今將相在何方？荒塚一堆草沒了。世人都曉神仙好，只有金銀忘不了！終朝只恨聚無多，及到多時眼閉了。世人都曉神仙好，只有姣妻忘不了！君生日日說恩情，君死又隨人去了。世人都曉神仙好，只有兒孫忘不了！痴心父母古來多，孝順兒孫誰見了？」甄士隱就說，聽了半天只聽到一大堆「好了」「好了」。道人說，好就是了，了了才好，你不了就不好，你要好呢只有了。甄士隱有慧根的，一下子悟道了。

這個道人跟他講的這些話，就是「無常」兩個字。沒有東西不變的，沒有東西是「常」的，我們希望什麼都是天長地久，他就告訴你非常殘酷的事實，沒有一件事是天長地久的。甄士隱悟道就出家了，變成一個道人，書裏邊第一個出家的人，就是英蓮的父親。賈雨村跟甄士隱兩個人，所代表的就是入世與出世，這兩個象徵人物到書的最後又見面了，甄士隱已修成正果，賈雨村還留戀在紅塵裏翻滾。《紅樓夢》很重要的一個主題是賈寶玉悟道，甄士隱的悟道可以說是一個楔子，用楔子開場了。

再說香菱的命運，英蓮長大一點了就被賣掉，賣去給人當妾，本來有一個滿好的馮姓人家要把她娶回去的，偏偏碰到薛蟠這個呆霸王，驕橫無理，仗勢欺人，他也看中了英蓮，搶她過來又把那個姓馮的打死了，這麼好的一個女孩子偏就配給了這呆霸王。香菱進到薛家以後，曹雪芹沒有怎麼寫她，留到現在才出場，但有一個小細節曾經用側擊的方式點了一下，這是曹雪芹高明的手法。賈璉是個好色的，有一回看到香菱，就回去跟鳳姐講，那個薛老大，想不到還有這麼一個頭臉乾淨的媳婦娶進來了，講得眉飛色舞。鳳姐就冷笑道：那就拿平兒去換好了！那薛蟠也不過是看著碗裏、想著鍋裏的一個人，放在家裏邊，也就沒事人一樣。可見薛蟠對香菱，就是搶了來就把她丟在那裏了。不過賈璉滿會欣賞女人的，他看上的大概不會錯，可見香菱長得漂亮，連賈璉也動心了。曹雪芹不會一上來就寫香菱長得怎樣，那樣印象不會深嘛！由賈璉側面講一下，再由鳳姐接個話，反而突出了。

香菱到了薛家，還好寶釵、薛姨媽相當溫和，心地善良，要不然她的命更苦。薛蟠走了家裏沒男人，香菱就悄悄地跟寶釵說很羨慕大觀園，寶釵知道香菱喜歡到大觀園裏來，就跟母親講，讓香菱來陪我作個伴，香菱當然樂得不得了，下一句話就說：「好姑娘，你趁著這個工夫，教給我作詩罷。」這個女孩子很可愛的，雖然被賣掉了，被搶掉了，但是她一點不 bitter，沒有怨恨，還笑嘻嘻的，很天真。她向上，滿有靈氣的，想做詩。寶釵說，你得隴望蜀，進來一下子，就想要作詩，先去拜拜碼頭吧！要香菱先去跟大家認識認識。

這裏有個細節，曹雪芹看似很不經意地插在這裏，其實相當要緊。寶釵叫香菱拜碼頭，總該拜到鳳姐那邊吧！恰巧平兒來了，就講，別來了！你聽說了嗎？我們家二爺挨打了。賈璉挨打了。那麼大的人還挨打，怎麼回事？他父親賈赦打他。這細節曹雪芹真會插，趁著這個時候，插了這麼一段進來。這本是一件小事，後來發展成很大的事情，又是個伏筆。

先前賈赦不是想娶鴛鴦做妾，挨了賈母一頓，現在還是不安分，想什麼呢？收古董。他喜歡扇子，手上那些收的，他都看不上眼。有一個叫做石呆子的人，家裏很窮，可是收藏了二十幾把舊扇子，都是非常值錢的古董扇子，有什麼香妃竹、玉竹的，賈赦知道了就想蒐購過來。可是那個石呆子人雖然很窮，這是他的寶貝，就是不肯賣，怎麼說也不肯。好了，賈赦正好碰到那個賈雨村，這個在名利場中打滾的俗人，好事壞事都做。他是個地方官，也想向賈赦示好，就想了辦法，訛說石呆子欠官銀，把他的扇子通通抄了來給賈赦，石呆子被冤枉就自殺了。賈赦就跟賈璉講了這事，他本來要賈璉去買，賈璉買不到，賈赦就說，你看，你沒用，人家一下子就給我弄來了。賈璉就說了一句：「**為這點子小事，弄得人坑家敗業，也不算什麼能為！**」這句話有兩面，一面是對賈雨村不以為然，一面對賈赦下了一個判斷，貪婪枉法，去把人家的扇子訛了來。賈璉頂了父親幾句，就挨了一頓打，所以平兒來跟寶釵拿藥。這件事後來鬧大了，到抄家的時候也算罪狀之一。賈赦不光是私德不好，還仗勢欺人，所以賈府後來衰敗，是這些掌門——榮國公賈赦、寧國公賈珍的德行已經先敗壞了。至於賈璉這個人，本來的印象他只會偷吃，只要鳳姐一不在，就跟女人搞，其實他不是百分百的壞，比他父親好些，至少還有正義感。在不經意的時候，曹雪芹點一下，強化對人物的評價。這個細節放這裏，也是千里伏筆，到了抄家的時候又拿了出來。

香菱進大觀園，一心想作詩，要成為他們的一分子，會作詩是入場券，香菱很努力，要去學詩，到黛玉那裏去了，請黛玉教她。黛玉說：「既要作詩，你就拜我作師。」別忘了，黛玉是詩魂，她的詩才最高，曹雪芹來評比的話，我想林黛玉詩是第一。黛玉先教最基本的一三五不論、二四六分明，虛對實、實對虛、平對仄、仄對平這些東西，跟她講了一大套。香菱說她最愛陸放翁的兩句「重簾不捲留香久，古硯微凹聚墨多」，黛玉說：「斷不可學這樣的詩。你們因不知詩，所以見了這淺近的就愛；一入了這個格局，再學不出來的。」這當然是曹雪芹藉此表示的意見。曹雪芹對宋詩是看不上眼的，連對李商隱都不大看得上，只喜歡一句：「留得殘荷聽雨聲」。

黛玉給了什麼功課呢？王摩詰五言律一百首、杜甫七言律一二百首、李白七言絕句一二百首，她說：「肚子裏先有了這三個人作了底子，然後再把陶淵明、應瑒、謝、阮、庾、鮑等人的一看。你又是一個極聰敏伶俐的人，不用一年的工夫，不愁不是詩翁了！」她教的還是王維、老杜這些詩，這些詩是學詩的正宗，香菱就捧了《王摩詰全集》回去拚命念。薛寶釵自己當然也很會作詩，她不教香菱，讓香菱去跟黛玉學，她心裏曉得黛玉的詩作的最好。香菱把王維的詩看了，就來找黛玉討論。香菱說，看他〈塞上〉那一首：

「那一聯云『大漠孤烟直，長河落日圓。』想來烟如何直？日自然是圓的：這『直』字似無理，『圓』字似太俗。合上書一想，倒像是見了這景的。若說再找兩個字換這兩個，竟再找不出兩個字來。」說的也是，一個直，一個圓，看起來是很普通的兩個字，你再找找看，其他的字就是換不了這兩個字。王維的詩，寫得是有一套的，淡淡的這麼幾句，是很不得了的。還有她講的另外幾句：「日落江湖白，潮來天地青。」一白、一青，非得這兩個字才形容得盡，香菱講：「念在嘴裏倒像有幾千斤重的一個橄欖。」

香菱滿有慧根的，她講了一套，自己就寫詩去了。寫完，先拿給寶釵看，寶釵看了說：不是那麼寫法。找黛玉看，黛玉說：措辭不雅，你再去寫過。香菱想作詩入了魔了，自己一個人在那邊嘟嘟噥噥。探春幾個人看她作得那麼苦，說：「菱姑娘，你閑閑罷！」香菱回說：「『閑』字是十五刪的，你錯了韵了。」這個女孩子可愛的，一心一意作詩，很單純、很命苦的一個女孩子。我們來看看她在太虛幻境冊子裏的命運，副冊翻開第一個就是香菱，可見她的位子滿重要的，比那些丫鬟要高一級。寫的是：「根並荷花一莖香，平生遭際實堪傷。自從兩地生孤木，致使香魂返故鄉。」香菱從小受過很多苦難，她卻渾然不覺，這就是她的個性。天真！曹雪芹對天真、純真的人，像香菱、史湘雲、賈寶玉，筆下特別憐惜。「根並荷花一莖香」，本來她叫英蓮嘛！英蓮，蓮花、荷花，現在變成叫香菱，菱花、蓮花，都屬於一莖的。「平生遭際實堪傷」，的確是，她一生的遭遇滿可憐的，雖然她自己不覺得可憐。「自從兩地生孤木」，這是一句謎語，兩地不是兩個土嗎？孤木一個木字邊，這是個桂花的「桂」字。「致使香魂返故鄉」，按理講，香菱等於是薛蟠搶來的妾，後來薛蟠娶了一個門當戶對的妻子夏金桂，指的就是這個桂字。夏金桂這個女人可了不得，有鳳辣子的那個辣，但沒有王熙鳳那個格，是一個近乎潘金蓮的女人。按這個詩，香菱應該是被夏金桂活活磨死的，但後來夏金桂想毒她，反而毒到自己，跟這首判詩不是很合。現在的本子是說香菱後來生孩子難產死的，甄士隱就把她度走了，歸到太虛幻境去。不管怎麼樣，這個判詩講了她坎坷的命運。

《紅樓夢》因抄本不同，情節與前面的命運判詩不符者並不只這一例，細微處亦多有出入。這一回快結束時，「香菱滿心中還是想詩，至晚間對燈出了一回神，至三更以後上床臥下，兩眼鰥鰥，直到五更方才矇朧睡去了。」庚辰本這「鰥鰥」兩字有些奇怪。鰥，是眼睛不閉的一種魚。曹雪芹喜歡流暢白話，並不喜歡用冷僻怪字，程乙本就直接用兩眼「睜睜」，比較合理。

為了作詩，她像著了詩魔，在夢裏笑起來了，這下子得了八句，拿去給黛玉他們看，寫月亮：「精華欲掩料應難，影自娟娟魄自寒。一片砧敲千里白，半輪鷄唱五更殘。綠蓑江上秋聞笛，紅袖樓頭夜倚欄。博得嫦娥應借問，緣何不使永團圓！」大家都講了，作得還不錯。探春說，那我們以後補個帖子來，你入我們的詩社吧！香菱還不敢相信，她錄取了，變成了大觀園的一員。

余英時先生有一篇文章《紅樓夢的兩個世界》寫得相當好，就在寫大觀園的內與外，外面腐爛的勢力慢慢侵進來了，所以大觀園最後也頹敗了。我說過，大觀園是賈寶玉的理想世界，是他在人間的太虛幻境，太虛幻境裏時間是停頓的，它沒有變化，大觀園裏有春夏秋冬，時間是移動的，原來姹紫嫣紅開遍，最後必定都付與斷井頹垣，這是佛家說的無常，由極盛到極衰，是逃不掉的自然法則。這個時候，仍是大觀園極盛的時候，極美的時候。下一回大觀園即將有冬天的盛會，又有幾個人物要登場。寶琴、邢岫烟、李綺、李紋這些女孩子通通跑來了，大觀園裏面簡直是遍地開花，將出現一幅「冬艷圖」。

【第四十九回】琉璃世界白雪紅梅　脂粉香娃割腥啖膻

大觀園裏面的春夏秋冬，有不同美景和享受，在賈府極盛的時候，這個冬天，是什麼樣的世界呢？是琉璃世界，白雪紅梅，多麼鮮艷的一幅景象。還加上這些女孩子穿上了各式各樣的冬服，擁裘披氅，曹雪芹又大大展現了他寫服裝的功夫。

《紅樓夢》很令人印象深刻的一景，就是他們的服裝，現在的服裝設計家，應該可以拿《紅樓夢》來做藍本，曹雪芹就是個 fashion designer，可以給他們一個個打扮起來。黛玉剛進賈府的時候，看到三春這些姐妹的妝扮，等到王熙鳳出場，穿金戴銀，那一身寫得那麼 elaborate，那麼樣精織細繡。觀衣觀人，衣服就代表了她的身分、個性、氣質，她的 social status，社會地位。所以服裝在《紅樓夢》裏占有很重要的地位，不是隨便寫的。在重要的場合，要突出哪一個人的時候，就給她穿什麼。想想，如果王熙鳳進來那個場合，隨便寫兩筆，穿個褂子什麼的，我們對王熙鳳的印象就完全不對了，現在我們永遠記得她的第一個亮相。

這個時候是冬天，下雪了，大觀園裏一片白雪，很乾淨的背景，那些女孩子在雪地上等於一簇簇花朵。她們的穿著多是大紅猩猩毡，擁裘披氅，幾個人在白雪裏邊構成一幅「冬艷圖」，這其中特別突出的是哪一個呢？曹雪芹很注意的，會讓主角出來。你看，賈府突然間來了一羣親戚，有薛寶釵的堂妹寶琴、堂弟薛蝌，有李紈寡嬸的女兒——兩個堂妹李紋、李綺，還有邢夫人哥哥的女兒邢岫烟。（這裏面薛寶琴已許給了梅翰林，家人送京成親，其他大約是窮親戚來投靠）。一下子來了好多親戚，他們都興奮得不得了，寶玉最興奮，因為又來了好多女孩子，大概長得都不錯。哎呀！這個寶玉樂昏頭了，他說：「老天，老天，你有多少精華靈秀，生出這些人上之人來！可知我井底之蛙，成日家自說現在的這幾個人是有一無二的，誰知不必遠尋，就是本地風光，一個賽似一個，如今我又長了一層學問了。除了這幾個，難道還有幾個不成？」他就跑回怡紅院跟襲人她們講，「你們還不快看人去！誰知寶姐姐的親哥哥是那個樣子，」講薛蟠，「他這叔伯兄弟形容舉止另是一樣了。」那個薛蝌完全跟薛蟠是兩回事，規規矩矩，長得也很好看的一個男孩子。那個妹子寶琴，據曹雪芹講，她的才貌超過他們所有的女孩子，比薛寶釵、林黛玉更勝。寶玉說他形容不出來了，他喊老天，老天，樂不可支，一面說還一面自笑自嘆。瘋掉了！看到漂亮女孩子就瘋掉了。襲人當然很了解，見他又有了魔意，便不肯去瞧。當然肚子裏也有點不是滋味了，這幾個已經夠嗆了，又來幾個讓襲人頭痛的，這寶玉更要整天混在姐妹堆裏了。她不肯去瞧，晴雯她們就跑去看，「晴雯等早去瞧了一遍回來，欽欽笑向襲人道：『你快瞧瞧去！大太太的一個侄女兒，寶姑娘一個妹妹，大奶奶兩個妹妹，倒像一把子四根水葱兒。』」七四七頁，欽欽，讀為嗤嗤，欽，是個很怪的字，冷僻的古字，是嗤笑的意思。晴雯在這種場合下，不可能嗤嗤笑向襲人道，她為什麼嗤嗤笑，沒有這個道理啊！程乙本直接用「帶笑向襲人說道」，這就對了！

一羣女孩子進來了。上一回大觀園裏已經多了一枝花，香菱進來了，這下子又來了四個，賈母說，親戚就通通住下來吧，不要走了。賈母看中寶琴，說她又可愛，又漂亮，年紀最小，馬上要王夫人把她認作乾女兒，心裏面甚至想把她配給寶玉了。這個薛小妹很有才，寶玉說不曉得她會不會作詩，把她們通通邀到詩社來吧！那時候有教養的家庭，女孩子大概都會作幾首詩，或者吟詩、作對聯啊！薛寶琴這麼美，曹雪芹要怎麼打扮她呢？賈母拿出一件俄羅斯野鴨毛做的斗篷——鳧靨裘，「金翠輝煌，不知何物」。寶釵忙問：「這是那裏的？」寶琴笑道：「因下雪珠兒，老太太找了這一件給我的。」香菱上來瞧道：「怪道這麼好看，原來是孔雀毛織的。」湘雲道：「那裏是孔雀毛，就是野鴨子頭上的毛作的。可見老太太疼你了，這樣疼寶玉，也沒給他穿。」寶釵道：「真俗語說『各人有緣法』。他也再想不到他這會子來，既來了，又有老太太這麼疼他。」……湘雲又瞅了寶琴半日，笑道：「這一件衣裳也只配他穿，別人穿了，實在不配。」這件野鴨子的毛做的大氅，那種綠頭的野鴨子，很漂亮的顏色，藍綠的毛金碧輝煌，穿那一身可以想像有多漂亮。而且她作起詩來，比別人的才都高，可是她對整個《紅樓夢》的主題或情節的發展，沒有後續的關聯，不久，寶琴就嫁走了，最多只表示，薛家不只是薛寶釵，薛家的姑娘個個出眾。

李紋、李綺

至於李紋、李綺兩個，更沒有多著筆墨，沒講什麼話，看不出個性，就作幾首詩，擺在那兒，李紋後來嫁出去了，也沒什麼關聯。至於邢岫烟呢，比較特殊一點，因為她跟妙玉的關係，因為得到寶釵的照顧，後來嫁給了薛蝌。但對寶玉也不是很有關聯的。

《紅樓夢》裏女孩子已經夠多了，為什麼這個時候安排又來一批，還嫌不夠嗎？大觀園的場景很像我們的傳統戲曲，比如說《牡丹亭》有一羣花神，舞臺上都不講話的，也不曉得哪個是哪個，反正有一羣花神上來，替主角杜麗娘、柳夢梅引上場，他們就下去了。另外一個戲《長生殿》，一開場的時候，一羣宮女、龍套、太監跑進來。曹雪芹寫這些，就等於把一羣龍套放上去，如果沒有這些女孩子，這一回不夠熱鬧。大觀園裏的活動，她們已經作過菊花詩了嘛！現在冬天來了，她們要作對聯，那種你對一句，我對一句的即景聯詩，一方面表現她們的學問，一方面表現詩才敏捷，你一句我一句熱鬧得不得了。如果沒有這一羣，還是原班人又作詩，就重複了，整個也不夠熱鬧了。冬景裏面多了這麼幾個人，還真拿不掉呢！拿掉了這一羣龍套，那個場面就不對了。曹雪芹寫的就是熱鬧，就是這個「冬艷圖」嘛！一羣漂亮的女孩子，穿得五顏六色，在這裏作詩吟賦，他就要寫這個盛，這還是賈家往上走的時候，寫那個人氣之旺。場景需要一些主角，也需要一些龍套，跑龍套的也是漂漂亮亮地跑出來，把場面撐起來，所以這一回寫得很滿，撐起大觀園的琉璃世界了。

這裏有個細節大家注意一下。這個寶琴，賈母愛得不得了，給她野鴨子的大氅穿，疼她疼得很。湘雲嘴巴很直的，她說，看起來有人要吃醋啦！她講林黛玉恐怕受不了。史湘雲很直，黛玉本來也是小心眼嘛！但這一次，黛玉她沒有。寶釵就講，哪有這回事！她拿我的妹妹當她妹妹一樣。寶玉心裏面本來擔心，怕林妹妹吃醋了又要去哄她，咦，他看她沒有耶！跟寶琴直似親姐妹一般，不由得覺得奇怪。七五一頁：寶玉便找了黛玉來，笑道：「我雖看了《西廂記》，也曾有明白的幾句，說了取笑，你曾惱過。如今想來，竟有一句不解，我念出來你講講我聽。」黛玉聽了，便知有文章，因笑道：「你念出來我聽聽。」寶玉笑道：「那《鬧簡》上有一句說得最好，『是幾時孟光接了梁鴻案？』這句最妙。『孟光接了梁鴻案』這五個字，不過是現成的典，難為他這『是幾時』三個虛字問的有趣。是幾時接了？你說說我聽聽。」黛玉聽了，禁不住也笑起來，因笑道：「這原問的好。他也問的好，你也問的好。」寶玉道：「先時你只疑我，如今你也沒的說，我反落了單。」黛玉笑道：「誰知他竟真是個好人，我素日只當他藏奸。」因把說錯了酒令起，連送燕窩病中所談之事，細細告訴了寶玉。寶玉方知緣故，因笑道：「我說呢，正納悶『是幾時孟光接了梁鴻案』，原來是從『小孩兒口沒遮攔』就接了案了。」寶玉故意用《西廂記》的一折來問。《紅樓夢》裏會演的戲，要嘛《牡丹亭》，要嘛《西廂記》，這兩折戲經常被曹雪芹 quote 來引用的。《西廂記》裏面有一折叫做《鬧簡》，是說崔鶯鶯跟張生其實已經暗通款曲了，已經寫了信給他，約他晚上見面了，紅娘還不知道。所以她問鶯鶯「是幾時孟光接了梁鴻案」，孟光、梁鴻本來是夫婦，案指的是酒杯囉，接過來喝了，表示兩人和好了。寶玉用這個典故，問黛玉跟薛寶釵什麼時候講和的，我還不知道。黛玉說：「誰知他竟真是個好人，我素日只當他藏奸。」寶釵果然是有手腕的，連這麼難纏的黛玉都被她攏過來了，有沒有藏奸還要等後面看，不過呢，黛玉是給她哄住了。寶釵不著痕跡通通擺定，連黛玉都服她了。這時黛玉看著寶琴，心裏面又覺得自己孤單了，薛寶釵有姐妹，自己畢竟一個孤女，黛玉很容易感傷的。

這一回後半場誰是主角？讓誰來表演？史湘雲。前面我們知道這個女孩子很大方很豪爽，秋天來了她說請大觀園所有人吃螃蟹，菊花開了，作菊花詩。她要請客其實沒錢，父母早亡的侯門千金，在家裏要做女紅過活的。她有男孩子的味道，灑脫、直爽、天真的一個女孩子。前面幾次來賈府 focus 沒在她身上，湘雲長得什麼樣子也不曉得，感覺她一定很漂亮，跟寶黛她們又不一樣，曹雪芹這次讓湘雲 stand out 突顯出來，讓她有一個表演的機會。史湘雲到賈府來，七五二頁：穿著賈母與他的一件貂鼠腦袋面子大毛黑灰鼠裏子裏外發燒大褂子，頭上帶著一頂挖雲鵝黃片金裏大紅猩猩毡昭君套，又圍著大貂鼠風領。黛玉先笑道：「你們瞧瞧，孫行者來了。他一般的也拿著雪褂子，故意裝出個小騷達子來。」湘雲笑道：「你們瞧我裏頭打扮的。」一面說，一面脫了褂子。只見他裏頭穿著一件半新的靠色三鑲領袖秋香色盤金五色綉龍窄褙小袖掩衿銀鼠短襖，裏面短短的一件水紅裝緞狐肷褶子，腰裏緊緊束著一條蝴蝶結子長穗五色宮絛，腳下也穿著麀皮小靴，越顯的蜂腰猿背，鶴勢螂形。她穿了一身裏外都有毛的大褂子，頭上是頂昭君套，昭君出塞不是有個頭兜子嗎？又圍著大貂鼠圍領，這一身毛茸茸的，黛玉笑她像個猴似的，孫行者來了！又說她故意裝出個小騷達子樣。達子，蒙古人嘛！那些胡人不是穿的毛毛茸茸的。湘雲脫了外套叫大家瞧裏面的打扮，一件半新的靠色三鑲領袖，靠色就是色系很相近的，又是秋香色盤金五色繡龍窄褙小袖掩衿銀鼠短襖，眼花繚亂，這個要慢慢地畫出來看，總之她打扮成男孩子的樣子，比女兒妝更俏麗些，湘雲自己也很得意。曹雪芹給她打扮起來，穿的那一身，這個樣子就忘不掉了。曹雪芹他有講究的，什麼時候給她穿什麼，作為導演，他要把這幾個角色擺平，真的不容易。

在一大片雪地中，這些女孩子打扮起來，就像參加大觀園的 fashion show 一樣，他們講好了，第二天詩社要開了，邀請這些新來的 members 一起來聯詩。寶玉擔心了一晚上，他怕第二天萬一沒下雪，雪停了，不就很掃興嗎？我們看看這一段寫得非常精采：「寶玉因心裏記掛著這事，一夜沒好生得睡，天亮了就爬起來。掀開帳子一看，雖門窗尚掩，只見窗上光輝奪目，心內早躊躇起來，埋怨定是晴了，日光已出。一面忙起來揭起窗屜，從玻璃窗內往外一看，原來不是日光，竟是一夜大雪，下將有一尺多厚，天上仍是搓綿扯絮一般。寶玉此時歡喜非常，忙喚人起來，盥漱已畢，只穿一件茄色哆羅呢狐皮襖子，罩一件海龍皮小小鷹膀褂，束了腰，披了玉針蓑，戴上金藤笠，登上沙棠屐，忙忙的往蘆雪庵來。出了院門，四顧一望，並無二色，遠遠的是青松翠竹，自己卻如裝在玻璃盒內一般。於是走至山坡之下，順著山腳剛轉過去，已聞得一股寒香拂鼻。回頭一看，恰是妙玉門前櫳翠庵中有十數株紅梅如胭脂一般，映著雪色，分外顯得精神，好不有趣！寶玉便立住，細細的賞玩一回方走。」你們想想看，雪地裏寶玉回頭一看，哇！櫳翠庵那邊一片梅花開得像胭脂一般，寫景寫到這種地步，他別的地方不講，偏偏講開了那麼盛的紅梅，在尼姑庵裏邊。櫳翠庵是妙玉住的地方，一個修行人，種些竹子呀松呀都滿好，偏偏開了那麼艷的紅梅在那個地方，寶玉回頭一看，吃了一驚。

前面有一回專門講過妙玉這個人，再看看太虛幻境十二個曲子裏〔世難容〕這首講妙玉：「氣質美如蘭，才華阜比仙。天生成孤癖人皆罕。你道是啖肉食腥羶，視綺羅俗厭；卻不知太高人愈妒，過潔世同嫌。可嘆這，青燈古殿人將老；辜負了，紅粉朱樓春色闌。到頭來，依舊是風塵骯髒違心願。好一似，無瑕白玉遭泥陷；又何須，王孫公子嘆無緣。」妙玉在寶玉生日時寫賀卡，自稱「檻外人」，寶玉回謝自稱「檻內人」。妙玉業重，家裏讓他年輕就出家，越是拒絕世俗，刻意走在向道的路上，佛門雖寬，「檻」還不見得跨得過去。就像賈敬，吞一堆金丹，未能羽化，反而因丹而死。妙玉一心要成佛，到頭來「風塵骯髒違心願」。有些紅學研究認為妙玉對寶玉有俗世之情，這恐非曹雪芹的原意。妙玉會扶乩，會算別人的命運，也許他早就看出，最後成佛的是寶玉。

這回寶玉看了這個梅花，其實也是連到他跟妙玉的關係，後來妙玉就送他一枝紅梅，而且他又去替其他女孩子每個人要了一枝。妙玉對寶玉獨厚，我認為也非關男女之情。妙玉是如此孤傲之人，豈會在眾目睽睽之下讓人識出。他對寶玉的看重，應該是對最後真正變成「檻外人」的嚮往。但她最後還是被強盜搶走了，「無瑕白玉遭泥陷」，就是妙玉的下場。

這回蘆雪庵賞雪寫得非常美，史湘雲跟賈寶玉就到園子裏面吃 barbecue 去了。他們抓了一大塊鹿肉，吃得興高采烈。李嬸娘看到了，回來說，一個帶玉的哥兒，一個掛金麒麟的姐兒說要吃生肉。一夥人趕快去看，黛玉笑道：「那裏找這一羣花子去！罷了，罷了，今日蘆雪庵遭劫，生生被雲丫頭作踐了。我為蘆雪庵一大哭！」意思是，你搞成這個樣子！湘雲冷笑道：「你知道什麼！『是真名士自風流』，你們都是假清高，最可厭的。我們這會子腥膻大吃大嚼，回來卻是錦心綉口。」這就是史湘雲，性格、動作都有點像男孩子，所以穿著打扮像男孩子也適合。史湘雲因為戴著一個金麒麟，寶玉也得了一個金麒麟不小心丟掉了，湘雲跟丫環翠縷剛好撿到那個寶玉丟掉的金麒麟，跟湘雲的正好一對，一雌一雄，所以很多紅學家就認為，「因麒麟伏白首雙星」是賈寶玉跟史湘雲最後結成了夫婦。可是我們看見，從頭到尾寶玉跟湘雲之間，沒有一點男女之情，兩個人倒像哥兒們，毫無顧忌，吃 barbecue，buddy buddy，滿合得來。也有些紅學家做了研究，說史湘雲最後不是配給衛若蘭，我們看她的命運，程乙本叫〈喜中悲〉，庚辰本叫〈樂中悲〉，兩者差不多。「襁褓中，父母嘆雙亡。縱居那綺羅叢，誰知嬌養？講她父母根本很早死掉了，她是個孤兒。幸生來，英豪闊大寬宏量，從未將兒女私情略縈心上。她沒有男女私情這回事，跟賈寶玉配成一對也不像。好一似，霽月光風耀玉堂。廝配得才貌仙郎，博得個地久天長，準折得幼年時坎坷形狀。那個才貌仙郎衛若蘭是有才有貌的，可惜呢，命不長，很早就病死了。終久是雲散高唐，水涸湘江。這是塵寰中消長數應當，何必枉悲傷！」那麼一個瀟灑可愛的女孩子，命卻不是很好。

下一回他們要即景聯詩，史湘雲才最敏捷，詩聯的最多。曹雪芹很會安排，海棠詩社剛成立的時候，作海棠詩誰是冠軍？薛寶釵！第二次作菊花詩，誰是冠軍？林黛玉！這第三次聯詩的時候，誰奪魁？史湘雲！曹雪芹在每一個合適的時候，讓他們展一展詩才，評定是用他的標準。下一回，他讓史湘雲展才。

【第五十回】蘆雪庵爭聯即景詩 暖香塢雅製春燈謎

多了幾位客人，蘆雪庵聯詩格外熱鬧，這回有意思的是什麼呢？王熙鳳來了。王熙鳳沒念過書的，照理講她不會作詩，但她很聰明，她也是十二金釵之一啊！李紈也是，雖然詩作的不好，但她總會作兩句呀！王熙鳳聯句的時候，她先講她起個頭：「一夜北風緊」，起的很好，大家詫異，可見得王熙鳳她還有這一套的。她這個人不光是聰明、能幹，每件事的考量心機都很深。這幾個客人來賈府，有個細節要提出來講一講，這裏頭不是有個邢岫烟嗎？讓她住在哪兒好呢？王熙鳳就安排跟二姑娘迎春一起住。為什麼呀？因為邢岫烟是邢夫人的親戚，王熙鳳不好得罪的，萬一住在什麼地方受了委屈，那就怪到她身上了，把邢岫烟放在迎春那裏，迎春雖不是邢夫人生的，名義上是邢夫人的女兒，放到她那裏去，有什麼事情讓迎春去講、去負責，就不干她鳳姐什麼事了。王熙鳳就是這麼個八面玲瓏、算計得不得了的人，她偶爾石破天驚來一個「一夜北風緊」，她也有了入場券了，沒有這一句，她 disqualified 不夠格，還好迸出這一句來，大家覺得這個頭起的很好，之後可以就這麼地聯下去了。

這些姑娘們在蘆雪庵吃完 barbecue，喝了酒，然後再聯詩，真是神仙的生活，也很合當時貴族階級享受生活的型態。乾隆時候中國很富有，看看乾隆本人多會享受就知道了。清代的美學我不是很喜歡，像景泰藍五顏六色的，不過當時就是那樣，西方也是 baroque style, rococo 那種東西，完全是堆砌得非常非常滿。「滿」，也就是他們當時的生活型態、文化型態。這些女孩子們聯詩，一個個都非常有才，你一句，我一句，搶著接。大概也滿難的，你想，又要押韻，又要即景，又要有意境，才思要敏捷才行。搶到最後，本來是講兩句另一個人才接下去，後來講一句就搶上去了。史湘雲搶得最兇，她不讓人，通通聯起來了，果然她的詩句最多，這一次她得了冠軍。

聯完了詩，意猶未盡，他們要寶玉去櫳翠庵向妙玉折幾枝梅花來。本來是李紈想要折梅花，但她不喜歡妙玉的為人，妙玉太孤僻了。其實即使像李紈這樣大奶奶的身分去了，妙玉未必買賬，她不給就是不給，連黛玉那時候喝她的茶，還給她教訓了一頓，完全不假以顏色。所以姑娘們都怕她呢！只有寶玉去要，才折了梅花來。那幾個客人還沒有盡興，所以讓邢岫烟、李紋、薛寶琴她們幾個，從「紅」、「梅」、「花」三個字再作幾首詩。所以現在詩社可熱鬧了，除了原來的成員，又有新的來了。我講了，龍套角色也很要緊，如果這「紅」、「梅」、「花」這三首詩又是寶釵、黛玉在作，就太重複了。

正門著詩，玩得高興的時候，有意思，賈母來了，這老太太很會享受生活的。我講，一個人耐貧窮，當然很要緊，也要有兩下功夫才耐得住貧窮。受富貴，也不是件容易的事情，富貴以後，你怎麼享受你的生活。史太君，老太太，就是一個最好的例子。「史太君兩宴大觀園，金鴛鴦三宣牙牌令」，這個老太太兒孫滿堂，是很會尋樂的一個老人。講起來，她也是一個維護宗法社會、維護家族的儒家的代表。後來到了抄家的時候，老太太作為一個家庭的領袖，那種精神就出來了。那幾個兒子賈赦、賈政簡直束手無策，老太太就出來擺平，她向天祝禱，那種威嚴、承擔，絕不是一個平常的老人。後來賈母自己講，不要以為我只會享受，我是看你們做的不錯，我懶得理而已，事情一來，她通通擺平，比那幾個兒孫都明智。到底經過很多風浪，對人生看得透了，那種氣派、大度，就是中國很 typical，很典型的家長。

想想，小說裏寫得比賈母更好的老太太有哪一個？想不出來。有時候，寫困苦、災難，還容易；寫富貴、享樂要寫得像曹雪芹這樣有趣，不容易。我們的作家，尤其是二十世紀的作家，有點階級觀念，都是非常偏向普羅階級，對資產階級總是持批判的態度，腐敗、頹廢、墮落什麼的，所以寫出來的總是有偏見。寫到富貴人家，都要批判一下子。曹雪芹呢，他也不是不批判，他寫著寫著，像普魯斯特（Marcel Proust）的《往事追憶錄》一樣，寫得興高采烈起來。他寫到從前的那種好生活，我想有些他恐怕也忘了，不忍心去講他們。賈母可能真有其人，有人說是曹璽的太太，家裏的老祖母。我想他在寫到這些人的時候，沒有持著要去 judge，要去批判的態度，所以他寫的真，不管什麼階級都是人，在他眼裏都是眾生。他寫那些丫鬟也寫得很好，很同情她們，在他眼裏，通通一樣的。我想曹雪芹心胸之寬，才能夠以佛家的大悲之心貫串全書，這才是這本書很重要的精神。

看看七七〇頁這裏：「遠遠見賈母圍了大斗篷，帶著灰鼠暖兜，坐著小竹轎，打著青綢油傘，鴛鴦琥珀等五六個丫鬟，每人都是打著傘，擁轎而來。」你看老太太出來的派頭，她說，是瞞著鳳姐和王夫人來的，別讓她們來，因為按規矩她們不能坐轎子，走了來非得踏雪不可，老太太不要她們踩雪來。所以她悄悄地帶幾個丫頭，坐小轎，打個傘，老太太穿得那一身也很好看，這個 picture，這幅「冬艷圖」，把老太太也一起放進去了。我想這一回，非常 pictorial，視覺上很有感受。老太太來了，問她吃什麼，說了幾樣都不要，看到糟鵪鶉，說這還不錯，要李紈撕一兩點腿來嘗嘗。又叫大家坐下，別我來了就跑了。問他們在幹嘛？作詩！老太太就說了，不如作點謎語來玩玩。那些謎語，都很文的，你看看，打一個古人的名字，「水向石邊流出冷」，誰呀？「山濤」。寶釵就提議了，太雅深的不合老太太的意思，要作些淺近的，大家雅俗共賞才好。史湘雲就編了個《點絳唇》，打一俗物：「溪壑分離，紅塵遊戲，真何趣？名利猶虛，後事終難繼。」他們猜來猜去，有猜和尚的，有猜道士的，也有猜偶戲人的，一個也猜不著。寶玉卻猜著了，他說，是不是那個耍馬戲的猴子？眾人問，最後面那句「後事終難繼」怎麼講呀？湘雲說：「那一個耍的猴子不是剁了尾巴去的？」史湘雲弄個謎語，也是刁鑽古怪的。剛剛講了這是「冬艷圖」，鳳姐之後來的時候看見了：「四面粉妝銀砌，忽見寶琴披著鳧靨裘站在山坡上遙等，身後一個丫鬟抱著一瓶紅梅。」你看看，寶琴已經很漂亮了，穿的那一身野鴨子羽毛的大氅，那斑斑爛爛的顏色，後面一個丫頭抱了一瓶紅梅。如果請一個畫家來，每一幅都是仕女圖、美人圖。賈母又講了：「這山坡上配上他的這個人品，又是這件衣裳，後頭又是這梅花，像個什麼？」他們就說：「就像老太太屋裏掛的仇十洲畫的《雙艷圖》。」仇十洲就是仇英，明朝的大畫家，畫仕女很有名的。「一語未了，只見寶琴背後轉出一個披大紅猩毡的人來。賈母道：『那又是那個女孩兒？』眾人笑道：『我們都在這裏，那是寶玉。』」這真是一幅歡樂圖，按理講冬天很寒冷，這裏卻暖烘烘的。賈府極盛的時候，下的那個雪也是暖的，這時候不是一個冷的世界，是琉璃世界。到了最後賈府敗了，寶玉出家的時候，那幅雪景對照起來，你就會有了感受，如果把這一回的冬景拿掉，就襯不出後面寶玉出家的那一景，要失掉好大的份量，那個「空」字出不來。因為現在這麼滿，才顯得那個空啊！

這一回是極滿的，可以這麼講，人生到了最美滿、最富貴堂皇的時候。下面更往上走了一步，看看賈家祭祖的時候，那種儒家慎終追遠、宗法社會的架式，這裏頭可說寫得淋漓盡致。

【第五十一回】薛小妹新編懷古詩　胡庸醫亂用虎狼藥

從第五十回一直到七十四回為止，講賈府之盛可以說一波一波往上翻。大觀園的「冬艷圖」插進了薛家小妹薛寶琴，曹雪芹寫她的美好像還勝過寶、黛，而且才高八斗，能詩能文。但她在整個《紅樓夢》裏，只是一個 decorative，裝飾性的人物，就是多了一個才女，多了一個美人，對於整個的 plot，整個情節的推展，或是有關賈府的命運，並沒有扮演任何角色。她是增加了熱鬧的氣氛，若沒有這個人，好像少了一點什麼。那個熱鬧要寫到盡，寫到頂，原來的幾個女孩子們還不夠，還要加這麼一個人來。她們作完詩又作謎語。寶琴這個女孩子據說很年輕的時候，跟著家裏到處遊山玩水，很多古蹟她都走過，相當博學，她就一連寫了十個謎語，以各式各樣的古蹟為題，也是十首懷古絕句。

曹雪芹在這個地方有點炫才了，炫耀他的知識他的才，他的確無所不知，假藉了薛寶琴這個人，寫了這麼十首懷古詩，以古人的故事，古蹟的故事，來打十個平常的俗物。這十個謎語好多紅學家在猜，譬如第一個〈赤壁懷古〉：「**赤壁沉埋水不流，徒留名姓載空舟。喧闐一炬悲風冷，無限英魂在內遊。**」謎底是「走馬燈」。大概講那些英雄人物只留下名姓，周而復始在裏面轉。這十首詩前面的八首，〈赤壁懷古〉、〈交趾懷古〉、〈鍾山懷古〉、〈淮陰懷古〉、〈廣陵懷古〉、〈桃葉渡懷古〉、〈青冢懷古〉、〈馬嵬懷古〉，都是古蹟史蹟倒不稀奇，謎底有「喇叭」、「傀儡」等等，甚至跑出個「馬桶」，反正揣測紛紛。我要提出的是最後兩首，一個是〈蒲東寺懷古〉，一個是〈梅花觀懷古〉，按理講，「蒲東寺」可能應該是《西廂記》裏張生和鶯鶯小姐相會的「普救寺」，還待考證。這最後兩首，一個是寫《西廂記》，一個是寫《牡丹亭》。《西廂記》跟《牡丹亭》這兩齣戲跟它們的主題，常常出現在《紅樓夢》裏。記得林黛玉看《西廂記》嗎？聽到《牡丹亭》曲子時那個感應，「心動神搖」。元妃省親的時候點的戲裏面，也有《牡丹亭》，所以從頭貫串到尾，曹雪芹不斷在用這兩個作品，元代的、明代的作品。在中國的文學裏，不管是戲劇也好，小說也好，要選三本表現中國愛情觀的作品，那就是《西廂記》、《牡丹亭》、《紅樓夢》，它是一脈相承的，是中國的浪漫文學、抒情文學一路下來的。我對《牡丹亭》有偏愛，我想《牡丹亭》又高過《西廂記》，《紅樓夢》又高過前面這兩本，對於情方面的詮釋，《紅樓夢》是無所不包，更加廣大了。

看看〈蒲東寺懷古〉：「小紅骨賤最身輕，私掖偷攜強撮成。雖被夫人時吊起，已經勾引彼同行。」這講什麼呢？講紅娘嘛！鶯鶯跟張生，紅娘撮成好事，謎底打的是「手提的燈籠」。這不難聯想。下面這首〈梅花觀懷古〉，當然講的是《牡丹亭》裏的故事。「不在梅邊在柳邊」，這是很有名的一句，杜麗娘寫在她的畫上的一句詩，暗含了柳夢梅的名字。「不在梅邊在柳邊，個中誰拾畫嬋娟。團圓莫憶春香到，一別西風又一年。」這個講的是「團扇」，倒滿有道理，秋扇見捐，就是秋天以後扇子不用了。春香手上拿的那把扇子，真的是團扇，杜麗娘那把扇子是摺扇，所以謎底打團扇很合理。

曹雪芹只要有機會，就把《西廂記》跟《牡丹亭》拉進來，不管是《西廂記》、《牡丹亭》、《紅樓夢》，在勇於追求愛情方面，都是打破當時的社會禁忌，在某方面來說，通通是反儒家的精神，尤其《西廂記》，以前好人家的女孩子是不准看的，西廂誨淫，女孩子看了思想會走偏。實際上看不看呢？薛寶釵是一個淑女，她也偷看的，當時的青年男女，會偷偷地看這些東西，滿足他們對於戀愛的渴求。不過在表面上還是要維持大門大戶遵從儒家的規矩，像薛寶釵，一聽寶琴這兩首懷古是以《西廂記》、《牡丹亭》為題材的，就來道學一番，說：「前八首都是史鑒上有據的；後二首卻無考，我們也不大懂得，不如另作兩首為是。」黛玉忙攔道：「這寶姐姐也忒『膠柱鼓瑟』，矯揉造作了。這兩首雖於史鑒上無考，咱們雖不曾看這些外傳，不知底裏，難道咱們連兩本戲也沒有見過不成？那三歲孩子也知道，何況咱們？」李紈也主張：「如今這兩首雖無考，凡說書唱戲，甚至於求的籤上皆有注批，老小男女，俗語口頭，人人皆知皆說的。」好像沒有歷史出處的就有那麼點不入流的味道，讓他們幾個討論一下。其實曹雪芹就是要突出《西廂記》跟《牡丹亭》的這個曲詞的。

這一回的後半，有幾個地方的細節非常可觀。《紅樓夢》的神話架構、象徵的意義很高，它的寫實功夫，任何 detail 一點也不放過，要了解中國十八世紀的貴族生活，都反映在《紅樓夢》的那些細節裏，這回就是個例子。七八八頁，襲人的母親病了，她要離開府中回家探視。襲人是寶玉的丫頭，當然她的身分也相當重要，因為寶玉寵她，她在王夫人面前又是兢兢業業、很謹慎的一個丫頭，賈母也相當喜歡她。襲人的母親病危，賈府也滿有人道精神的，讓她回去最後陪伴一下。襲人走之前要到鳳姐那兒去報到，給鳳姐檢查一下，因為賈府的丫頭出去要有派頭，她也代表了賈府，所以襲人自己是丫頭，還要有丫頭跟著，後面媳婦、小子前呼後擁五、六個人。襲人打扮得也不錯了，瞧！「頭上戴著幾枝金釵珠釧，倒華麗；又看身上穿著桃紅百子刻絲銀鼠襖子，葱綠盤金彩繡綿裙，外面穿著青緞灰鼠褂。」也是穿金戴銀了。鳳姐一看，不行！那個大氅、皮毛還不夠，她說：「這三件衣裳都是太太的，賞了你倒是好的；但只這褂子太素了些，如今穿著也冷，你該穿一件大毛的。」鳳姐就吩咐拿她自己一件沒穿過的大氅，說出毛出得不太好，自己不太喜歡，要襲人穿上，從頭到腳把她裝扮起來。她說：「也是大家的體面。說不得我自己吃些虧，把眾人打扮體統了，寧可我得個好名也罷了。一個一個像『燒糊了的捲子』似的，人先笑話我當家倒把人弄出個花子來。」寶玉的丫頭，從賈府出去的人，可不能有半點差池，這就是他們的規矩。這種地方，我想曹雪芹很可能自己以前過過這樣的好日子，否則誰會想到一個丫頭出去，還有這種的派頭、架式，這麼鉅細靡遺地寫，是他的《追憶似水流年》，有時候寫到忘我，當年過的是什麼好日子，寫得興致勃勃，所以才讓人覺得有生命力，完全沒有批判或自憐的東西，他想的是東西多麼好吃，衣服多麼漂亮，連丫頭出去都有這些體面。

七八九頁還有個細節，是曹雪芹的 characterization 人物刻畫特別深刻的地方。他常常看似不經意的一筆，又把一個人的心地、個性，刻得更深一點。鳳姐是個很厲害的角色，她要管這麼大的賈府，管兩百多人，下面那些傭人、大娘們，沒一個好惹的，她要罩住她們，不兇不狠行嗎？不行的！她跟平兒兩個配得正好，一個黑臉，一個白臉。因為她兇她狠，得罪很多人，樹敵甚眾，平兒在外面替她安撫，以免別人記恨在心。鳳姐與平兒這一對妻妾主僕的相處，曹雪芹就寫得相當動人。鳳姐叫平兒拿那件大氅給襲人，平兒拿了兩件出來。襲人說：「一件就當不起了。」平兒笑道：「你拿這猩猩毡的。把這件順手拿將出來，叫人給邢大姑娘送去。」邢岫烟是邢夫人哥哥的女兒，家境不好，來投靠賈府的窮親戚。賈府排場這麼大，窮親戚一進賈府就矮了一截。那幅「冬艷圖」，大家都大紅大綠、穿金戴銀，只有邢岫烟一個人「拱肩縮背」，因為她冷，沒冬衣穿，平兒看在眼裏，惦在心裏，趁便送了一件舊冬衣。鳳姐雖然嘴上開玩笑道：「我的東西，他私自就要給人。我一個還花不夠，再添上你提著，更好了！」心裏卻是不計較的：「所以知道我的心的，也就是他還知三分罷了。」這個地方看得出平兒觀察很細心，同情弱小，鳳姐也不是不近情理的人。

下面又轉筆到怡紅院晴雯身上。襲人回家去了，照護寶玉的責任就落在晴雯和麝月兩個大丫頭身上。寶玉半夜裏渴了要茶水，要有人在旁邊的，她們兩個輪流伺候。兩個女孩子愛鬧著玩，夜裏，麝月到外面上廁所去了，晴雯就調皮，要去嚇唬麝月。晴雯其實很天真的，都講她個性像一塊爆炭，因為她沒心機。小女孩也不過十幾歲嘛，只想著調皮，那麼冷也不穿個衣服，也不披個大氅，就跑出去了。寶玉怕她真嚇著了麝月，又怕她著涼，就大聲叫：「晴雯出去了！」晴雯說：你婆婆媽媽的，哪裏就把她嚇死了！哪曉得晴雯真的凍病了，這是個伏筆。一病下去呢，就伏到後來被趕出去，出去病的更重，直到香消玉殞。《紅樓夢》裏的人物，常常寫到病，病在這本書裏頭占有很重要的位置。而且，曹雪芹開起藥單來頭頭是道，對醫理也很在行。這下，給晴雯看病請了個醫生來，他開的藥單寶玉一看吃了一驚，有枳實、麻黃之類的猛藥在裏面。寶玉對藥理有所知，他說：「不行，這個醫生要不得！快點請太醫來再看一看。」

《紅樓夢》沒有大起大落的場景，也不過是春夏秋冬，過年過節，吃喝玩樂，沒有像《三國演義》、《水滸傳》、《西遊記》打來打去，起伏得厲害的劇情，就只有domestic，家庭日常生活的東西，不要小看這種日常生活，難寫！你看英國的珍．奧斯汀（Jane Austen）寫十八、十九世紀的英國生活，寫來寫去就是幾個 ladies 在客廳裏搧搧扇子，抓一個有錢女婿，不得了了。到今天，英國小說她還是祖奶奶，為什麼？她真的抓住了日常生活，每一個 scene 都寫的好，讓我們覺得好像這些生活都在眼前。《紅樓夢》也是，你會感覺那些人物過的吃喝玩樂的生活，都在眼前一樣！

#【第五十二回】俏平兒情掩蝦鬚鐲　勇晴雯病補雀金裘

回目中的「雀金裘」，程乙本是「孔雀裘」，這倒沒有什麼特別的差別，可是從現在開始，我越看越覺得現在這個庚辰本有些問題嚴重，所以不得不把那些有問題的段落或者有問題的地方，特別挑出來講。如果意義沒有改變，不傷原來的藝術性就放過它，但是有的不行，有的一字之差影響全局，或者它多了一句狗尾續貂，把整個 scene 破壞了，那就一定要改過來。再提醒大家，我們現在用的庚辰本，很多紅學家據他們考證說是最早抄本之一，他們都相信，這個最近曹雪芹的原稿，而且有脂硯齋批文，所以這個本子是非常有權威性的。很多紅學家對於程高本，就是高鶚續的這個本子相當有敵意，覺得他們改了。可是我必須說，我使用多年的這個桂冠出版的也是程乙本，是經過一些學者們，像大陸非常有名的啟功，還有他們一些紅學家，很仔細地比對、注校，譬如幾個本子有不同的寫法了，就在合情合理的情況下，選一個最合適的來採用。庚辰本呢，他們因為相信最接近原著，明明有些東西根本錯了，或者有些不合適的，可能是抄的人多加的或者是刪掉的，因為他們相信那是原來的，就不動它。我覺得我要把這種地方挑出來，讓大家把版本比較一下。

這一回裏面有兩件事：蝦鬚鐲、孔雀裘，牽涉到兩個人：平兒、晴雯。這兩個人在《紅樓夢》的丫鬟羣裏面相當重要，所以曹雪芹也安排適當的地方讓她們表現。我不知道臺灣有沒有類似 Upstairs and Downstairs 這樣的連續劇，英國BBC這一部戲非常有名，這裏中文不曉得翻譯成什麼。Upstairs and Downstairs 講第一次大戰前，愛德華七世（Edwardian）那個時代的英國貴族、上層社會家庭裏的生活。upstairs 就是講那些老爺、少爺、夫人、小姐的生活，downstairs 就講那些傭人、僕婦的生活，描述得都非常好。《紅樓夢》也是 upstairs and downstairs，upstairs 講那些姑娘、小姐、夫人們的生活，downstairs 講那些丫鬟、傭人們，小人物的生活，都很要緊，這才把十八世紀的貴族生活，上上下下給它一個比較全面的描述。

為什麼說俏平兒、勇晴雯，「俏」、「勇」，就是給她們的一個標籤。平兒，很俏，很懂事，心地善良。你想這個賈府裏面一天有多少事情發生，一定很多爭執風波，各樣的吵吵鬧鬧，層出不窮。要怎麼樣平息這些小風波，鳳姐哪裏管得到那麼多那麼細，而且也比較嚴厲，一發覺了以後，打四十板趕出去，就是這樣處理。平兒的原則是大事化小，小事化無，蝦鬚鐲的事就是一件。記得在蘆雪庵 barbecue 吃鹿肉嗎？吃鹿肉要烤，平兒手上戴了一個鐲子，烤肉不方便，就把它脫下來擱著，一下子不見了。開頭她想，可能是邢岫烟的丫頭篆兒，窮嘛！眼淺，撿走了。你看，窮親戚進了豪門不容易的，有賊先懷疑到他們身上。後來發覺竟然是寶玉下面的小丫頭，叫墜兒，她偷去的。平兒想，如果鬧出來，鳳姐一定很生氣，寶玉也很要面子的，他手下的人做出這種事情來，很丟臉。所以平兒就到怡紅院來，悄悄地告訴了麝月：「你們找一個機會，把那個墜兒趕走吧！」而且她很體貼，交代不要告訴寶玉，免得寶玉面子上下不來，她悄悄地把這個事情擺平就好了，不要傷了任何方面，也不要鬧出來。

晴雯在生病，發著高燒，看到平兒跟麝月唧唧咕咕，好像鬼鬼祟祟在講什麼。她就跟寶玉說：他們一定是說我病了要把我趕出去。病了怕傳染嘛！通常要挪出去。寶玉說：不會的，你們好姐妹。寶玉不放心，又為安撫晴雯就說去聽聽，一聽才曉得平兒大事化小、小事化無的心意，不覺「又喜又氣又嘆。喜的是平兒竟能體貼自己；氣的是墜兒小竊，嘆的是墜兒那樣一個伶俐人，作出這醜事來。因而回至房中，把平兒之話一長一短告訴了晴雯。」記得嗎？之前鳳姐吃醋，因為賈璉把鮑二家的弄進來，鳳姐錯怪平兒把她打一頓，平兒受到很大委屈，襲人就帶她到怡紅院來，寶玉叫人拿出胭脂水粉替她重新理妝。寶玉覺得這麼一個好女孩，能在賈璉、鳳姐之間周旋真不容易，所以對她盡了一點疼惜的心意。現在一聽，平兒對他也那麼體貼，非常感動，馬上告訴晴雯。晴雯的性格果然是塊「爆炭」，一聽自己怡紅院的丫頭偷東西，氣得不得了，看見墜兒上來，冷不防把她的手一抓，拿個叫做「一丈青」的簪子，戳！戳！戳！戳！一邊罵，這個爪子拿來做什麼？不會做事只會偷東西！不等襲人回來商量發落，就硬著脾氣要把那個小丫頭趕走。

蝦鬚鐲的事情過去了，晴雯的病仍未見好轉，發燒頭疼，鼻塞聲重。寶玉就叫麝月到鳳姐那邊取鼻烟來，說：「『取鼻烟來，給他嗅些，痛打幾個嚏噴，就通了關竅。』

麝月果真去取了一個金鑲雙扣金星玻璃的一個扁盒來，遞與寶玉。寶玉便揭翻盒扇，裏面有西洋琺瑯的黃髮赤身女子，兩肋又有肉翅，裏面盛著些真正汪恰洋烟。」這大概是個有天使畫像的鼻烟盒，清初就能見到了。《紅樓夢》裏常常寫到一些外國來的東西，那個時候，很多外國是進貢給皇家的。曹家因為受康熙寵，所以常常會得到康熙賜的宮裏面的一些貢品，像這種西洋的藥、西洋的鼻烟盒，還有琺瑯瓷，乾隆時代出口到西方去的，洋人很喜歡，在外面加工了又流回來。曹雪芹看過家中西洋的貢品，在書裏面引用的情況也說得通，因為元妃是皇帝的妃子，所以賈府得了很多貢品也是很自然的。

八〇七頁這個地方，寫薛寶琴走過很多地方，見識甚廣，她也看過一些外國人。乾隆時代很多西方人到中國來，傳教的、做生意的，寶琴說有個外國女孩子，大概在中國住久了，對於中國的文字也很通的，居然還會寫一首詩。可見那時候跟西方接觸很頻繁，貿易相當盛行。乾隆時代很有名的事件，英國派大使來送貢品，乾隆說我們不需要，我們什麼都有，然後給了更多讓他拿回去。中國的朝廷要使臣下跪，他不肯，朝廷說見了中國的天子都要下跪的！種下了鴉片戰爭的因。十八世紀的英國也漸漸強了，中國還是那種唯我獨尊的心態，這就是《紅樓夢》的時代，覺得自己是世界的中心，是最富有、最強大的國家，事實上在某方面已經危機重重，不能光看表面了。《紅樓夢》寫的時候是盛世，不過曹雪芹以他的敏感，已經感受到暗伏在繁榮表面下的危機，十九世紀中國一下子整個垮掉了。書中的賈府這麼大這麼富有的家族，外強中空，後來也是一下子整個垮掉。

八〇八頁庚辰本有些問題。薛寶琴到賈府來，因為她已經下聘了，許給梅翰林的兒子，家裏是把她送來出嫁的，她的嫁妝都帶來了。當時女孩子下了聘、定了婚，不對外講的，賈府這些姐妹們在聊，聽說有外國人作的詩，姑娘們就叫她拿出來給大家看看。寶琴說，放進箱子裏收著沒帶來。黛玉很聰明，說：「你別哄我們。我知道你這一來，你的這些東西未必放在家裏，自然都是要帶了來的，事實上都帶來了。這會子又扯謊說沒帶來。他們雖信，我是不信的。」黛玉曉得，她要出嫁的女孩子，怎麼可能不帶來。看看庚辰本這一行：寶釵笑道：「偏這個顰兒慣說這些白話，把你就伶俐的。」我想這不通，太彆扭。程乙本是：「偏這顰兒慣說這些話，你就伶俐的太過了。」不是順多了嗎！《紅樓夢》的好處是它很流暢，不喜歡用特別生僻的冷字，不用彎來撇去的怪文法，讀來非常順當的。

曹雪芹一直把那個盛世往上推，連衣服也不例外。賈母不是有一件野鴨子的毛串起來做的大氅給了寶琴嗎？老太太還收了另一件寶貝衣服，是什麼呢？雀金裘！她讓寶玉穿著去作客。他們的應酬很多是皇親貴戚，寶玉穿了這衣服，金翠輝煌，碧彩閃灼。賈母說：「這叫作『雀金呢』，這是哦囉斯國拿孔雀毛拈了線織的。」俄羅斯進貢的，大概也就是王妃這一類賜給賈母的。有的紅學家考證，說賈母的原型是曹璽的太太孫氏，記得孫氏是誰嗎？是康熙的奶媽，如果真是孫氏的話，康熙恐怕給過她孔雀裘，所以曹雪芹寫這個。平常人家不會有孔雀裘、野鴨子毛大氅這種東西，只有他們曹家才可能有。

寶玉出去應酬了。我們講過，連那個丫頭襲人出去，都要前呼後擁，寶玉出去，排場更大了。只見寶玉的奶兄李貴，李貴是他的奶媽的兒子，帶著男傭人王榮、張若錦、趙亦華、錢啟、周瑞，共六個人，又加了四個書僮茗烟、伴鶴、鋤藥、掃紅，就十個了，「背著衣包，抱著坐褥，籠著一匹雕鞍彩轡的白馬，早已伺候多時了。」還有老媽媽要吩咐他們六人，該怎麼樣，吩咐了一大堆，然後呢，寶玉才慢慢地上了馬。出去的時候，寶玉說，走另外一條，從角門出去吧。為什麼？因為原路要經過賈政的書房，他本來看到賈政就像耗子見了貓一樣，躲都來不及的，現在賈政不在家，其實應該沒什麼好怕的。可是啊，賈府規矩大，即使不在家，也要下馬表示尊敬。下面的人說，悄悄地溜了不就算了嘛！反正老爺又不在家。寶玉就怕，不行！萬一被家裏那些老家人賴大、林之孝看見，又說他不懂規矩了。這賈府也很奇怪的，那些老傭人可以訓少主的，所以最好躲過他們。後來果然碰到賴大，寶玉看見趕快要下馬，賴大抱住他腿不讓下來，寶玉才走了。下面你看：「接著又見一個小廝帶著二三十個拿掃帚簸箕的人進來，見了寶玉，都順墻垂手立住，獨那為首的小廝打千兒，請了一個安。」這些掃地的小傭人二、三十個，見了他，通通立正，那個時候的規矩真大。等下面幾回，寧國府、榮國府除夕夜祭祖，看看那不得了的儀式，要講一講他們那個規矩的由來。

寶玉去應酬回來，哎呀，不得了！他那件那麼重要、那麼寶貝的衣服，偏偏燒了一個洞，第二天要過年了，賈母當然要他穿這件衣服，怎麼辦呢？他們就悄悄地把這衣服送出去給外面的織工，要把它補起來。拿出去了又拿回來，沒有一個人會補。因為它是一種很特別的金線界線繡的方式，這種針織，很需要功夫的。他們在講，這萬一給老太太看見破了一個洞，很掃興嘛！晴雯病得昏懵懵的，人家講話還是聽得見，「忍不住翻身說道：『拿來我瞧瞧罷！沒個福氣穿就罷了，這會子又著急。』」晴雯病著，可是一聽到這情形，等於寶玉有難，她護主心切，不顧病身爬起來，就要替他補裘，所以叫「勇」晴雯。晴雯嘴巴雖然很厲害，其實她對寶玉很深情的，她是用另外的一種方式，跟黛玉很像。黛玉有事沒事戳寶玉兩下，為什麼？看他的反應，試他對她的感情到什麼地步，戳得寶玉越痛，她覺得愛她愛得越深。這個晴雯也是，她跟寶玉也是沒好氣戳他兩下，其實她最護主心切，所以就拚命地來補了，補了一夜。寶玉當然很心疼，看她這樣子一夜沒睡，為了補他這孔雀裘，最後終於補好，她說：「補雖補了，到底不像，我也再不能了！」「噯喲」一聲就昏過去了。這一回相當有名，一方面講晴雯對寶玉的感情，以及敢於任事的個性，另方面也講她的病又加深了一層，後來終至於不治。

無論俏平兒或勇晴雯，她們做了一些事情，看起來是很瑣碎的一些 scene。你可以想像，晴雯已經病得像什麼一樣，爬起來，一個晚上，很努力地補這個裘，那一幕也很好看的，非常 dramatic，非常有戲。晴雯做過什麼？撕扇子、補孔雀裘，你會記得她的。曹雪芹就用這種方式，慢慢地堆砌起來，等於一幅幅小畫，撕扇子是一幅，補裘是一幅，後來賈府自己抄大觀園的時候又是一幅，最後趕出去。通通拼接起來，晴雯這個人的形象，就突顯出來了。而且呢，等於是在這些地方埋了伏筆，通通為了要完成在她被趕出去後，寶玉去看她，兩個人生離死別的一幕。那是紅樓夢裏邊非常重要的 scene，前面這

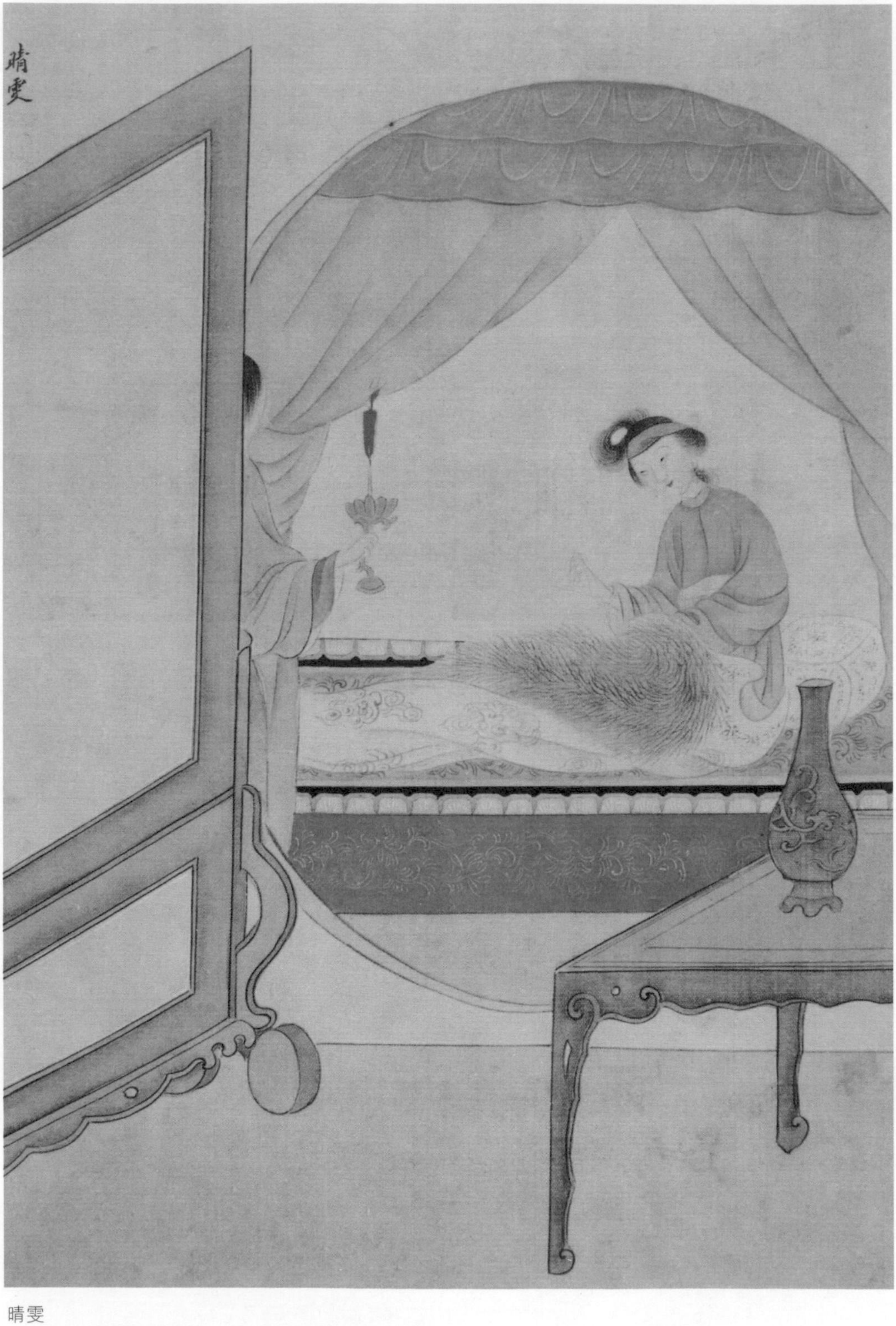

晴雯

些，都是為了這一場做準備的。晴雯是「心比天高，身為下賤。風流靈巧招人怨。」這個丫鬟心性這麼高，這麼自負。為什麼自負？第一，長得漂亮，眉眼像林妹妹。第二，她的針黹、女紅，是丫鬟裏面的第一名。從前看女孩子能不能幹，要看她的針黹行不行。晴雯手最巧，所以她是很自負的，後來趕出去，被侮辱，被蹧蹋，這兩相的落差，顯出晴雯的悲劇。

晴雯跟黛玉，她們的命運是很相近的，所以寫晴雯其實是寫黛玉，晴雯的故事就是黛玉的前奏，等於是替黛玉的悲劇埋下了伏筆。晴雯不是單獨的一個事件，《紅樓夢》寫人物，寫事件，好像是不相干的事陸陸續續發生，其實都指向最後怎麼來敘述，來講通黛玉之死，這才是本書的最高潮。要準備那個高潮，前面有好多好多的鋪墊，光是黛玉的故事還不夠，還要讓晴雯的故事也進來，兩個合起來，悲劇的含量才夠大，impact 才夠，撞擊才夠深。所以這些細節大家都不要放過，最後看到黛玉之死的時候，再回過來細想，一切就有道理了。

【第五十三回】寧國府除夕祭宗祠　榮國府元宵開夜宴

過年了，賈府要祭祖。賈家有世襲的兩個爵位，一個是寧國公賈演，一個是榮國公賈源。這兩支傳下來，就是賈代化、賈代善。再傳下來，寧國府賈敬，因為賈敬修道不管事，早早就傳給賈珍。榮國府賈赦、賈政，爵位在賈赦。賈府兩邊兩個 title、兩個爵位，通常封一個爵位就很不得了，他們有兩個連在一起，你想那個聲勢多麼的浩大。

先講寧國府，除夕要祭宗祠，他們到底是大房，所以祖先的祠堂是設在寧國府的。除夕全部動員起來，都要去寧國府那邊祭祖。賈敬沉迷煉仙丹，平常他不管事，除夕他回來祭一下祖又走了，實際的主事者是賈珍。過年、祭祖都是要花錢的，像寧國府、榮國府幾百人的開銷，生活相當奢侈，他們靠什麼呢？基本上他們封爵的時候都有封地，這些地可能在鄉下，可能好幾個村是他們的，所以靠收租，靠地裏的莊稼收成，每年很重要的收入靠這些。當然，皇家也給他們錢，但很有限，有時候反饋回去的可能更多，像那些太監通通要打點好，要做公關的，跟朝廷那邊的關係弄不好不行，要透過這些公公幫著打點。記得嗎？秦氏死的時候，賈府就給她丈夫賈蓉捐一個官位，因為辦喪事，賈蓉沒有官位不好看，誰來搞這個呢？太監夏公公。花幾百兩銀子經這個太監去買一個title，所以他們花的這種錢也是不得了。

賈府日用開銷和過年過節的花費，都設有鄉下的掌櫃管理，看看八二一頁，黑山村的烏莊頭來進貢，這只是一個村，還有好多其他的村。烏莊頭來了，賈珍道：「這個老砍頭的今兒才來。」因為他們在等，過年要用錢，要很多物資。烏莊頭帶了清單，遞上一個紅帖子：「門下莊頭烏進孝叩請爺、奶奶萬福金安，並公子小姐金安。新春大喜大福，榮貴平安，加官進祿，萬事如意。」倒是個鄉下人的口吻。拿了什麼東西來呢？打開單子，上面寫：「大鹿三十隻，獐子五十隻，狍子五十隻，暹猪二十個，湯猪二十個，龍猪二十個，野猪二十個，家臘猪二十個，野羊二十個，青羊二十個，家湯羊二十個，家風羊二十個，鱘鰉魚二個，各色雜魚二百斤，活鷄、鴨、鵝各二百隻，風鷄、鴨、鵝二百隻，野鷄、兔子各二百對，熊掌二十對，鹿筋二十斤，海參五十斤，鹿舌五十條，牛舌五十條，蟶乾二十斤，榛、松、桃、杏穰各二口袋，大對蝦五十對，乾蝦二百斤，銀霜炭上等選用一千斤、中等二千斤，柴炭三萬斤，御田胭脂米二石，碧糯五十斛，白糯五十斛，粉粳五十斛，雜色粱穀各五十斛，下用常米一千石，各色乾菜一車，外賣粱穀、牲口各項之銀共折銀二千五百兩。外門下孝敬哥兒姐兒頑意：活鹿兩對，活白兔四對，黑兔四對，活錦鷄兩對，西洋鴨兩對。」不得了吧！你看，光是那個炭，銀霜炭上等選用一千斤、中等炭二千斤、柴炭三萬斤，這麼多東西，猪、羊、鹿一大堆，那個騾車不曉得要多少車，這麼拖進來。你想像那個場面，那個烏莊頭，領了大隊車拉來這些山珍野味，過年要用的東西通通都來了。這個單子，你們記一記，等到賈府被抄家的時候，也有個單子，寫得清清楚楚，金子多少兩，銀子多少兩，如意多少個，什麼東西多少，跟這個對照一下，當年轟轟烈烈的進來，後來淒淒慘慘的出去，通通給刮光。所以曹雪芹寫實的地方也是到頂的，他不是隨便寫的，不是三言兩語講了很多東西，而是一樣一樣通通列出來。

雖然這麼多東西了，賈珍還說，你又來打擂臺，又來敷衍我了，這兩三千兩銀子怎麼夠過年！烏莊頭說，今年有旱澇，收成不好，我這算好了，其他那幾個莊更糟。當然抱怨了一大堆囉。賈珍說，你這要我為難了，這怎麼辦？這年不好過。烏莊頭就說了，娘娘和萬歲爺豈不賞你們？他想，賈府是皇親國戚，有女兒當皇妃，還怕什麼？這點也講了出來，賈家那種生活，也滿累的。賈蓉等忙笑道：「你們山坳海沿子上的人，那裏知道這道理。娘娘難道把皇上的庫給了我們不成！他心裏縱有這心，他也不能作主。豈有不賞之理，按時到節不過是些彩緞古董頑意兒。縱賞銀子，不過一百兩金子，才值了一千兩銀子，夠一年的什麼？這二年那一年不多賠出幾千銀子來！頭一年省親連蓋花園子，你算算那一注共花了多少，就知道了。再兩年再一回省親，只怕就精窮了。」這個話不是隨便講的，又講到曹家了。曹家受康熙寵愛，康熙六次南巡，四次曹家接待，你想曹家怎麼吃得消，要花多少銀子做這種準備，每次都弄得虧空數萬兩銀子。那時候康熙的國庫還豐盈得很，就給他們暗暗補起來，後來雍正上來了，雷厲風行，曹家獲罪，革職抄家的其中一個原因是虧空。所以他這個地方也是有所本的，就是想到從前他們家的處境。

寧國府已經很窘迫了，榮國府也好不到哪去，鳳姐東挪西弄的也是虧空，後來補不起來怎麼辦呢？跟鴛鴦悄悄商量把賈母一些東西運出去當，賈府弄到要悄悄當東西，外面的架式撐起來，裏面的苦衷不少。很多中國以前的家庭是這樣子，要面子，盛的時候下不來，所以賈家被抄了以後，賈母倒講了一句話，趁這個時候，收斂一下也好。空架子撐在那裏，要好多錢的。

賈珍拿到這些東西，不光他們寧國府、榮國府要過年，還要分一些給那些窮親戚的，難弄吧！那些窮親戚都跑來領了，其中有一個賈芹，鳳姐不是給他弄了個職位，派他去管那些尼姑道士嗎？這個賈芹很不上道，也跑來要，賈珍就訓他一頓說，從前，你沒有位置的時候，我都給過你很多，現在你還來要，那麼貪，已經給你東西了，看看你的樣子，你穿得像個手裏使錢辦事的嗎？而且你在家廟裏面幹了什麼事情，「**為王稱霸起來，夜夜招聚匪類賭錢，養老婆小子**。」你還來領這個，給你一頓棍子呢！後來，果然是賈芹跟那些尼姑、女道士爆發了一些事情。我覺得奇怪，賈府那個家廟水月庵裏，又有尼姑又有道士，可見得明清時代佛道不分，賈芹去勾一個尼姑叫做沁香，又同時勾一個女道士叫做鶴仙，那時候都是混在一起的。

到了除夕晚上，賈府的子弟們通通進來了，排班準備祭祖。這個時候的賈府家族，充分顯示了中國的宗法社會、儒家體制之下那種繁文縟節。祭祖，一直到今天還有，臺灣也有宗祠，不過現在沒有那種派頭就是了。這個地方，曹雪芹特別安排了一個旁觀的人，來看他們怎麼祭祖，正如最開始的時候，用林黛玉的眼光來看賈府的氣派。安排誰呢？薛寶琴！寶琴跟賈府沒什麼密切的關係，可以看得比較新鮮、客觀、清楚。先看這個宗祠門口，兩邊一副對聯：「肝腦塗地，兆姓賴保育之恩；功名貫天，百代仰蒸嘗之盛。」這種歌功頌德的語氣，庚辰本說是「衍聖公孔繼宗書」，孔子的後代寫的。大家看看宗祠裏的擺設，懸了一面九龍金匾「星輝輔弼」，是先皇御筆。你看不得了吧！皇帝賜的。兩邊一副對聯：「勛業有光昭日月，功名無間及兒孫。」這是給他們很高的期許，都是御筆。再往裏的正殿，也有一面御筆寫的匾，講到儒家核心的價值：「慎終追遠」。整個講起來，西方信基督教的最高 hierarchy，最高階層一定是上帝，中國有些是佛家、道家，如果一般人，就是慎終追遠，祭祖宗。祖宗給我們保佑，要我們繼承他們的勛業。繼承，就是慎終追遠。要靠什麼慎終追遠呢？靠 ritual，儀式，經過祭祖的儀式，讓我們跟祖先連結起來，再往下傳給子子孫孫。就是旁邊御筆對聯講的：「已後兒孫承福德，至今黎庶念榮寧。」

儀式是有很多規矩的。八二六頁：「只見賈府人分昭穆排班立定：昭穆，左右。賈敬主祭，賈赦陪祭，賈珍獻爵，賈璉賈琮獻帛。賈敬是男的那一輩裏現在位置最高的。賈琮從沒有在任何其他的情節出現過，反正是賈府的親戚就是了，而且一定是跟賈璉同輩的。寶玉捧香，賈菖賈菱，這大概都是跟寶玉同輩的親戚，展拜毯，守焚池。青衣樂奏，三獻爵，拜興畢，焚帛奠酒，禮畢，樂止，退出。非常莊嚴的，非常有秩序的。儒家最重要就是要維持社會的秩序，維持一個 social order，這儀式排出來，就是一個社會秩序了，長幼有序在儀式上完全顯露出來。然後呢，眾人圍隨著賈母至正堂上。那邊儀式行禮完了，這邊要祭祖了。影前錦幔高掛，彩屏張護，香燭輝煌。上面正居中懸著寧榮二祖遺像，皆是披蟒腰玉；他們其實是以武功起家的，曹家也是這樣，曹璽是跟了多爾袞去打仗，打勝了，所以有了官爵，這個賈家也是。開始上貢了，祭品就是一道道的菜，你看它怎麼個儀式：每一道菜至，傳至儀門，賈荇賈芷等便接了，按次傳至階上賈敬手中。一個一個傳，傳到最高的手裏。賈蓉係長房長孫，獨他隨女眷在檻內。每賈敬捧菜至，傳於賈蓉，賈蓉便傳於他妻子，又傳於鳳姐尤氏諸人，直傳至供桌前，方傳於王夫人。王夫人傳於賈母，賈母方捧放在桌上。邢夫人在供桌之西，東向立，同賈母供放。要經過這麼繁複的儀式，完畢了，賈蓉就退下來。凡從文旁之名者，賈敬為首；名字文字邊的輩份最高。下則從玉者，賈珍為首；名字斜玉旁，那邊有好多。再下從草頭者，賈蓉為首；左昭右穆，男東女西，俟賈母拈香下拜，眾人方一齊跪下，將五間大廳，三間抱廈，內外廊檐，階上階下兩丹墀內，花團錦簇，塞的無一隙空地。鴉雀無聞，很莊嚴、很肅穆的。只聲鏗鏘叮噹，金鈴玉珮微微搖曳之聲，並起跪靴履颯沓之響。一時禮畢，賈敬賈赦等便忙退出，至榮府專候與賈母行禮。這邊完了，要一起到榮國府去，還要向賈母下跪行禮。這種儀式，是否每一家都這樣呢？後來有研究說，旗人的規矩比漢人還要大，還要繁瑣。曹家是滿化的漢人，他們的文化是滿人漢人的文化合起來的。據余英時先生的考證，他說其實漢族的儀式，那個時候已經沒有這麼繁複了，但是旗人還守著這麼嚴。我想滿人開始的時候，是從低文化的民族爬起來的，向高文化的漢人那邊去，要征服漢人，至少要把漢人那一套學會。滿清的成功之一，就是漢化非常道地，而且還超過漢人，儒家那套東西，他們學得更快。元朝那麼快滅亡，大概蒙古人漢化得不夠。滿清兩百多年，居然以少數民族，能夠控制這麼大的中國，他們把漢人的文化通通消化了，當然他們也希望保持滿人八旗的特點，但後來慢慢腐化掉。學漢人那一套學得太像太過了，當初在遼省那個地方的活力就慢慢消失了。所以是兩難，不漢化也不行，漢人會抵制他們，開頭為了一個剃頭令，就死了多少人！曹家，他們也是滿化得非常厲害，同時留存了漢人的習俗，所以曹雪芹能寫實寫得這麼細密，這麼徹底。

賈母回府去，過年又是非常熱鬧的演戲，他們自己家裏有戲班子，那些小伶人芳官、藕官都能唱的。這個時候還怕自己的家班不夠隆重，外面再招一班來，特別 entertain 招待他們那些親戚。來了以後演什麼戲呢？《西樓・樓會》，講一個書生跟一個妓女的故事。演書生的于叔夜賭氣去了，那個小孩子文豹也會插科打諢：「你賭氣去了，恰好今日正月十五，榮國府中老祖宗家宴，待我騎了這馬，趕進去討些果子吃是要緊的。」當然那些老太太高興得不得了，老祖宗喊一聲「賞！」下面老早已經預備著幾籮筐的錢，丟到臺上面去，這就是賈府的派頭。這個時候在寫賈府的盛，藉過年、過節、過生日來顯示，後來賈府衰敗了，在過年、過節、過生日的時候，那種冷清前後對比，世間的興衰無常就更明顯了。賈母是個會享富貴的人，她的品味很高，她點戲就點了一折《尋夢》，這是崑曲中經典又經典的了。十八世紀正是崑曲最盛的時候，差不多要從盛入衰了。乾隆的御用伶人有上千個，那時候的宮廷戲，一上去上百人，像現在西方的 ballet 芭蕾舞劇一樣盛大。乾隆這個十全老人，愛派頭，這本書也是有乾隆時代的派頭，那時候的宮廷文化，可能跟法國的路易十四、路易十六可以一比，一種奢侈的極致。曹雪芹寫的時候，不自覺的就把當時的盛況記載下來了。

從前過年從除夕一直過到元宵，元宵的時候一定要請客，要唱戲，娛樂親朋好友。家裏有戲班子，就高人一等，據說，蘇州這個地方最盛的時候，家班子有幾百個，你的家班子，我的家班子，互相拚比的。還有呢，哪一家的廚子很厲害，到他家去請個客，非常風光。後來敗掉了，那些廚子出來開飯館，什麼廚，什麼菜之類的，還要掛著家廚的名號。到賈府作客的那些人，大概家裏都有戲班子的，所以賈母請客，派頭一定要擺出來。

【第五十四回】史太君破陳腐舊套　王熙鳳效戲彩斑衣

賈母這個人，是儒家宗法的護持者，但另一方面，她看事情的角度很有思想的深度，在這一回就講出來了。這時候過年，正月十五以前，大概都一直在請客，賈母就請親朋到家裏來看各種表演。八四一頁：有一種傳統說唱，有點像現在的蘇州評彈，拿個琴、拿個響器就講故事。在北方，京韻大鼓、梅花大鼓也是屬於這一類的說唱。

到賈母這邊做客的，多半是女眷，所以說唱的人也多半是女的，她們叫做「女先兒」，庚辰本恐怕多個一個字，女先生兒，這個「生」多餘了。女先兒講的故事大概都是些老套，有一個女先兒講了《鳳求鸞》，是說那時候有個姓王的公子，叫王熙鳳，名字剛好跟鳳姐一樣，不過這是個男的。有個小姐叫做雛鸞，琴棋書畫無所不通……賈母一聽，就說我知道了，這個王公子看到這個小姐，兩個人就要好了，所以叫做《鳳求鸞》。然後呢，賈母發議論了，這種俗套東西，都說成什麼才子佳人，她講：「只一見了一個清俊的男人，不管是親是友，便想起終身大事來，父母也忘了，書禮也忘了，鬼不成鬼，賊不成賊，那一點兒是佳人？」那時候很多戲裏頭，總是在講什麼後花園私定終身，那些小姐都沒看過男人的，一下子後花園跳進一個公子來，兩個人就私定終身了。賈母在某方面還是儒家那一套，她就講說都是這些人編出來的，把人講得太壞，我們不聽這些東西。

大家記得嗎？曹雪芹在一開章的時候，他就講他寫《紅樓夢》，不是普通的才子佳人的故事，不是老套，他寫的這些佳人，各有個性，賈母講的這些話，恐怕也是曹雪芹的觀點。曹雪芹這本書非常 original，有獨創性，他能夠創造出賈寶玉這麼一個奇怪的人來，一生下來，就是抓胭脂，抓水粉，也不要筆，也不要墨，以儒家的價值來看，完全不合。但曹雪芹並不是要詆毀儒家，他以一種同情的了解，肯定這個社會需要秩序，在秩序之下固然很多人痛苦，但反叛這個秩序，也造成更多痛苦。這麼大一個家，是要一種規矩、一種制度來維持的。賈母不聽這些老詞兒，她要女先兒彈一些曲子來聽好了。恰好王熙鳳進來了，鳳姐對賈母真的會奉承，會哄她開心，所以講她「效戲彩斑衣」，效法老萊子為了要娛樂他的老母，裝小孩的樣子。鳳姐也懂這一套，講了一些笑話，弄得大家笑得不得了。八四四頁這個地方，庚辰本：「大家坐在一處擠著，又親香，又暖和」親香我想不對，程乙本是親熱，「又親熱，又暖和。」賈母就說，我們家裏也有個班子，叫那些女孩來秀一下。賈母就點戲了，她說：「叫芳官唱一齣《尋夢》，只提琴至管簫合，笙笛一概不用。」只用蕭來伴奏。薛姨媽因笑道：「實在虧他，戲也看過幾百班，從沒見用簫管的。」賈母戲看得多，她能別出心裁，一般伴奏用笛子，用簫聲更加嗚咽、纏綿，我想可能也很好聽。她就跟這幾個小女孩說，我們這些薛姨媽、李嬸娘，家裏面都是有戲的，都內行，你們要好好的唱。她叫芳官唱《尋夢》，芳官大概唱閨門旦唱得不錯。《尋夢》是

《牡丹亭》裏杜麗娘唱的一個折子戲，講杜太守的千金杜麗娘，一個十六歲的女孩子，有一天在花園裏遊園，突然間感受到春色如許，自己芳華虛度，希望有一個人來跟她共享。這麼一想，她就做了一個夢，果然夢中有這麼一個書生柳夢梅來了，跟她在牡丹亭幽會，這就是《驚夢》。驚夢醒來，想到餘情未了，她又回到園子裏，再去尋找夢中的情境，看到牡丹亭、芍藥欄，看到各式各樣景色依舊，可是書生身影杳然，不得不承認那只是個夢中的情人，回去以後非常傷心，後來就得了相思病亡故。死後變成一縷芳魂，她又找到了情人柳夢梅，人鬼幽媾，深情感動鬼神，最後柳夢梅挖開墳穴，她又回生了。這是一個愛得死去活來的戲，由十幾支曲牌連在一起，是很高的抒情詩的境界。

演了《尋夢》，賈母又發表意見了。八四五頁，她指著史湘雲，她的那個姪孫女說：「我像他這麼大的時節，他爺爺有一班小戲，偏有一個彈琴的湊了來，即如《西廂記》的《聽琴》，《玉簪記》的《琴挑》，《續琵琶》的《胡笳十八拍》，竟成了真的了。」這都是非常有名的崑曲的折子。那個《續琵琶》是誰寫的？是曹寅，曹雪芹的祖父寫的，他在這個地方用上了。這個《續琵琶》現在北京的崑曲院把它又重排過了。賈府中，看戲反映了他們的生活，尤其是元妃省親點的戲，更反映他們的命運。這裏面寫的，應該有很多是曹雪芹回憶他少年時候家裏演戲的盛況，我隨便算了一下，《紅樓夢》裏面提到的崑曲，最起碼有十齣，當時比較經典的《西廂記》、《牡丹亭》、《長生殿》，還提到《一捧雪》、《玉簪記》、《西樓記》、《釧釵記》、《八佾記》，曹雪芹的祖父寫的《續琵琶》，特別是裏面那一折《胡笳十八拍》，後來京劇改成很有名的《文姬歸漢》，講漢朝的蔡文姬嫁到胡人番邦，後來曹操讓她回來的故事。曹雪芹很崇拜他的祖父曹寅，曹寅很有學問，很會享受生活，自己寫傳奇本子。那時候寫傳奇、寫劇本的，都是文人雅士，所以崑曲跟元曲、元雜劇不一樣，崑曲的作者很多是當官的，他們算一算，有四、五十個進士會寫劇本。《牡丹亭》的作者湯顯祖也是很有社會地位的人，那時崑曲是雅部，文人雅士、王公貴族都喜歡，是他們的生活中少不了的娛樂，也表示一種品味，就像現代人喜歡去看芭蕾舞、聽聽歌劇，不懂沒關係，反正進去欣賞就好了。像賈母這樣有個自己的家班，自己的家班子還不夠，還外面請戲班子來娛樂嘉賓，那表示她有一定的社會地位。乾隆時代的確如此，不僅崑曲是藝術，很多種藝術形式都臻於頂峯，《紅樓夢》也到達文學的高峯又高峯，後來再也追不上這種 creativity，爆發的創作力量。

崑曲跟《紅樓夢》是很搭調的文化氛圍，到乾嘉時代就走下坡了。崑曲基本上起源於崑山，崑山在上海附近，現在提到崑山是臺商集中地，我也去過崑山，到處都是工廠，看不見一點崑曲的味道，事實上，那個地方產生過中國很了不得的藝術。崑曲流傳以後到了蘇州，蘇州這個地方是當時的崑曲重鎮，再往南京、杭州、揚州……這些地方，都是曹雪芹熟悉的。曹家的江寧織造是在南京，《紅樓夢》它真正的 location，真正的地點，應該是南京，但他隱掉了。北京這個地方，是抄家以後，曹雪芹他們全家再回到北京去。江南文化的結晶以崑曲為代表，也就是《紅樓夢》的味道。我不能想像賈母看個鬧哄哄的地方戲，那是慈禧太后愛看的，老佛爺的 taste 比較粗糙一點。康熙、乾隆都很喜歡崑曲，崑曲的興盛，跟當時皇家的提倡也很有關係。後來崑曲衰落，其中原因之一就是失寵了，沒有皇家的支持了。西方的古典音樂也是一樣，莫札特，他要去宮廷裏演給那些貴族聽的。慈禧太后不喜歡崑曲，她喜歡京戲，京戲是花部，崑曲是雅部，因為慈禧喜歡花部，京戲就興盛得不得了，宮裏的那些供奉，像譚鑫培、楊小樓他們都是唱京戲的。京戲大盛當然有很多原因，皇家提倡是主要原因之一。如果老佛爺還是很愛崑曲，可能崑曲會繼續下去的。

比《紅樓夢》早一點的一部小說《儒林外史》，也是乾隆時代的，裏面有個風流雅士杜慎卿，那時就在南京莫愁湖舉行了一個崑曲大賽，據說光南京一個地方，有六、七十個班子，那些戲班唱旦角的，六、七十個人通通扮上，在莫愁湖邊演出，全南京的富商都租了花艇停泊在那兒欣賞，一唱唱了通宵達旦，最後選出個冠軍來，還給他一個很大的金盃，震動江南。他們的那個崑曲比賽，寫小說的雖然是虛構，可能也就是當時的生活型態，不經意地就寫進去了。

賈府的元宵過完了，這一回也有幾個地方我挑出來。八四九頁：放炮仗了，王熙鳳也撒嬌，她很害怕，尤氏就把她抱著，庚辰本寫，尤氏笑道「你這孩子又撒嬌了。」我想尤氏跟王熙鳳是平輩，不可能叫她孩子，而且這時候是她們兩個在開玩笑，其實尤氏受王熙鳳打壓滿厲害的，逮到機會也要戳她兩下，說她「聽見放炮仗，吃了蜜蜂兒屎的」，諷刺她舉止輕狂。程乙本是：「你這會子又撒嬌兒了」，口氣比較合情合理。庚辰本八四九頁最後一段，說元宵過完了之後，「十八日便是賴大家，十九日便是寧府賴升家，二十日便是林之孝家，二十一日是單大良家……」，意思是那些管家們，每個人家裏開個 party，都來迎賈母到家裏面去玩。這個不大可能。大家想一想，賈母到他們僕人家裏去只有一次，是賈政的乳母賴嬤嬤，她的地位很高，她很有面子，在賈母面前可以平坐平起的，因為她的孫子賴尚榮捐了一個官，她家裏面也有滿好的排場，賴大又是榮國府的管家頭頭，賈母才會賞臉的。哪有可能林之孝這些人也都開起 party 來請人，沒這個規矩，根本請不動的，就是賴嬤嬤來請，還要三番四次先通過鳳姐的安排。程乙本沒有這段，庚辰本這裏還跑出一個單大良家，這很奇怪，從頭到尾根本沒有單大良這個人，你看它說：「**這幾家，賈母也有去的，也有不去的。**」我想賈母不可能隨便去哪家，她從初一到十五已經累得不得了，自己家一連串的 party，哪裏還有精神去僕人家參加 party，所以我想這個不合理，跟程乙本一比對，這個應該是多餘的。

【第五十五回】辱親女愚妾爭閑氣　欺幼主刁奴蓄險心

賈府過一個年，前後裏外許多折騰，王熙鳳累得小產了，病倒在床。這也是個伏筆，王熙鳳後來早早病逝，從這個時候開始伏下因。榮國府沒有人掌家了，名正言順應該是李紈出來，她是大媳婦，但李紈不是管家的料，她很規矩、很謹慎的一個人，丈夫賈珠早逝，她一心一意把未來寄託在兒子賈蘭身上。在書裏她是 flat characters 之一，寫得平淡而恰如其分，但曹雪芹有時候也會不經意地點一下，比如諷刺鳳姐幾句也滿厲害的，頗有神來之筆，讓她的人性展現出來。平常，李紈就是帶著小姑們作作針黹、吟詩作賦，平平過日子。這時候王熙鳳病了，要她撐上來就難稱職了，王夫人也知道的，就配了幾個助手給她，其中一個就是三姑娘探春。

到目前為止，我們只知道迎春、探春、惜春這三春裏面，三姑娘探春是最出眾的。她是賈政的庶出，趙姨娘生的女兒，但賈母、王夫人都喜歡她，她也自覺跟王夫人親，與母親趙姨娘不合。其實在賈家，探春最能幹、最有頭腦、最有眼光，她常遺憾自己不是個男孩子，若是個男子，她要把這個家撐起來的。我想以探春的個性，那些叔叔伯伯的行為，她不以為然的，很多時候看不下去。她很正直的一個人。她是賈政的女兒，有賈政的正直，但沒有賈政的迂腐，她被賦予管家重任，頗像儒家兼法家，不但有道德標準甚高的家規，而且執法甚嚴。前面曹雪芹沒有刻意寫探春，但已經在適當的時候點了一下。還記得嗎？賈赦想娶鴛鴦做妾的那一回，鬧到賈母跟前，賈母生氣了，怪王夫人說：「我有什麼你們都想要！」老太太責怪媳婦是嚴重的事，王夫人素日謹慎，自己不敢辯解，下面的媳婦李紈、尤氏也不敢講話，連寶玉也不便出頭。這時候探春站出來，說老太太錯怪了，賈母忙叫寶玉去安慰王夫人。探春是未出嫁的女兒，在家裏是有特權的，家人視為「嬌客」，可以撒撒嬌。賈府三個未嫁女兒，迎春儒弱，惜春太小，只有探春，遇事能出頭表示意見。

這一回布置好舞臺，讓探春演這場 drama，當然是曹雪芹的巧思。他真是個好導演，把人物調來調去，調得恰得其時，這個時候是哪個人上場，這個時候誰在演戲，這個時候誰是主角，他都有安排，不會亂的。接下來的兩場戲，三姑娘都充分表現出她的才能、個性。一場是她跟母親趙姨娘的關係，這是《紅樓夢》最有趣、最有意思的人際關係之一。一場是後來搜索大觀園，曹雪芹都 dramatize 探春這個角色。三姑娘出場氣勢非凡，當曹雪芹要突出一個人，他會在最恰當的時候給她機會表現，也許本來她在一羣女孩子中看不出什麼特別，到這個節骨眼讓她飆起來。三姑娘不是個省油的燈，她那種耿直的、不買賬的個性這一回出來了。

探春

王夫人讓探春協助掌家，這個地方另外有一個小節很要緊。八五四頁，王夫人又託了一個人，誰呢？寶釵！曹雪芹在這裏伏了這麼一筆。表面看起來，也不過請寶釵一起來幫忙，其實背後意義非凡，寶釵本來是親戚，怎麼會管得到賈家的事情呢？因為寶釵個性妥當，面面周全，她一言一舉、人際關係，王夫人看在眼裏，這時候讓她來管管家，也為選媳婦埋下伏筆。寶釵協助探春，她也恰如其分、不多不少，該進言的時候講幾句，不該說她不會去侵犯。在某方面來說，寶姑娘比三姑娘還要厲害，三姑娘還會得罪人，寶姑娘更沉潛。這個女孩子，她對實際事務的能力一點不下於探春，但因為她是親戚，不能像探春這樣攬權，所以處處都很恰當。李紈如果攬權，我想探春也會尊敬她的，到底她是嫂子，但這不是她所長。這三個人，配合得滿好。賈府裏面那些傭人，本來興高采烈，那個厲害的管家婆鳳姐病了，這下子賭錢喝酒都來了。哪曉得這三個人上臺以後，分工合作，巡夜的巡夜，查勤的查勤，比鳳姐管得更嚴，「**剛剛的倒了一個『巡海夜叉』，又添了三個『鎮山太歲』**」，他們可一點都沒有占到便宜。

探春跟她母親趙姨娘的關係，素來是最 controversial，最讓人引起爭議的，讀者常有不同的觀感和判斷。過去宗法社會所謂的孤臣孽子，庶出的地位到底是生來就差那麼一大截的。如果她的母親出身很好，有外家撐腰，那又不一樣，可是那個趙姨娘就是丫鬟扶正，沒什麼知識，身分很下賤。賈政那時娶個妾，主要就是當奴婢一樣服侍他，因為王夫人已經有了兒子，所以趙姨娘雖然再生了一個兒子賈環，也不管用的，況且賈環本身也不濟事。趙姨娘本身素質不夠，自己覺得她是最受打壓的一個人，好處沒有，壞處都落到她身上，動不動又被賈母、王夫人罵幾句。還記得嗎？寶玉被打的時候，趙姨娘跑去東講西講，賈母罵：就是你們這些小婦！小婦指姨太太，平常東穿梭西穿梭亂講話，激怒賈政把他打成這樣子，我要跟你們算賬！趙姨娘挨了一頓排頭，心中忿忿不平，逮到機會就使壞。連鳳姐是晚輩都爬到她頭上去，欺負她，正因為看到賈母、王夫人厭惡她。如果賈母、王夫人對她憐憫，好歹她也生兒育女，她的日子可能好過些。趙姨娘自己不識相，講話常常不得體，處境堪憐，為人可厭，而且還愚昧得很。有一次，她被煽惑找馬道婆作法，中國民間相信，拿一個紙人釘釘釘，就把那個人釘死了。那麼釘兩下，寶玉真的發病了。鳳姐跟寶玉，這兩個人她最恨，恨鳳姐打壓她，恨寶玉阻礙了她兒子的地位。寶玉好像奄奄一息，賈母哭得要命，趙姨娘在旁邊說：「不如把哥兒的衣服穿好，讓他早些回去，也免些苦……」你看這個女人，多麼不會講話，常常在最不恰當的地方，講最不恰當的話，這個樣子當然惹厭。這一回，因為她整天惹是非，連那些唱戲的小女孩、小伶人，她也跟她們打架，被那些小伶人一哄上來扯她頭髮，把她痛扁一頓。這麼不堪的一個人，是探春的親生媽媽，探春自尊那麼強，偏偏有這樣的母親，母女倆當然處得不好。看看下面這件事情有意思了。

探春掌家了，有個傭人媳婦吳新登家的來說：「趙姨娘的兄弟趙國基昨日死了。昨日回過太太，太太說知道了，叫回姑娘奶奶來。」趙姨娘的兄弟，就是探春的舅舅囉！不講探春的舅舅，講趙姨娘的兄弟，因為趙國基是賈府的傭人，雖然趙姨娘當了賈政的妾，因為她沒有地位，所以她弟弟也沒有地位，仍是個傭人。在那個宗法社會有時候血緣還不管用的。這吳新登家的是個老傭人，她講了以後，「便垂手旁侍，再不言語。」意思是看你怎麼辦。所以「欺幼主刁奴蓄險心」，這些下面管事的，這些大嬸大娘們，沒有一個好惹的，她們就是趁這個機會整你兩下，看你怎麼處置？這真是個 awkward，尷尬的情況，對探春來說，一方面是她的舅舅，一方面他又是個傭人，家裏的傭人死了給多少錢，有一定規矩的，因為是她舅舅也許可能通融一點。可是探春現在剛剛掌家，她要立威，大家都在看有沒有徇私。那個吳新登家的很有經驗，如果是鳳姐持家，她老早報告了，前例什麼人是多少兩，拿出來給鳳姐參考。現在她一句話不講，看你怎麼辦。探春當然明白她們在試她，她叫吳新登家的別走，就問李紈。李紈說，襲人的媽媽不是剛死嗎？賞了四十兩。其實，那是特別的。因為王夫人心中已經把襲人看作寶玉的妾了，所以特別給她四十兩，是比較寬待的。吳新登家的聽到李紈這麼講了，拿了牌子就要走了。探春道：「你且別支銀子。我且問你：那幾年老太太屋裏的幾位老姨奶奶，也有家裏的也有外頭的這兩個分別。家裏的若死了人是賞多少，外頭的死了人是賞多少，你且說兩個我們聽聽。」吳新登家的以為探春不懂，原來她一點都不糊塗。就回說：「這也不是什麼大事，賞多少誰還敢爭不成？」探春笑道：「這話胡鬧。依我說，賞一百倒好。若不按例，別說你們笑話，明兒也難見你二奶奶。」這下曉得厲害了。那個吳新登家的說，那我快點去查了一下，再來告訴你。探春說：「你辦事辦老了的，還記不得，倒來難我們。你素日回你二奶奶也現查去？若有這道理，鳳姐姐還不算厲害，也就是算寬厚了！還不快找了來我瞧。再遲一日，不說你們粗心，反像我們沒主意了。」吳新登家的滿面通紅，忙轉身出來。吳新登家的本來要考她，這種瑣瑣碎碎的，看似小事，探春是精明的，一下把吳壓住了。這就是掌家！吳新登家的出去以後，下面那些其他的人都咋舌，這是個厲害角色來了。

這個麻煩事情還沒講完，趙姨娘一把鼻涕一把眼淚跑進來了。因為是姨娘嘛，李紈、探春就站起來讓她。趙姨娘怎麼講？「這屋裏的人都踩下我的頭去還罷了。姑娘你也想一想，該替我出氣才是。」一面說，一面眼淚鼻涕一把哭起來了。探春忙道：「姨娘這話說誰，我竟不解。誰踩姨娘的頭？說出來我替姨娘出氣。」趙姨娘道：「姑娘現踩我，我告訴誰！」就是你，你就踩我的頭！講起來也是，她本來以為這個女兒掌權了，她可以有點好處，自己弟弟死了，按人情來說，是女兒的親舅舅，還要來說項啊！她訴苦了，講她沒臉什麼的。探春就說：「原來為這個，我說我並不敢犯法違理。」這是老祖宗的規矩，什麼人賞二十兩，通通寫得清清楚楚的，沒有什麼有臉沒臉的。講了一大堆，後來就講出心事來了。探春曉得，趙姨娘來找碴，因為王夫人寵她，她向王夫人靠攏，趙姨娘一肚子酸，吃醋嘛！你往當權派靠攏，自己親媽不認，認王夫人，當然滿肚子心酸。先搗了蛋再講，讓探春難堪，下面好多傭人都在那裏，她來哭哭鬧鬧的。探春的臉下不來，她只好講了：「依我說，太太不在家，姨娘安靜些養神罷了，何苦只要操心。太太滿心疼我，因姨娘每每生事，幾次寒心。我但凡是個男人，可以出得去，我必早走了，立一番事業，那時自有我一番道理。偏我是女孩兒家，一句多話也沒有我亂說的。太太滿心裏都知道。如今因看重我，才叫我照管家務，還沒有做一件好事，姨娘倒先來作踐我。倘或太太知道了，怕我為難不叫我管，那才正經沒臉，連姨娘也真沒臉！」這講出心內話來了。王夫人看重我，才讓一個庶出的女兒管家，這是抬舉了。剛剛一上來，你就來搗蛋，弄得王夫人知道了不讓我管了，我的面子當然掛不住，你也沒有什麼臉面哪！趙姨娘也有自己一番道理，她講：「太太疼你，你越發拉扯拉扯我們。你只顧討太太的疼，就把我們忘了。」探春道：「我怎麼忘了？叫我怎麼拉扯？這也問你們各人，那一個主子不疼出力得用的人？那一個好人用人拉扯的？」這母女倆槓起來了，各人有各人的立場，從趙姨娘來說，你現在得寵了，你也分點好處給我，拉扯拉扯我一下。探春說，你要是自己爭氣，還要什麼拉扯的？對趙姨娘，她躲都來不及，但因為那是她媽也沒辦法。一個不懂事的媽，碰到一個不講情面的女兒，這兩個人怎麼辦？

李紈想做和事佬，在旁只管勸說：「姨娘別生氣。也怨不得姑娘，他滿心裏要拉扯，口裏怎麼說的出來。」探春忙道：「這大嫂子也糊塗了。我拉扯誰？誰家姑娘們拉扯奴才了？這個話講得重了。他們的好歹，你們該知道，與我什麼相干。」撂出狠話來了！她媽是個奴才，那個趙國基也是個奴才，她可在裏面是個嬌客，賈政、王夫人、賈母一點沒有把她當庶出來看，她要她的地位。趙姨娘氣的問道：「誰叫你拉扯別人去了？你不當家我也不來問你。你如今現說一是一，說二是二。如今你舅舅死了，你多給了二三十兩銀子，難道太太就不依你？分明太太是好太太，都是你們尖酸刻薄，可惜太太有恩無處使。姑娘放心，這也使不著你的銀子。明兒等出了閣，我還想你額外照看趙家呢。如今沒有長羽毛，就忘了根本，只揀高枝兒飛去了！」這個媽，還不懂，又給她幾句，他是你舅舅，不是奴才。探春氣得要命，問道：「誰是我舅舅？我舅舅年下才升了九省檢點，那裏又跑出一個舅舅來？王子騰，王夫人的弟弟，升了這個大官，那才是我舅舅，哪裏又跑出個舅舅來？我倒素習按理尊敬，越發敬出這些親戚來了。既這麼說，環兒出去為什麼趙國基又站起來，又跟他上學？為什麼不拿出舅舅的款來？」你看看這種宗法社會之下，規矩嚴，有時候也許我們覺得不合理，但那時候就是那個樣子。趙國基，她的親舅舅，在她家裏還是個奴才，探春不認，她就只認王夫人這支的。她說：「何苦來，誰不知道我是姨娘養的，必要過兩三個月尋出由頭來，徹底來翻騰一陣，生怕人不知道，故意的表白表白。也不知誰給誰沒臉？幸虧我還明白，但凡糊塗不知理的，早急了。」這母女倆吵得不可開交，各有各的理，各據一詞。探春不認媽，不認舅。但是很奇怪，看完了以後，好像讀者對探春這點滿寬容的，並不在這一點上講她沒良心。因為有那麼一個媽，也很難相處，利害上也是，如果她跟趙姨娘搞在一起，王夫人、賈母這邊，她就會失寵了。這也是個現實，趙姨娘的行為，一定常常惹禍，所以探春避之唯恐不及。

後來探春遠嫁，趙姨娘喜孜孜地跑過去說，恭喜你，嫁得遠遠的。所以趙姨娘也真是不懂事，不過她很氣，跟人說，她是我腸子裏面爬出來的，還對我這個樣子。她氣這個女兒不向著她。這母女倆的關係，我想那個時候的宗法社會，可能也常有，當姨太太，如果是身分低微的人爬上來，在這種家庭裏面不好受的。皇宮裏面也一樣，正宮不用說了，一定是家世很顯赫的，那些妃子如果是進宮來，外家很強、很厲害的，她的地位又不一樣，宮女扶正的那種，就差很遠了。所以我們要判斷探春這個態度，可能也要把那時候的社會制度，全盤列入考慮，否則以現在觀念來講，好歹是媽媽和舅舅，這樣的態度，好像是探春人格的瑕疵。看你怎麼看，至少曹雪芹寫的時候合情合理，他把這個趙姨娘寫得很活，好像真有那麼一個人，愚昧、可厭、壞心眼，又可憐。後來趙姨娘死的時候，他們就把她丟在鐵檻寺裏頭，大家走了，沒人管她。賈環還不懂事，跟王夫人說，我也走了！王夫人講你自己的媽死了，你還不去陪！在那一刻，我想曹雪芹起了悲天憫人之心，趙姨娘那麼不可愛的一個人，曹雪芹讓賈政另外一個姨娘去看她。周姨娘在書裏不大露面的，也沒生個孩子，大概規規矩矩、謹謹慎慎的，從沒有她的戲，在那一刻，周姨娘來看了一下趙姨娘，她心裏倒抽一口冷氣，想著做姨娘的下場也不過如此，死在那裏沒人管！她還有兒子呢，我呢，連兒子都沒有，以後還不曉得怎麼樣呢！就是這麼幾句話，給了趙姨娘那麼不堪的一個人應有的同情。

探春掌家要立威，這時候正好平兒來了。平兒等於是王熙鳳的左右手，也有她相當的地位，王熙鳳要她來看看有什麼可以幫忙的。來的時候，還有其他人也在回事兒，要這樣要那樣的，探春通通打回票，在她來講，能省的都省掉。探春知道賈府已經慢慢變成一個空架子，她東省一點，西扣一點，當然於大事無補，可是她心中是明白的，這個家總有一天要垮的。她很在乎賈家的命運，能夠省的東西，她就想辦法都省下來。平兒來了以後，探春就故意在眾人面前說，就是二奶奶的也不買賬，又說是不是你們家鳳姐病昏了，讓這些下面的媳婦來欺負我們。平兒就出去訓了那些下面的媳婦，從這個訓話裏，也看出了她對探春在家庭的地位和個性的了解。八六一頁，平兒指眾媳婦悄悄說：「你們太鬧的不像了。他是個姑娘家，不肯發威動怒，這是他尊重，你們就藐視欺負他。果然招他動了大氣，不過說他個粗糙就完了，你們就現吃不了的虧。他撒個嬌兒，太太也得讓他一二分，二奶奶也不敢怎樣。你們就這麼大膽子小看他，可是雞蛋往石頭上碰。」那下面都說，哪裏敢，哪裏敢！她們就說都是趙姨娘惹的，推到趙姨娘身上。平兒講：「罷了，好奶奶們。『墻倒眾人推』，那趙姨奶奶原有些倒三不著兩，有了事都就賴他。你們素日那眼裏沒人，心術厲害，我這幾年難道還不知道？二奶奶若是略差一點兒的，早被你們這些奶奶治倒了。饒這麼著，得一點空兒，還要難他一難，好幾次沒落了你們的口聲。眾人都道他厲害，你們都怕他，惟我知道他心裏也就不算不怕你們呢。前兒我們還議論到這裏，再不能依頭順尾，必有兩場氣生。那三姑娘雖是個姑娘，你們都橫看了他。二奶奶這些大姑子小姑子裏頭，也就只單畏他五分。你們這會子倒不把他放在眼裏了！」鳳姐在這個賈府，上上下下這麼多人裏面，就怕探春。探春這個人比較正直，鳳姐那套瞞上欺下的行為，她看不慣的。有時候她對鳳姐也不買賬，鳳姐也就讓她五分。我講過，沒有嫁出去的女兒，在家庭的地位滿高的。外面娶進來的媳婦，有時候不好跟大姑、小姑去吵的，吵的話這個媳婦不賢慧。對媳婦來講，要讓個幾分也要看人，像迎春，外號叫「二木頭」，就沒有一個人怕她，因為她懦弱。三姑娘不然，所以鳳姐也怕她幾分。

平兒去擺平了，回來報告鳳姐，鳳姐到底有大將之風，探春故意給她沒臉，你看她的反應，鳳姐兒笑道：「好，好，好，好個三姑娘！我說他不錯。」鳳姐並沒有心中生怨，反而佩服她。鳳姐說，她又認得字，比我又厲害了一層。她跟平兒講，三姑娘拿我來做樣子，砍幾下，你不要去頂她。平兒說：還要你講，我早就替你擺平了。這個地方有意思，八六三頁：鳳姐講管家很難，「你知道，我這幾年生了多少省儉的法子，一家子大約也沒個不背地裏恨我的。我如今也是騎上老虎了。雖然看破些，無奈一時也難寬放；二則家裏出去的多，進來的少。凡百大小事仍是照著老祖宗手裏的規矩，卻一年進的產業又不及先時。多省儉了，外人又笑話，老太太、太太也受委屈，家下人也抱怨刻薄；若不趁早兒料理省儉之計，再幾年就都賠盡了。」鳳姐心裏也明白，這個家不好撐，再撐還能撐多久呢，她自己也很難講。秦氏死的時候，變成鬼魂不是來跟她講了嗎？有一天，我們這麼大的家族，樹倒猢猻散，你早不防的話，到那時家業敗盡，什麼都沒有了。這本書很重要的一個plot，情節的推演是講賈府興衰，這個時候，有意無意都在朝向家業難撐，賈珍也在抱怨，鳳姐這個當家的人也說難。幾百人的一大家，要生活，要撐給外面看，你是皇親國戚，是元妃娘家，不能太過寒酸，鳳姐處境很難。

鳳姐跟平兒講了一些體己話，她對林黛玉，對薛寶釵，也都有一些評語。她就講了，這些人都不中用，「環兒更是個燎毛的小凍貓子，只等有熱灶火炕讓他鑽去罷。真真一個娘肚子裏跑出這個天懸地隔的兩個人來，我想到這裏就不伏。」她又講薛林兩個很有意思：「再者林丫頭和寶姑娘他兩個倒好，偏又都是親戚，又不好管咱家務事。況且一個是美人燈兒，風吹吹就壞了；倒是形容的滿好，那個林黛玉弱不禁風，風吹就倒。講薛寶釵，一個是拿定了主意，『不干己事不張口，一問搖頭三不知』也難十分去問他。大智若愚。她評價三姑娘，倒只剩了三姑娘一個，心裏嘴裏都也來的，心裏有計算，嘴巴又能講，又是咱家的正人，又是我們家裏面的人，太太又疼他，雖然面上淡淡的，皆因是趙姨娘那老東西鬧的，心裏卻是和寶玉一樣呢。比不得環兒，實在令人難疼，要依我的性早攆出去了。如今他既有這主意，正該和他協同，大家做個膀臂，我也不孤不獨了。」你看看鳳姐下面想的：「按正理，天理良心上論，咱們有他這個人幫著，咱們也省些心，於太太的事也有些益。若按私心藏奸上論，我也太行毒了，也該抽頭退步。她自己知道做了不少狠事，惹人厭，私心上正好讓她去頂一頂。回頭看了看，再要窮追苦克，人恨極了，暗地裏笑裏藏刀，咱們兩個才四個眼睛，兩個心，一時不防，倒弄壞了。趁著緊溜之中，他出頭一料理，眾人就把往日咱們的恨暫可解了。你看，推到探春身上去，於公於私，鳳姐講得頭頭是道。還有一件，我雖知你極明白，恐怕你心裏挽不過來，如今囑咐你：他雖是姑娘家，心裏卻事事明白，不過是言語謹慎。他又比我知書識字，更厲害一層了，知道自己學識不足。如今俗語『擒賊必先擒王』，他如今要作法開端，一定是先拿我開端。鳳姐很懂的。倘或他要駁我的事，你可別分辨，你只越恭敬，越說駁的是才好。千萬別想著怕我沒臉，和她一犟，就不好了。」你看鳳姐這個人，八面玲瓏，很懂事的。「平兒不等說完，便笑道：『你太把人看糊塗了。我才已經行在先，這會子又反囑咐我。』」鳳姐跟平兒妻妾之間的關係很有意思的。平兒是忠心耿耿一心向著鳳姐，寶玉講她，以賈璉之俗，鳳姐之威，她還能夠在中間處得這麼好，這個平兒不簡單。她當然也有幾分姿色，能讓王鳳姐這個醋海子不吃醋何其難，即使這樣還給她打了幾個耳光。她們妻妾之間，是《紅樓夢》寫得極好的小地方。你看王鳳姐又講：「我是恐怕你心裏眼裏只有了我，一概沒有別人之故，不得不囑咐。既已行在先，更比我明白了。你又急了，滿口裏『你』『我』起來。」平日在人前不好講「你」的，一定要稱二奶奶，現在她們兩個之間沒有旁人了，平兒跟她也不講這套了，平兒說：「偏說『你』！你不依，這不是嘴巴子，再打一頓。難道這臉上還沒嘗過的不成！」兩個妻妾之間互相開玩笑了，她們的關係很 intimate，很親的，鳳姐也靠她，否則鳳姐不能成大器。然後你看，鳳姐兒笑道：「你這小蹄子，要掂多少過子才罷。看我病的這樣，還來慪我。過來坐下，橫豎沒人來，咱們一處吃飯是正經。」下面八六五頁最後那幾行：「平兒屈一膝於炕沿之上，半身猶立於炕下，陪著鳳姐兒吃了飯，伏侍漱盥。」她叫她來，陪我吃飯，這裏沒人了。平常不可以的，她一定要站在那裏服侍她，她是她的丫頭，又是妾侍，一定要服侍鳳姐吃完飯，她才好自己用餐。鳳姐說不要了，我們倆一塊兒吃飯。雖然平兒上來了，你看，一個腳跪在炕上面，另一個還立在下面，還不敢一下坐下來。這就是規矩！到這個時候，她一隻腿能夠在炕上跪一下，已經不得了，已經是非常恩寵的了，另一隻還要立在下面的。這就是《紅樓夢》的小細節，曹雪芹一點都不放過的。

【第五十六回】

敏探春興利除宿弊　時寶釵小惠全大體

這回的回目「時寶釵小惠全大體」，庚辰本這個「時」字我沒見過這麼用，時寶釵什麼意思呢？程乙本是：「賢寶釵小惠全大體」，我想這個就對了。庚辰本這個本子，基本上是拿來做研究作用的，最原始的是什麼樣子，就保留什麼樣子，縱然明顯是當初抄錯，也不改它。我想，「賢」寶釵，比較合理。往下還有一句話：「只見院中寂靜，只有丫鬟婆子諸內壼近人在窗外聽候。」「壼」，念ㄎㄨㄣˇ，宮中的路。諸內壼近人，這本來講皇宮內院裏面那些人，我想這個字在這裏用得有些奇怪。《紅樓夢》的白話文非常好，是非常流暢的，程乙本這句是：「只有丫鬟婆子，一個個都站在窗外聽候。」我覺得流暢多了。一個個，一定有一羣嘛，都站在窗外聽候。庚辰本那個要解釋，就是王國維講的「隔」了，整個意象反而不活了。

我稍微跳著講這一回，大家注意看細節。這回承續前面讓探春表現，她知道賈府的收入越來越少，想辦法興一些小利，能省則省，在她而言，也是一番心意而已，要整個撐起賈府，是非常難的。比如她發現賈府裏有好些不合理的浪費，小至每個月姑娘丫頭用的頭油脂粉，府裏撥了預算讓買辦的統一採購，結果買來的都是不合用的東西，姑娘們又得用自己的月錢另買，她說：「錢費兩起，東西又白丟一半，通算起來，反費了兩折子，不如竟把買辦的每月蠲了為是。此是一件事。第二件，年裏往賴大家去，你也去的，你看他那小園子比咱們這個如何？」平兒笑道：「還沒有咱們這一半大，樹木花草也少多了。」探春道：「我因和他家女兒說閑話兒，誰知那麼個園子，除他們帶的花、吃的筍菜魚蝦之外，一年還有人包了去，年終足有二百兩銀子剩。從那日我才知道，一個破荷葉，一根枯草根子，都是值錢的。」探春才辦了幾天事，就知道當家過日子不易，買辦中飽浪費，老僕人賴大家的小園子都能生產獲利，大觀園那麼大的地方，為何不能種菜種花？於是想出了個主意，把大觀園裏的這個院、那個村用來種菜種花、養鷄養鴨。你不要小看，那麼大一個園子，如果養起來呢，也有不少東西，她們算一算，如果發出去，也有幾百兩銀子的收入。而且還有一個好處，把這些分派給那些婆子，那些看園子的老嬤嬤們，讓她們各有所得，種花的種花，種菜的種菜，養鷄養鴨的，通通分配起來，她們也很高興，調起她們的積極性，不是比花銀子打點她們做事更好嗎？探春想出這個法子來，跟那些老婆子一講，大家歡天喜地，個人攬個人的去了。

薛寶釵更進一步，她想到分給這些老婆子了，沒分到的那些人，心中不平，一定對她們搗蛋的，那怎麼辦呢？要給她們利益均分一下，每年收多少錢上來，對那些沒得到的，挪一點分給她們，心就平了，當然也就更加積極也幫著這些人，雖然是小惠，但是呢，有了額外的進益，對她們兩個人管家，大家也就服了。這一回裏曹雪芹用許多細節，寫寶釵思慮周密、顧及全體的做事才能。寶姑娘雖出身富有人家，但深諳下層人的心理，對生意如何分配又有見地，比如她建議，總共就是這麼一點點錢，就不必歸入公中去算賬了。又說那些日夜在園中照看、當差的人，關門閉戶，起早睡晚，大雨大雪，都很辛苦，分一星點小利給他們，「你們有照顧不到，他們就替你照顧了。」那些老婆子們心想，新來管的還體恤，她們好好地把園子打理起來又可以有收入。實行以後，果然她們種那些花草種得更起勁了，收成更多了。寶釵又藉機教導：「你們只要日夜辛苦些，別躲懶縱放人吃酒賭錢就是了。不然，我也不該管這事；你們一般聽見，姨娘親口囑托我三五回，說大奶奶如今又不得閑兒，別的姑娘又小，托我照看照看。我若不依，分明是叫姨娘操心。你們奶奶又多病多痛，家務也忙。我原是個閑人，便是個街坊鄰居，也要幫著些，何況是親姨娘托我。我免不得去小就大，講不起眾人嫌我。倘或我只顧了小分沽名釣譽，那時酒醉賭博生出事來，我怎麼見姨娘？你們那時後悔也遲了，就連你們素日的老臉也都丟了。這些姑娘小姐們，這麼一所大花園，都是你們照看，皆因看得你們是三四代的老媽媽，最是循規遵矩的，原該大家齊心，顧些體統。你們反縱放別人任意吃酒賭博，姨娘聽見了，教訓一場猶可，倘若被那幾個管家娘子聽見了，他們也不用回姨娘，竟教導你們一番。你們這年老的反受了年小的教訓，雖是他們是管家，管的著你們，何如自己存些體統，他們如何得來作踐。所以我如今替你們想出這個額外的進益來，也為大家齊心把這園裏周全的謹謹慎慎，使那些有權執事的看見這般嚴肅謹慎，且不用他們操心，他們心裏豈不敬伏。也不枉替你們籌畫進益，既能奪他們之權，生你們之利，豈不能行無為之治，分他們之憂。你們去細想想這話。」家人都歡聲鼎沸說：「姑娘說的很是。從此姑娘奶奶只管放心，姑娘奶奶這樣疼顧我們，我們再要不體上情，天地也不容了。」未來，寶釵是要扛起家業的，這時候調兵遣將、施小惠全大體，滿有成效的，所以是「敏」探春、「賢」寶釵攜手合作。

【第五十七回】慧紫鵑情辭試忙玉　慈姨媽愛語慰痴顰

這一回又著筆在賈寶玉跟林黛玉之間的感情，這兩個有仙緣的小兒女，經過種種試探互相交心了，幾次以後，黛玉心中比較平復了，這麼一來，那個愛情故事不就沒意思了嗎？不吵架就平下來了，到這裏又旋起一個高潮。庚辰本「慧紫鵑情辭試忙玉」，這個「忙」不太通，應該是程乙本的「莽」，「慧紫鵑情辭試忙玉」。忙玉，講他是急急忙忙的，怎麼試他？講他莽玉，就是傻傻的，講幾句就不得了了。怎麼回事呢？這天寶玉去看黛玉，就在外面碰到紫鵑。這個場景安排，是要讓紫鵑上場。到現在為止，紫鵑還沒有表演的機會，襲人、平兒、鴛鴦、晴雯都表演過了，她們的個性也都鮮明了，這次輪到紫鵑了。紫鵑並不是黛玉從家裏帶來的，是賈府派在瀟湘館服侍黛玉的。紫鵑敏感、聰明，對黛玉忠心耿耿，她在旁邊看得清楚，暗暗為黛玉著急。黛玉在賈府，雖得賈母寵愛，但這畢竟不是她的家，賈母寵她，一部分是對已逝的女兒賈敏的移情，況且黛玉的父親又去世了，婚姻大事沒有人替她做主，如果賈母未能替她定下寶玉的事，這段緣不會有結果，失去賈母照顧，她在賈府的處境堪憐。紫鵑想替黛玉試試寶玉的心，看看寶玉對黛玉的感情到底到什麼程度。

寶玉碰到紫鵑，因為紫鵑是黛玉的丫頭，當然寶玉對她特別另眼相看，而且他們從小在一起玩慣了的，有時候會開開玩笑。他看紫鵑穿得很薄，在風口裏坐著，就說：「穿這樣單薄，還在風口裏坐著，看天風饞，時氣又不好，你再病了，越發難了。」庚辰本「看天風饞」這個詞句，我在別的書上沒見過這麼個用法，它的意思是被風侵襲，這用法有點怪。程乙本裏沒有這句，就是：「穿這樣單薄，還在風口裏坐著，時氣又不好，你再病了，越發難了。」不是很順嘛！寶玉還是很天真的，一講了以後，就用手去摸一摸紫鵑。紫鵑就說了：「從此咱們只可說話，別動手動腳的。一年大二年小的，叫人看著不尊重。打緊的那起混賬行子們背地裏說你，你總不留心，還只管和小時一般行為，如何使得。下面這句講的重了，姑娘常常吩咐我們，不叫和你說笑。你近來瞧他遠著你還恐遠不及呢。」說著便起身，攜了針線進別房去了。受了這麼一個冷落，寶玉大吃一驚，心中澆了一盆冷水，就坐在那裏發呆了，也不進去了，他以為是真的，黛玉不要跟他親近了，也不讓她下面的人跟他親近了，是不是要跟他疏遠了？這下子非同小可，「一時魂魄失守，心無所知，隨便坐在一塊山石上出神，不覺滴下淚來。」

黛玉另外一個小丫頭雪雁看見了，就進來跟紫鵑講，寶玉不光是在發呆，他在那裏掉淚，怎麼回事？紫鵑一聽說他在桃花下面，沁芳亭後面，就跑去了，說道：「我不過說了那兩句話，為的是大家好，你就賭氣跑了這風地裏來哭，作出病來唬我。」寶玉說：「誰賭氣了！我因為聽你說的有理，我想你們既這樣說，自然別人也是這樣說，將來漸漸的都不理我了，我所以想著自己傷心。」紫鵑便走近挨著他講話，寶玉說：「方才對面說話你尚走開，這會子如何又來挨我坐著？紫鵑還要騙他，你都忘了？幾日前你們姐妹兩個正說話，趙姨娘一頭走了進來，——我才聽見他不在家，所以我來問你。正是前日你和他才說了一句『燕窩』就歇住了，總沒提起，我正想著問你。」記得吧？誰給黛玉燕窩吃了，本來開始是寶釵，寶釵跟黛玉兩個人和好了，寶釵把她收攏過來，給她送燕窩，黛玉當然很感激。因為黛玉到底住在賈家，雖然得老太太的寵，她也不想去麻煩下面的人，寶釵就說我來弄給你吃。後來寶玉知道了，跟她說，燕窩有什麼呢！我來吩咐一下，只管問他們要。他告訴鳳姐跟老太太聽，每天給黛玉送一兩燕窩。寶玉說：「這要天天吃慣了，吃了三二年就好了。」紫鵑調皮，她故意講：「在這裏吃慣了，明年家去，那裏有這閑錢吃這個。」寶玉聽了大吃一驚，他說：「誰？往那個家去？」怎麼？黛玉要回去？紫鵑道：「你妹妹回蘇州家去。」寶玉笑道：「你又說白話。」你亂講了，蘇州是原籍，因為沒有了姑父姑母才來的，明年回去找誰？可見得你撒謊。紫鵑冷笑道：你太看小了人。你們賈家是大族，你以為你們賈家最大，林家除了她父母外，也有很多人的，回去不一定要靠她父母。她大了，姑娘大了要出嫁的。

紫鵑說話的意思是在試探，除非黛玉嫁給你們賈家，否則不能老在你們賈家住的。她又故意擠兌他兩下說：「林家雖貧到沒飯吃，也是世代書宦之家，斷不肯將他家的人丟在親戚家，落人的恥笑。所以早則明年春天，遲則秋天。這裏縱不送去，林家亦必有人來接的。前日夜裏姑娘和我說了，叫我告訴你：將從前小時頑的東西，有他送你的，叫你都打點出來還他。他也將你送他的打疊了在那裏呢。」東西都要拿回去了。你看下面的反應：「寶玉聽了，便如頭頂上響了一個焦雷一般。紫鵑看他怎樣回答，只不作聲。」紫鵑就是想擠他說出，我去跟老太太講，娶林姑娘。她要擠著他去講。這個節骨眼的時候，晴雯來找寶玉回去。「晴雯見他呆呆的，一頭熱汗，滿臉紫脹，忙拉他的手，一直到怡紅院中。襲人見了這般，慌起來，只說時氣所感，熱汗被風撲了。無奈寶玉發熱事猶小可，更覺兩個眼珠兒直直的起來，眼睛也瞪直了，口角邊津液流出，皆不知覺。給他個枕頭，他便睡下；扶他起來，他便坐著；倒了茶來，他便吃茶。眾人見他這般，一時忙起來……」

這下子緊張了，寶玉整個人傻掉了。他跟黛玉之間的感情非常直接的，聽說黛玉不理他，聽說她要走了，好像一錘子打下去，人整個昏掉了。襲人害怕了，又不敢馬上告訴賈母，就去請老奶媽李嬤嬤來。李嬤嬤問他幾句，也沒有回答，就用力去掐他嘴唇上面的人中，中醫相信人中是命脈所在，人中掐了幾下竟也沒有知覺，李嬤嬤是個無知無識的老太太，可了不得了，「呀」的一聲便摟著放聲大哭起來。急得襲人說到底是怎麼回事，李嬤嬤講，「這可不中用了！我白操了一世心了！」大家信以為真，整個怡紅院哭起來了。這裏寫寶玉對黛玉感情之深，他的反應那麼大，那麼強烈！

晴雯便告訴襲人，剛剛跟紫鵑不知道講了什麼，就變成這樣。襲人聽了馬上到瀟湘館來了。紫鵑正在服侍黛玉吃藥，本來襲人這個人很溫和、很懂禮貌的，這時候急了，一進來就質問，「你才和我們寶玉說了些什麼？你瞧他去，你回老太太去，我也不管了！」說著，便坐在椅上。黛玉忽見襲人滿面急怒，又有淚痕，舉止大變，便不免也慌了。連襲人也這個樣子，一定是大事不好，問她怎麼回事？襲人哭著說：「不知紫鵑姑奶奶說了些什麼話，那個呆子眼也直了，手腳也冷了，話也不說了，李媽媽掐著也不疼了，已死了大半個了！連李媽媽都說不中用了，那裏放聲大哭。只怕這會子都死了！」你看黛玉，這下子黛玉真正是最直接的反應：「黛玉一聽此言，李媽媽乃是經過的老嫗，說不中用了，可知必不中用。哇的一聲，將腹中之藥一概嗆出，抖腸搜肺、熾胃扇肝的痛聲大嗽了幾陣，一時面紅髮亂，目腫筋浮，喘的抬不起頭來。」你看看這個反應這麼激烈！林姑娘從來不這樣的，也顧不得了，顧不得臉面，顧不得什麼東西了！一聽寶玉要死了，這下子非同小可，她的多年的心病，一急，急得藥也吐出來了。「紫鵑忙上來捶背，黛玉伏枕喘息半晌，推紫鵑道：『你不用捶，你竟拿繩子來勒死我是正經！』黛玉講得那麼直白，一聽寶玉要死了，立刻是生死以之的痛苦。紫鵑說：『我並沒說什麼，不過是說了幾句頑話，他就認真了。』」不過開開玩笑。襲人說，你還不曉得那個傻子，每每頑話認了真。黛玉說，你快去快快去！你講了什麼去解去！

這下子不光是賈母知道了，王夫人也知道了，在那邊不曉得怎麼辦。賈母一看到紫鵑，「眼內出火」，她闖了大禍。「誰知寶玉見了紫鵑，方噯呀了一聲，哭出來了。」這是解鈴還要繫鈴人，因為是紫鵑引起的，看見紫鵑，他一下子回過神，哭出來了。眾人一看，他有生氣了，放下心來。賈母便拉住紫鵑，只當他得罪了寶玉，所以拉紫鵑命他打。」庚辰本這句我覺得不妥，寶玉不可能打紫鵑，賈母也不會拉個丫頭要寶玉去打她。程乙本是：「所以拉紫鵑命他賠罪。」這個比較合理。緊急狀況過了，大家都講，紫鵑你騙他幹什麼？兩個人從小在一起熱和和的，講黛玉要走了，當然他很傷心。

那些傭人也都知道了，曉得老太太在這裏，想奉承，都跑來問安了。第一個來的是林之孝家的，書裏常常出現她，除了賴大家的以外，就是她了，這兩個地位差不多。庚辰本這裏跑出個單大良家的，單大良在程乙本根本沒這個人，我覺得程乙本寫林之孝家的、賴大家的比較合適，這兩個熟悉的人才能進來嘛！寶玉一聽到這個「林」字，就鬧：打出去！打出去！他真的有點糊塗了，一方面也有幾分裝瘋，你看看他，簡直無理了：「憑他是誰，除了林妹妹，都不許姓林的！」鬧小孩子脾氣了。賈母寵啊，都順著他。下面也滑稽，他看到有個擺飾船放在那個地方，又鬧：「那不是接他們的船來了，灣在那裏呢。」瘋瘋癲癲的。賈母說快點把它拿下來！寶玉一下子摟著那個船，說這下子你可去不成了！

寶玉跟黛玉之間，真情就這麼試出來了。紫鵑這麼一試，真的兩個人，那個情已經生死相繫了。所以後來黛玉死了寶玉才會出家，這一回很重要的。其實寶玉沒什麼重病，看了醫生給他吃兩天藥，也就好了。但是寶玉要裝一裝，為什麼呢？他要紫鵑陪他，不准紫鵑走。黛玉不能來陪，紫鵑陪陪也好。紫鵑因為自己闖了禍，也盡力地服侍他。八八九頁這個地方有一段，我覺得不是很妥當：「黛玉不時遣雪雁來探消息，這邊事務盡知，自己心中暗嘆。幸喜眾人都知寶玉原有些呆氣，自幼是他二人親密，如今紫鵑之戲語亦是常情，寶玉之病亦非罕事，因不疑到別事去。」這段講黛玉有點怕，怕人家知道他們兩人有私情，好像要看看他們怎麼回事。這不像黛玉的個性，若有的話，她一定也放在心裏，不會叫小丫頭刺探。程乙本沒有這段的。倒是八九〇頁這一段，寶玉跟紫鵑告白他對黛玉的愛情：「我只願這會子立刻我死了，把心迸出來你們瞧見了，然後連皮帶骨一概都化成一股灰，——灰還有形跡，不如再化一股烟，——烟還可凝聚，人還看見，須得一陣大亂風吹的四面八方都登時散了，這才好！」一面說，一面又滾下淚來。講了滿動人的、牽心牽腹的話，講到底了，願為她粉身碎骨，化成一股烟，化成一股灰，為林姑娘九死不悔。這份心向紫鵑告白了。其實紫鵑就想聽到，他到底對林姑娘那份心到什麼地步。這是《紅樓夢》寫得很精采、很感人的一段。

紫鵑照顧寶玉好幾天，就回到黛玉那邊去了。黛玉為了他當然又哭了好幾場，又添了一些病情，看到紫鵑回來，她就知道寶玉也好起來了。紫鵑試出了寶玉真心，夜間人定後，紫鵑已寬衣臥下之時，悄向黛玉笑道：「寶玉的心倒實，聽見咱們去就那樣起來。」黛玉不答。黛玉不答！這句寫的好。黛玉不出聲，這個紫鵑也在試她：我這麼講了，看你怎麼樣。黛玉的心事是不會輕易說出來的。林姑娘是多麼好強的一個人，「孤標傲世偕誰隱，一樣花開為底遲？」她非常孤傲的，她的自尊最要緊的，即使心中對寶玉那麼樣的一往情深，也不願意表露。紫鵑停了半晌，她又試她了，自言自語的說道：「一動不如一靜。我們這裏就算好人家，別的都容易，最難得的是從小兒一處長大，脾氣性情都彼此知道的了。」又試她一下，你看看，她說你們兩個人其實兩小無猜，從小長大的，難得這麼一對！黛玉啐道：「你這幾天還不乏，趁這會子不歇一歇，還嚼什麼蛆。」黛玉說你還在跟我講什麼東西！其實是因為慢慢講中她的心事了。下面的這段話，講得很真切，還有一點痛心的。紫鵑笑道：「倒不是白嚼蛆，我倒是一片真心為姑娘。替你愁了這幾年了，無父母兄弟，誰是知疼著熱的人？趁早兒老太太還明白硬朗的時節，作定了大事要緊。俗語說，『老健春寒秋後熱』，倘或老太太一時有個好歹，那時雖也完事，只怕耽誤了時光，還不得趁心如意呢。公子王孫雖多，那一個不是三房五妾，今兒朝東，明兒朝西？要一個天仙來，也不過三夜五夕，也丟在脖子後頭了，甚至於為妾為丫頭反目成仇的。若娘家有人有勢的還好些，若是姑娘這樣的人，有老太太一日還好一日，若沒了老太太，也只是憑人去欺負了。所以說，拿主意要緊。姑娘是個明白人，豈不聞俗語說：『萬兩黃金容易得，知心一個也難求』。」紫鵑講了一番完全是心腑話，也只有紫鵑能夠跟黛玉這樣講。

在《紅樓夢》裏面，寫的很好的，就是主僕之間的關係和感情，寶玉跟襲人，寶玉跟晴雯，王熙鳳跟平兒，賈母跟鴛鴦，還有，黛玉跟紫鵑。各種不同的狀況，不同的關係，都寫的好！雖然丫鬟就是丫鬟，也有階級之分，你看平兒跟王熙鳳吃飯，王熙鳳叫她坐，她只能一條腿跨在炕上，另外一條腿還要站在地上的，這個規矩不能破。可是人與人之間的分際，那條線可以跨的。當他們主僕沒旁人的時候，沒有那些規矩的時候，人與人之間，心靈與心靈之間，講出真話，寫得很動人的。像平兒勸鳳姐，得饒人處且饒人——你在賈母、王夫人這邊做得再好，最後你還是要回到邢夫人那邊去的，這裏會白忙一場。這種所謂的心腑話，不好寫的，而且要寫得恰如其分，曹雪芹很擅長。紫鵑這幾句話，就點到黛玉的心事了。的確，她是一個孤兒，如果老太太一旦有事情呢？後來果然如紫鵑所憂，賈母沒有選林黛玉，選了薛寶釵。所以，這個地方是個 warning，紫鵑講這番話已經有一點暗示，靠不住！黛玉的處境很危急，沒有父母兄長替她作主，只有靠寶玉。寶玉的婚姻在當時宗法社會也由不得自主，所以呢，紫鵑看著也很著急。她講知心難得，她看到寶玉對林姑娘是真的，雖然他跟其他女孩子都很好，真正心裏面還是林姑娘。所以勸黛玉要拿定主意，你們的感情這麼好，想辦法就定下了。黛玉聽了這番話，雖然有所感觸，她也不肯認。以黛玉的個性，也不能認的。便說道：「這丫頭今兒不瘋了？怎麼去了幾日，忽然變了一個人。我明兒必回老太太退回去，我不敢要你了。」她這麼講，其實開玩笑的。紫鵑笑道：「我說的是好話，不過叫你心裏留神，並沒叫你去為非作歹，何苦回老太太，叫我吃了虧，又有何好處？」說著，竟自睡了。下面這幾句話，寫的好！黛玉聽了這話，口內雖如此說，心內未嘗不傷感，待他睡了，便直泣了一夜，至天明方打了一個盹兒。紫鵑觸動了黛玉的心事，她心中最牽掛、最害怕的，就是這件事情。她也明明曉得，寶玉對她的感情是真的，可是她呢，說不出口的苦。沒有一個後面的人撐她的腰，她也是個聰明人，也知道賈母疼她，可是到底隔一層。所以最後黛玉快要過世、病得很厲害的時候，賈母再去看她，黛玉已經知道寶玉定親，定了薛寶釵了，黛玉講了一句話：「老太太，你白疼我了！」這句話非常痛心的，也是紫鵑為她著急的最大隱憂，後來果然發生了。

上面是曹雪芹讓紫鵑上場，在寶黛愛情之間所扮演的角色。下面另外有一個看起來好像不起眼的女孩子，也讓她扮演了一個角色，就是邢岫烟。她是邢夫人哥哥的女兒，因為家境不好就跑來投靠邢夫人，非常典型的 poor relation，窮親戚。在烜赫的賈府窮親戚不好過，黛玉家裏不窮，而且受賈母、寶玉寵愛，她寄人籬下的處境已經不容易，邢岫烟就更難了，她是真正來依靠賈家的，而且偏偏邢夫人是個很自私的人，她是榮國府的封誥夫人，卻只顧到自己，對這個姪女兒毫無憐惜之情。幸好薛寶釵的堂弟薛蝌，他們一路來賈府的時候，看上了邢岫烟，兩家也滿好的，後來薛家就等於下了聘，把邢岫烟配給薛蝌，但因為哥哥薛蟠還沒有娶妻，弟弟薛蝌不可以先娶，邢岫烟只能先等著，暫住在大觀園裏，跟迎春住在一起。迎春是邢夫人的女兒，雖然不是她親生的，也是姨娘生的，但名義上總是女兒，所以王熙鳳就把邢岫烟安排過去。邢夫人很討厭王熙鳳這個媳婦，因為王熙鳳整天去拍王夫人的馬屁，對自己的婆婆不怎麼甩的，邢夫人就常藉了故要找她的碴，王鳳姐很聰明，把邢岫烟放在迎春那裏，有什麼委屈，就是迎春的事了。迎春是三春裏面最老實的一個，與人無爭，懦弱怕事，邢岫烟受了委屈也不好講，在人家家裏，短缺了什麼也不好意思開口，鳳姐也是按了一個月二兩銀子給她，邢夫人就把二兩銀子拿一兩下來給邢岫烟的父母，她自己就不用拿錢出來貼補她兄嫂，弄得邢岫烟手頭很緊，還要去當衣服周轉，你看多難。賈府下面那些大娘們更難處，她得拿點小錢出來貼她們酒錢。還好邢岫烟這個女孩子個性嫻靜，從前跟妙玉是鄰居，也學了些修持方法，不是個庸俗脂粉。曹雪芹寫了那麼多人物，在這裏輕輕一點，這個人物的 quality，她的氣質也就突顯出來。

薛姨媽要把邢岫烟聘作媳婦了。邢夫人說：已經下聘了，不好再住在這裏。他們有規矩的。賈母說：這有什麼關係，住在一起熱鬧一點。庚辰本八九四頁：「**況且都是女兒，正好親香呢。**」親香，沒有這個詞的，程乙本是：「**正好親近些呢。**」同一頁，在講邢岫烟的父母，庚辰本：「**獨他父母偏是酒糟透之人**」，語氣有點彆扭。程乙本是：

「獨他的父母偏是酒糟透了的人」，加一個「了」字，就不同了。再下面呢，庚辰本一定是錯的：「迎春是個有氣的死人」，曹雪芹絕對不會講這句話，不會這麼蹧蹋迎春。迎春老實、懦弱，曹雪芹筆下相當同情這個女孩子的，而且姐妹間都很同情她，不可能說她是有氣的死人，這句話太刻薄。程乙本是：「迎春是個老實人」，這就夠了。接下來講邢岫烟跟薛家的關係。寶釵當然很受敬重，庚辰本：「岫烟心中先取中寶釵，然後方取薛蝌」。我覺得這一句有點多餘，好像她覺得寶釵比她自己的未婚夫還要好，這種形容不是很妥當。程乙本根本沒有這一句的。她心中很敬重寶釵，就夠了。至於她對薛蝌，開頭已經講過了，兩人很相當的，薛蝌謹慎老實，長得又好，邢岫烟滿喜歡他的。

寶釵是最懂事、最識大體、考慮周全的人，邢岫烟要變成她的弟媳婦了，當然她要多照顧一下。她看邢岫烟天氣這麼冷穿著薄的衣服，就很關心的問她，邢岫烟不好意思講棉襖當掉了，更糟糕的是，當到薛家的當鋪裏去了。你看邢岫烟的處境，這種地方，就是曹雪芹對人情世故的寫實。《紅樓夢》若沒有這種東西，就是架空的一個愛情神話，然而他下面人間的寫實清清楚楚。可見邢岫烟也是一個很要面子的女孩子，否則她老早可以跟寶釵講，或者跟薛姨媽講，可是她沒說，寧願自己悄悄地拿衣服去當了。她錢不夠用，又不好講給邢夫人苛扣掉了，後來才把她的心事跟寶釵說了。她講，本來邢夫人說拿走你的一兩銀子，要用的東西跟迎春一起合著用就好了。可是二姐姐是老實人，怎麼好去占她便宜？寶釵一聽就很為她難過，想辦法要幫她，也跟她講了一些處世的道理。又看她衣服很單薄，身上卻掛了一個玉珮，就問這是誰給的？邢岫烟說是三姐姐（探春）給的。寶釵就講，這是她的細緻之處，因為她看到別人都有，怕你寒酸，所以給你個玉珮戴。可是下面八九五頁庚辰本有一段，我覺得寶釵有些過分了，你們看：「但還有一句話你也要知道，這些妝飾原出於大官富貴之家的小姐，你看我從頭至腳可有這些富麗閑妝？然七八年之先，我也是這樣來的，如今一時比不得一時了，所以我都自己該省的就省了。將來你這一到了我們家，這些沒有用的東西，只怕還有一箱子。咱們如今比不得他們了，總要一色從實守分為主，不比他們才是。」岫烟笑道：「姐姐既這樣說，我回去摘了就是了。」寶釵忙笑道：「你也太聽說了。這是他好意送你，你不佩著，他豈不疑心。我不過是偶然提到這裏，以後知道就是了。」寶釵講她了，說這個東西是有錢人家戴的，你看看我，哪裏有這種東西？七八年前我也戴的，現在家境不怎麼好了，所以不戴了。你以後嫁過來也要知道我們的境況。這不對！薛寶釵從小就不愛這種東西，薛姨媽講的，她從小就不愛戴，不是什麼家境好不好的問題。她住的地方，曹雪芹形容像個雪洞一樣，所以她後來守活寡。這個女孩子冷的，吃的是冷香丸，對於世俗的東西都是冷的，其實是有點太過了。所以賈母就覺得犯忌，一個年輕姑娘，太素淨了，犯忌！所以替她把房間重新裝飾一下。她生性就不愛這些，薛家家境雖不如從前，也沒有壞到哪兒去，薛姨媽家裏還有好多當鋪生意，薛家小姐戴點首飾對他們來說根本不成問題。所以我覺得這段邏輯不對，好像說以前家境好戴了一身，現在家境不好了把它拿掉。薛寶釵不是這種人，因為家境上下有所改變，薛寶釵就是薛寶釵，不愛這套。程乙本裏面沒有這一段的。

下面這一段 scene 也滿有意思。黛玉跟寶釵現在心結解了，相處也比較自然了，這天薛姨媽到瀟湘館來看她。薛姨媽這個角色也屬於很難寫的人物，因為個性不是那麼突出，也難有場景給她演戲，但是像薛姨媽在書裏面常常出現，很多時候也需要這麼一個角色在旁邊。薛姨媽跟王夫人是姐妹，但兩個人又不太一樣。你看寶釵那麼懂世故，我想很多都還是媽媽教的，所以薛姨媽絕不會像王夫人那麼木訥，其實她是老謀深算的一個人。薛姨媽到瀟湘館，寶釵也來了。寶釵本來很穩重的一個人，可是在媽媽面前，還會撲到身上撒嬌，黛玉看了心中當然感觸，就傷心起來。薛姨媽說，你不曉得，我心裏疼你的，講了一番話，讓黛玉感動得不得了。寶釵就故意開玩笑說，我那個哥哥一直沒有定親，她意思就是說，薛姨媽心中要把黛玉定給薛蟠，當然這是吃黛玉的豆腐了。薛姨媽就講了，她是絕對不會給她那不成材的兒子，連邢姑娘我都不肯給薛蟠，還要讓她嫁給薛蝌，（庚辰本這裏寫邢女兒不對的）怎麼捨得把你林姑娘給他呢？八九七頁最後那幾行，薛姨媽說：「老太太還取笑說：『我原要說他的人，誰知他的人沒到手，倒被他說了我們的一個去了。』」意思是，老太太本來想那個寶琴如果沒有定婚的話，給寶玉不是很好嗎？寶琴是薛家的女兒嘛！現在寶琴沒給賈府，反而把賈府的邢岫烟給娶回薛家了。看看下面薛姨媽說的：「雖是頑話，細想來倒有些意思。我想寶琴雖有了人家，我雖沒人可給，難道一句話也不說。我想著，你寶兄弟老太太那樣疼他，他又生的那樣，若要外頭說去，斷不中意。不如竟把你林妹妹定與他，豈不四角俱全？」薛姨媽真的希望林黛玉嫁給賈寶玉嗎？你想，薛姨媽那麼老經世故的人，她到了賈家，看到那種排場，看到寶玉，她心中有沒有動過以後讓寶釵嫁給寶玉，入主賈府的念頭？我想一定暗暗在她心中動過念，她當然不能講出來，即使希望也絕對不能說的，所以她的這番話未必是真心。的確，到了最後，賈母真正開口說要寶釵嫁給寶玉的時候，薛姨媽「欣然同意」，所以我想這個時候她講這番話，也是有一點在吃林黛玉豆腐。不過，聽者有意，這一講出來，黛玉當然不好意思了，她對寶釵說：「你為什麼招出姨媽這些老沒正經的話來？」紫鵑一聽到這個，趕緊跑出來說：「姨太太既有這主意，為什麼不和太太說去？」紫鵑當真了。因為她不是替黛玉發愁嗎？沒有一個長輩替她撐腰。好不容易，有薛姨媽這麼一個人出來講了這句話，她在裏面也聽到，趕快衝出來，催她快去講。我說薛姨媽老經世故的一個人，你看下面一句，開了她一個玩笑。薛姨媽哈哈笑道：「你這孩子，急什麼，想必催著你姑娘出了閣，你也要早些尋一個小女婿去了。」這一下子，丫鬟、小姐都被她吃了豆腐。紫鵑聽了，也紅了臉，笑道：「姨太太真個倚老賣老的起來。」說著，便轉身去了。黛玉先罵：「又與你這蹄子什麼相干？」後來見了這樣，也笑起來說：「阿彌陀佛！該，該，該！也臊了一鼻子灰去了！」這個 scene 當然寫得很好，以這種戲謔的方式，整個場景寫活了。寫到這裏就應該結束了。可是庚辰本接著又有一段：薛姨媽母女及屋內婆子丫鬟都笑起來。婆子們因也笑道：「姨太太雖是頑話，卻倒也不差呢。到閑了時和老太太一商議，姨太太竟做媒保成這門親事是千妥萬妥的。」薛姨媽道：「我一出這主意，老太太必喜歡的。」我覺得多加了這幾句也有問題的。程乙本沒這幾句。第一，紫鵑跑出來講了這句話，我們覺得很意外，這很好，這個場景很戲劇化。再加上那些下面的老婆子，也這麼再重複一遍，那個戲劇力量沒有了。第二，輪不到那些老婆子來講這件事，那些婆子們是二線、三線在外面伺候的，輪不到她們來講。而且呢，薛姨媽如果再講「我一出這主意，老太太必喜歡的。」這太認真了，那就應該真的去開口了。她前面講的，也不過是提一提好玩，再重複這麼講，太過了，就不是玩笑話了。所以程乙本沒有這一段，我覺得是對的。

小說裏面一個 scene 寫的好，就是每個場景都 dramatized，非常完整的戲劇化，你不能拖！戲劇就是剛剛好，一下子關燈，一下子下去了，你多拖了幾下，那個場景就給破壞掉了。我想小說也是這樣，這個時候正好，停在這裏，這個場景就加強了。紫鵑跟黛玉晚上睡下時那番心腑話，前後更有了個照應，所以也挑出了這個小說中心的主題，就是寶玉跟黛玉他們到底什麼結果？兩個人到底能不能成親？一直一直懸疑下來，到這裏來到了一個高峯。這回寫得真是滿好的，前前後後都照應到了。

【第五十八回】杏子陰假鳳泣虛凰　茜紗窗真情揆痴理

《紅樓夢》的人物是幾層的，而且也不是one-dimensional，不是一度空間，無論上層人物、下層人物，都有相當的複雜性，這一回又寫賈府裏面的小伶人。之前曹雪芹寫過齡官跟賈薔那一段情，短短的一頁，把伶人的心理寫得很透。這些小伶人當初是為了元妃省親，宴會裏面要唱崑曲，賈薔特別跑到蘇州去把整個小戲班子買來，她們主要的功用，就是要娛樂這位皇妃。後來就在梨香院住下來，過年過節唱戲給賈母他們以及賓客聽。元宵的時候賈母點戲，不是要芳官唱了《尋夢》嗎？

元宵節剛過，突然發生一件事情，皇宮裏面一位太妃，就是先皇的妃子死了，照規矩，凡是有封誥的像榮國公、寧國公這些，一年內家裏不可以唱戲。尤氏就跟賈母、王夫人講，現在不能唱戲了，是不是把她們遣散？王夫人也想，這些女孩子都是窮人家裏面出來的，好人家不會送去當戲子的，那時候戲子的社會地位不高。父母等於把她們賣出去了，如果遣回，可能又被賣掉，好意反而害了她們，不如問問，有哪幾個願意留下的，哪幾個想要回去的。那些小伶人，大部分都願意留下來，大觀園裏面多好玩，而且賈府對她們也滿優待的。多數不願意走，於是就分配下去，芳官給寶玉當差，唱小生的藕官配給了黛玉，蕊官去寶釵那兒，還有荳官、文官，總之通通分配了。她們的身分，介乎伶人跟丫鬟之間，因為她們不會針黹，也不會做什麼事情，只會唱戲而已，而且都是小女孩，所以也不太苛責她們。

宮裏老太妃死了，這些有封誥的命婦，像賈母、王夫人、邢夫人通通要去守喪，要去好一陣子，每天都要入朝隨祭。庚辰本這個地方，「賈母、邢、王、尤、許婆媳祖孫等皆每日入朝隨祭」，跑出個「許」來，想了半天，大觀園找不出一個姓許的，這應該是個錯字。好，這下賈府的大人們都不在家了，這些小孩子當然玩得更起勁。這天寶玉到園子裏面走走，看到山石後頭有火光，覺得很奇怪，那邊有人在罵：「藕官，你要死，怎弄些紙錢進來燒？我回去回奶奶們去，仔細你的肉！」一個老太婆在罵一個小女孩，就是唱小生的那個藕官。燒紙錢，是人死了祭拜，大觀園裏面怎麼會容許燒紙錢，這是犯忌的，難怪那個老太婆拉住藕官要她去受罰。藕官很害怕，婆子還一直罵她。寶玉素來最同情年輕的女孩子，最討厭那些老婆子，他有年歲歧視，他說年紀大的人眼珠像魚眼一樣，黯淡無光，人老珠黃，再老一點，簡直不能看了。還有，女孩子嫁了人以後，就惹上了一身濁臭的男人氣，所以，他最喜歡沒有出嫁的小女孩，最同情她們。他一看藕官被婆子罵了，燒紙錢是很大的事，如果被這個老婆子逮住，一定被趕出去的。寶玉就護著她，替她遮掩，他說：「他並沒燒紙錢，原是林妹妹叫他來燒那爛字紙的。你沒看真，反錯告了他。」寶玉倒想得快，馬上替她編造了理由，那些小伶人都精得很，很聰明的，不聰明哪能唱戲呢？這個藕官也靈得很，一聽寶玉站她這邊，馬上硬起來反咬那個老婆子一口，說：「你很看真是紙錢了麼？我燒的是林姑娘寫壞了的字紙！」老婆子一聽，你還撒謊！就往灰裏一抓，抓出兩張來。庚辰本：「那婆子聽如此，亦發狠起來，便彎腰向紙灰中揀那不曾化盡的遺紙，揀了兩點在手內」。講紙不用「點」，紙要嘛就兩張，程乙本沒有這句話。說道：「你還嘴硬？有證又有憑，只和你廳上講去。」拽了她就走。寶玉急了，忙把藕官拉住，救她，然後用手杖敲開那婆子的手，說道：「你只管拿了那個回去。實告訴你：我昨夜作了一個夢，夢見杏花神和我要一掛白紙錢，不可叫本房人燒，要一個生人替我燒了，我的病就好的快。所以我請了這白錢，巴巴兒的和林姑娘煩了他來，替我燒了祝贊。原不許一個人知道的，所以我今日才能起來，偏你看見了。我這會子又不好了，都是你沖了！你還要告他去。藕官，只管去，見了他們你就照依我這話說。」寶玉教了她一大串說詞，下面幾句，我想這又是多餘了。「等老太太回來，我就說他故意來沖神祇，保祐我早死。」這句話太過了，寶玉不會講這種話，這豈不是害死那個老婆子！他這麼一講還了得！那個老婆子一定被趕走。程乙本沒有這幾句。

老婆子走了，寶玉就問藕官，你為什麼燒紙錢呢？他說，如果是為了父母兄弟，你在外面燒就行了，這裏燒這幾張，一定有自己的理由。看下面幾句話：藕官因方才護庇之情感激於衷，便知他是自己一流的人物，便含淚說道：「我這事，除了你屋裏的芳官並寶姑娘的蕊官，並沒第三個人知道。今日被你遇見，又有這段意思，少不得也告訴了你，只不許再對人言講。」又哭道：「我也不便和你面說，你只回去背人悄問芳官就知道了。」

說畢，佯常而去。這段話的涵義是什麼？藕官「知他是自己一流的人物」，我想，是指寶玉對情的了解與同情。那麼這一段講的是什麼，往後再看就知道了，是講兩個小女孩之間同性的一種感情。藕官知道，寶玉對這種情感也能理解的。不管是怎麼樣的一種愛情，只要是真的，他都能同情，都能理解。最後一句，庚辰本是「說畢，佯常而去」。這個不對。「佯常」，如果是寫「揚長」，那是大搖大擺地走，也不對。程乙本是：「說畢，快快而去」，這就對了。小地方錯了有時候會誤導，曹雪芹用字很講究的，他不會用一個場景情緒不對的字。

寫完了一段藕官，鏡頭一轉，轉到芳官這邊來了。這個小女孩分到怡紅院，因為她長得不錯，很精靈可愛，寶玉當然喜歡，有了寶玉撐腰，也很逞強起來。芳官當初買進來，也認了賈府的老婆子做乾娘的，這天因為跟了乾娘去洗頭，乾娘又偏偏拿了自己女兒洗過的水叫她洗，芳官就說偏心，一老一小吵架時就爆粗口。他乾娘羞愧變成惱，便罵他：「不識抬舉的東西！怪不得人人說戲子沒一個好纏的。憑你甚麼好人，入了這一行，都弄壞了。這一點子屄崽子，也挑么挑六，鹹屄淡話，咬羣的騾子似的！」《紅樓夢》裏面的粗口，有時候用得很好，但是這個庚辰本呢，有些地方太多了，左一個，右一個，反而削弱了它的力量；有時候用的粗口，滿shocking，滿令人吃驚的，怎麼個個用起粗口來，就太過了，有一回裏，趙姨娘罵起兒子來也是滿口粗話，那就有點不對了。襲人見吵得不可開交，忙打發人去說：「少亂嚷，瞅著老太太不在家，一個個連句安靜話也不說。」晴雯因說：「都是芳官不省事，不知狂的什麼也不是，會兩齣戲，倒像殺了賊王，擒了反叛來的。」襲人道：「一個巴掌拍不響，老的也太不公些，小的也太可惡些。」寶玉道：「怨不得芳官。自古說：『物不平則鳴』。他少親失眷的，在這裏沒人照看，賺了他的錢。又作踐他，如何怪得。」因又向襲人道：「他一月多少錢？以後不如你收了過來照管他，豈不省事？」襲人道：「我要照看他那裏不照看了，又要他那幾個錢才照看他？沒的討人罵去了。」說著，便起身至那屋裏取了一瓶花露油並些鷄卵、香皂、頭繩之類，叫一個婆子來送給芳官去，叫他另要水自洗，不要吵鬧了。他乾娘益發羞愧。便說芳官「沒良心，花掰我克扣你的錢」，便向他身上拍了幾把，芳官便哭起來。寶玉便走出，襲人忙勸：「作什麼？我去說他。」晴雯忙先過來，指他乾娘說道：「你老人家太不省事。你不給他洗頭的東西，我們饒給他東西，你不自臊，還有臉打他。他要還在學裏學藝，你也敢打他不成！」那婆子便說：「一日叫娘，終身是母。他排場我，我就打得！」「排場」兩個字可能是錯的，應該是「排揎」，「他排揎我，我就打得」。

《紅樓夢》裏面，這些小女孩的拌嘴，丫頭們拌嘴，老婆子跟她們吵，那些話都是活生生的，也不好寫的。要寫得很有趣，那種婆婆媽媽的口氣要恰如其分，必須像她們講的話。最要緊的是口氣，這是我在寫作的時候，自己感悟出來的。什麼人講什麼話，是最難的，要掐的很準，是不容易的一件事情。你想，要靠口氣辨別這麼多人物，芳官跟齡官，兩個都很刁，都是小刁婦一個，但刁得不一樣，口氣不一樣，每個人講話的口氣正好符合身分、個性、氣質、情境，這就是《紅樓夢》最了不得的地方。你不信等看熟了以後，把《紅樓夢》隨便翻一頁，如果有對話，你把講話那人名字蓋住，看看他講的話，差不多猜得到是誰講的。那麼多人，每個人講話不一樣，寶釵是寶釵，邢岫烟是邢岫烟，甚至於迎春那麼一個老實人，她講話的時候就是那個樣子。惜春，脾氣很怪的一個姑娘，又是另外一個樣。所以，賈政講話，賈赦講話也不同；賈母跟劉姥姥，當然是天地之別，雖然兩個都是老太太。《紅樓夢》寫的每個人物，沒有一句話是錯的，或講的不像的。所以我有時候要改庚辰本，原因就是它寫的不是那個人的口氣。

這一段寫芳官，著墨不多，可是活靈活現。這個女孩子，她的打扮，她的樣子，感覺非常精靈，利齒伶牙的這麼一個唱戲的女孩子，這個地方也把她立起來了，也看到她很得寶玉的寵愛，這一點不容易。記得嗎？有個小紅本來也是寶玉的丫頭，因為她是第二線要爬到第一線，費盡心機接近寶玉，那幾個大丫頭就排斥她，不准她靠近。按理講，芳官到這邊來應該受她們排斥的，結果還算好，大概芳官也很討人喜，她們還相當容忍她，像晴雯那麼一個爆炭性格，也滿容忍她的，可見芳官有她很動人的地方。這個時候呢，芳官被她的乾娘打了，寶玉庇護了她，把她乾娘訓了一頓，總算給她挽回面子。寶玉就趁這個機會給芳官使了個眼色，芳官很靈的，就溜了出來。寶玉就把方才見了藕官，如何謊言護庇，藕官如何叫我來問你，細細地告訴了一遍。又問她祭的到底是誰？往下這一大段，九一二到九一三頁，寫得很動人。藕官跟她以前的一個朋友，叫做「菂官」，菂是蓮子，庚辰本這個字有點怪，程乙本是「藥官」，芍藥。在整本書裏面，菂官或者藥官沒有出現，她已經死了。

你看庚辰本，寶玉問祭的是什麼人？「芳官聽了，滿面含笑，又嘆一口氣，說道：『這事說來可笑又可嘆』。」程乙本是：「芳官聽了，眼圈兒一紅。」不是含笑，是眼圈兒一紅，差很遠！因為眼圈兒一紅就表示說，芳官也很同情，芳官也跟藕官，跟那個藥官，她們的感情很好，所以她才會眼圈兒一紅。如果說她是含笑，覺得她們糊里糊塗傻東西，這就很輕浮了。這種地方，我想曹雪芹用字，眼圈兒一紅，是對的！很要緊的一個形容詞，講明了芳官的態度，這樣子來引進這個故事。這故事是個悲劇，滿動人的故事，不是輕浮，不是可笑的假戲真做，而是一個很嚴肅的愛情故事。寫兩個小女孩之間的感情，寫得很好，而且非常簡潔，一個 page 就把它寫完了。為什麼動人？第一，很真誠，她們兩個人的感情很真誠，但是需要透過芳官來講，所以芳官的態度很要緊，如果芳官是以一種戲謔的口吻，那這段感情就變成一種笑話了。芳官很同情她們，所以才眼圈兒一紅，想到她們的過去。下面這一段，是程乙本的敘述。

芳官聽了，眼圈兒一紅，又嘆一口氣，道：「這事說來，藕官兒也是胡鬧。」她講她是胡鬧，其實心中滿憐惜她們兩個人的。寶玉忙問：「如何？」是怎麼回事呢？芳官道：「他祭的就是死了的藥官兒。」寶玉道：「他們兩個也算朋友，也是應當的。」寶玉這麼答的。你看庚辰本這裏，寶玉道：「這是友誼，也應當的。」友誼兩個字就把她們兩個破壞掉了。朋友，不是友誼，友誼是個抽象的東西。她們是朋友，朋友在寶玉心中是很重要的，所以那個藕官才說，曉得他是自己一流人物，寶玉懂情，所以才把心事告訴他。然後，芳官道：「那裏又是什麼朋友哩？那都是傻想頭：他是小生，藥官是小旦，往常時，他們扮作兩口兒，每日唱戲的時候，都裝著那麼親熱，一來二去，兩個人就裝糊塗了，倒像真的一樣兒。後來兩個竟是你疼我，我愛你。藥官兒一死，他就哭的死去活來的，到如今不忘，所以每節燒紙。後來補了蕊官，我們見他也是那樣，就問他：「為什麼得了新的就把舊的忘了？」他說：『不是忘了。比如人家男人死了女人，也有再娶的，只是不把死的丟過不提就是有情分了。』你說他是傻不是呢？」芳官講這段，講藕官、藥官，十二、三歲的小女孩扮戲，扮小兩口子，假戲真作，講得就是很天真的這麼一段情。

再看看庚辰本，太囉嗦！把這段情反而破壞了。怎麼寫的呢：芳官聽了，滿面含笑，又嘆一口氣，說道：「這事說來可笑又可嘆。」寶玉聽了，忙問如何。芳官笑道：「你說他祭的是誰？祭的是死了的葯官。」寶玉道：「這是友誼，也應當的。」芳官笑道：「那裏是友誼？他竟是瘋傻的想頭，說他自己是小生，葯官是小旦，常做夫妻，雖說是假的，每日那些曲文排場，皆是真正溫存體貼之事，故此二人就瘋了，雖不做戲，尋常飲食起坐，兩個人竟是你恩我愛。葯官一死，他哭的死去活來，至今不忘，所以每節燒紙。後來補了蕊官，我們見他一般的溫柔體貼，也曾問他得新棄舊的。他說：『這又有個大道理。比如男子喪了妻，或有必當續弦者，也必要續弦為是。便只是不把死的丟過不提便是情深意重了。若一味因死的不續，孤守一世，妨了大節，也不是理，死者反不安了。』你說可是又瘋又呆？說來可是可笑？」

再看下面，情境的差別更是大了。程乙本：寶玉聽了這獃話，獨合了他的獃性，不覺又喜又悲，又稱奇道絕；寶玉聽了，獨合他的獃性，他的獃性是什麼？情這個字。不管是男女之情，或是兩個小女孩之間的情，以他來看，如果這種情生死不渝，已經超越了一切，不管性別或者其他，在他來說，並不重要。所以他拉著芳官囑咐道：「既如此說，我有一句話囑咐你，須得你告訴他：以後斷不可燒紙，逢時按節，只備一爐香，一心虔誠，就能感應了。我那案上也只設著一個爐，我有心事，不論日期，時常焚香；隨便新水新茶，就供一盞；或有鮮花鮮果，甚至葷腥素菜都可。只在敬心，不在虛名。以後快叫他不可再燒紙了！」我想，寶玉也供了好幾個人，真正在他心中的已死去的那些人，像秦鐘，像金釧兒，有些是早死的，有些是為他死的，所以他講了這段話。

下面看看庚辰本，它又拉出個孔子的遺訓來：寶玉聽說了這篇呆話，獨合了他的呆性，不覺又是歡喜，又是悲嘆，又稱奇道絕，說：「天既生這樣人，又何用我這鬚眉濁物玷辱世界。」因又忙拉芳官囑道：「既如此說，我也有一句話囑咐他，我若親對面與他講未免不便，須得你告訴他。」芳官問何事。寶玉道：「以後斷不可燒紙錢。這紙錢原是後人異端，不是孔子的遺訓。以後逢時按節，只備一個爐，到日隨便焚香，一心誠虔，可感格了。愚人原不知，無論神佛死人，必要分出等例，各式各例的。殊不知只一『誠心』二字為主。即值倉皇流離之日，雖連香亦無，隨便有土有草，只以潔淨，便可為祭，不獨死者享祭，便是神鬼也來享的。你瞧瞧我那案上，只設一爐，不論日期，時常焚香。他們皆不知原故，我心裏卻各有所因。隨便有清茶便供一鍾茶，有新水就供一盞水，或有鮮花，或有鮮果，甚至葷羹腥菜，只要心誠意潔，便是佛也都可來享，所以說，只在敬不在虛名。以後快命他不可再燒紙。」這一段，我覺得就多了，程乙本恰如其分，把藕官跟藥官兩個人的感情，透過芳官的轉述說出來了。如果這些話是由藕官來講，第一，很難講，第二，講出來可能有點肉麻。曹雪芹高明，他轉一轉讓芳官講，芳官是她們同一個班子裏的，對她們當然很了解。芳官同情她們兩個人，她又是在寶玉那裏的，最順理成章，選得好！

我說過，小說裏面很要緊的就是 point of view，這件事情從什麼人的觀點出發，意義完全不一樣。兩個小女孩的這種感情，發生在戲班子裏，你不覺得奇怪，就因為他寫的自然。如果看了庚辰本沒有看程乙本，這一段就完全破壞了，覺得他囉囉嗦嗦，用詞不當。寶玉在庚辰本裏面說教，什麼孔子也來了，神佛也來了，整個破壞掉。本來是很有感情，很有 feel 的，這麼一搞就毀了。所以文學就是文字的藝術，文字藝術不好，一個字用錯了就不對，一句話用錯了也不對，更不要說一段用錯了。雖然小說比詩寬鬆，但講話裏面有幾句話不得體、不得當，那個人物就毀掉了。曹雪芹寫的好，就因為在恰當的時候，用了恰當的手法，把那段感情寫出來。他寫林黛玉跟賈寶玉的「情」，是那樣一個寫法，寫兩個小女孩之間的「情」，小小的一段也乾淨俐落，尤其學那個小女孩的口氣，什麼「男人死了也有再娶的嘛！」把一個小女孩天真的情完全寫了出來。

【第五十九回】柳葉渚邊嗔鶯咤燕 絳雲軒裏召將飛符

雖然《紅樓夢》看起來最後是個悲劇故事，但是曹雪芹寫那些 comic scenes，那些喜劇的東西也寫的好，大觀園底層的那些傭人、老婆子、媳婦還有一些小丫頭，什麼春燕、蓮花兒、小鵲兒，那些小傢伙，各式各樣的，嘰嘰呱呱的這麼一羣，有的在別處幾乎沒什麼戲，甚至連提都沒提過，但他那個 focus 等於舞臺上的燈，一下子過來，一下子過去，每個人他都照得到的。這些人也不好寫，但是能夠寫出很熱鬧很好玩的場景，這本書實在是包容甚眾。

這回發生什麼事呢？寶釵的丫頭鶯兒跟藕官她們出去玩，摘了園子裏的花啊、柳葉啊來編籃子，得罪了那些老婆子。前面不是說過，大觀園讓那些婆婆媽媽去照管了，長出來的東西，花也好，菜也好，都是她們的業績，所以一個兩個烏眼鷄似的看著，動一下就不得了。在某方面來說，探春她們的政策是對的，這樣分一分，她們就用心管，要不然蹧蹋了反正是公家東西無所謂，現在跟她們的收入有關了，哪個來摘一下好像剜她的肉似的。

這個時候，賈母、王夫人、邢夫人等都到宮裏為老太妃守祭去了，要好多天才能回來，所以大觀園裏這些小女孩到處亂跑，一直到下面幾回，她們都樂得很，因為上面沒什麼大壓力了。看看庚辰本九一七到九一八頁：為了門戶安全，「榮府內賴大添派人丁上夜，將兩處廳院都關了，一應出入人等，皆走西邊小角門。日落時，便命關了儀門，不放人出入。……每日林之孝之妻進來，帶領十來個婆子上夜，穿堂內又添了許多小廝們坐更打梆子，已安插得十分妥當。」「每日林之孝之妻進來」，書裏面沒這麼個講法的，都是林之孝家的，這是一貫的，全都用某某家的，譬如說，林之孝是她丈夫的名字，家的，就是林之孝家裏的媳婦，他的太太。林之孝之妻，是他的妻子沒錯，但全書沒這麼講法。

鶯兒在書裏是次要角色，這回就給她一個 close-up，一個近鏡頭。記得嗎？我們第一次對鶯兒有印象，是寶玉被打了以後，鶯兒去看他，寶玉要鶯兒替他打各式各樣各種配色的絡子。鶯兒手巧會編織，曹雪芹沒有忘了這一點，也虧他記得，這時候鶯兒就帶了分派到寶釵那兒的蕊官一起，到花園裏折嫩柳條編出帶葉的花籃，又採了各色花兒放在裏頭，她編了很漂亮的一些花籃要送給大家，其中一個是送給林姑娘的，她就拿去給林黛玉。黛玉那裏小伶人是藕官，藕官跟蕊官兩個很要好的，這個蕊官等於取代了藥官，兩個人見面了很高興，就湊在一起陪著鶯兒走回去。這一回去，碰到誰呢？怡紅院裏面另外一個小丫頭春燕。春燕的媽，春燕的姑媽，都跟那些老婆子在看管園子的東西。一個姓夏的婆子看到鶯兒摘了她的柳樹、花朵，心痛得不得了，但她也不敢罵鶯兒，這會兒她看到春燕了，她是春燕的姑媽，就指桑罵槐，把春燕罵一頓。鶯兒她就開玩笑講，這些都是小燕

春燕、五兒

去摘的。鶯兒摘的夏婆子不敢講話，是春燕摘的，那還了得！拿起拄杖來向春燕身上打了幾下。鶯兒一看這個玩笑開大了，趕快說：「我才是頑話，你老人家打他，我豈不愧？」管你哪個摘的，那個婆子也不管這些了，罵一頓再講。後來春燕的媽出來了，還記得嗎？這個媽就是芳官的乾娘，已經吃過一大頓的排頭了，氣恨在心。這些小姑娘都踏到頭上來，這兩個婆子在一起，都受了氣，一下子出到那個春燕身上。

看到春燕的媽來了，夏婆子說，你看，你看，你的女兒，連姑媽也不要了，不伏了，你看看！那婆子一面走過來說：「姑奶奶，又怎麼了？我們丫頭眼裏沒娘罷了，連姑媽也沒了不成？」曹雪芹寫這些婆子，寫的也好，這些婆子都不得寵，在園子裏都是二三線的，這些小姑娘反而張牙舞爪，非常囂張，而且不是自己的女兒就是乾女兒，因為寶玉護著她們，所以這些婆子都很吃憋，這兩姑嫂逮到機會，合起來罵春燕，你看看她們罵的，很粗的！春燕的娘正為芳官之氣未平，又恨春燕不遂他的心，便走上來打耳刮子，罵道：「小娼婦，你能上去了幾年？你也跟那起輕狂浪小婦學，怎麼就管不得你們了？乾的我管不得，你是我屄裏掉出來的，難道也不敢管你不成！既是你們這起蹄子到的去的地方我到不去，你就該死在那裏伺候，又跑出來浪漢。」一面又抓起柳條子來，直送到他臉上，問道：「這叫作什麼？這編的是你娘的屄！」這一句我覺得罵錯了，罵她自己的女兒「編的是你娘的屄」，這不是罵到自己了嗎？程乙本是：「這叫做什麼？這編的是你娘的什麼？」這樣子也就算了。程乙本裏面沒那麼多粗口，庚辰本不知道怎麼搞的，粗口多得叫人吃驚，連王熙鳳也罵粗口，這就太過了，我想王熙鳳再怎麼兒，還不至於當著那些小姑子面罵起粗口來。這是手抄本嘛！手抄興致來了加幾句也有的，這個媽怎麼罵到自己身上去？明明是錯了。

這個春燕，自己的媽也罵她，姑媽也罵她，哭哭啼啼跑回怡紅院，她娘又怕她說出自己打她，要受晴雯等人的氣，急忙跑去追。春燕直往寶玉身邊奔去。九二三頁：春燕又一行哭，又一行說的，把方才鶯兒等事都說出來。寶玉越發急起來，說：「你只在這裏鬧也罷了，怎麼連親戚也都得罪起來？」因為鶯兒的後面是寶釵。晴雯、襲人實在看不過眼，打了乾女兒芳官，又來打親生的女兒春燕，她們想，非得找一個人來壓一壓，找誰呀？平兒！平兒等於是王熙鳳的左右手，往王熙鳳那裏告一狀，王熙鳳說，打她四十板，趕出去！鳳姐對這些人兇得很，不假顏色的。難怪她嘛！這些婆子也不好惹，不是省油的燈，要管她們也不容易，這個地方就看出來了。那婆子聽如此說，自不捨得出去，便又淚流滿面，央告襲人等說：「好容易我進來了，況且我是寡婦，家裏沒人，正好一心無掛的在裏頭伏侍姑娘們。姑娘們也便宜，我家裏也省些攪過。我這一去，又要去自己生火過活，將來不免又沒了過活。」又求春燕道：「原是我為打你起的，究竟沒打成你，我如今反受了罪？你也替我說說。」寶玉見如此可憐，只得留下，吩咐他不可再鬧。寶玉又叫春燕帶她娘到寶釵那邊去道歉，她得罪了鶯兒，等於得罪了寶釵，這可不行。她們巴巴的趕去道歉，這齣鬧劇才算是落幕。

【第六十回】茉莉粉替去薔薇硝　玫瑰露引來茯苓霜

在賈府當家管理多難，大人們不在幾日，大大小小的事出了八、九件。上一回是齣滑稽劇，這一回，曹雪芹仍寫小人物，寫一羣小伶人圍攻趙姨娘的羣戲。看看回目都是日常用品，茉莉粉、薔薇硝、玫瑰露、茯苓霜，卻都有drama，有戲在裏頭。

薔薇硝是女孩子用來擦臉的，硝粉據說可以止臉上皮膚癢，蕊官得了薔薇硝就送一包給芳官，芳官就拿給寶玉看，說這個薔薇硝正是這個時節擦春癬用的。正說著，一個不受歡迎的人進來了，誰呢？賈環。賈環算是寶玉的弟弟，大概長的樣子有點猥瑣，很不討喜，而且個性跟他媽媽趙姨娘一樣。他是庶出，所以心裏本來就有一些複雜情結，一天到晚覺得寶玉擋了他的路，所以老是想著把他拱開。記得嗎？有一次抄經的時候，他把那個蠟燭油一推，燙到寶玉的臉上去。他們母子倆都想害寶玉，總認為賈母、賈政偏心，寶玉是最大的障礙。賈環幹嘛來怡紅院？因為賈府規矩大，哥哥生病了，弟弟一定要去請安，所以他也不得不去。到了那邊，到底賈環還是個小孩子，看到有薔薇硝了，他也想要一些，因為他喜歡王夫人房裏的丫鬟彩雲，想拿一點去討好她。芳官這個小女孩也滿刁鑽的，因為薔薇硝是蕊官送的，她不想分給賈環，跟寶玉說，這個先不要給，我去另外拿來，她就進去拿她們平常擦的薔薇硝。一翻抽屜，薔薇硝怎麼沒有了？不管，她就弄了點次一等的茉莉粉，大概跟薔薇硝很像，包了一包，拿去唬弄賈環。「賈環見了就伸手來接。芳官便忙向炕上一擲。刁吧！這個小女孩。一丟，丟到炕上面，你自己去拿！對於賈環，不假以顏色。賈環只得向炕上拾了，揣在懷內，方作辭而去。」

回到家裏，賈環興高采烈地跟彩雲說，我也拿了一包薔薇硝來給你。彩雲打開一看，「這是他們哄你這鄉老呢。這不是硝，這是茉莉粉。」賈環還不是那麼壞的一個男孩子，他只是有點傻壞，使使壞心眼他會的，但不是很精的。他說，這也是好的，一樣嘛！留了罷，比外面買的好就行了。彩雲只得收了。可是他媽媽趙姨娘卻是個有心病的，她總覺得別人瞧不起她，滿腹不平，在這個賈府裏受盡恥辱，整天想復仇。一看這個兒子怎麼給人家唬弄了，趙姨娘便說：「有好的給你！誰叫你要去了，怎怨他們耍你！依我，拿了去照臉摔給他去，趁著這回子撞屍的撞屍去了，挺床的便挺床，她用了好惡毒的話，她罵王夫人她們去宮裏守祭是「撞屍」，「挺床」是罵鳳姐，因為鳳姐正在生病。吵一齣子，大家別心淨，也算是報仇。莫不是兩個月之後，還找出這個碴兒來問你不成？便問你，你也有話說。寶玉是哥哥，不敢沖撞他罷了。難道他屋裏的貓兒狗兒，也不敢去問問不成！」她就是拱著她兒子去造反。其實這個賈環有點怕的，到底寶玉是哥哥，到寶玉那邊去造反，他怕，不敢去的！還有他怕他姐姐探春，聽了就低下頭不敢講話了，彩雲也說何苦生事。趙姨娘說與你無關！又罵賈環說：「呸！你這下流沒剛性的，也只好受這些毛崽子的氣！」下面庚辰本這段，這個趙姨娘講起粗話來了，我覺得不太合適，你看：「這會子被那起屄崽子耍弄也罷了。你明兒還想這些家裏人怕你呢。你沒有屄本事，我也替你羞。」罵自己的兒子這個話不對。程乙本是：「這會子被那起毛崽子耍弄，倒就罷了。你明日還想這些家裏人怕你呢！你沒有什麼本事，我也替你恨！」我想這個比較合適，趙姨娘應該還不至於到那個地步。

賈環不敢去，面子下不來，就頂他媽媽，說：「指使了我去鬧……你不怕三姐姐，你敢去，我就伏你。」這下子可把趙姨娘激怒了，便喊說：「我腸子爬出來的，我再怕不成！這屋裏越發有的說了。」一面說，一面拿了那包子，便飛也似往園中去。趙姨娘跑了去，一進門就把那個茉莉粉摔給芳官，罵得很兇很難聽：「小淫婦！你是我銀子錢買來學戲的，不過娼婦粉頭之流！我家裏下三等奴才也比你高貴些的……」芳官也不是省油的燈，就回她說：「我便學戲，也沒往外頭去唱。我一個女孩兒家，知道什麼是粉頭面頭的！姨奶奶犯不著來罵我，我只不是姨奶奶家買的。『梅香拜把子——都是奴幾』呢！」芳官說我又不是你買的，下面那句就更刻薄了，「梅香拜把子——都是奴幾（程乙本是：奴才）」。梅香在戲裏面都是丫頭，梅香拜把子，就是說我跟你是一樣的，拜把子的，你也是個梅香，還不就是個奴才升上來的。這個話不得了，很厲害的！到底是唱戲的那兩下子。芳官也不過十三、四歲，小女孩嘴尖牙利的，趙姨娘氣得上來便打了兩個耳刮子。襲人當然著急了，就拉著芳官，你怎麼亂講話？晴雯悄悄拉住襲人說：「你別管她，讓她們鬧去。」芳官還有一羣幫手的，蕊官、藕官、荳官……一羣小伶人，聽見芳官被人欺負了，「咱們當然一起去！」這羣小女孩，四、五個跑上去，看到趙姨娘，一頭先撞過去，然後呢，兩個抓住趙姨娘的手，前面撞了後面撞，把這個趙姨娘團團圍住，弄得披頭散髮、狼狽不堪，氣得喊也喊不出來。這個晴雯也壞，一邊笑，故意去拉，其實是放水，讓她們打成一團。這個鬧劇，如果大家看了中國大陸一九八七年拍的《紅樓夢》連續劇，這一幕拍得特別好，一羣小女孩一窩蜂擁上去東扯西扯，把趙姨娘弄得團團轉。

趙姨娘常常自己取辱，講起來也可憐，她的確受委屈，鳳姐是她的晚輩也欺負她，大家都不甩她，連自己的女兒也不站在她這一邊，就是因為賈環講了一句戳她心的話，她就恨恨跑來了，兒子女兒都不幫她。看樣子，賈政大概也討厭她，按理講是他的妾，如果政老爺講一句話，稍微表示一下，別人也不敢動的。可能趙姨娘年輕的時候還有幾分姿色，做丫頭還滿服帖的，服侍賈政還可以，就娶來做妾。生了兒子她想抖起來，又沒那個架式，所以覺得很挫折。從前大家庭裏母以子貴，她生了兒子以後簡直對她的地位沒有任何幫助，所以她認為是寶玉擋了路，沒有寶玉，賈環才能出頭，她才能出頭。整天窩著這種心思，憤憤不平，因為挫折更常突槌，探春對她這個媽不假辭色，還站到王夫人那邊去，也是其來有自。曹雪芹創造了趙姨娘這麼一個 comic character，滑稽角色有時候也很需要的。趙姨娘鬧了這一場當然討不了好，尤氏、李紈、探春獲報都來了，將四個小伶人喝住，探春帶出趙姨娘便說：「那些小丫頭子們原是些頑意兒，喜歡呢，和他說說笑笑；不喜歡便可以不理他。便他不好了，也如同貓兒狗兒抓咬了一下子，可恕就恕，不恕時也只該叫了管家媳婦們去說給他去責罰，何苦自己不尊重，大吆小喝失了體統。你瞧周姨娘，怎不見人欺他，他也不尋人去。我勸姨娘且回房去煞煞性兒，別聽那些混賬人的調唆，沒的惹人笑話，自己呆白給人作粗活。心裏有二十分的氣，也忍耐這幾天，等太太回來自然料理。」一席話說得趙姨娘閉口無言，只得回房去了。這一回就是這些小姑娘的羣戲，賈府這麼大，人物事件複雜，如果沒有這些寫實的、瑣瑣碎碎、婆婆媽媽的東西，全部講上層的生活或象徵主義的架構，寫實就少了一大塊。下面這層也是寫實的根基，是《紅樓夢》的基礎之一。曹雪芹是觀照全面的，這種地方他也寫得很好，不要輕看了這些小姑娘、老婆子，在舞臺上她們都是羣戲很重要的角色，羣戲演不好，這個戲也不行的。

薔薇硝的風波結束了，廚房裏面的 drama 又要上演，芳官的戲還沒完。賈府這個大家庭每天幾百人要吃飯，光把飯開出來就不得了，何況這些姑娘們加上寶玉，還特別有一個廚房伺候，那個廚子就是柳家媳婦。九三四頁，這天芳官來廚房，她說晚飯的素菜，寶玉要涼涼的、酸酸的東西。就是要涼拌的菜了，芳官來傳話。剛好有一個老婆子拿了一疊糕進來，芳官就說，這個誰買的？蟬兒買的！小蟬兒是迎春的一個小丫頭。芳官本來想嘗一下，蟬兒一手接了說：「這是人家買的，你們還稀罕這個。」芳官當然很不高興了。柳家的馬上來打圓場說，我還有，我這裏買了另外的糕，你嘗這個，不要吃那個了。就拿給芳官。你看這個芳官刁不刁！芳官便拿著熱糕，問到蟬兒臉上說：「稀罕吃你那糕，這個不是糕不成？我不過說著頑罷了，你給我磕個頭，我也不吃。」說著，便將手內的糕一塊一塊的掰了，擲著打雀兒玩。她不吃還不說，把那個糕拿來，丟給鳥吃。意思是我不稀罕吃那個，我來餵鳥而已，什麼稀奇！這種小女孩之間的摩擦、較勁。我想，她們這些小戲子進來，其他的小丫頭已經百般受到威脅，覺得她們得寵。寶玉、黛玉、寶釵對這些小戲子比較寬容，一個個就恃寵而驕了。芳官這個樣子後來就倒大楣了，也是曹雪芹重視她，把她寫成這個樣子，這種個性像誰呀？有點像晴雯對不對！這些恃寵而驕的人，後來一個個都被滅掉了。曹雪芹創造出 drama 讓她們演，演的時候留下伏筆，最後她們幾個被趕出大觀園，那些老婆子、小丫頭都稱快，說這些小妖精都趕走了。曹雪芹不偏不倚的把她們真正的樣子寫出來，最後還是滿同情這些小女孩的，後來芳官到水月庵作尼姑去了，她也不是自願的，但與其回到家裏被老子娘再賣一次，不如到尼姑庵裏面去。那些尼姑也沒存好心，把她們這些小女孩騙了去，作小傭人使喚，芳官的下場不是很好，不過，她反正終身在尼姑庵裏度過。還有一些小戲子後來如何，大家可能有個問號，曹雪芹是不是漏寫了？還是故意留個懸念？譬如畫薔的齡官，沒有繼續寫她了，遣走的時候，有四、五個願意回鄉，沒講明哪幾個，顯然齡官是其中之一。齡官不願意留在大觀園裏，第一，因為她生病吐血，也是肺病，即使她想留，賈家也不容許，生病一定要挪出去的。第二，賈薔雖然喜歡她，但賈薔自己在賈家的地位也不是很穩固，他父母早死，賈珍對他還不錯，就依附到賈珍那邊去，他沒有多大的權力，齡官被遣走，他也沒辦法救。齡官是一個很特殊的女孩子，而且很會唱戲，像曹雪芹那麼縝密周到的人，寫了滿重要的一回就沒有交代了，只能說她是被遣走了，生病被遣走很合理，所以唱戲的時候雖然滿受重視，一旦沒有用了，命運也就很坎坷了。

曹雪芹已經寫了這麼多人物，這一回又創造出另外一個人物來，負責廚房的柳家的有個女兒，叫做柳五兒，十六歲了，長得很好，只是身體有點弱。柳家的過去在梨香院，服侍芳官等一羣小伶人比她們的乾娘還好，建立了交情，柳五兒也跟芳官滿好的。這個五兒長得有點像晴雯，晴雯又像黛玉，所以黛玉的影子有好幾個，晴雯、齡官、柳五兒，這些都是。柳家的聽說寶玉房裏有丫頭缺，因為小紅到鳳姐那邊去了，墜兒離開了，缺一直沒有填上，柳家的就拼命奉承寶玉身邊的人，想把五兒送進怡紅院，因為當寶玉的丫頭，身分地位又跟其他當差不同，芳官當然是最好的管道。芳官對五兒很好，關心她的健康，就從寶玉那兒要一點玫瑰露出來送給五兒。五兒吃了有效，芳官又去跟寶玉討，因為瓶子裏剩下不多，寶玉就乾脆連瓶子一起給了芳官拿來。柳家的受了芳官的人情，恰巧五兒的舅舅在門上當差，有人送禮得了一包茯苓霜，五兒就想也送一點給芳官，沒想到這個玫瑰露、茯苓霜惹禍了，怎麼回事呢？原來王夫人房裏也有玫瑰露，可是不見了，他們就要追查玫瑰露給誰偷走了？事實上是王夫人的大丫頭彩雲，偷偷地拿了一瓶玫瑰露給賈環。賈環這個人雖然猥瑣不討喜，偏偏彩雲很喜歡他，對他忠心耿耿。玫瑰露被另外一個丫頭玉釧兒發覺不見了，彩雲死不認賬，這個事情就鬧大了，一查，把柳五兒牽涉進去了。究竟怎麼牽涉的，柳五兒受冤如何解套？下回分解。

【第六十一回】投鼠忌器寶玉瞞贓 判冤決獄平兒行權

曹雪芹寫賈府下層的婆婆媽媽寫得非常活，廚房裏這柳家的是其中之一。她到大觀園裏面當差，她女兒柳五兒是偷偷溜進去了。因為柳五兒還沒有講定到怡紅院當丫頭，不能隨便進去的。柳家的進來了，守門的小廝就說：「你進去摘幾個杏子來給我吃吧！」柳家的就抱怨，現在呢，休想了！那些老婆子只要你走過她那個樹下面，一個兩個像烏眼雞一樣看著，哪個還能動她的果子。上一回不是鶯兒只摘了她們幾段柳枝，來編編籃子什麼的，就吵得一塌糊塗。柳家講的，果子是沒辦法拿了。這一段，要看他們講話的那個口氣，《紅樓夢》寫得最了不得的就是對話，非常生動，像柳家媳婦這樣的人，講幾句話，馬上就活靈活現了。

《紅樓夢》的口語很厲害，敘述基本上是白話跟文言夾在一起，對話我想就是當時的白話文，當時流傳的口語。寫小說要靠耳朵，能不能成為一個好的小說家，第一個要件就是耳朵要好，一聽人家那些對話，寫的時候就能把對話的模式、語氣模擬出來，非常難的，語氣要剛剛好，合乎那個身分、個性，那個 situation，那個場景。當然對話的功用之一是推展劇情，但更重要的，還是顯示那個人物的個性。這個柳家的雖然是個廚娘，聽她講話就知道她是個乖巧、油滑，能夠八面應付的人。她也不容易，在廚房裏面，這個小丫頭來要這個，那個小丫頭來要那個，哪一方都不能得罪。她也要分輕重，寶玉房裏是頭一等要緊的，不光是寶二爺，下面那幾個丫頭，晴雯啊，芳官啊，來要什麼東西，她都不能得罪。其他房她就要看了，看好不好應付，好應付的，她可以苛一苛、弄一弄，比如說迎春，外號叫「二木頭」，她老實、不計較，所以這個柳家的，有點欺負她們。看看這一幕，鬧劇又要上場了。

九四二頁：忽見迎春房裏小丫頭蓮花兒走來說：「司棋姐姐說了，要碗鷄蛋，炖的嫩嫩的。」一命令式的口氣。司棋是迎春的一個大丫頭，在這之前，司棋從沒有出現過，我們看不到司棋是什麼樣子，從這裏開始，司棋上場了。司棋這個人物雖然出現簡短，但對整個劇情的發展至關重要。以後她有一幕很要緊的 drama，她的事牽動了整個大觀園，不過這個地方先來個伏筆。司棋叫小丫頭傳話說要鷄蛋嫩嫩的，柳家的道：「就是這樣尊貴。不知怎的，今年這鷄蛋短的很，十個錢一個還找不出來。昨兒上頭給親戚家送粥米去，四五個買辦出去，好容易才湊了二千個來。我那裏找去？你說給他，改日吃罷。」兩千個鷄蛋還不夠，還算少的，大觀園的 consumption，他們的消費可了不得！蓮花兒道：「前兒要吃豆腐，你弄了些餿的，叫他說了我一頓。今兒要鷄蛋又沒有了。什麼好東西，我就不信連鷄蛋都沒有了，別叫我翻出來。」一面說，一面真個走來，揭起菜箱一看，只見裏面果有十來個鷄蛋，說道：「這不是？你就這麼利害！吃的是主子的，我們的分例，你為什麼心疼？又不是你下的蛋，怕人吃了。」你看，這個小丫頭，也厲害得很。「又不是你下的蛋，怕人吃了。」從這麼一個小丫頭嘴裏面講出來。柳家的忙丟了手裏的活計，便上來說道：「你少滿嘴裏混唚！你娘才下蛋呢！」柳家的也不是省油的燈，你看在廚房吵架，也吵出賈府的一些情形來。

賈府的消費，兩千個鷄蛋還嫌少，他們日常的生活滿驚人的。那個柳家的又講出很多事情。「通共留下這幾個，預備菜上的澆頭。姑娘們不要，還不肯做上去呢，預備接急的。你們吃了，倘或一聲要起來，沒有好的，連鷄蛋都沒了。你們深宅大院，水來伸手，飯來張口，只知鷄蛋是平常物件，那裏知道外頭買賣的行市呢。別說這個，有一年連草根子還沒了的日子還有呢。」柳家的講，現在你們東嫌西嫌，有一年連草根子都沒了的日子還有呢！我勸他們，細米白飯，每日肥鷄大鴨子，將就些兒也罷了。吃膩了膈，天天又鬧起故事來了。庚辰本用了個『膈』字，就是腸子的意思，醫學上用膈膜，程乙本直接用『腸子』，我們平常不用『膈』這個字的。她說，吃膩了腸子，天天又鬧起故事來了。鷄蛋、豆腐，又是什麼麵筋、醬蘿蔔炸兒，敢自倒換口味。只是我又不是答應你們的，一處要一樣，就是十來樣。我倒別伺候頭層主子，只預備你們二層主子了。」柳家的有她的難處，你來要，我來要，這些二層主子，指司棋她們這些大丫頭，大鷄大肉的吃了嫌膩，要吃個素的，要吃這個那個，刁得很，這些很難弄的。她講，吃草根子都沒的日子還有呢！你們現在還東嫌西嫌。

蓮花兒聽了紅了臉，就揭柳家的短：「誰天天要你什麼來？你說上這兩車子話！叫你來，不是為便宜卻為什麼。前兒小燕來，小燕就是那個春燕，寶玉房中的小丫頭，說『晴雯姐姐要吃蘆蒿』，你怎麼忙的還問肉炒鷄炒？小燕說『葷的因不好才另叫你炒個麵筋的，少擱油才好。』你忙的倒說『自己發昏』，趕著洗手炒了，狗顛兒似的親捧了去。」這個小丫頭也兇得很，講柳家的大小眼。柳家的又講了一大堆抱怨的話，說是怎麼難、怎麼難。好，講了以後，那個蓮花兒就跑回去了，跟司棋加油加醋講了一大堆，司棋火大了，帶一羣小丫頭衝到廚房，喝命小丫頭子動手：「凡箱櫃所有的菜蔬，只管丟出來餵狗，大家賺不成。」一把柳家的廚房裏面東西通通扔掉，打砸一頓走了。司棋的個性烈得很，這柳家的確實有一點勢利，看準了迎春這一房好欺負，所以敷衍敷衍她，對寶玉那邊拼命拍馬屁，這下子司棋給個厲害顏色看看。司棋像襲人、晴雯、平兒一樣，也是大丫頭之一，她們直通上面的，柳家的不敢得罪，廚房被砸爛了，也只好捏著鼻子不出聲了，而且巴巴的補燉了一碗蛋叫人給司棋送去，司棋往地上一砸，潑了！你看這個丫頭也難弄的。送去的人回來不敢說，恐又生事。

曹雪芹這裏寫司棋是個伏筆，她後來被趕出大觀園。那種剛烈的個性是要惹禍的，而且她惹了大禍。芳官的場景，那麼刁；司棋的場景，那麼潑，伏筆這些女孩子，下場都不會太好。那時候整個中國的社會，對這種出格的人是不喜歡的。不要說那時候，什麼時候都是一樣，槍打出頭鳥！中國的社會不是很贊成一個人飆得太高，常常有樹大招風這一類的成語，都是要人收斂，凡是飆得高的，張揚跋扈的角色，大部分都要挨整的。中國社會整個的核心還是儒家的教訓，至少表面上要謙卑，在大家庭裏也是如此，都有儒家宗法社會的那一套制式規矩，你打破這個規矩，就很難生存，《紅樓夢》裏黛玉、晴雯、司棋、芳官，甚至於妙玉都是。能夠生存的，像寶釵、襲人、李紈……她們都能夠生存下來。

柳五兒溜進大觀園，她是想把她舅舅給的茯苓霜送給芳官，她問芳官，你講了沒有？她想進怡紅院，問跟寶玉講了沒有？芳官說這幾天正在鬧事情，避過這個風頭再找機會，叫她不要急。見過面柳五兒就出去了，這一出去，就給查夜的碰到了。查夜的是賈府大管家之一林之孝家的，就問柳五兒：「我聽見你病了，怎麼跑到這裏來？」她說我跟我媽進來的。不對，林之孝家的說，我剛剛看到你媽，她若知道你在園子裏面，怎麼會把大門關了呢？這下子兜不攏了。好！柳家的幾個仇人，什麼蓮花兒、小蟬兒的，這些小丫頭在旁邊鼓噪，這下子逮到了！林之孝家的說，我們家裏面丟了幾樣東西，還沒抓到賊，你這麼慌慌張張的，必有什麼事情。林之孝家的在查王夫人房裏丟掉的玫瑰露。那個蓮花兒就說，看到廚房裏有一瓶，林之孝家的立刻到廚房搜，一搜就搜出露瓶和一包茯苓霜，這下子人贓俱獲，林之孝家的先把柳五兒關起來，然後就去報告平兒，平兒進去回了鳳姐。鳳姐正生病，懶得管這些事情，吩咐「將他娘打四十板子，攆出去，永不許進二門。把五兒打四十板子，立刻交給莊子上，或賣或配人。」這下子柳家的慘了，母女都被趕走，對她們來講，在大觀園裏面當個廚子，是很好的職位，而且是個肥缺，可以私相授受一些東西，這樣子給弄走了，當然是冤枉的。五兒嚇得哭哭啼啼，給平兒跪著，細訴芳官之事，又將茯苓霜的來路交代了。平兒說，這個不難，明天問清楚就好了。其實平兒曉得，那玫瑰露是彩雲偷了給賈環的，玉釧兒擠兌她的時候，她不肯承認，平兒也不好硬去扳那個彩雲，因為牽涉到王夫人的面子。所以你們看，大觀園裏面的人際關係，一層一層複雜得很。這一邊柳家的被趕走，林之孝家的也有自己的關係，她急不待的就馬上放進去一個親戚，大家爭著搶肥缺嘛！這個叫秦顯家的一進去，先送了一簍子炭、粳米之類的給林之孝家的當謝禮。結果呢，柳家的後來平反回到廚房，秦顯家的只好退出。因為好不容易等到這個空子鑽進來，打點林之孝家的及其他的禮已經送了，反而要自己賠補虧空。

這事後來怎麼解決的呢？平兒到怡紅院找襲人，就把來龍去脈弄清楚了。她說我審出來是很容易的，可是中間呢，又怕傷了一個人的顏面，誰呢？探春！賈環是探春的弟弟，而且姨娘也扯在裏頭，怎麼辦？明明知道冤枉了人，不辦清楚呢，覺得我好像沒本事；辦了呢，又怕傷人。寶玉一聽也急了，他說，就攬在我身上吧，兩邊都解決了。寶玉什麼事都往身上攬的，記得嗎？藕官燒紙錢的時候，他往身上一攬讓事情過了，他簡直是個菩薩，尤其保護這些大觀園裏的女孩子，個個他都希望護著，他是大觀園的護花使者，每一朵花他都在守護的，雖然彩雲愛的是賈環，他也保護她。

平兒就去跟彩雲、玉釧兒講，小偷抓住了，但寶二爺講要息事寧人，所以他攬過去了。意思就是警告一下，不要以為我不知道誰偷的。正在講的時候，彩雲紅了臉，承認是她偷的，願意受罰。彩雲還是有羞惡之心，不忍冤屈了好人，真的拉她去到鳳姐面前，偷東西一定是很大的懲罰，而且是偷給賈環，如果王夫人不替她頂著的話，可能彩雲的下場就是被趕出去。彩雲肯承認，面對，也是她剛烈正直的一面，沒想到後來賈環聽到這個事情，反而倒打她一耙，說為什麼寶玉替你掩蓋過去，你一定跟寶玉在搞什麼東西。他把她那些私贈之物丟到彩雲臉上，還說要到鳳姐那邊去告她一狀。賈環真是不識好歹！彩雲識人不明，把一腔感情投到賈環身上。賈環人長得不可愛，個性又是這樣子，跟趙姨娘如出一轍，偏偏彩雲一方面大概也同情他，一方面也覺得到底是個爺，總而言之挨了這麼一下，傷心得不得了。

平兒當然跟鳳姐報告了，不過沒講出彩雲的名字，就說寶玉把這個事情攬過去了。鳳姐說，這個寶玉，不管青紅皂白，人家求他，他就答應了，以後大事如此，怎麼治人呢？「依我的主意，把太太屋裏的丫頭都拿來，雖不便擅加拷打，只叫他們墊著磁瓦子跪在太陽地下，茶飯也別給吃。一日不說跪一日，便是鐵打的，一日也管招了。」王熙鳳厲害的，她要嚴刑處置，你看，跪在地上，還要墊那個磁瓦子，那有多痛！她又講，「又道是『蒼蠅不抱無縫的蛋』。雖然這柳家的沒偷，到底有些影兒，人才說他。雖不加賊刑，也革出不用。朝廷家原有掛誤的，倒也不算委屈了他。」鳳姐對下人嚴厲得很，她要管整個賈府，不嚴怕罩不住下面的人，但是太過嚴苛，當然激起怨恨。平兒看事情比較客觀，她勸鳳姐：「何苦來操這心！『得放手時須放手』，什麼大不了的事，樂得不施恩呢。依我說，縱在這屋裏操上一百分的心，終久咱們是那邊屋裏去的。」別忘了，賈赦、邢夫人那邊才是你真正的婆家，你在這邊，也不過是替人家作嫁衣裳，替人家來管的，你操了多少心也是白操，最後還是要回那邊去。「沒的結些小人仇恨，使人含怨。況且自己又三災八難的，好容易懷了一個哥兒，到了六七個月還掉了，焉知不是素日操勞太過，氣惱傷著的。如今乘早兒見一半不見一半的，也倒罷了。」一席話，說的鳳姐兒倒笑了，說道：「憑你這小蹄子發放去罷。我才精爽些了，沒的淘氣。」平兒笑道：「這不是正經！」平兒這個人，真的是鳳姐最好的幫手，很明理，很明智，該寬容的地方，她替鳳姐抹掉很多怨懟。平兒的處境很不容易的，但是她做得非常漂亮，所以在丫頭裏面，她最後的下場最好。鳳姐病逝後，她得到賈璉的眷顧，後來扶正，因為賈璉感激她對巧姐兒的維護。在所有的丫頭裏面，她個性最平和，所以叫平兒，而且是「俏平兒」，相當聰明、有手腕、懂得察顏觀色，而且她沒有仗鳳姐之威，還替鳳姐作了很多好事。在曹雪芹的筆下，她可能是丫頭中最正派的。這個時候又趁機勸鳳姐，講了一番很得體的話，叫她得放手處且放手，得饒人處且饒人，何必得罪那麼多人，太過操勞把懷的胎兒都小產了。平兒的話鳳姐聽得進，曹雪芹好幾次寫她們主僕相處私下無人時的對話，都十分動人。

【第六十二回】憨湘雲醉眠芍藥裀 呆香菱情解石榴裙

看看這個回目，憨湘雲、呆香菱，曹雪芹的回目都有意思的，講人也一言中的，比如：俏平兒、勇晴雯、賢襲人，一個字就點出她們的定位。這一回講湘雲和香菱，這兩個女孩子有共同之處，一個憨，一個呆，曹雪芹喜歡憨、呆、痴、傻的人，喜歡這些人的天真。道家傳統或佛家禪宗裏面，很多看似瘋傻其實返璞歸真的人，回到沒有一點心機，什麼都沒有了的境界。曹雪芹之前已經給過湘雲一些戲，她穿了一身男孩子打扮，跟寶玉烤鹿肉吃，作對聯，她作得最快最多，都在突出她是一個活潑、直爽，有點像男孩的女孩子。香菱跟黛玉學作詩，也透露出天真的本性。曹雪芹很同情很喜歡天真的人，這一回不光寫她們兩個，但特別讓她們表現。

「憨湘雲醉眠芍藥裀」，是《紅樓夢》裏面極有名的 episode，也是最 pictorial，最有視覺之美的一章。發生在什麼場景呢？怡紅公子過生日。《紅樓夢》到現在六十二回，賈府的聲勢還在一步步往上，一個峯越過一個峯，一直往上爬、往上飆，飆到六十二回是大觀園裏最熱鬧的一個場景。大觀園的諸艷之冠，大觀園的頭頭，賈寶玉要過生日，雖然前面寫過好幾個生日了，這個生日當然與眾不同，歡樂可說到達高潮，生日快樂至此寫盡了，寫到頂了，以後沒有一個葷戲的場面可以超越。正因為前面寫得熱鬧到頂，才能顯出後面人去樓空的淒涼。

寶玉這個生日，賈母、王夫人她們都不在家，幾個老太太到宮裏守靈去了，這些姑娘們無所拘束，喝酒划拳，「便任意取樂，呼三喝四，喊七叫八。滿廳中紅飛翠舞，玉動珠搖，真是十分熱鬧。」宗法社會規矩多，寶玉一早起來，先要拜天地、拜宗祠，長輩都不在也要遙拜。各家按例送了一大堆禮來，寶玉呢，還要到一房一房去回拜，過個生日也真累，幾個帶過他的奶媽家裏也要去拜一場。記得嗎？寶玉以為林姑娘要走發病的那一回，有個一下子哭一下子喊的李嬤嬤，就是最主要的奶媽。總之，在中國傳統家庭裏，奶媽有相當地位，要報恩的，生日的時候就要記得那些奶媽們，要去謝一謝，這是中國社會人情裏比較特殊的關係。古時候大家庭人太多，照顧不到自己的兒子，或者母親死得早，奶媽有代母的功能，現在沒有奶媽了，過生日也沒有那麼複雜的禮法。

寶玉到處去拜了回來，又有好多人來給他拜壽，九五五頁：「賈環賈蘭等來了，襲人連忙拉住，坐了一坐，便去了。」輕描淡寫地這麼一筆，寫賈環來拜壽，你曉得，這是黃鼠狼拜年，不安好心的，賈環以前整天想要害寶玉，來這裏是百般的不情願，所以曹雪芹也很 subtle 的輕輕一筆，什麼也不講。寶玉大概理都沒理他們，襲人趕快拉他們來坐一坐，襲人很會做人，也怕冷落了他們，這裏看出賈環跟寶玉之間的關係，很明白了。

但是再看下面，「方吃了半盞茶，只聽外面咭咭呱呱，一羣丫頭笑進來，什麼人呢？有一大羣。原來是翠墨、小螺、翠縷、入畫，邢岫烟的丫頭篆兒，並奶子抱巧姐兒，彩鸞、綉鸞八九個人，一同湧進來了，所有這些花花朵朵，都跑來跟怡紅公子、護花使者拜壽。你可以想像，大觀園裏那些奇花異草，通通活起來了，通通搖曳生姿。她們一走來，都抱著紅毡笑著走來，說：「拜壽的擠破了門了，快拿麵來我們吃。」剛剛一講完，下面一羣又來了，探春、湘雲、寶琴、岫烟、惜春也都來了。這麼熱鬧，都來向他拜壽。過一會兒，平兒也來了。平兒這次打扮得花枝招展，平兒一向滿低調的，她不能不低調，在鳳姐面前你敢出頭？今天不一樣，平兒也打扮的花枝招展的來了。她說：「我來磕頭！」寶玉當然說當不起。別忘了，平兒不光是個丫頭，她也是賈璉的妾，要比一般的丫頭高一階的。平兒便福下去，福就是作揖，寶玉作揖不迭。馬上，他又回她禮。平兒便跪下去，寶玉也忙還跪下。這是對她的禮數特別，他對別的丫頭不會下跪的。就某方面來說，她等於是他的嫂子一樣嘛！所以她向他下跪，他也下跪。襲人連忙攙起來。又下了一福，寶玉又還了一揖。所以拜來拜去，你拜我，我拜你，拜完了。襲人笑推寶玉：「你再作揖。」寶玉道：「已經完了，怎麼又作揖？」襲人笑道：「這是他來給你拜壽。今兒也是他的生日，你也該給他拜壽。」這個當然是曹雪芹湊出來的，一個生日還不夠，還幾個人一起過生日。寶玉聽了馬上拜下去，說：「原來今兒也是姐姐的芳誕。」平兒還萬福不迭。湘雲拉寶琴岫烟說：「你們四個人對拜壽，直拜一天才是。」原來那兩個也是生日，這麼巧，不管怎麼樣，四個人一起生日，這可熱鬧了。

翠墨、小螺、入畫

大家拜了一陣，同到廳上吃了壽麵，就到園子裏面，中午的時候，紅香圃擺宴了。九五九頁：只見筵開玳瑁，褥設芙蓉，這是玳瑁之席，擺的都是山珍海味，先把這個 setting 描寫下來，大觀園裏面所有的花都到齊了，那些小伶人也全來了，看他們怎麼坐的。「終久讓寶琴岫烟二人在上，平兒面西坐，寶玉面東坐。四個人坐下。探春又接了鴛鴦來，二人並肩對面相陪。西邊一桌，是什麼人呢？寶釵黛玉湘雲迎春惜春，一面又拉了香菱玉釧兒二人打橫。三桌上，尤氏李紈又拉了襲人彩雲陪坐。四桌上便是紫鵑、鶯兒、晴雯、小螺、司棋等人圍坐。」這麼多人替寶玉過生日，喝酒的時候要行令，這是大觀園裏享樂的 life style，所謂的生活情趣，只有賈府才撐得起來這種生活。

他們喝酒要行酒令，這回行的是最雅的一種酒令，叫射覆，很古老的一種，很難的，只有他們幾個人懂。曹雪芹在這種地方充分顯示他的學問，他是無所不知，無所不能，他把他的學問，都給到那些少爺小姐身上去了，學問大得很！像寶釵、寶琴、黛玉，都會射覆。就是悄悄地按了一個字，那個字有規定的，比如是他們這個室內有的東西，然後要打一個謎，而且那個謎要從古文、詩詞裏面弄下來一段，要覆了這個來猜，就是射什麼什麼，你得滿腹學問才猜得著。你看他們擲骰，香菱一下子擲出三，她必須射這題。寶琴呢，覆了一個「老」字，香菱不太會這種東西，滿屋子找跟「老」字有關的。史湘雲腦筋快，而且她滿有學問的，一看那個廳叫「紅香圃」，三個字嘛，就知道寶琴覆的是孔子講的「吾不如老圃」，有個「圃」字在裏頭。這句還算通俗的，但要想到連結起地點紅香圃，也不容易了。香菱滿處找找不到答案，湘雲就偷偷拉她，要她說「藥」字，為什麼是

「藥」字呢？因為這是在芍藥欄裏面。這種東西聯想得這麼遠，藥字，算是射中了。黛玉看湘雲私相傳授，把湘雲逮住罰她一杯酒。她們繼續行酒令，湘雲後來連續被罰了好多杯酒，喝醉了，才有了「醉臥芍藥裀」一景。再看，寶釵和探春兩個人對了點子，探春便覆了一個「人」字，寶釵說，這個「人」字泛得很，探春再加一個「窗」字，這個也是難。寶釵居然曉得「鷄人」、「鷄窗」，「鷄窗」是書房的意思，「鷄人」是一個官的名字，寶釵射了一個「塒」字，「鷄棲於塒」的典。這種典故必須熟知，才有可能射中，所以這些小姐們年紀輕輕，學問好得很。你看像《牡丹亭》裏面，杜麗娘也是特別請個私塾老師來教，那時候書香世家的小姐們是受教育的，她們這幾位大概都絕頂聰明，而且很用功，讀了很多書。

湘雲耐不住了，說要划拳，九六一頁寫得多麼熱鬧：湘雲等不得，早和寶玉「三」「五」亂叫，划起拳來。那邊尤氏和鴛鴦隔著席也「七」「八」亂叫划起來。平兒襲人也作了一對划拳，叮叮當當只聽得腕上的鐲子響。划拳贏了呢？湘雲說玩另外的酒令。「酒面要一句古文，一句舊詩，一句骨牌名，一句曲牌名，還要一句時憲書（黃曆）上的話，共總湊成一句話。酒底要關人事的果菜名」，要通通串起來。寶玉說這個很難，黛玉說你多喝一鍾，我替你講，黛玉這一套最靈了。黛玉先說：「落霞與孤鶩齊飛，這是唐代王勃〈滕王閣序〉的一句；風急江天過雁哀，宋代陸游的詩，不過不完全一樣；卻是一隻折足雁，折足雁是骨牌副名，叫的人九迴腸，九迴腸是曲牌名；這是鴻雁來賓，日曆書上引用做為秋季標誌的話，今天出門有利，有客人來。這一串滿順的，滿有意思。黛玉又拈了一個榛穰，說酒底道：榛子非關隔院砧，何來萬戶擣衣聲。榛子是榛樹的果實，穰可食用。

綵鸞、繡鸞

「榛」與「砧」同音異義，「萬戶搗衣聲」是李白的句子，搗衣用砧，但不是榛，榛為果菜名，借同音而關聯。

這些女孩子吟詩作賦出口成章，這大概是那時最高、最雅的生活了。乾隆時代幾十年沒有大動亂，很穩定的富有與文化之下，在貴族家庭裏產生的這麼一種生活上的情趣。接著輪到湘雲講了。九六二頁：湘雲的拳卻輸了，請酒面酒底。寶琴笑道：「請君入甕。」大家笑起來，說：「這個典用的當。」看她作了什麼：「奔騰而砰湃，江間波浪兼天湧，須要鐵鎖纜孤舟，既遇著一江風，不宜出行。」頭一句是歐陽修〈秋聲賦〉上的一句話，「江間波浪兼天湧」，這很有名，是唐杜甫〈秋興〉八首裏面的。「鐵鎖纜孤舟」是講骨牌，大家可能沒有玩過骨牌，骨牌裏面的一副牌，據說是長三，長三是這樣：一個圈、兩個圈、三個圈，一個圈、兩個圈、三個圈，這就是長三。還有第二個牌呢，它說三六，又是一個長三，這就是一副，我們叫鐵鎖。他們那時候也玩骨牌的。「一江風」是個曲牌名，一順溜下來，滿好的。既遇著一江風，不宜出行！是日曆書的一句話，講得很好，大家都笑起來了。酒底怎麼辦呢？一定要在這個桌子上或是室內的一樣東西，而且是果菜名。湘雲正在吃飯，吃一塊鴨肉、半個鴨頭，她喜歡吃鴨腦子，吃的時候她講了：「這鴨頭不是那丫頭，頭上那討桂花油。」這「討」字可能不對，程乙本是：「頭上那有桂花油？」她這是即興而說的，講的時候一羣丫頭跑來說，我們頭上有桂花油，來給我們來查查！又灌了湘雲一杯酒。這東灌西灌，湘雲醉了。他們玩得很開心，划拳的划拳，行酒令的行酒令，過一會兒，發現湘雲不見了。

史湘雲

九六四頁這段，就是視覺上非常有名的一段：正說著，只見一個小丫頭笑嘻嘻的走來：「姑娘們快瞧雲姑娘去，吃醉了圖涼快，在山子後頭一塊青板石凳上睡著了。」眾人聽說，都笑道：「快別吵嚷。」說著，都走來看時，果見湘雲臥於山石僻處一個凳子上，業經香夢沉酣，四面芍藥花飛了一身，滿頭臉衣襟上皆是紅香散亂，手中的扇子在地下，也半被落花埋了，一羣蜂蝶鬧穰穰的圍著他，穰穰應是那個口字邊的嚷，又用鮫帕包了一包芍藥花瓣枕著。眾人看了，又是愛，又是笑，忙上來推喚挽扶。湘雲口內猶作睡語說酒令，唧唧嘟嘟說：泉香而酒洌，玉盌盛來琥珀光，直飲到梅梢月上，醉扶歸，卻為宜會親友。你看這個女孩子，可愛吧！一身的花瓣，睡著了。還拿手帕把花瓣放在裏頭，編了一個枕頭枕起來，這就是史湘雲，那麼天真！短短的一段，就把史湘雲那很可愛的憨態寫出來了。史湘雲在薛林之外，另樹一幟，她跟薛寶釵、林黛玉的個性都很不一樣，人家講她跟寶玉兩個人後來有什麼男女之間的情緣，我的看法是，從頭到尾她跟寶玉都是像兄妹，或者是兄弟的關係，她對寶玉沒有任何情感上的牽扯，所以心中坦然，特別灑脫，這是她可愛的地方。不像黛玉被情所困，患得患失，雖然聰明絕頂，卻情執難脫，情關對黛玉來說，是很大的業障。寶釵呢，又太過理性計算，太守規矩，也不如湘雲那麼自然。史湘雲可以說是個自然人，在某些方面，她跟寶玉很像，都不懂得利害關係，寶玉過生日這麼一個重要的場景，不是突出林黛玉，也不是突出薛寶釵，而是突出史湘雲，這場戲讓她是主角，充分地把她的個性演了出來。「憨湘雲醉眠芍藥裀」那一幕，那落花一身的場景，讓我們很難忘記。

這一回的下半場寫呆香菱，也滿可愛。我講曹雪芹喜歡天真的人，香菱的確是。她身世很坎坷，幼年被搶，長大被賣，後來被薛蟠這個呆霸王硬搶了來作妾、作丫鬟，很悲慘的。她等於是個孤兒，根本不曉得父母哪裏去了，可是她呆呆傻傻的，不以為苦，還能夠苦中作樂，有機會也想學作詩。寶玉生日宴這天，因為她年紀又輕一點，就跟那幾個小伶人芳官、蕊官、藕官、荳官玩鬥草，她們摘了些花草，互相比鬥，我有觀音柳，我有羅漢松，我有君子竹，我有美人蕉，我有星星翠，我有月月紅，這個說，我有《牡丹亭》上的牡丹花，那個說，我有《琵琶記》裏的枇杷果，輪到香菱，沒得講了，她說，我有夫妻蕙，荳官說，從來沒聽過有夫妻蕙，香菱道：「一箭一花為蘭，一箭數花為蕙。凡蕙有兩枝，上下結花者為兄弟蕙，有並頭結花者為夫妻蕙。我這枝並頭的，怎麼不是？」荳官沒得說了，便起身笑道：「依你說，若是這兩枝一大一小，就是老子兒子蕙了。若兩枝背面開的，就是仇人蕙了。你漢子去了大半年，你想夫妻了？便扯上蕙也有夫妻，好不害羞！」荳官開她玩笑，她們都知道她是薛蟠的妾，但香菱根本忘掉這回事，她也不在意，講那個夫妻蕙，她無所謂。她們幾個人就逗她，打鬧起來，好玩！有人把她一推，跌到地上，她穿的那個新裙子，拖在泥水裏了。正在想著怎麼辦呢？寶玉看見她了。寶玉問怎麼回事？香菱說新裙子弄髒了，這是薛姨媽給她的新的石榴裙，剛剛穿就弄得那麼髒，回去怎麼講呢？一下子，又觸動了寶玉憐香惜玉的心。他說，這樣吧，先到我那裏，看看有沒有辦法弄乾淨，於是帶了香菱回怡紅院。剛巧襲人也有一件裙子一模一樣的，還沒穿過，可以換下來！九七〇頁：寶玉聽了，喜歡非常，答應了忙忙的回來。一壁裏低頭心下暗算：「可惜這麼一個人，沒父母，連自己本姓都忘了，被人拐出來，偏又賣與了這個霸

香菱

王。」他老是覺得這些女孩子，要嘛嫁錯了人，要嘛恨不得對她們盡一點心。襲人很懂事，她拿出跟她一樣的裙子給香菱換上，說：「換下來的我洗好了，再給你拿去吧！」香菱真是天真，她說，你洗好了隨便給哪一個妹子吧，我不要了。襲人說：「你倒大方！有了新的，不要那個舊的了。」這個小女孩不懂事，襲人拿了髒裙走，沒計較。香菱看到寶玉把那個夫妻蕙埋起來了，寶玉就會做這些事情。香菱跟他說，「這又叫做什麼，怪道人人說你慣會鬼鬼祟祟使人肉麻的事。」九七一頁這幾句寫的好：二人已走遠了數步，香菱復轉身回來叫住寶玉。寶玉不知有何話，扎著兩隻泥手，笑嘻嘻的轉來問：「什麼？」香菱只顧笑。因那邊他的小丫頭臻兒走來說：「二姑娘等你說話呢。」香菱方向寶玉道：「裙子的事可別向你哥哥說才好。」這小丫頭好可愛，她怕他講給薛蟠聽，悄悄地囑咐他。難怪寶玉對這幾個女孩子都是那麼憐香惜玉，曹雪芹把她們寫得都很可愛。香菱後來的下場不好，薛蟠娶了一個很厲害的老婆夏金桂，把香菱幾乎活活磨死，這裏看到的香菱是最可愛的時候，再看到她就非常悽慘了，令人同情之心油然而生。

史湘雲後來也是值得同情，好不容易嫁了一個還不錯的丈夫，沒多久生癆病死了，史湘雲變成寡婦。賈母過世史湘雲來弔孝，寶玉跟她兩個人在靈堂趁機痛哭，各哭各的心事，賈寶玉哭他的林妹妹，史湘雲哭她死去的丈夫，那一幕寫得很動人。那時候史湘雲穿了一身全白的孝服，慟哭靈前，跟前面她睡在芍藥花的花瓣上面，前後強烈對比。我們才曉得，曹雪芹老早鋪陳好了，有了前面的一幕，後面對照的力量才出來。曹雪芹的伏筆在好多回之前，到了某個時候突然間爆發出來。想想，如果把史湘雲醉臥芍藥的場景拿掉，醉臥雪裏面也滿好的，但缺少了視覺上深刻的印象，這麼一個天真無邪的女孩子，睡在落花堆裏，還嘟嘟囔囔地在念酒令。這個場景相對於她最後白衣素服靈前慟哭，畫面多麼難忘。寶玉跟湘雲那一哭，也是為他們消失的時光共聲一哭。寫得最滿最盛的時候，他就是為了要寫後面的最空最寂。

這回講完了，寶玉這個生日其實還沒完，白天慶祝完了，晚上還要繼續通宵歡樂，捨不得筵席散掉，捨不得就此結束，怡紅院裏面的夜宴下一回分解。

【第六十三回】壽怡紅羣芳開夜宴　死金丹獨艷理親喪

這一回的回目，「壽怡紅羣芳開夜宴，死金丹獨艷理親喪」，一個是生，一個是死。這邊在慶生，那邊在發喪，前後對照看到，在極盛的時候，賈府一個很重要的人死了。《紅樓夢》很多時候有一種 warning，一種警示，在一開場賈府非常盛的時候，突然間，賈府中最得意的孫媳婦秦氏死了，雲板四下敲出喪音，那時候已經是暗暗的、遠遠的在敲喪鐘了。這時賈府到了頂點，正是怡紅院最歡樂的時候，死亡將突然來臨。

怡紅公子慶生還未完，晚上，怡紅院燈火通明，這些丫鬟們也要替他們的主人慶生，大丫頭襲人、晴雯、麝月，每個人拿點錢出來，連小丫頭也拿那麼幾錢出來湊分子。這些小女孩哪來的錢？寶玉又高興又心疼她們，襲人就向平兒那裏偷偷地要了一大罈酒來，又讓柳家的準備了配酒的果子，到了晚上大家一起喝酒。宗法社會下賈府的管家是很有地位的，像林之孝家的、賴大家的，都是那種管家奶奶，她們的任務是管束這些丫鬟們，不光管丫鬟，連寶玉是個爺們，不守規矩也可以管的。九七八頁，到了晚上，林之孝家的帶一羣媳婦到處去查房，看看有沒有賭錢的、喝酒的，來的時候就問寶玉，「還沒睡？如今天長夜短了，該早些睡，明兒起的方早。不然到了明日起遲了，人笑話說不是個讀書上學的公子了，倒像那起挑腳漢了。」她可以這麼訓寶玉的。寶玉就說白天慶生吃了很多東西，怕不消化，所以晚點睡。林之孝家的就講，應該沏點普洱茶。她很囉唆的，這東西也要管。講了個半天，她又說，聽見寶玉叫他的丫頭，直接叫襲人或者晴雯的名字，不可以！要叫姐姐。為什麼？因為按規矩襲人、晴雯是老太太派過來給寶玉使喚的，雖然她們是丫頭，看在賈母的面上，要對她們尊稱，要叫姐姐。管得真多！把寶玉訓一頓，好不容易她才走了。這些女孩子們高興了，酒也端出來了，她們要排她們的慶生夜宴了。

這個時候，可以看出《紅樓夢》是真會寫衣服，那個裝束一寫，整個人就像一幅畫一樣，馬上突出來了。焦點在哪裏呢？在芳官身上。芳官這個女孩子有幾場特寫的scene，她是唱正旦的，在這羣小伶人裏面，她是旦角的頭頭，排名第一。所以賈母點名芳官，要他唱《牡丹亭》裏的《尋夢》，很難的一齣戲，所以讓芳官突出了。後來很多地方，她機靈刁鑽，大概色藝俱佳，是相當自負的一個女孩子。她跟齡官不一樣，齡官有點像黛玉，身體病弱，自怨自艾，非常多愁善感。芳官很活潑，很外向，倒有幾分像史湘雲，某方面也很機伶。她敘述藕官跟藥官的感情，講的很好，而且也很同情她們，所以她有懂事的一面，到底年紀小，很天真，所以寶玉喜歡她，怡紅院裏的人也滿寵她的。這時候focus在芳官了，襲人、晴雯都寫過了，芳官也挺可愛的，所以讓寶玉跟芳官坐在一起，這一對滿好看。此刻天氣熱，夜晚在家裏，寶玉和這些女孩子就穿得輕鬆了，頭髮也隨便了。九七九頁：**寶玉只穿著大紅棉紗小襖子，下面綠綾彈墨袷褲，散著褲腳，倚著一**

個各色玫瑰芍藥花瓣裝的玉色夾紗新枕頭，和芳官兩個先划拳。當時芳官滿口嚷熱，只穿著一件玉色紅青酡絨三色緞子斗的水田小夾襖，這個「酡絨」有點奇怪，應該是駱駝的「駝」字，駝絨，那個「絨」字，一個操絲邊，一個式字，大字典也查不到，可能庚辰本抄錯了。束著一條柳綠汗巾，你看這些顏色，上面是玉色、青色、紅色，下面是什麼呢？底下是水紅撒花夾褲，也散著褲腿。頭上眉額編著一圈小辮，總歸至頂心，小女孩，好多小辮子，中間一個大辮子，甩到後面去，大概滿好看的。結一根鵝卵粗細的總辮，拖在腦後。右耳眼內只塞著米粒大小的一個小玉塞子，右邊耳朵戴著一個米粒那麼大的很小的玉，塞在那裏。左耳上單帶著一個白果大小的硬紅鑲金大墜子，這邊是吊下這麼一個墜子，俏皮吧！這個小女孩作怪得很，可見她也不是很守規矩的一個女孩子。越顯的面如滿月猶白，眼如秋水還清。引的眾人笑說：「他兩個倒像是雙生的弟兄兩個。」這兩個在一起，寶玉本來就有點女孩子樣子，芳官有點男孩子樣子，倒像一對兄弟。曹雪芹花這麼大功夫寫這個，我們眼睛一閉，這兩個人划拳、穿著打扮的樣子，就很活了，枕著那種花瓣的枕頭滿室生香。所以顏色在《紅樓夢》裏是很重要的，前面好多顏色，到最後只剩下一片白茫茫的大地真乾淨，前面五色繽紛，下了好大的功夫寫這個「色」，對照後面的「空」。

開始喝酒了，她們想乾脆把寶釵、黛玉、探春通通請來一起喝才熱鬧，又怕太晚了她們不肯來，襲人、晴雯就自己去請，死拖活拉的請來了，把寶琴、李紈、史湘雲也弄來了，怡紅院添酒回燈重開宴，大家喝酒總是要行令才熱鬧，寶玉就說玩占花名好了，就是

芳官

抽花籤，籤上面會有某種花，牡丹、芙蓉、桃花、荼蘼什麼的，每種花都鐫一句詩，這個詩一方面是講花，一方面是講人。曹雪芹這些酒令、謎語都不是隨便寫的，都是寫人的命運，你看第五回太虛幻境冊子裏面，每個人的命運早就定下來了，就像中國人講的宿命哲學，但自己永遠不知道。這些籤，也暗暗點到了抽籤人的命運，人跟花大致合在一起。

第一個籤寶釵抽的，一抽出來是牡丹，花中之后。雖然按理講，林黛玉應該是女主角，她跟寶釵的場次、字數算起來，寶釵並不是占第一位的。但寶釵最後嫁給了寶玉，在整個儒家的系統宗法社會，的確占了第一的位置，這個位置黛玉取代不了，最後賈母選她為賈家的孫媳婦，她是要繼承這個法統的，所以她的位置擺在第一。有意思的是這句詩：「任是無情也動人」，講寶釵再合適不過了。這可以有兩種說法，一種是，你即使是個無情人，看到這個花也會心動；另外一個說法，寶釵是個無情人，也讓你心動。寶釵是吃冷香丸的人，怎麼不冷？她非冷不可，這個世界上的情太麻煩，如果像黛玉那樣子，一下子就存活不了，那麼重的擔子，他非得有理性，也真的有一點無情。記得嗎？金釧兒跳井死了她勸王夫人，這種女孩子死了罪有應得。她非常理性的。寶玉就哭，當然寶玉是因為自己闖了禍心中有愧，不管怎麼樣，寶釵理性的實究這一切，儒家那套修養是要控制自己的情緒，對於情感是壓抑的。儒家看情感要社會化 socialize，要合理化，他們認為人的感情是很可怕的，有時候像洪水猛獸般迸出來的，需要一種秩序來規範他。要是守著這些規範，感情就得壓抑下去，有時候要變得無情。不過寶釵雖然無情，「任是無情也動人」，她很難寫的，這麼一個守儒家規矩的人，寫不好，很令人討厭的。可是曹雪芹寫薛寶釵，還滿多人是擁薛派。歷來《紅樓夢》的讀者分兩派，擁薛派跟擁林派，兩邊吵個不休，就要看從什麼角度。從寶釵的角度來看，她受的規範，她的人生觀，她後來所承負的重擔，正是年紀輕輕戴一把大的金鎖，賈府家族的枷鎖，而且是沉甸甸的黃金枷鎖，還不能夠取掉，那是和尚給她的，其實是冥冥中賦予她的使命，扛起了這個「家」來，只好任是無情也動人。曹雪芹寫的很多細節都是非常重要的，最後賈寶玉出家的時候，大家都看到薛寶釵的功夫了。寶玉出家，全家人天翻地覆了，王夫人哭得死去活來，當然不用說，襲人情感很深，一下子哭得昏過去了，寶釵也掉淚卻不失端莊。要守活寡了，還得端起來，這就是寶姑娘，不失端莊，不會有任何失態的時候，永遠有一番大道理。

薛寶釵抽到牡丹花，她是羣芳之冠，花籤上說每個人都要喝一杯，拱她為花中之后，她可以隨意指定人表演助興，不拘詩詞雅謔，她就叫芳官唱個曲來聽。芳官一開頭唱：「**壽筵開處風光好**」，這是《牧羊記》裏頭的，他們說不要唱這個制式的，這會子不用你來上壽，揀你極好的唱來。芳官就唱了一支《賞花時》，什麼戲呢？《邯鄲記》。《邯鄲記》是《臨川四夢》，湯顯祖對於曹雪芹有種指引性的影響，湯顯祖寫《牡丹亭》，情到了頂點，人生的情寫盡了，只好出世了，他躲到佛道裏面去，要超脫人世間情的煩惱。我們的文人傳統，年輕或壯年的時候，都信儒家修身齊家治國平天下這一套；中年了，大部分的人大概受了挫折，官也丟了，或者被貶了，這時道家來了，出世了；到了最後，要求解脫，佛家來了。《邯鄲記》也叫《黃粱夢》，講一個儒生在飯館裏面，等著蒸黃粱蒸熟，他就做了一個夢，夢裏享盡榮華富貴，最後呂洞賓來點撥他幾下，把他的夢點醒，他一醒來，發覺夢裏的妻財子祿都沒有了，夢中已過了波濤起伏的一生，醒來黃粱剛剛蒸熟。《紅樓夢》有儒釋道三種思想在裏面，用各種具體的方式，人物、故事、情節、詩詞等顯示出來。芳官唱的這段：「翠鳳毛翎紮帚叉，閑踏天門掃落花。您看那風起玉塵沙。猛可的那一層雲下，抵多少門外即天涯。您再休要劍斬黃龍一線兒差，再休向東老貧窮賣酒家。您與俺眼向雲霞。洞賓呵，您得了人可便早些兒回話；若遲呵，錯教人留恨碧桃花。」也就是點到了道家浮生若夢的主題。後來芳官被賈府趕出去，到水月庵當小尼姑，最後還被賣掉。所以唱這個等於唱了她自己，原來是黃粱一夢，這首曲其實也點到她自己的命運。

看看九八二頁，唱完了，寶玉卻只管拿著那籤，口內顛來倒去念：「任是無情也動人」。下面一句，非常 subtle：聽了這曲子，眼看著芳官不語。輕輕的一筆在這個地方。寶玉是非常有靈性的一個人，我想，一個林黛玉，一個賈寶玉，常常對於命運非常靈敏。寶玉聽了《邯鄲記》這段，當然他了解這個曲子，所以他眼看著芳官不語。他曉得這個小女孩怎麼唱這個曲子出來了，要呂洞賓跟何仙姑點醒他們出家的曲子，他不語了。就這麼一句，也不多解釋，寶玉聽了那個曲子有所感悟。寶玉出家是一步一步來的，有時是外面發生的事情的刺激，有時是聽了一些東西、看了一些詩文，突然間給他一種啟蒙。記得吧！寶釵生日的時候，他們不是唱戲嗎？唱花和尚魯智深出家〈寄生草〉那個曲子，「赤條條來去無牽掛」，那裏面的訊息，寶玉一下子就聽進去了，後來他自己寫了《南華經》裏面的東西，道家所謂的機鋒。寶玉很 sensitive ，很敏感的，這些東西都是一來二來三來，慢慢地引導他最後遁入空門。

輪到探春來抽花籤，一抽抽到杏花，寫的是「日邊紅杏倚雲栽」。劉禹錫的一句詩，注云：「得此籤者，必得貴婿，大家恭賀一杯，共同飲一杯。」探春就不好意思了。他們就說，這是閨閣中取笑的。下面一句又有玄機了：「我們家已有了個王妃，難道你也是王妃不成。大喜，大喜。」大家來敬，探春當然不肯。探春在十二釵裏面，她的歸屬算是最好的。雖然遠嫁到海疆去，但婆家是高官，而且夫婿也不錯。這個還影射到曹家，其實家裏面真的出了兩個王妃。元春對照到曹家，曹寅的女兒，她嫁的不是皇帝，是鐵帽子王爺，鐵帽子比一般貝勒王爺地位高。還有一個女兒，又嫁的是另外一個王爺。所以在這個地方無意中露出，又是一個王妃不成？曹雪芹這本書真真假假，有的是真有其人其事，有的是他杜撰的，有的是他把幾個合起來的。譬如像元妃省親那種陣仗，其實也就是康熙六次南巡，曹家四次接駕的陣仗。康熙也是個崑曲迷，很喜歡看戲，所以元妃來的時候，要特別去買蘇州戲班唱戲。這些多少有自傳 autobiographical 在裏頭，曹雪芹如果沒有經歷，是個普通人，這本書寫不出來。所以《金瓶梅》的作者只能寫《金瓶梅》，他不是貴族。雖然曹雪芹的身世我們知道的很少，可是曹家整個家世，曹寅、曹璽，這些江寧織造的歷史，我們知道的。可以去看一看史景遷（Jonathan Spence）寫的《曹寅與康熙》，就可以了解曹家跟康熙皇帝有多麼的親近。康熙對曹家優寵有加，南京那個時候是江南重鎮，康熙到江南，曹家若沒有那麼大的排場接駕，康熙也不會去的。寫探春，中間點一下子，的確另外又有一個王妃出來了。

湘雲抽到了「只恐夜深花睡去」。蘇東坡的詩。黛玉講「夜深」改成「石涼」才對，湘雲不是在石上睡著了嘛，她們都開她玩笑。下面有意思，籤筒來來去去，到了麝月。麝月這個丫頭著墨不多，他的位置是在襲人之下，他跟寶玉之間也沒有像晴雯那樣親近，可也是個不可或缺的角色。甚至很多紅學家考證，講到最後的時候，麝月是最後一個照顧賈寶玉的人，晴雯死了，襲人走了，她是最後一個。麝月一抽抽到這個籤：「開到荼蘼花事了」。宋朝王琪的一首詩。荼蘼花開的時候，春天馬上就要過去了。**注云：「在席各飲三杯送春。」**麝月是個丫頭不識字，不懂花籤的意思，寶玉愁眉忙將籤藏了說：咱們且喝酒！大家還記得嗎？秦氏死的時候，她的鬼魂去告訴鳳姐賈家以後的命運：「**三春去後諸芳盡，各自須尋各自門**」，三春是初春、仲春、暮春，也就是賈家那三個春，三春過後，花事已完，各自作鳥獸散，這家就要散掉了。這個也就是「**開到荼蘼花事了**」。在這種最歡樂的時候，往往有一種warning，警示著這種的盛況恐怕不能久持。花籤一下子抽到這個了，寶玉一驚，他是極敏感的一個人，對他自己的命運，對家族的命運，對他所愛的人的命運，都有一種直覺的了解，所以他說：咱們且喝酒！把它混過去了。下面是黛玉，抽到芙蓉花。芙蓉有兩種，一種是木芙蓉，在樹上面的，另有一種在水上，其實芙蓉就是蓮花、荷花。花籤「**風露清愁**」**四字，道是：「莫怨東風當自嗟。」**這是歐陽修的〈明妃曲〉，漢明妃，王昭君，也不是好下場。所以這些籤，都是講他們的命運，暗暗地含了深沉的意義。

客人們走了，她們繼續喝，直到酒罈見底，最後大家都喝醉了，芳官兩腮胭脂一般，眉梢眼角越添了許多丰韻。又來寫她一筆，這個小戲子，很可愛，很漂亮，喝了點酒，風韻就出來了，她一頭就睡到寶玉旁邊。曹雪芹寫這些東西，沒有一點淫邪，我想這跟曹雪芹的態度有關係，他對於這幾個小伶人，齡官、芳官、藕官，寫他們的時候相當的同情、體貼，用這種態度寫的。他寫某些不尊重情的人，又是另外一種手法，也寫得非常好。醉臥一夜醒來，芳官一看怎麼睡在寶玉旁邊，不好意思，快點爬起來。他們回想大家原來都喝醉了，還唱曲，連襲人這麼一個正經八百的也唱了曲子，這也就是怡紅院最開心的時候。過一會兒，平兒來了，本來那天也是平兒的生日，知道了夜宴的事，平兒笑道：「好，白和我要了酒來，也不請我。」她們當然不好去請平兒，平兒跟鳳姐在一起的。平兒說：「還說著給我聽，氣我。」跟她們開玩笑。下面這段晴雯有意思，九八六頁：晴雯道：「今兒他還席，必來請你的，等著罷。」因為寶玉說了，大家都出了錢給他做生日，他要還席，必來請你的，等著罷！平兒笑問道：「他是誰，誰是他？」晴雯聽了，趕著笑打，說道：「偏你這耳朵尖，聽得真。」曹雪芹文字寫得俏，就在這種地方。平常是不講「他」的，講「他」怎樣怎樣，是非常親，非常 intimate 很親密的了。晴雯稱的是「他」，平常一定是講寶二爺或者寶玉，不會說「他」請你，所以一下子給平兒逮住了，故意問「他是誰，誰是他？」這種地方就是一種很俏的俏筆。

寶玉起來梳洗完，一看，桌上有個帖子放在那裏，是一張粉箋，上面寫著「檻外人妙玉恭肅遙叩芳辰」。這不得了！寶玉看畢直跳了起來，忙問：「這是誰接了來的？也不告訴我。」襲人、晴雯他們不懂，以為妙玉只是普通的一個尼姑，對寶玉來說，妙玉跟他有很特別的緣。我說過，《紅樓夢》裏名字有玉這個字的沒幾個，第一個當然是黛玉，第二個蔣玉函，第三個妙玉。斜玉邊的如：賈璉、賈珍就不算。妙玉自稱檻外人，寶玉很緊張，怎麼回覆呢？妙玉非同常人，他也一定要用那種禪宗機鋒。他就拿帖子想去問問黛玉。走到一半遇見邢岫烟，他就問：「姐姐哪裏去？」邢岫烟說去找妙玉。寶玉說那個人什麼人都不見、不假以顏色的，願意跟姐姐交往，難怪姐姐與眾不同。邢岫烟是不太一樣，她在賈家是一個窮親戚，但有一種超然不俗的氣質，寶玉就請教她了。寶玉說原來妙玉推重你，知你不是像我們這樣的俗人。邢岫烟說也不是推重我，原來從前妙玉在蟠香寺修煉的時候，邢岫烟家境不好，租賃廟裏的房子住，跟妙玉變成鄰居，所以兩個人有一段因緣。妙玉原是官宦家的千金小姐，因為她生下來家裏面認為這個女孩子業重，所以從小就把她送出家，用以消解，所以她修得兢兢業業，謹慎小心。記得嗎？連劉姥姥用了她的杯子她都丟掉的，她以為把世俗的一切通通排到外面去，可以保持自己的潔淨，所以她修得很苦的。寶玉就把拜帖拿出來請教，說妙玉自稱檻外人。邢岫烟說妙玉脾氣真怪，真是僧不僧、俗不俗、女不女、男不男。寶玉說，「姐姐不知道，他原不在這些人中算，他原是世人意外之人。」寶玉這樣認為，所以有些評論家說妙玉跟寶玉好像有男女情愫，我不這樣看。第一，妙玉跟寶玉根本接觸的機會很少，她只是遠遠的見一面，知道這麼一個人而已。我想她跟寶玉其實是非常神祕的因緣，跟修煉有關。第二，妙玉這個人會扶乩的，可以算出別人的命運，她看到寶玉以後是會修成正果的，也是她汲汲想要追求的，所以對寶玉特別。

寶玉就跟邢岫烟說：妙玉「因取我是個些微有知識的，方給我這帖子。我因不知回什麼字樣才好，竟沒了主意，正要去問林妹妹，可巧遇見了姐姐。」邢岫烟聽了，細細打量了寶玉，方笑道：「怪道俗語說的『聞名不如見面』，又怪不得妙玉竟下這帖子給你，又怪不得上年竟給你那些梅花。既連他這樣，少不得我告訴你原故。他常說：『古人中自漢晉五代唐宋以來皆無好詩，只有兩句好，說道縱有千年鐵門檻，終須一個土饅頭』。所以他自稱『檻外之人』。又常贊文是莊子的好，故又或稱為『畸人』。他若帖子上是自稱『畸人』的，你就還他個『世人』。畸人者，他自稱是畸零之人；你謙自己乃世中擾擾之人，他便喜了。如今他自稱『檻外之人』，是自謂蹈于鐵檻之外了；故你如今只下『檻內人』，便合了他的心了。」「縱有千年鐵門檻，終須一個土饅頭」，非常驚人的一句詩，門檻其實就是隔著塵世與化外，縱有千年這麼高的門檻，最後還是敵不過無常，終須一個土饅頭，無常到來的時候，這個鐵門檻也擋不住。人生一切，都是在變的、無常的，所以妙玉講她已經跳過了，到檻外去了，已經不在這個世界紛紛擾擾裏頭，其實這是她的理想和追求，她自稱「檻外人」，寶玉還她一個「檻內人」，她就高興了，表示說她在外面了，寶玉還在裏面。這真是ironical，非常諷刺的，剛好調過來了，寶玉最後變成「檻外人」，踏出了塵網，可憐的妙玉，到頭來依舊是「風塵骯髒違心願，又何必王孫公子嘆無緣」，她最後的下場是走火入魔，而且被強盜搶走。所以修佛修道，不是每個人能修成，下面馬上又來了賈敬的事，他要求長生不老仙丹，一下子煉丹死掉了。這些都是諷刺的，修佛修道，都要順其自然而行的。

寶玉得了指點，就寫了「檻內人寶玉熏沐謹拜」送到櫳翠庵，只隔著門縫投進去便回來了，不去驚動她。所以他對妙玉很敬重，畢竟妙玉是修行人。妙玉也敬重寶玉，他們兩個是一種佛緣，一種互相對調的修行因緣。寶玉跟很多人結了各種的因緣，跟妙玉是這一種，講到下一回的時候，跟柳湘蓮又是另一種，柳湘蓮的結局也是出家了，所以他跟這些人的因緣，慢慢地引導他自己走上了出家之路，他的悟道是一點一點累積的。

接下來庚辰本一大段破壞了小說的藝術，我再提醒大家，現在這個庚辰本是拿來做研究用的，原來的抄本有些錯的，有些地方是抄的人加加減減的，因為要研究它原來什麼樣子，所以都不改動，只好也趁這個機會，我們拿著兩個版本比較一下。這回不是講了芳官了嗎？我覺得講芳官這樣就夠了，很可愛的一個女孩子，怎麼穿著，怎麼唱曲，怎麼喝酒，怎麼划拳，跟寶玉什麼關係，已經寫足了。庚辰本下面又有一大段，把芳官的頭都給剃了，把她扮成一個小匈奴，取一個匈奴的名字，什麼「耶律雄奴」。芳官是個唱正旦的，前面寫芳官，寫什麼都很有意思，把她頭剃掉，我覺得這個不妥。不光她扮成男孩子，那幾個小伶人通通剃了頭變成男孩子了，有點惡搞。第一，我想這一段無趣，第二，那些小女孩個個漂亮，把她們剃了個頭，變成個小匈奴的樣子，穿著匈奴裝，這奇怪！這一大段程乙本根本沒有。

這一回的後半，突然來個晴天霹靂，寧國府的家長，賈敬歸天了。賈敬離開家整天煉丹，要求長生之術，他吃那些道家的金丹，說是燒死，其實大概是中毒而亡。消息傳回寧國府，當然大吃一驚。這個時候賈珍、賈蓉都守喪去了，家裏沒有一個男人管事，尤氏不是能幹的人，鳳姐又病了，尤氏手忙腳亂，就把她的繼母尤老娘請了來，尤老娘有兩個女兒，尤二姐、尤三姐，尤老娘嫁給尤氏的父親的時候，已經嫁過人了，所以尤二姐、尤三姐以現在來講，就是帶來的拖油瓶。這兩個女兒都有過人的美貌，所以紅樓二尤要登場了。

你不能不佩服曹雪芹，《紅樓夢》已經寫了那麼多女孩子，能寫的寫盡了吧！還寫出什麼名堂來？各式各樣的人都寫過了，卻又迸出兩個人來，尤二姐、尤三姐的故事，寫得精采無比，下面這幾回都是寫她們，她們的身世，她們的悲劇，變成《紅樓夢》的亮點之一。寫長篇小說很難，你想，寫到寶玉生日這麼熱鬧，再往下走，那個劇情要是不挑起來的話，很難吸引讀者。要拉起來，黛玉的故事講了，寶釵的故事也講了，湘雲也講完了，這些主要人物甚至那些丫鬟、小戲子，也都講完了，那怎麼辦？這時候，兩個新的人物上場了。讓新人物出現也很難，這兩個人是怎麼回事，都要自然的交代，就藉著賈敬死了，尤氏要幫忙，尤老娘和二尤出現了。這個尤氏的繼母，看樣子大概出身也相當的卑微，如果她的出身也是世家，尤二姐、尤三姐她們的下場不至於這樣悲慘。因為身世卑微，這兩個女孩子在賈府受到了凌辱，這個地方也側寫了賈府的那種以勢欺人，把賈珍、賈璉、賈蓉這三個好色之徒寫得醜態畢露，精采得不得了。尤二姐、尤三姐因為不是尤氏的親妹子，尤氏本人懦弱，又不很珍惜她們，如果是她的親妹妹，情況又不同，賈珍、賈璉他們不敢這麼輕舉妄動。在中國以前的社會，尤二姐、尤三姐的身世地位卑賤，賈家勢大，沒有尊重她們，沒有把她們放在眼裏。

九九二頁，先看看賈珍、賈蓉的為人。賈敬是他們的父親和祖父，那個父親也當的很奇怪，修道去了不回家，父子之情恐怕也很淡薄。賈珍跟賈蓉一聽到賈敬死了，馬上趕回來了，回來之後問家裏的情形，家裏就講了，尤氏一個人忙不過來，把尤老娘請來了，兩個女兒也帶來了。看看庚辰本這裏：「賈蓉當下也下了馬，聽見兩個姨娘來了，便和賈珍一笑。」這個就不對了。賈珍、賈蓉，都跟尤二姐有過一腿，所以外面說他兩父子聚麀。麀是鹿，聚麀就是講亂倫，對他們有聚麀之誚。賈蓉跟賈珍的父子關係是賈蓉很怕父親的，賈珍說打就打，說罵就罵，賈蓉當然知道他的二姨娘跟他父親有曖昧關係，怎麼會望著父親一笑，「好傢伙，那個尤物來了。」這個不對！賈蓉絕對不敢朝他父親這麼一笑。程乙本是：他一聽二姨娘來了，「喜的笑容滿面」。這就對了，聽到二姨娘來了，樂了。這邊聽到兩個姨娘來樂得很，下面到了鐵檻寺，賈珍和賈蓉下了馬，賈蓉放聲大哭，從大門外便跪爬進去，至棺前稽顙泣血，直哭到天亮，喉嚨都啞了。前面還在樂著想打姨娘主意，這邊又哭得喉嚨啞了。那時候，父母死了一定要大哭大喊，變成一種禮俗。賈珍也不是很真誠的，以後還要講到，在他們守喪時期，賈珍跟子弟暗暗的召那些相公來陪酒狎玩，居喪期間，你看他對他父親，其實心中沒有感情，也沒有敬意，宗法社會的規矩，有時候也變成一種虛偽空洞的儀式。所以很難，社會不立規矩不行，太嚴了把人真正的感情壓死了，變成虛偽，人在宗法社會家庭裏面怎麼處？這也是文學常常寫到的部分。

廟裏的事情完了，賈珍說：你回去看看那兩個姨娘。賈蓉巴不得就跑去。去了，尤老娘在睡覺，歪著，他二姨娘三姨娘都和丫頭們作活計，他來了都道煩惱。賈蓉且嘻嘻的望他二姨娘笑說：「二姨娘，你又來了，我們父親正想你呢。」嘻嘻兩個字用得好，嘻皮笑臉的，望著那個二姨娘，逗她，逗那個尤二姐。尤二姐便紅了臉，痛處給戳住了，她跟她那個姐夫賈珍有一段的。賈珍也是個好色之徒，前面很曖昧的寫過，扒灰的扒灰，可能對她的媳婦秦氏有亂倫之舉，所以「秦可卿淫喪天香樓」，據說有這麼一回，被刪掉了。秦可卿自盡，吊頸死的，因為她跟賈珍正在幽會的時候，被丫頭撞到了，秦氏羞愧就自盡而死。後來秦氏鬼魂再出現，是鴛鴦自殺的時候，秦氏的鬼魂教她怎麼吊頸，可見她自己吊頸死的。所以講秦氏病死，前後有點矛盾。不管怎麼樣，你看看：尤二姐便紅了臉，罵道：「蓉小子，我過兩日不罵你幾句，你就過不得了。越發連個體統都沒了。還虧你是大家公子哥兒，每日念書學禮的，越發連那小家子瓢坎的也跟不上。」突然跑出「瓢坎」這兩個字，在程乙本裏面沒有的，多了這兩個字，也沒有什麼意思。說著順手拿起一個熨斗來，摟頭就打，嚇的賈蓉抱著頭滾到懷裏告饒。趁機就滾到她懷裏頭去了。你看下面，寫的好！尤三姐便上來撕嘴，又說：「等姐姐來家，咱們告訴他。」賈蓉忙笑著跪在炕上求饒，他兩個又笑了。賈蓉又和二姨搶砂仁吃，尤二姐嚼了一嘴渣子，吐了他一臉。賈蓉用舌頭都舔著吃了。寫到這個地步！寫尤二姐的輕浮，講她有點水性楊花。尤二姐這個人輕浮，她其實是個心地滿善良的女孩子，只因為長得好，而且是勾動男人、人見人愛的那種女人，所以尤二姐的輕浮有些男人很喜歡，她輕浮是輕浮，不像其他的有一些那麼下流，她喜歡跟男人調笑，個性很溫柔，也有點天真，不像尤三姐是個辣得不得了的天辣椒。這裏寫賈蓉的下流，居然敢跟他的二姨娘調情調到這個地步，尤二姐吐他一臉，舔掉！連那個丫頭都看不慣，說：「熱孝在身上，老娘才睡了覺，他兩個雖小，到底是姨娘家，你太眼裏沒有奶奶了。回來告訴爺，你吃不了兜著走。」你看：賈蓉撇下他姨娘，便抱著丫頭們親嘴：「我的心肝，你說的是，咱們饞他兩個。」丫頭講這句話是有道理的，丫頭們忙推他，恨的罵：「短命鬼兒，你一般有老婆丫頭，只和我們鬧。知道的說是頑；不知道的人，再遇見那髒心爛肺的愛多管閑事嚼舌頭的人，吵嚷的那府裏誰不知道，誰不背地裏嚼舌說咱們這邊亂賬。」的確是，後來尤三姐想嫁給柳湘蓮，柳湘蓮就聽了一些謠言講她們，認為尤三姐不貞，所以拒絕她，惹出悲劇來。所以丫頭說你這樣傳出去，壞了我們的名聲。你看賈蓉怎麼講：「各門另戶，誰管誰的事。都夠使的了。從古至今，連漢朝和唐朝，人還說髒唐臭漢，何況咱們這宗人家。誰家沒風流事，別討我說出來，這個賈蓉自爆家醜，連那邊大老爺這麼利害，璉叔還和那小姨娘不乾淨呢。應該是璉二叔，他不會講璉叔的！常常庚辰本的稱呼有問題。鳳姑娘那樣剛強，瑞叔還想他的賬。那一件瞞了我！」自己把家醜通通爆出來。這是講榮國府裏面，賈赦那麼厲害，不是好幾個姨娘？兒子賈璉也去勾搭，給賈蓉爆出來。賈府裏面的淫亂，是他們後來衰敗的基本原因。不論寧國府也好，榮國府也好，寧國府是賈敬，榮國府是賈赦，都沒有好好的把家業撐起來，家規亂了，不能齊家，家運當然就衰了。家長自己先亂倫，由賈蓉嘴裏講出來，這裏短短的一個page，把賈蓉的為人、醜態寫盡了。

這之前，曹雪芹沒有給賈蓉多少筆墨，他跟鳳姐兩個人眉來眼去有的，暗地點了那麼一下，賈蓉跟鳳姐也有曖昧。後來你再看，不只一點，是相當曖昧。賈蓉大概也長得不錯，所以自命風流，跟這些那些勾勾搭搭，跟尤二姐兩個人調情這一場，就把他這個人的品行寫出來了。尤二姐舉止輕浮，所以賈珍、賈璉、賈蓉都打她主意，在某方面說，也是她自己招來羞辱。尤三姐就完全不同，把這三個人逼得根本不敢輕舉妄動。尤二姐就因為輕浮又懦弱，最後悲劇收場，被王熙鳳誆進大觀園，活活整死。最後九九四頁這個地方，尤老娘醒了，賈蓉就講了半天，意思是希望她們住久一點，事完了再走。尤二姐便悄悄咬牙含笑罵：「很會嚼舌頭的猴兒崽子，留下我們給你爹作娘不成！」尤二姐自己講話，也像是跟他調情似的，自己不尊重、不端正，難怪招蜂引蝶讓這幾個男人占了便宜。下一回，就是賈璉動她們的腦筋了。

【第六十四回】幽淑女悲題五美吟　浪蕩子情遺九龍珮

林黛玉作了幾首詩，這回作了〈五美吟〉。前面已經看過相似的場景了，黛玉常常會有感身世孤零，這個時候她就作詩，藉著詩來敘述自己的內心世界。從〈葬花吟〉、菊花詩，秋夜寫的感懷詩，一直一直過來，每一個階段都指向她最後的悲劇，指向她的死亡。一〇〇六到一〇〇七頁，她作的〈五美吟〉，這幾個歷史上非常有名的女性：西施、虞姬、漢明妃、綠珠、紅拂，除了紅拂以外，命運都相當坎坷。她們的個性，有的很貞烈，有的很剛強，像西施，等於是為報國犧牲了自己。講起來，西施是個大美女，西施捧心看起來很嬌弱，其實她最後幫助越國復國，所以她有剛烈的一面。虞姬也是為了項羽，她自己舞劍自刎，綠珠因貞烈而跳樓，漢明妃王昭君屈己和番，後來自沉而死。黛玉寫這幾個人，不只是感嘆，也反映了她自己的個性和命運。黛玉雖然多愁善感，身體也像弱柳扶風，可是她的個性裏也有很剛烈的一面，到最後「林黛玉焚稿斷痴情」那一幕，她把自己的詩稿往火裏一扔，突然間我們感覺到她的 stature，她的身量，暴漲起來，不是那個弱女子了，有她自己自覺的、剛烈的一面。

曹雪芹對人物的描述 characterization，他很少直接說這個人怎麼怎麼，他都是用各種的方式，各種側寫，或者是拿別的人物來比較，等於是好多面鏡子，每一面鏡子照到這個人物的某個角度，所以這幾個人，在某方面也照到林黛玉這個人，回照她的身上，成為她的 image。所以黛玉不光是一個人物，她有好多周圍，有的是古代的，像西施、虞姬，有的是實際大觀園裏的人物，像晴雯、齡官、柳五兒，這一串都是黛玉的延長。曹雪芹寫黛玉的時候，不時的要點一下。前面抽花籤的時候，黛玉抽到芙蓉花，籤詩就講漢明妃。我想是一步一步點到她最後的命運。再往下到中秋晚上黛玉聯詩的時候，更加趨近，她的最後一句「**冷月葬詩魂**」，離命運越來越近。

這一回精采的在後面，「浪蕩子情遺九龍珮」上臺的主角，一個是浪蕩子賈璉，一個是水性楊花尤二姐，兩個人調情的對手戲，寫得非常好。賈璉素日就聽過尤氏姐妹之名，可是沒見過，這回他們來到寧國府，賈璉一看，也有了垂涎之意。趁機撩撥幾下，這兩姐妹，三姐冷淡，二姐卻很懂風情。本來他曉得尤二姐是賈珍的相好，不好意思動她，可是近水樓臺，壓不住的也動起念頭。這天賈璉又找了個藉口，從辦賈敬喪事的家廟跟賈蓉一起回寧國府，叔姪兩個人在途中，賈璉有心，就故意提尤二姐，誇她如何標緻，如何做人好，舉止大方，言語溫柔，無一處不可敬可愛。你看下面一句話：「**人人都說你嬸子好，據我看那裏及你二姨一零兒呢。**」這個王熙鳳真倒楣，賈璉一看到他要的女人，背地裏就把王熙鳳貶一頓，要嘛希望王熙鳳快點死，要嘛把王熙鳳說的一文不值。當然，王熙鳳也太厲害了一點，平常凡事騎在賈璉頭上，所以賈璉整天有外遇，也有他一定的理由。

不過賈璉這個人太好色，一看到尤二姐這個尤物就失了魂，也顧不得其他的了。賈蓉這個傢伙真是壞胚子，精怪得很，便笑道：「叔叔既這麼愛他，我給叔叔作媒，說了做二房，何如？」他就悄悄的搧動賈璉去娶尤二姐做偏房。其實他不安好心，他想，如果這個尤二姐還是跟他父親賈珍在一起，他很難下手，如果她出去跟賈璉做了二房，他也好趁機去揩一把油。所以他就挑唆賈璉，在外面娶，還教他在外面悄悄的金屋藏嬌。你看他講得真好：「這都無妨。我二姨兒三姨兒都不是我老爺養的，原是我老娘帶了來的。」這句話講白了，她不是一個正經主子，是帶來的拖油瓶，沒關係！本來尤老娘還沒有嫁到尤氏他們家的時候，已經替二姐兒指婚，跟一個叫張華的人定了婚，那時候張華家還不錯的。後來家道落了，他們當然也很不願意尤二姐再嫁給他，反正張家窮了，給點銀子就可以解決了，把人家已經定了婚的娶了來。一〇一一頁：「賈璉聽到這裏，心花都開了，那裏還有什麼話說，只是一味呆笑而已。」欲令智昏！放了那麼厲害的一個太太在家裏，而且正在熱孝的時候，可以不顧這一切，居然敢去娶二房，還就把那個藏嬌的金屋安在他們巷子後面，大膽得很！賈蓉又挑唆他，為什麼娶二房？因為鳳姐都生不出兒子來，要傳宗接代。鳳姐懷了一個胎又掉了，如果娶了尤二姐，一年半載生下個兒子，那麼就可以名正言順的了。賈璉只顧貪圖二姐美色，聽了賈蓉一篇話，認為計出萬全，將現今身上有服、停妻再娶、嚴父妒妻種種不妥，通通置之度外了。他向賈蓉致謝：「好侄兒，你果然能夠說成了，我買兩個絕色的丫頭謝你。」你看這叔姪兩個做出的事，果然是賈家衰敗有理。

到了尤二姐那裏了。你想尤二姐這個人，出身寒微，而且跟她定親的那個人又不爭氣，她怎麼辦呢？她的前途也很有限。看到賈璉，也是年輕公子，有錢有勢，而且對她那麼殷勤，也難怪她有點動心。對於鳳姐，她當然還不太了解是何等人，還沒嘗到鳳姐的厲害。一〇一三頁：「此時伺候的丫鬟因倒茶去，無人在跟前，賈璉不住的拿眼瞟著二姐。這會兒只剩他們兩個人了，賈璉不住地一直盯著二姐，斜眼看她，等於在逗她了。二姐低了頭，只含笑不理。賈璉又不敢造次動手動腳，因見二姐手中拿著一條拴著荷包的絹子擺弄，這個尤二姐很有意思，拿個手絹在那邊抖兩下，當然這有些暗示性的了。便搭訕著往腰裏摸了摸，說道：『檳榔荷包也忘記了帶了來，妹妹有檳榔，賞我一口吃。』那個時候的人也愛嚼檳榔的。二姐怎麼說：『檳榔倒有，就只是我的檳榔從來不給人吃。』這兩個人調情，你一句我一句，已經看得出來，雙方都很有意了。她不有意的話，不會假以顏色。賈璉是恨不得要去抓她了，賈璉便笑著欲近身來拿。二姐怕人看見不雅，便連忙一笑，撂了過來。把那個檳榔荷包撂給他。賈璉接在手中，都倒了出來，揀了半塊吃剩下的撂在口中吃了，又將剩下的都揣了起來。剛要把荷包親身送過去，只見兩個丫鬟倒了茶來。賈璉一面接了茶吃茶，一面暗將自己帶的一個漢玉九龍珮解了下來，拴在手絹上，趁丫鬟回頭時，仍撂了過去。九龍珮是他身上配的東西，這是信物，給他用來調情了。九龍珮撂過去，表示說，他對她有意了，對她表情了。二姐亦不去拿，只裝看不見，坐著吃茶。只聽後面一陣簾子響，卻是尤老娘三姐帶著兩個小丫鬟自後面走來。賈璉送目與二姐，令其拾取，賈璉使眼色了，拿呀！拿呀！怕給哪個看見了不好，使眼色叫她快拿。這尤二姐亦只是不理。不理他，這寫的好，故意吊他胃口。真的去拿了，那這場戲就不好演了。裝作不知道，讓那個賈璉猴急。賈璉不知二姐何意，甚是著急，只得迎上來與尤老娘三姐相見。一面又回頭看二姐時，只見二姐笑著，沒事人似的；再又看一看絹子，已不知那裏去了，賈璉方放了心。」尤二姐這下子動了心了，悄悄地把九龍玉珮收起來了。

這一段，把賈璉跟尤二姐的個性寫得很好，這種人調情，又是另外一種境界。記得嗎？這個賈璉也經過什麼多姑娘、鮑二家的，那些沒有什麼好調情的，一來就上床了。這個不一樣，所以賈璉大感興趣。這個尤二姐很知趣，很解風情，解風情的女人，所以逗男人愛。長得又美，又有點水性楊花，所以賈璉看了她，把鳳姐、平兒都忘掉了，恨不得快點把她迎回去，也不怕後來東窗事發。

賈蓉看到兩個人搭上了，他就跟尤老娘說：「那一次我和老太太說的，我父親要給二姨說的姨父，就和我這叔叔的面貌身量差不多兒。」講明了，就是賈璉。賈璉去求親的時候，賈蓉跑去跟賈珍先商量了。賈珍想了一想，「其實倒也罷了。」什麼意思？他對尤二姐要過了已經厭了，這個二姐嫁出去最好，把她甩掉，他想打尤三姐的主意，所以爽快答應了。賈蓉又來哄尤老娘，講的賈璉怎麼怎麼好，又說：「目今鳳姐身子有病，已是不能好的了，暫且買了房子在外面住著，過個一年半載，只等鳳姐一死，便接了二姨進去做正室。」總是等著鳳姐死，跟鮑二家的要好時也是這麼講。尤老娘家境寒微，素日靠賈珍接濟，而且那個張華家又倒了，此時又是賈珍作主替聘，而且妝奩不用自己置買，賈璉又是青年公子，比張華勝強十倍，遂連忙過來與二姐商議。二姐又是水性的人，在先已和姐夫不妥，又常怨恨當時錯許張華，致使後來終身失所，今見賈璉有情，況是姐夫將他聘嫁，有何不肯，也便點頭依允。按理講，像這個尤二姐，是二八年華的一個姑娘，尤老娘家裏再寒微，也應該找一門好親事嫁出去的。做二房，那時候只有丫鬟或者地位很低的人才肯的，對尤二姐來說是很委屈的。當然也是騙她了，說鳳姐好不了，以後扶你做正室，這都是謊話。

賈蓉講得天花亂墜，把這事說成了。賈璉就在巷子後面買了一間房子金屋藏嬌，還給她弄了幾個傭人。庚辰本一〇一五頁：「賈珍又給了一房家人，名叫鮑二，夫妻兩口，以備二姐過來時伏侍。記得鮑二嗎？鮑二家的不是跟賈璉有一腿嗎？被鳳姐鬧出後就吊頸死了，所以這個地方是不對的。本來那個本子有這一段，一〇一七頁校記十二：「只是府裏家人不敢擅動，外頭買人又怕不知心腹，走漏了風聲，忽然想起家人鮑二來。當初因和他女人偷情，被鳳姐打鬧了一陣，含羞吊死了，賈璉給了二百銀子，叫他另娶一個。那鮑二向來卻就和廚子多渾蟲的媳婦多姑娘有一手兒，後來多渾蟲酒癆死了，這多姑娘兒見鮑二手裏從容了，便嫁了鮑二。況且這多姑娘兒原也和賈璉好的，此時都搬出外頭住著。賈璉一時想起來，便叫了他兩口兒到新房子裏來，預備……」這就對了，因為要找個心腹，這洩漏出去不得了，就找了鮑二，鮑二現在的太太就是多姑娘，這樣講才兜得上。什麼都弄好了，就把尤二姐迎娶進去，這下子尤二姐的惡運才開始。

下面一回是《紅樓夢》裏面最精采的片段之一，尤三姐上場了。大家要仔細看這一回，庚辰本完全錯誤，它說尤三姐跟賈珍本來就有一腿，這個基本不對。如果尤三姐跟賈珍本來有染的話，那麼尤三姐後來的行事根本不能成立，她罵賈珍、賈璉兩兄弟那一場戲，是《紅樓夢》裏寫得最好的片段之一，如果尤三姐已經失足了，還有什麼立場再去罵他們？所以好好地看仔細這一回，程乙本寫的好，庚辰本很多地方破壞掉了。

【第六十五回】賈二舍偷娶尤二姨　尤三姐思嫁柳二郎

這一回，庚辰本把尤三姐這個人，好多地方寫岔掉了，很嚴重！等於把整個人毀掉了，不行！請大家仔細的對照兩個版本，對照兩回，就知道庚辰本不妥在什麼地方。

上一回賈璉去勾引尤二姐，把九龍玉珮丟給她，尤二姐動心了，拿了，表示接受他，賈璉就置了房子把尤二姐娶進去了，也辦得有模有樣，尤老娘跟尤二姐一看，雖不像賈蓉講的那樣，不過也還齊備，到底出身貧寒，母女倆也算滿意了。原來指婚的張華因為窮了，所以尤二姐退婚給了他十兩銀子，這樣也就接受了，等於了斷了那邊，嫁給賈璉。賈璉好色常常偷吃，這次不同，房子弄得很好，還給她兩個傭人，鮑二和現在的太太多姑娘，當然他們非常殷勤。「鮑二夫婦見了如一盆火，趕著尤老一口一聲喚老娘，又或是老太太；趕著三姐喚三姨，或是姨娘。」而且呢，叫尤二姐直稱「奶奶」，把鳳姐擠掉了。這麼一來，尤二姐、尤老娘也就心滿意足，她們還沒有嗅出這裏頭的危機，要惹出殺身之禍，這個危機，三姐兒卻了解狀況。

賈璉在巷子裏弄了個金屋，賈珍也不安好心。他之所以贊成尤二姐嫁給賈璉，還幫著安排，因為他對尤二姐已經膩了，目標轉到尤三姐身上去，尤二姐娶過來，尤三姐也跟著過來，他有機可乘了。這天賈璉出門在外面辦事，他就悄悄地跑到金屋裏來了，跟尤二姐說：「我作的這保山如何？若錯過了，打著燈籠還沒處尋……」尤二姐就叫擺酒，幾個人呢？尤二姐、尤三姐、尤老娘都在喝，反正是一家人了嘛！趁著賈璉不在家跑來，有點不好意思，因為他跟尤二姐相好過，他跑來，想吃吃豆腐，主要想挑逗尤三姐。這個地方，庚辰本犯了一個很糟糕的錯誤，一〇二四頁：「當下四人一處吃酒。尤二姐知局，知局就是很識相，曉得怎麼回事了，便邀他母親說：『我怪怕的，媽同我到那邊走走來。』尤老也會意，應該是尤老娘，漏個娘字，便真個同他出來，只剩小丫頭們。賈珍便和三姐挨肩擦臉，百般輕薄起來。小丫頭子們看不過，也都躲了出去，憑他兩個自在取樂，不知作些什麼勾當。」把尤三姐寫得那麼 low，我覺得這裏文筆也不好，把尤三姐完全破壞掉了。第一，尤三姐絕對不可能跟賈珍先有染，有染以後，她後來怎麼硬得起來，她怎麼敢臭罵賈珍、賈璉他們兩個人？自己已經先失足了，有什麼立場再罵，如果它是這樣寫，下面根本寫不下去了，而且這幾句話寫得極糟，絕對不是曹雪芹的筆法。這一段要不得！程乙本裏邊沒有的。程乙本是：「當下四人一處吃酒。二姐兒此時恐怕賈璉一時走來，彼此不雅，吃了兩鍾酒便推故往那邊去了。」這個時候，尤二姐應該要避的，尤二姐怕賈璉看到她陪姐夫喝酒不雅，所以她藉個故走了，但尤老娘並沒有走。「剩下尤老娘和三姐兒相陪。那三姐兒雖向來也和賈珍偶有戲言，但不似他姐姐那樣隨和兒，這是第一句話：不隨和的女孩子。所以賈珍雖有垂涎之意，卻也不肯造次了，致討沒趣。曉得這個女孩子不好惹，所以不敢太輕薄對她。不像她姐姐，一勾就上。況且尤老娘在傍邊陪著，賈珍也不好意思太露輕薄。」這就對了！那個時候不會說尤老娘跑了，剩他們孤男寡女。那時候到底還是有分寸的。

正在喝酒，賈璉回來了。他下面的傭人悄悄跟他說，大爺來了，讓賈璉知道裏邊有人。看看程乙本這個地方：「賈璉聽了，便至臥房。見尤二姐和兩個小丫頭在房中呢，見他來了，臉上卻有些赸赸的。」有點不好意思了，心裏有鬼，她跟姐夫有染嘛，心裏總是有點不過意。可見尤二姐也是有羞恥心的，她並不是那種蕩婦，她已經嫁了人，所以覺得剛剛跟姐夫喝酒是不妥的事情，有點赸赸的。程乙本這一筆要緊的，庚辰本沒有。賈璉反推不知，賈璉也很識相，滿寵愛尤二姐的，只命：「快拿酒來。咱們吃兩杯好睡覺，我今日乏了。」賈璉裝不知道，說我們喝了酒睡覺吧！哪曉得馬廄裏面兩匹馬，賈璉一匹，賈珍一匹，叮叮咚咚吵起來了，吵得二姐兒心裏實在不安。下面幾句，寫得很好：「二姐聽見馬鬧，心下著實不安，只管用言語混亂賈璉。馬叮叮咚咚吵，表示賈珍還在，二姐心中很不安了，講話來混混他。那賈璉吃了幾杯，春興發作，便命收了酒果，掩門寬衣。二姐只穿著大紅小襖，散挽烏雲，滿臉春色，比白日更增了俏麗。賈璉摟著他笑道：『人人都說我們那夜叉婆俊，如今我看來，給你拾鞋也不要。』」王熙鳳變成夜叉婆了。其實王熙鳳也很美的，丹鳳三角眼，身量苗條，體格風騷，也是個美人，可是現在有了新歡，舊的就變成夜叉婆了。你看，賈璉是怕老婆的，來這邊出出氣，不光是講夜叉婆，把鳳姐貶得那麼低，還說跟你拾鞋子也配不上，這下子把自己的髮妻狠狠踩一腳。二姐呢，接著說了這句話我覺得滿動人的，她說：「我雖標緻，卻沒品行，看來倒是不標緻的好。」他說我長的好，沒錯！可是我失過足了。她長的好，當然姐夫動她的腦筋囉！但是呢，她因為出身寒微想往上爬，要借重賈府的勢力，所以也就委身於賈珍，想想心中也很委屈。她也知道賈璉曉得那一段，所以對他confess，對他告白。這一點，就是曹雪芹偉大的地方，他所有的人都能夠包容，失足的、不失足的，在他的眼裏皆是赤子。曹雪芹寫這本書的時候，大概是他自己對人生有很大的徹悟以後，才能有那麼大的包容，他很少站在上面，高高的往下指著說，你這個不對，你那個不對，他寫這段，寫得非常體貼。賈璉忙說：「怎麼說這個話？我不懂。」裝不懂。二姐滴淚說道：「你們拿我作糊塗人待，什麼事我不知道？我如今和你作了兩個月的夫妻，日子雖淺，我也知你不是糊塗人。我生是你的人，死是你的鬼！如今既做了夫妻，終身我靠你，豈敢瞞藏一個字，我算是有倚有靠了。將來我妹子怎麼是個結果？據我看來，這個形景兒，也不是常策，要想長久的法兒才好！」二姐哭起來了，心酸掉淚了，她講了這一番話，我現在跟你結婚了，你就是我終身所靠的人，所以我過去的一切不敢隱瞞你，也是求原諒的意思。我現在自己有靠了，那我妹妹呢？兩姐妹的感情當然很好，她當然很在乎這個妹妹，妹妹怎麼辦？她也知道賈珍在打她主意，她怕弄久了可能出事情。賈璉聽了，笑道：「你放心，我不是那拈酸吃醋的人。你前頭的事，我也知道，你倒不用含糊著。」賈璉安慰她了，說前頭的事我知道，不計較了，放心。賈璉也有他可取的地方，其實除了對鳳姐以外，他人並不那麼壞，心也不是那麼狠，他就是好色，看到女人一個都不放過，賈母說他「腥的臭的往裏面拉」，拉到房裏面就算數。但是他也滿有人情的，他說：「如今你跟了我來，大哥跟前自然倒要拘起形跡來了。

依我的主意，不如叫三姨兒也合大哥成了好事，彼此兩無礙，索性大家吃個雜會湯。你想怎麼樣？」賈璉想他跟尤二姐好了，最好那個妹子也讓賈珍娶了，不是就成一家了嗎？兩兄弟，兩姐妹，一鍋雜會湯很好喝。二姐一面拭淚，一面說道：「雖然你有這個好意，頭一件，三妹妹脾氣不好；透出消息來了，三姐兒可不是她，不是那麼溫順的一個女孩子。第二件，也怕大爺臉上下不來。」賈珍雖然對尤三姐有意，但他不好意思公然的已經弄了個姐姐了，現在又要弄來妹妹。賈璉道：「這個無妨。我這會子就過去，索性破了例就完了。」賈璉自說自話了，他要過去明的把他們拉攏起來，把兩個人撮合撮合。

乘著酒興，賈璉就去了，推門說：「大爺在這裏呢，兄弟來請安。」賈珍很不好意思，偷偷摸摸跑進來的，不覺羞愧滿面。尤老娘也覺得不好意思。賈璉笑道：「這有什麼呢！咱們弟兄，從前是怎麼樣來？大哥為我操心，我粉身碎骨，感激不盡。大哥要多心，我倒不安了。從此，還求大哥照常才好；不然兄弟寧可絕後，再不敢到此處來了。」冠冕堂皇的一番話，娶尤二姐是為了生孩子。他說大哥若多心，自己也不敢到這裏來了。賈璉忙命人：「看酒來，我和大哥吃兩杯。」下面你看：因又笑嘻嘻向三姐兒道：「三妹妹為什麼不合大哥吃個雙鍾兒？我也敬一杯，給大哥合三妹妹道喜。」笑嘻嘻三個字用的好，嘻皮笑臉的！這個男人根本不了解三姐兒，不尊重人家，自說自話，而且很不正經。庚辰本就沒寫出那味道，一〇二七頁：賈璉忙命人：「看酒來，我和大哥吃兩杯。」又拉尤三姐說：「你過來，陪小叔子一杯。」這個寫得不對，不是那麼回事，還有賈珍講下面這些話，更不得體。賈珍笑著說：「老二，到底是你，哥哥必要吃乾這鍾。」說著，一揚脖。氣氛完全不對，把賈珍、賈璉這兩個人寫得更浮掉了。

接著是精采得不得了的一段來了。剛剛賈璉嘻皮笑臉的要拉線，拉攏賈珍跟三姐兒，你看看三姐兒的反應。庚辰本說三姐兒本來就失足了，本來就跟賈珍有染了，那這一回根本寫不下去。三姐兒是很烈性的一個女孩子，所以才有這一段非常精采的反應。賈璉不是叫她嗎？看看程乙本：「三姐兒聽了這話，就跳起來，站在炕上，」這個力量有多強！三姐兒本來坐得好好的，聽了就跳起來，馬上站在炕上面去，指著賈璉冷笑。這個冷笑用的好！《紅樓夢》裏好多冷笑，可是這一個冷笑有學問了，她由衷地鄙視這兩兄弟，對他們兩個嗤之以鼻。「這兩個寶貝還敢來打我的主意！」她這個冷笑裏面很輕視的！英文裏也有很多冷笑，我想也許用 sneer 嘲笑，或者恐怕要加一個 disdainfully 倨傲，很輕視這兩個寶貝。你看下面寫得非常精采的一段：指著賈璉冷笑道：「你不用和我『花馬掉嘴』的！咱們『清水下雜麵──你吃我看』。雜麵是北方吃的一種麵，據說用油來和就好吃，用清水和不好吃。不好吃的麵你吃，我看著你吃，你吃我看是歇後語。『提著影戲人子上場兒──好歹別戳破這層紙兒』。那個影戲的跑馬燈，隔了一層紙，大家心裏有數。你們兩個是什麼東西，大家心裏也有數，不要戳破這一層。你別糊塗油蒙了心，打量我們不知道你府上的事呢！這會子花了幾個臭錢，你們哥兒倆，拿著我們姐妹兩個權當粉頭來取樂兒，粉頭是妓女、娼女，你們就打錯了算盤了！我也知道你那老婆太難纏。如今把我姐姐拐了來做二房，『偷來的鑼鼓兒打不得』。我也要會會這鳳奶奶去，看他是幾個腦袋？幾隻手？若大家好取和兒便罷；倘若有一點叫人過不去，我有本事先把你兩個的牛黃狗寶掏出來，再和那潑婦拚了這條命！喝酒怕什麼？咱們就喝！」說著自己拿起壺來，斟了一杯，自己先喝了半盞，揪過賈璉來就灌，說：「我倒沒有和你哥哥喝過。講清楚了嘛！我跟你哥哥沒事的。今兒倒要和你喝一喝，咱們也親近親近。」唬的賈璉酒都醒了。

浪蕩子情遺九龍珮，對那一個還可以，碰到這個不行了。賈珍也不承望三姐兒這等拉的下臉來。兄弟兩個本是風流場中耍慣的，兩個人本來就是跟女人調情的情場老手，不想今日反被這個女孩兒一席話說的不能搭言。

下面尤三姐的 performance，你看表演精采的不得了。三姐看了這樣，越發一疊聲又叫：「將姐姐請來！要樂，咱們四個大家一處樂！俗語說的，『便宜不過當家』，你們是哥哥兄弟，我們是姐姐妹妹，又不是外人，只管上來！」賈璉不是要喝個雜會湯嘛！尤老娘方不好意思起來。媽媽坐在旁邊不好意思了，自己女兒那麼潑辣。賈珍得便就要溜，他想這個算了！快點跑吧！想溜掉了。三姐兒那裏肯放？別走，還有話呢！賈珍此時反後悔，不承望他是這種人，與賈璉反不好輕薄了。這女孩子放潑起來了，他們兩個反而不好輕薄。只見這三姐索性卸了妝飾，脫了大衣服，鬆鬆的挽個鬟兒；《紅樓夢》寫人物，穿的衣服很要緊的，什麼場合穿什麼衣服，對整個氣氛的營造、個性的發揮，都有關係的。你看這個時候，身上穿著大紅小襖，半掩半開的，故意露出葱綠抹胸，一痕雪脯；底下綠褲紅鞋，鮮艷奪目；中國人用顏色也很有趣，都是那個抵撞的顏色，大紅大綠在三姐兒身上很合適，這時候它是用以表示她的強烈。這個女孩子烈性高，衝突性大，而且不怕把胸部露出來，「你們要看，我就給你們看。」下面幾句：忽起忽坐，忽喜忽嗔，沒半刻斯文，說她講幾句坐下來，坐下來又跳起來罵幾句，一下子嘻嘻哈哈笑開，一下子又惱怒起來，沒半刻斯文。下面這一句寫得真好：兩個墜子就和打鞦韆一般；你想想看，這個女孩子戴兩個很長的耳墜子，叮叮噹噹像打鞦韆一樣，就是完全沒有半點斯文，多麼dramatic。你看啊！燈光之下越顯得柳眉籠翠，檀口含丹；本是一雙秋水眼，再吃了幾杯酒，越發橫波入鬢，轉盼流光：真把那珍璉二人弄的欲近不敢，欲遠不捨，迷離恍惚，落魄垂涎。這個三姐兒當然她很美，美中又帶妖，又烈，這麼一個很特殊的女孩子。再加方才一席話，直將二人禁住。弟兄兩個竟全然無一點兒能為，別說調情鬥口齒，竟連一句響亮話都沒了。三姐自己高談闊論，任意揮霍，村俗流言，灑落一陣，由著性兒拿他弟兄二人嘲笑取樂。一時，他的酒足興盡，更不容他弟兄多坐，竟攆出去了，自己關門睡去了。罵完了把兩兄弟趕走，自己去睡了。這一段把尤三姐寫得活靈活現，寫了這一段，我們也為尤三姐叫好。這一對兄弟賈珍、賈璉，本來風流自賞，以為憑他們的財富，憑他們的聲勢，憑他們自己長得樣子也不錯，好像任何女人都可以勾得動，沒想到碰到三姐兒這個人。

下面還有幾個地方，要把庚辰本、程乙本對照比較。講三姐兒有一點不如她的意的，便將賈珍、賈璉、賈蓉三個厲言痛罵，說他爺兒三個誆騙他寡婦孤女。賈珍回去之後，也不敢輕易再來。嘗到苦頭了，不敢再來看三姐兒。那三姐兒有時高興，又命小廝來找。她高興了又把他勾過來。及至到了這裏，也只好隨他的便，乾瞅著罷了。來是來了，她不讓他得逞，吊他的癮，賈珍給她弄得一點辦法也沒有。這麼一個女孩子，你看看曹雪芹怎麼形容？看官聽說：這尤三姐天生脾氣，和人異樣詭僻。很與眾不同。只因他的模樣兒風流標緻，他又偏愛打扮的出色，另式另樣，做出許多萬人不及的風情體態來。庚辰本這一段，它寫：誰知這尤三姐天生脾氣不堪，這就不好了，講到脾氣不堪，我想這用詞不當。仗著自己風流標緻，偏要打扮的出色，另式作出許多萬人不及的淫情浪態來，要不得！前面把尤三姐寫得這麼樣的剛烈，這裏又加了這麼一句。我想還是都參照程乙本。當初庚辰本是手抄本，也很可能是曹雪芹未定稿的一個本子。手抄本的人不見得文學修養高，他們抄了拿去賣的嘛！那時候《紅樓夢》的手抄本很值錢的。或有手抄的人認為把尤三姐寫得很淫蕩，讀者更喜歡看，我想這些可能不是曹雪芹的本意，要不然前面她對賈珍、賈璉的教訓，就講不過去了。看看程乙本這個地方：那些男子們，別說賈珍賈璉這樣風流公子，便是一班老到人，鐵石心腸，看見了這般光景，也要動心的。及至到他跟前，他那一種輕狂豪爽、目中無人的光景，早又把人的一團高興逼住，不敢動手動腳。所以賈珍向來和二姐兒無所不至，二姐兒這個人比較溫順，所以任由賈珍戲弄她。漸漸的俗了，溫順反而不夠味了，卻一心注定在三姐兒身上，便把二姐兒樂得讓給賈璉，自己卻和三姐兒捏合。偏那三姐一般合他玩笑，別有一種令人不敢招惹的光景。他母親和二姐兒也曾十分相勸，下面她講出心裏話來了，他反說：「姐姐糊塗！咱們金玉一般的人，白叫這兩個現世寶沾污了去，也算無能！」她說我們兩個花容月貌，若讓這兩個人白白弄了去，算是我們的無能。

尤三姐非常了解狀況，她不像二姐兒，既柔弱又不夠聰明機靈，三姐兒就知道可能有大禍一場。她講：「而且他家現放著個極利害的女人，如今瞞著，自然是好的，倘或一日他知道了，豈肯干休？勢必有一場大鬧。你二人不知誰生誰死，這如何便當作安身樂業的去處？」她對二姐兒的處境很明白，雖然現在賈璉金屋藏嬌，只能藏一時，一旦識破，勢必有一場劫難要來，她看得很清楚。這個時候呢，那三姐兒天天挑揀穿吃，打了銀的，又要金的；有了珠子，又要寶石；吃著肥鵝；又宰肥鴨；乾脆豁出去！或不趁心，連桌一推；衣裳不如意，不論綾緞新整，便用剪子鉸碎，撕一條，罵一句。究竟賈珍等何曾隨意了一日，反花了許多昧心錢。她難搞！她當然也很氣憤，這個女孩子是美貌、剛烈、自尊心很強的一個人。後來你看她自殺，她自尊心非常強的。給人家當粉頭一般來調戲，當然她心中很惱怒的。賈璉開頭對尤二姐很愛很寵，可是漸漸地也有點後悔娶她。為什麼呢？因為三姐兒難弄，三姐兒在這裏總會出事情的。二姐兒很擔心妹妹，她跟賈璉講，珍大爺那邊你跟他說去，三妹妹搞不定的，還是揀一個人，嫁走吧！給她找一個歸宿吧！賈璉說，我也跟大哥講了幾次了，他只是捨不得，我還跟他講了，三姐兒是塊肥羊肉，無奈燙的慌，吃不進嘴的；玫瑰花兒可愛，刺多扎手，咱們未必降得住。賈璉倒識相了，看看這弄得不行了。二姐兒說，你放心，我來勸勸她，問準了她，想辦法聘她走吧。

第二天，二姐兒、尤老娘就把三姐兒約來了。看看尤三姐這段話：三姐兒便知其意，剛斟上酒，也不用他姐姐開口，便先滴淚說道：「姐姐今兒請我，自然有一番大道理要說；但只我也不是糊塗人，也不用絮絮叨叨的。從前的事，我已盡知了，說也無益！既如今姐姐也得了好處安身，媽媽也有了安身之處，我也要自尋歸結去，才是正禮。但終身大事，一生至一死，非同兒戲。向來人家看著咱們娘兒們微息，不知都安著什麼心！我所以破著沒臉，人家才不敢欺負。」講這個話滿辛酸的，她說之所以撒潑，之所以這麼豁出去，就是因為怕人家瞧不起，來欺負我們孤兒寡母，所以才這麼做。本來她警告她姐姐的，這哪裏可以當作安身之處？她現在想想，姐姐已經嫁了，沒辦法了，媽媽也在一起，你們兩個已有安身的地方，自己也該尋一個歸宿。她說：「這如今要辦正事，不是我女孩兒家沒羞恥，必得我揀個素日可心如意的人，才跟他。要憑你們揀擇，雖是有錢有勢的，我心裏進不去，白過了這一世了。」那個時候女孩子要下聘，總是家裏面作主，不能自己說我要嫁誰，不好講的。可是三姐兒不同，她說我一定要自己選，這一生一世的終身大事，一定要我稱心如意的人，我才嫁。這麼商量的時候，外面來請賈璉，他有事情出門去了。賈璉下面有一個小傭人興兒，是他的心腹，二姐兒、三姐兒當然很想從他口中聽聽，賈府的人怎麼樣，賈府裏頭是什麼狀況。興兒這一段也很有意思，也滿重要的。庚辰本我就不多講了，大家仔細比對一下，優劣馬上對得出來的。

我說過《紅樓夢》寫人物，其中的一個手法，就是藉著第三者的口來評論這些人物，當然有些第三者可能有偏見的，與他的身分很有關係。像興兒這個人，他是在賈府裏頭長大的，很了解他們，尤其對鳳姐這一房的人，當然很清楚，由他來講，可信！他先講家常，第一個講鳳姐，你看他對鳳姐怎麼評論：「我是二門上該班的人。我們共是兩班，一班四個，共是八個人。有幾個知奶奶的心腹，有幾個知爺的心腹。奶奶的心腹，我們不敢惹；爺的心腹，奶奶敢惹。提起來，我們奶奶的事，告訴不得奶奶！他也稱尤二姐「奶奶」，當然尤二姐聽了很高興囉。他心裏歹毒，口裏尖快。我們二爺也算是個好的，那裏見的他？跟她比差遠了。倒是跟前有個平姑娘，為人很好，雖然和奶奶一氣，他倒背著奶奶常作些好事。我們有了不是，奶奶是容不過的，只求求他去就完了。講了鳳姐，講了平兒，平兒替王鳳姐做了很多善事，化解了很多下人對鳳姐的怨毒。鳳姐對下人很厲害、很嚴苛的，如今合家大小，除了老太太、太太兩個，沒有不恨他的，只不過面子情兒怕他。皆因他一時看得人都不及他，只一味哄著老太太、太太兩個人喜歡。他說一是一，說二是二，沒人敢攔他。的確是，王鳳姐靠的是什麼？靠賈母寵她，靠王夫人寵她，她是王夫人的姪女兒，又是賈母最寵愛的，很逗賈母開心。當然賈母欣賞她也因為她厲害，一個賈府要當家談何容易？那個尤氏就很懦弱，東府一塌糊塗，西府這邊鳳姐當家，下面的人不敢亂來。當家的人不好做的，有句俗話：當家三年，豬狗都嫌。當了家的人都是惹厭的。不過鳳姐有些手段下人也知道：又恨不的把銀子錢省下來了，堆成山，好叫老太太、太太說他會過日子。殊不知苦了下人，他討好兒。或有好事，他就不等別人去說，他先抓尖兒。或有不好的事，或他自己錯了，他就一縮頭，推到別人身上去；他還在傍邊撥火兒。如今連他正經婆婆都嫌他，說他：『雀兒揀著旺處飛』，『黑母鷄——一窩兒』，自家的事不管，倒替人家去瞎張羅！要不是老太太在頭裏，早叫過他去了。」興兒把鳳姐介紹了，鳳姐的個性、作為、手段講給尤二姐聽了，但尤二姐沒有真的聽進去，否則就不會被騙進府裏連性命都不保。

其實興兒講了半天有他作用的，已經講了這麼厲害的一個女人，二姐兒是有點糊塗的，三姐兒說「姐姐糊塗！」講她事理不分，不夠明智。你看她跟興兒講：「你背著他這麼說他，將來背著我還不知怎麼說我呢！」興兒馬上說，我們的爺娶了像你這樣的奶奶，我們就有福了。尤二姐說：「我還要找了你奶奶去呢。」她自跳火坑。興兒連忙搖手，說：「奶奶千萬別去！我告訴奶奶：一輩子不見他才好呢！『嘴甜心苦，兩面三刀』，

『上頭笑著，腳底下就使絆子』，『明是一盆火，暗是一把刀』：他都占全了。只怕三姨兒這張嘴還說不過他呢！奶奶這麼斯文良善人，那裏是他的對手？」興兒告訴尤二姐聽，惹不得，別去惹這個人，最好一輩子不見她。二姐笑道：「我只以理待他，他敢怎麼著我？」你看，二姐這個人太善良、太柔順了，她不相信鳳姐那麼邪惡歹毒。我們看鳳姐這個人，當然也有她善良的一面，但是有一點，她的老公你碰不得，鮑二家的什麼的，一個兩個沒好下場，給她整死為止。興兒又說：「不是小的喝了酒，放肆胡說：奶奶就是讓著他，他看見奶奶比他標緻，又比他得人心兒，他就肯善罷干休了？人家是醋罐子，他是醋缸，醋甕！那麼大一缸醋，她吃起醋來，凡丫頭們跟前，二爺多看一眼，他有本事當著爺打個爛羊頭似的。」你看，賈璉想動土意，她可以當著賈璉面打成個爛羊頭。鮑二家的不是被打嗎，不光自己打，還逼著平兒去打，後來鮑二家的吊頸自殺了。按理講，那時候的社會，當著自己丈夫面打他的情婦，這種女人不賢慧。但鳳姐不怕，照來！那麼平兒呢，平兒其實就是賈璉的妾，賈璉也許一年裏親近這麼一兩次，王熙鳳還是看不慣的。平兒氣的哭說：「又不是我自己尋來的！你逼著我，我不願意，又說我反了。這會子又這麼著！」平兒其實是鳳姐用來籠絡賈璉的。平兒長得也很好，而且人溫柔、體貼、懂事，又忠心耿耿，所以鳳姐要平兒，以為有這麼一個妾就可以攏住了。不行！賈璉的胃口大得很，吃著碗裏，看著鍋裏，所以鳳姐整天要東防西防的，她轉個頭，賈璉就偷吃去了。二姐講：「可是撒謊？這麼一個夜叉，怎麼反怕屋裏的人呢？」興兒道：「三人抬不過個『理』字去了。平兒做人很正派，所以鳳姐也讓她三分，更重要的是，這平姑娘原是他自幼兒的丫頭。陪過來一共四個，死的死，嫁的嫁，只剩下這個心愛的，收在房裏。一則顯他賢良，二則又拴爺的心。那平姑娘又是個正經人，從不會挑三窩四的，倒一味忠心赤膽伏侍他：所以才容下了。」

講完了鳳姐，興兒就評論大觀園裏這些人，興兒很會講話，當然這也就是曹雪芹厲害的地方，如果曹雪芹安排一個角色來講，講得很平淡，就沒意思了，興兒雖然是個傭人，講話可生動呢！你看他下面講的這幾個人：李紈，第一個善德人，從不管事，只教姑娘們看書寫字，針線道理，這是他的事情。他說二奶奶病了，她來管幾天，也就是照例。興兒又講：我們大姑娘，不用說，是好的了。元妃嘛！二姑娘混名兒叫「二木頭」。從他口裏講，非常的有趣，迎春是二木頭。三姑娘的混名兒叫「玫瑰花兒」：又紅又香，無人不愛，只是有刺扎手。三姑娘探春也不是好惹的，他說是玫瑰花，帶刺的——可惜不是太太養的，「老鴰窩裏出鳳凰」！講趙姨娘怎麼生出這麼一個女兒來。四姑娘小，正經是珍大爺的親妹子，太太抱過來的，養了這麼大，也是一位不管事的。再看他怎麼講林黛玉跟薛寶釵。他說：「我們家的姑娘們不算，外還有兩位姑娘，真是天下少有！一位是我們姑太太的女兒，姓林；一位是姨太太的女兒，姓薛；這兩位姑娘都是美人一般的呢，又都知書識字的。或出門上車，或在園子裏遇見，我們連氣兒也不敢出。」尤二姐笑道：「你們家規矩大，小孩子進的去，遇見姑娘們，原該遠遠的藏躲著，敢出什麼氣兒呢。」興兒搖手，道：「不是那麼不敢出氣兒，是怕這氣兒大了，吹倒了林姑娘；氣兒暖了，又吹化了薛姑娘。」這兩句非常生動！形容林黛玉跟薛寶釵。林姑娘弱不禁風，一吹就倒了，薛姑娘像雪一樣，一吹就化了。我講嘛，薛寶釵是吃冷香丸，住在雪洞裏頭；黛玉嘛，就是弱柳扶風，一吹就倒。迎春給她一個綽號「二木頭」就夠了，迎春的確不是很聰明，個性懦弱。探春就像玫瑰花，扎手。所以興兒講的這番話，把賈府裏的人都帶出來了。

紅樓二尤的故事，一共有五、六回，非常戲劇性的把尤二姐、尤三姐的命運寫出來，也顯現了賈家這種豪門，對弱女子、窮親戚的凌辱。後來賈家致禍被抄家的時候，二姐兒、三姐兒的死亡也算到裏頭去的。紅樓二尤還沒有完，下兩三回就會看到故事的結局。

【第六十六回】情小妹恥情歸地府　冷二郎一冷入空門

興兒評論了很多賈府裏的人，最後講誰呢？當然很要緊的就是賈寶玉。興兒是個俗人，普通的一般人，他怎麼看賈寶玉？興兒說：「姨娘別問他，」想知道寶玉、發問的是尤三姐。「說起來姨娘也未必信。他長了這麼大，獨他沒有上過正經學堂。我們家從祖宗直到二爺，誰不是寒窗十載，偏他不喜歡讀書。老太太的寶貝，老爺先還管，如今也不敢管了。成天家瘋瘋癲癲的，瘋瘋癲癲，這本書裏成佛成道的和尚道士也都是瘋瘋癲癲的，所以賈寶玉最後出家跟他們走了。興兒講他很不同於賈府其他人，說的話人也不懂，幹的事人也不知。外頭人人看著好清俊模樣兒，心裏自然是聰明的，誰知是外清而內濁，見了人，一句話也沒有。賈寶玉普通人不懂他，只覺得他瘋瘋癲癲、傻乎乎的。所有的好處，雖沒上過學，倒難為他認得幾個字。每日也不習文，也不學武，又怕見人，只愛在丫頭羣裏鬧。再者也沒剛柔，有時見了我們，喜歡時沒上沒下，大家亂頑一陣；不喜歡各自走了，他也不理人。我們坐著臥著，見了他也不理，他也不責備。因此沒人怕他，只管隨便，都過的去。」從興兒的眼中，也就是一般人的眼中，賈寶玉真的是瘋瘋癲癲的這麼一個人，很少人懂得他的。

尤三姐就講：「主子寬了嘛，你們又這樣，嚴了，又報怨，可知難纏。」尤二姐聽了興兒的話，她說：「我們看他倒好，原來這樣。可惜了一個好胎子。」看尤三姐怎麼說：「姐姐信他胡說，咱們也不是見一面兩面的，行事言談吃喝，原有些女兒氣，那是只在裏頭慣了的。若說糊塗，那些兒糊塗？姐姐記得，穿孝時咱們同在一處，那日正是和尚們進來繞棺，咱們都在那裏站著，他只站在頭裏擋著人。人說他不知禮，又沒眼色。過後他沒悄悄的告訴咱們說：『姐姐不知道，我並不是沒眼色。想和尚們髒，恐怕氣味熏了姐姐們。』接著他吃茶，姐姐又要茶，那個老婆子就拿了他的碗倒。他趕忙說：『我吃髒了的，另洗了再拿來。』這兩件上，我冷眼看去，原來他在女孩子們前不管怎樣都過的去，只不大合外人的式，所以他們不知道。」尤三姐本身也是個非凡的人，所以她跟寶玉之間，有一種心靈上的溝通，她了解他。我們說過，不是有幾類人嘛，寶玉、黛玉、尤三姐、晴雯，這些大概屬於一掛子的；還有一個小戲子藕官，燒紙錢紀念她的朋友藥官的那個，她知道寶玉幫她的忙，那個也懂寶玉。尤三姐也懂他。所以這部小說裏頭，有很多心靈之交。尤三姐也是在寶玉身上看到了他對女孩子溫柔體貼那一面，其實也是三姐想要的，拿他來跟賈珍、賈璉比的話，他對女孩子這麼尊重、體貼，賈珍、賈璉那種大男人主義，把她當做粉頭來玩。你看啊，寶玉深怕她們兩個人受了委屈，連熏個氣味、用個杯子都要保護她們，他的靈魂，就是一個護花使者，所以三姐看到寶玉，她心中大概感動的，這是她一生想要的，可是她選錯了人，選了一個冷郎君柳湘蓮，後來自己以悲劇收場。

《紅樓夢》要表現各種層次的情，最高的可能就像寶玉這種對女性憐香惜玉，不光是肉體上的歡樂，而是在精神上對她們的愛惜、呵護。懂得這一點，才了解《紅樓夢》寫的賈寶玉這個人，為什麼喜歡跟這些丫頭混在一起，對她們每一個都那麼憐惜。我想《紅樓夢》是中國小說寫女性、寫情，寫得最好的一本，我們看《水滸傳》是男性的世界，那裏面的女人，要嘛就是淫婦，要嘛就是女丈夫；《金瓶梅》一大堆蕩婦、淫婦、毒婦，小說裏頭真正對女性比較尊重體恤的，我想是《紅樓夢》。

尤二姐聽了三姐兒說話，以為她愛上寶玉了。後來賈璉來了，問尤二姐說商量好了沒有，她到底要嫁誰啊？二姐兒說，她心裏有人，但她講這人此刻不在這裏，不知多早晚才來呢。你看三姐兒那種個性，說「這人一年不來，他等一年；十年不來，等十年；若這人死了再不來了，他情願剃了頭當姑子去，吃長齋念佛，以了今生。」這就是尤三姐，非常剛烈決絕的個性。賈璉又問到底是誰這樣動她的心？二姐兒說，五年前在一個老娘家裏做生日，拜壽的時候演戲，也有好人家的子弟來票戲的，其中有一個唱小生的，叫柳湘蓮。大家記得柳湘蓮嗎？在賴嬤嬤家裏，賴尚榮做官的時候宴客，他也去票戲，薛蟠誤會以為他是風月子弟，貿然勾搭，結果被柳湘蓮打了一頓。柳湘蓮這個人，大概長得很好，風度瀟灑，所以尤三姐看上他了。但三姐兒看上的他是在臺上演戲的那個小生，她誤會他是多情的人，那是他在演戲。事實上柳湘蓮是個冷郎君，冷心冷面的一個人，不是那麼容易動情的。賈璉說：「怪道呢！我說是個什麼樣人，原來是他，果然眼力不錯。你不知道這柳二郎，那樣一個標緻人，最是冷面冷心的，差不多的人，都無情無義的。」又說，薛蟠惹了他痛揍一頓，說走就走掉了，他只跟寶玉兩個人合得來。我講過，寶玉跟柳湘蓮之間，也有一種特殊的關係，寶玉他不是講嗎？男人是泥巴做的，我看了聞了都有濁氣，但是有兩個男性，一個是蔣玉菡，一個是柳湘蓮，不在此列。柳湘蓮最後的結局是出家了，對於寶玉是個很重要的啟示，為什麼出家？為了斬斷他跟尤三姐的一段情絲，所以「情」這個字很複雜的，有時候是一刀的兩面。情是推動的力量，在這個世界上，最容易攪亂我們平常的社會秩序。另方面它也是解脫的力量，佛道出世脫離的力量。這時柳湘蓮行蹤飄忽，不曉得什麼時候會回來，賈璉說，萬一他不回來了，不就誤了三姐兒一生？講的時候三姐兒就走過來了，她說：「姐夫，你只放心。我們不是那心口兩樣的人，說什麼是什麼。若有了姓柳的來，我便嫁他。從今日起，我吃齋念佛，只伏侍母親，等他來了，嫁了他去，若一百年不來，我自己修行去了。」說著，將一根玉簪，擊作兩段，「一句不真，就如這簪子！」說著，回房去了，真個竟非禮不動，非禮不言起來。尤三姐的個性從頭到尾，非常鮮明的。

小說常常用的手法就是巧合，有時候不是很高明，但偶爾也得用。柳湘蓮不見了，怎麼讓他出現呢？又製造了一個事件。薛蟠不是去做生意了嗎？路途中遇到強盜來搶劫，什麼人來救他呢？偏偏是柳湘蓮，因為他會武功的。薛蟠當然很感恩囉，這個呆霸王，也有他血性的一面。救了以後，他很感恩與柳湘蓮結拜為兄弟，跟他一起回來，在半路上就碰到賈璉了。薛蟠說，回來要給他兄弟弄棟房子，還要給他尋一門好親過日子。賈璉說正好他要做媒呢！就講自己娶了尤二姐，希望把尤三姐介紹給他。柳湘蓮說，我這一生，一定要娶個絕色美女。賈璉說，你不會失望的，這真的是個絕色，就問他要個信物以為聘。柳湘蓮拿出隨身的家傳寶劍，這很諷刺的，是雌雄兩劍成一對的鴛鴦劍，沒想到最後成不了鴛鴦，反而成為斬斷鴛鴦的利劍。他交給了賈璉說算是聘禮，因為在路上，別的什麼都沒帶。賈璉拿回鴛鴦劍交給三姐，一〇三九頁這個地方，「三姐看時，上面龍吞夔護，夔也是一條龍，珠寶晶熒，將靶一掣，裏面卻是兩把合體的。一把上面鏨著一『鴛』字，一把上面鏨著一『鴦』字，冷颼颼，明亮亮，這個劍很鋒利的，如兩痕秋水一般。三姐喜出望外，連忙收了，掛在自己綉房床上，每日望著劍，自笑終身有靠。」庚辰本，「自笑終身有靠」，這「笑」字不對的，用的不好，我想應該是自「喜」，心中很高興，程乙本：「自喜終身有靠。」就把它掛在房裏，常常望著，心想終身有了寄託。

賈璉回去就把這事情告訴了賈珍，賈珍對尤三姐也不是那麼真的，尤三姐又難搞，就算了，好吧！也就同意了。為什麼呢？庚辰本：「賈珍因近日又遇了新友」，新友兩個字不對，不是新朋友。程乙本是：「又搭上了新相知」，又有了新情人了，賈珍向來很風流的。對三姐兒放手算了，他有了新人了。

下聘之後，柳湘蓮回來了，見到寶玉，寶玉當然就恭喜他，笑道：「大喜，大喜！難得這個標緻人，果然是個古今絕色，堪配你之為人。」柳湘蓮就有點狐疑起來，他說：「既是這樣，他那裏少了人物，如何只想到我。」這麼漂亮的一個人，怎麼只等著我來呢？他又說，而且我跟賈璉他們關係不是很厚的，關切應不至此，路上工夫匆匆忙忙的就這麼定下，難道女家反趕著倒追男家嗎？他說，我有點後悔了，不該把劍那麼容易地隨便給了出去，我應該回來問問你。寶玉說：「你原是個精細人，如何既許了定禮又疑惑起來？你原說只要一個絕色的，如今既得了個絕色便罷了。何必再疑？」柳湘蓮又講了，庚辰本這個地方：「你既不知他娶」，不曉得什麼意思，他娶兩個字不對的。程乙本是：「你既不知他來歷」，你不認識她，又怎麼知道她是個絕色呢？寶玉說：「他是珍大嫂子的繼母帶來的兩位小姨。我在那裏和他們混了一個月，怎麼不知？真真一對尤物，他又姓尤。」寶玉有點開玩笑的，說是一對尤物又姓尤。程乙本：湘蓮聽了，跌足道：「這事不好，斷乎做不得！你們東府裏，除了那兩個石頭獅子乾淨罷了！」他說出很有名的一句話，東府裏除了那兩個石頭獅子，沒有乾淨的。柳湘蓮也聽到賈珍他們的亂倫之事，他知道的，不過庚辰本下面又多加了一句：「只怕連貓兒狗兒都不乾淨。我不做這剩忘八。」我想這一句不好，柳湘蓮不至於那麼刻薄，而且也不是曹雪芹的口氣，程乙本沒有這個。我覺得沒有下面那一句力量更大：「你們東府裏，除了那兩個石頭獅子乾淨罷了！」寶玉聽說，紅了臉。寶玉不好意思了，人家把家裏講得那麼不堪。湘蓮也不好意思了，有點講多了。連忙作揖說：「我該死胡說。你好歹告訴我，他品行如何？」寶玉笑道：「你既深知，又來問我作甚麼？連我也未必乾淨了。」湘蓮叫他不要多心。

柳湘蓮這句話滿重的，講賈府裏面淫亂，尤其是寧國府。《紅樓夢》常常藉著其他的人，對賈府、對於人物做評論，這就是藉著柳湘蓮的口作批評，當然是針對賈珍來的。柳湘蓮既知醜聞，就去見尤老娘了，只稱她老伯母，表示不認她是丈母娘，又講他路上匆匆的給了那把寶劍，他要拿回來。悔婚了！原本講好了現在悔婚，這非常難堪的。一〇四一頁：賈璉聽了，便不自在，講他說：「定者，定也。原怕反悔所以為定。豈有婚姻之事，出入隨意的？還要斟酌。」湘蓮笑道：「雖如此說，弟願領責領罰，然此事斷不敢從命。」賈璉還要饒舌，湘蓮便起身說：「請兄外坐一敘，此處不便。」這時尤三姐也聽到了，柳湘蓮要悔婚。那尤三姐在房明明聽見。好容易等了他來，今忽見反悔，便知他在賈府中得了消息，一定聽了一些話，講她兩姐妹的事情。自然是嫌自己淫奔無恥之流，不屑為妻。他誤會了，以為自己也像姐姐一樣。今若容他出去和賈璉說退親，料那賈璉必無法可處，自己豈不無趣。三姐是那麼要強、要面子的一個人，而且又那麼決絕，就是想非他不嫁，對他是一心一意的。一聽賈璉要同他出去，連忙摘下劍來，將一股雌鋒隱在肘內，出來便說：「你們不必出去再議，還你的定禮。」一面淚如雨下，左手將劍並鞘送與湘蓮，右手回肘只往項上一橫。自殺了！當他的面自殺了。那麼剛烈的一個人，為情而死。

我想尤三姐、林黛玉、晴雯這一掛子的人，她們的個性，她們的結局，都有相似之處，都是執著於情，為情而死。黛玉最後的結局如此，尤三姐結局如此，晴雯的結局也如此。曹雪芹寫人物，很相似的一掛人，寫起來又完全不同，她們命運有相同之處，但寫的時候，黛玉是黛玉，晴雯是晴雯，尤三姐是尤三姐，又是非常鮮明，非常個人化的。可憐「揉碎桃花紅滿地，玉山傾倒再難扶」，尤三姐死了，當然這下子大家慌成一片。賈璉要把柳湘蓮抓起來，捆到官裏去，尤二姐這時候講得很好，她勸賈璉說：「你太多事，人家

尤三姐

並沒威逼他死，是他自尋短見。你便送他到官，又有何益，反覺生事出醜。不如放他去罷，豈不省事。」賈璉此時也沒了主意，便放了手命湘蓮快去。下面幾個情節滿要緊的，庚辰本也有問題。一〇四二頁：尤三姐死了他們要抓柳湘蓮，湘蓮反不動身，泣道：「我並不知是這等剛烈賢妻，可敬，可敬。」他說這些話不對。尤三姐跟柳湘蓮根本沒結婚，怎麼會叫做賢妻？可敬，可敬。這語氣也不太對。程乙本是：湘蓮反不動身，拉下手絹，拭淚道：「我並不知是這等剛烈人！真真可敬！是我沒福消受。」庚辰本「泣道」二字非常抽象，他掏了手絹出來，抹一抹眼淚，這就動人了。他講，「我並不知是這等剛烈人！真真可敬，是我沒福消受。」真真可敬！我覺得這個好。「湘蓮反扶屍大哭一場。等買了棺木，眼見入殮，又俯棺大哭一場，兩次了，大哭一場，又大哭一場，方告辭而去。」

下面的結尾，庚辰本也有問題：出門無所之，昏昏默默，自想方才之事。原來尤三姐這樣標緻，又這等剛烈，自悔不及。這個倒沒有什麼，下面寫：正走之間，只見薛蟠的小廝尋他家去，又跑出一個薛蟠的小廝出來，所以變成寫實。那湘蓮只管出神。這個時候又虛化了。那小廝帶他到新房之中，十分齊整。帶到薛蟠替他準備好的新房這種東西，我覺得有點多餘。忽聽環珮叮當，尤三姐從外而入，尤三姐的魂來了，柳湘蓮是半醒半夢，其實是暗夜裏做夢，夢到尤三姐來了。一手捧著鴛鴦劍，一手捧著一卷冊子，向柳湘蓮泣道：「妾痴情待君五年矣。不期君果冷心冷面，妾以死報此痴情。妾今奉警幻之命，前往太虛幻境修注案中所有一干情鬼。妾不忍一別，故來一會，從此再不能相見矣。」看看程乙本：正走之間，只聽得隱隱一陣環佩之聲，三姐從那邊來了。「隱隱」兩個字用的好，夢中聽見了環配之聲，一看，三姐的魂來了。從「那邊」來，不要說從什麼地方進來，我覺得這樣夠了。前面說跑到新房子去，反而箍住了。來了時候，一手捧著鴛鴦劍，一手捧著一卷冊子，向湘蓮哭道：「妾痴情待君五年，不期君果『冷心冷面』，妾以死報此痴情。妾今奉警幻仙姑之命，前往太虛幻境，修注案中所有一干情鬼。《紅樓夢》裏面有一大堆情鬼。妾不忍相別，故來一會，從此再不能相見矣！」來了跟他說，我等你五年，一心等你，沒想到你果然是冷心冷面，我只有以死報此痴情，要到警幻仙姑那裏去了。

記得嗎？在第五回裏，不是有很多名冊，記載了這些人的命運。還有那個道人、和尚，說有一羣情鬼要下凡去歷劫，所以這部書的主題，就是這個情字。《紅樓夢》好幾個愛情故事，串起來都是講情鬼歷劫的故事。當然寶玉是頭一個，頑石歷劫。黛玉、尤三姐、晴雯……每個下來為情而死。其他的一些小人物，像下面會看到的丫鬟司棋跟她的表兄潘又安，一段情也相當動人，也是為情而死。幾個小戲子，齡官跟賈薔那一段，藕官跟蕊官跟藥官，也是一段情。好多這些小的愛情故事，串起來就是整個的主題。尤三姐對柳湘蓮這段情，在某方面說，也像黛玉對寶玉的情，雖然表現的方式不一樣。她們都是孤標傲世，都是投靠賈府生存的人，所以個性也有一點相近。尤三姐的殉情這麼剛烈決絕，某方面也預告了最後的「林黛玉焚稿斷痴情」。我講林黛玉就是詩的化身，「冷月葬詩魂」，她就是詩魂，當她燒掉她的詩稿的時候，等於焚她自己，把在人世間不能了的情燒掉。尤三姐藉定情的鴛鴦劍斬斷一切，所以最後柳湘蓮拿鴛鴦劍把頭髮剃掉，慧劍斬情絲。

三姐的魂講完以後，庚辰本是這樣寫的：「說著便走。湘蓮不捨，忙欲上來拉住問時，那尤三姐便說：『來自情天，去由情地。前生誤被情惑，今既恥情而覺，與君兩無干涉。』說畢，一陣香風，無蹤無影去了。」講多了，這個時候哪裏還講得出一番道理來？程乙本是：「說畢，又向湘蓮灑了幾點眼淚，便要告辭而行。湘蓮不捨，連忙欲上來拉住問時，那三姐一摔手，便自去了。」我覺得程乙本寫的比較灑脫。要訣別了，不會跟他再囉嗦了，摔手而走，我覺得夠了。

再往下看柳湘蓮，庚辰本說：湘蓮警覺，似夢非夢，又講本來以為是在一個新房裏面，看看又不是，就是一座破廟。程乙本這裏有一句我覺得滿要緊的，三姐決絕而去，這裏柳湘蓮放聲大哭，不要寫湘蓮沒有什麼反應，他哭，不光是這段情，不光是不捨，他這個時候對自己也觸動到了。不覺處夢中哭醒，似夢非夢，睜眼看時，竟是一座破廟，旁邊坐著一個瘸腿道士捕虱。道士在抓虱子。他就問了：「此係何方？仙師何號？」道士笑道：「連我也不知道此係何方，我係何人。不過暫來歇腳而已。」我們到這個世界來，也不過是暫時歇足而已。湘蓮聽了，冷然如寒冰侵骨。一下子醒了。原來這世界上都是一場夢一樣。柳湘蓮是很特殊的一個人，本來就有慧根，要不然個性不會這麼奇特。這一點醒，了悟了。掣出那股雄劍來，將萬根煩惱絲，一揮而盡，便隨那道士，不知往那裏去了。這一幕從頭到尾一回半，把尤三姐跟柳湘蓮的故事講得非常完整，在整個《紅樓夢》安排裏頭，也占了很重要的意義，跟整個書的主題賈寶玉悟道，跟回歸到太虛幻境去報到的情鬼，是一套下來的，這一回要緊，寫的好！人物當然不用說了，兩個很奇殊的人物尤三姐、柳湘蓮，也要這兩個才配對。尤三姐那麼怪的一個人，她看中柳湘蓮，我再提醒一次，柳湘蓮喜歡演戲，尤三姐看上他的時候，是他在戲臺上面扮演的那個人，不是他的真人。其實他最後扮演什麼，扮演賈寶玉，他的出家，是寶玉出家的前哨。尤三姐跟柳湘蓮故事完了，但尤二姐的故事還沒完，她的悲劇還要往下走。

【第六十七回】見土儀顰卿思故里　聞祕事鳳姐訊家童

尤三姐不是講嘛，「偷來的鑼鼓兒打不得」，賈璉替尤二姐在賈府後面巷子裏另築金屋，事情曝出來了，這下子會有個什麼結果？恐怕還是要說尤二姐這個人，雖然她有點輕浮，個性柔弱，但都不是致命缺點，最重要的她不夠明智。三姐兒早就看得很清楚，她說：「而且他家現放著個極利害的女人，如今瞞著，自然是好的，倘或一日他知道了，豈肯干休？勢必有一場大鬧。你二人不知誰生誰死……」不光如此，上一回賈璉的傭人興兒，對鳳姐很多評論，講鳳姐怎麼厲害，這個人「兩面三刀」惹不得，講盡了她的狠毒，二姐沒聽進去，以為下面的人好像被對待得嚴一點，就這樣講她壞話，還說「我以理待之」，二姐兒有點迂，還沒有警覺到本身的危機。曹雪芹很多伏筆在那個地方，已經**prepare**，準備好了下面的場景。

在這個之前，我們還要看一段曹雪芹在有意無意間刻畫一個人的個性，幾句話就讓他顯露出來了。一〇四五頁：薛姨媽聽說尤三姐自殺了，柳湘蓮走掉了，當然就很激動，因為那時候柳湘蓮已經救了薛蟠的命，所以他們兩個又好了，薛姨媽還正準備弄間屋子給他的，就跟寶釵講了這事。寶釵聽了，並不在意，便說道：「俗語說的好：『天有不測風雲，人有旦夕禍福』。這也是他們前生命定。前日媽媽為他救了哥哥，商量著替他料理，如今已經死的死了，走的走了，依我說，也只好由他罷了。」這是她的人生態度。說的也對，死了嘛，走了嘛，還有什麼好那個，不如我們規規矩矩過活。下面就講她照看家裏的生意，泰山崩於前不動聲色。這個寶姑娘厲害的，她有那麼強大的控制力，感情方面也很細膩，看她作那些詩，也懂得人世間，學問淵博絕不在黛玉之下，人生態度她依附了儒家那一套，守著那東西，而且並不是勉強做出來的，她就是這麼一個人。

像這麼一個人很難寫的，寫得不好，薛寶釵很討人厭的，一下子又搬出什麼大道理。但曹雪芹寫寶姑娘寫的好，所以我們也不討厭她。他一切寫得合情合理，也不下什麼判斷，這個樣子是好或者是不好，你們自己選擇，喜歡黛玉或者寶釵。其實曹雪芹都能包容，這就是中國人的民族個性，有薛寶釵這種冷靜理性，也有林黛玉這種多愁善感。曹雪芹寫的《紅樓夢》之所以打動世世代代讀者的心，因為它真正寫出純純粹粹中國人的故事，這本小說是中國人的人情世故。我在美國也教《紅樓夢》，跟美國學生不能講這一套，講這個他們不耐煩，我只好講大的背景、故事、中國社會。《紅樓夢》裏很細緻的東西，西方人不是那麼能夠體會，一般的西方讀者看《紅樓夢》是有文化上的阻隔的，雖然《紅樓夢》享譽這麼高，而且它的英譯非常好，David Hawkes 的英譯漂亮極了，可是它不很 popular。它不像《金瓶梅》一看就懂了，《西遊記》好玩啊，《水滸傳》一羣強盜也好玩啊，要看懂《紅樓夢》很難，我在教書時有這種感覺。在美國教《紅樓夢》有兩班，一班學生沒有中文背景的，就是讀 David Hawkes 的翻譯本，另外一班是少數班，都是臺灣、大陸、香港來的學生，我就用中文本，跟我現在講的差不多，他們能理解，但是跟西方的學生就不能那麼講了。

薛寶釵聽到消息講了這段話，聽起來覺得這個女孩子冷淡，人死了敷衍也要敷衍幾句，可是她說就是這樣子了，毫不在意。所以寶釵難寫，這種正派人物難寫，寫到不討厭又 convincing，教人信服，不容易。另外還有一個代表儒家的人物也難寫，誰呢？賈政！你看他處罰賈寶玉，他迂腐、規矩多，但你並不討厭他，他是規規矩矩遵守儒家那一套，很正派的。其實寫反面人物容易討俏，寫正面人物寫的好就需要功力。

一〇四六頁這裏，又寫出寶釵跟哥哥薛蟠反應不同。說起來薛蟠是個紈袴子弟，一個呆霸王，做了很多討人厭的事情，尤其是搶人家的女人又把人打死，很多劣跡，但有一點，他滿講義氣。薛姨媽「母女正說話間，見薛蟠自外而入，眼中尚有淚痕。」他會為這個哭的，他會為柳湘蓮出家掉眼淚的。我想曹雪芹他高明在哪裏？人性！壞人也會掉眼淚！他這時候這麼點一下，等於在薛蟠這個缺點數不清的人物身上，給他一點人性，他把薛蟠唯一可以 redemption 救贖的地方點出來。他當然不會理解，為什麼柳湘蓮會當道士去了，他還覺得那道士是個妖道，一定是把柳湘蓮一陣狂風攝走了。這也是寫的好的地方，柳湘蓮出家一般人不容易了解，為什麼他會出家？為什麼他會斬斷情絲，這種事情不容易的，在這個地方，給這麼一個俗人用不同的觀點來看，讓讀者也思考一下。

寶釵和薛蟠對這個的看法都寫出來了，讀者對於尤三姐跟柳湘蓮的感受，我想也有很多不一樣的。我們看到那一刻的尤三姐，滿同情她的，那麼決絕的女孩子，那一番話為情而生，滿動人的。寶釵這個人即使理解情，也把它壓下去的。至於薛蟠，他更不懂啊，他是把「繡房攛出個大馬猴」當成詩的這麼一個人，但他能滴下幾滴不解之淚。所以曹雪芹說，情的故事不是每個人都能理解的。他寫《紅樓夢》一方面建築在神話架構上，那就是一個情的架構，絳珠仙草跟神瑛侍者的愛情神話，形而上的這麼一層東西。下面一層東西是寫實的，在實實在在人的日常生活裏面，他也顧得很好。沒有下面的這種根基，就是一個虛的神話；沒有了上面的東西，就變成很寫實的一個故事而已。在兩者之間出入自如，寫尤三姐、柳湘蓮情鬼歷劫、求道解脫那一層關係完了以後，完全回到現實生活來了。

薛蟠出門作生意，從江南帶了好多東西回來，寶釵就把一些鄉土東西通通分了，也分到林黛玉那邊，黛玉一看是家鄉的東西，「反自觸物傷情，想起父母雙亡，又無兄弟，寄居親戚家中，那裏有人也給我帶些土物？想到這裏，不覺的又傷起心來了。」黛玉的家鄉在蘇州，她等於是蘇州姑娘的結晶，最細緻的一個女孩子。她思鄉鄉愁還不是普通的，主要她在賈府裏頭，感覺上總是寄人籬下，不是很穩定的這麼一個居所。後來果不其然，她死的時候最後吩咐紫鵑，「我這裏並沒親人。我的身子是乾淨的」，講得很痛心！「你好歹叫他們送我回去」，回到我的家鄉去！非常 bitter 怨恨，非常決絕，那個時候她已經知道寶玉馬上要娶寶釵了。她感覺自己是完全孤苦無依的，賈母雖然疼愛她一場，但在節骨眼上，賈母自己講的，你是外孫，寶玉是孫子，孫子到底比外孫重要，所以孫子的婚事比外孫重要。黛玉感覺被出賣、被欺騙了，從另外一個角度看也許不是這樣的，本來老太太心中，老早就是選定寶釵作媳婦的。但是從黛玉的角度看，對於賈家很怨的，「**我這裏並沒親人**」，這句話好絕！她認為連寶玉都放棄她了，最後，連寶玉都背叛她了。她感覺根本在賈府裏無立足之地，所以送我回去，埋在那邊，我清清白白來的，她認為，來這裏反而被玷污了。所以黛玉看到這些鄉土的東西，引起她思鄉的種種也不奇怪，要了解到黛玉的心態，她並不是一看到一些東西就哭哭啼啼的，這有更深一層的原因，引起她很多的感慨。

下面是紅樓二尤的故事另外一齣戲要上場了，這也是《紅樓夢》裏非常精采的一段，妻妾之間的鬥爭，看看王熙鳳怎麼把尤二姐活活整死。前面都知道了鳳姐不好惹的，尤其是搶她的丈夫。事情是怎麼曝出來的呢？那個興兒不是常常去尤二姐那邊嗎？還叫她「奶奶、奶奶」的，其實傭人都知道了，瞞著鳳姐而已。傭人們在下面吱吱咕咕談什麼「新奶奶」，給鳳姐的一個傭人旺兒聽到了。他就去制止，你們亂講話，想闖禍啊！哪曉得這一來，聽到的人就傳了過來，平兒知道了，鳳姐知道了。鳳姐知道了當然不得了，哪來的新奶奶？要查！「聞祕事鳳姐訊家童」，這回就看看鳳姐之威，看她怎麼審人。

鳳姐的 drama 前面有好幾齣了，曹雪芹給鳳姐很多機會表演，八面玲瓏的這麼一個人，這時候才真正進入主戲，就是很有名的「酸鳳姐大鬧寧國府」，以及「弄小巧用借劍殺人」。鳳姐對付尤二姐，一步一步借刀殺人，最後把尤二姐逼死，逼死還一點不露痕跡，外面的人還講她賢慧。鳳姐的手腕，的確是興兒講她的「兩面三刀」，「嘴巴講好話，下面使絆子」，把鳳姐那種厲害通通演出來。

一〇五五頁：興兒跟那些小廝們在賬房裏面玩，還不曉得事情已經洩漏了。聽見說二奶奶叫，先唬了一跳。興兒講過的，一共八個人，他們兩班，四個人是賈璉的，四個人是鳳姐的。賈璉那四個人，包括興兒，鳳姐這邊可以去罵他們。鳳姐這四個人，興兒他們不敢動。二奶奶叫他，興兒嚇一跳，卻也想不到是這件事發作了，連忙跟著旺兒進來。旺兒先進去，回說：「興兒來了。」鳳姐兒厲聲道：「叫他！」這個厲害的，興兒聽了發抖了。那興兒聽見這個聲音兒，早已沒了主意了。只得乍著膽子進來。鳳姐兒一見，便說：「好小子啊！你和你爺辦的好事啊！你只實說罷！」你講，自己講！興兒嚇壞了。怎麼辦？這個事情曝了，怎麼辦？只有裝傻了。鳳姐說，你好好講吧，你要是不好好講，你摸摸你的頭有幾個腦袋。他裝傻。興兒戰戰兢兢的朝上磕頭道：「奶奶問的是什麼事，奴才同爺辦壞了？」他還想裝傻，想唬過去。鳳姐聽了，一腔火都發作起來，喝命：「打嘴巴！」本來旺兒過來要打，鳳姐說：自己打！叫他自己打嘴巴。興兒就左右開弓打十幾個嘴巴，他沒辦法了，只好講了爺的事情。你看，都講出來了。「這事頭裏奴才也不知道。就是這一天，東府裏大老爺送了殯，俞祿往珍大爺廟裏去領銀子。二爺同著蓉哥兒到了東府裏，道兒上爺兒兩個說起珍大奶奶那邊的二位姨奶奶來。二爺誇他好，蓉哥兒哄著二爺，說把二姨奶奶說給二爺。」記得吧？他們在出殯的時候，賈蓉拱著叔叔賈璉講得天花亂墜，拱著他去娶尤二姐，這樣他也可以趁機跟尤二姐鬼混，賈蓉不安好心。興兒講出來了，鳳姐一聽「二姨奶奶」這麼叫，她說：「呸，沒臉的忘八蛋！他是你那一門子的姨奶奶！」興兒說奴才該死，劈哩拍啦又打了一頓再說。再往下講，後來找房子了。鳳姐跟平兒說：「咱們都是死人哪。你聽聽！」後面有房子我們還不知道。在哪裏？就在府後面。這下子鳳姐是是可忍孰不可忍，在賈府後面居然敢金屋藏嬌，賈璉膽子太大，太不把鳳姐放在眼裏，鳳姐火大得不得了。興兒講著講著，又把張華扯進來。記得嗎？張華本來跟尤二姐指過婚，很早張家跟尤老娘定了婚約的，後來張家道落了，張華自己也不爭氣，等於給了銀子退了婚的，這樣子還不行，還來要，賈珍又給了一箱銀子把他買通了，終於退了親。興兒咚咚咚都講出來了。一〇五七頁，鳳姐說什麼張家李家的？興兒回道：「奶奶不知道，這二奶奶……」，糟糕了，先前講的姨奶奶已經受不了，一下子說滑了嘴，又跑出來二奶奶，那還了得！二奶奶本來是賈璉要他們在家裏稱尤二姐二奶奶，甚至於直稱奶奶，等於是把鳳姐跟平兒都擠掉了。興兒曉得講二奶奶闖禍了，怎麼辦呢？啪！自己打一個耳光，可憐這個興兒，姨奶奶不能講，二奶奶當然不能講，「啪」的一下子，連鳳姐都忍不住笑了。想來想去也虧他想得出來，怎麼叫呢？珍大奶奶的妹子，這還可以。

這也是曹雪芹有趣的地方，興兒這個人本來滿滑稽的，他是個 comic character，滑稽人物，上回他不是講，「生怕這氣大了，吹倒了姓林的；氣暖了，吹化了姓薛的」，他是個口齒伶俐的小斯，但是在鳳姐面前也沒辦法了，就把整個來龍去脈通通講出來了。你想鳳姐怎麼能忍受在她眼底下居然有這種事，而且還是東府尤氏的妹妹，可見得東府那邊的人都瞞著她。興兒又講了，說她妹子昨兒抹了脖子自殺了。講起來真是很殘酷啊！我們看了尤三姐的悲劇已經很同情她，所以曹雪芹是這樣處理，在寶釵口裏冷冷淡淡過去了，在興兒他滿輕佻的說：「抹了脖子了。」他這麼寫，更讓我們對三姐兒不禁要憐惜。下面寫得鳳姐更歹毒了，興兒把柳湘蓮的事情講了一遍，講東府裏只有兩隻石獅子是乾淨的。鳳姐道：「這個人還算造化高，省了當那出名兒的忘八。」話真說得很歹毒，人家死都死了，還講她說，就是沒什麼好貨，這兩個人，大概都是給賈珍、賈璉他們睡壞了的，所以那男的算他造化，不要當了出了名的王八。從這邊看，可以更顯出尤三姐的處境可憐，她為了自己的一段情，其實更重要的她為了保持她的尊嚴，寧願決絕而死。因為出身寒微，受人欺負，她講給他們兩兄弟當個粉頭來耍弄，只有一死證明她的清白與尊嚴。

最後一〇五八頁，鳳姐便叫倒茶。意思是叫丫頭們快點走開，只剩下平兒一個。這時候鳳姐跟平兒說：「你都聽見了?這才好呢。」平兒也不敢答言，只好陪笑兒。鳳姐越想越氣，歪在枕上只是出神，忽然眉頭一皺，計上心來。鳳姐的這個計，不曉得是怎麼樣一個計策，便叫：「平兒來。」平兒連忙答應過來。鳳姐道：「我想這件事竟該這麼著才好，也不必等你二爺回來再商量了。」賈璉出去了，不在賈府，不要等他回來，就這麼幹了。怎麼個做法?下一回王鳳姐大鬧寧國府就要上演，非常 dramatic 的演出。

【第六十八回】苦尤娘賺入大觀園 酸鳳姐大鬧寧國府

這一回我們全部以程乙本為準，庚辰本裏面有很多錯誤，希望大家仔細比較。一開始鳳姐跟尤二姐講的很長的一段話，稱謂和語氣就不對。鳳姐不可能稱尤二姐「姐姐」，她只能叫她「妹妹」，而且她對尤二姐絕對不會自稱「奴家」，以王鳳姐的地位，王鳳姐的威，怎麼可能用這種自謙自卑的語氣，而且是在情敵面前。這些細節就依據程乙本。

鳳姐想好了計策，她不能容許外面有這麼沒法控制的人，放在後面巷子裏的金屋就像芒刺在背，先把她弄進來，好控制、好整頓她。怎麼弄進來？強迫她或是找人跑去搶進來也不行，也不好看，王鳳姐是有一套手腕的，你看她怎麼做。鳳姐就帶了一羣她的心腹，平兒、丫頭豐兒、周瑞家的、旺兒媳婦，一行人直往尤二姐房門口去。鮑二家的來開門，一看嚇一大跳，興兒笑道：「快回二奶奶去：大奶奶來了。」這個時候可以叫二奶奶了，為什麼？是鳳姐特許的。鳳姐故意的哄尤二姐，把她捧一頓，安撫她，尤二姐就被騙進大觀園裏面來了。看看：「鮑二家的聽了這句，頂樑骨走了真魂，嚇昏了，鳳姐來了。忙飛跑進去，報與尤二姐。尤二姐雖也一驚，但已來了，只得以禮相見；於是忙整理衣裳，迎了出來。至門前，鳳姐方下了車進來，二姐一看，只見頭上都是素白銀器，身上月白緞子襖，青緞子掐銀線的褂子，白綾素裙；眉彎柳葉，高吊兩梢；目橫丹鳳，神凝三角：俏麗若三春之桃，清素若九秋之菊。」再提醒大家，《紅樓夢》裏衣飾有很重要的象徵意義，曹雪芹是運用 point of view 觀點的高手，王熙鳳這身打扮從二姐眼中看，效果截然不同。

大家記得嗎？鳳姐初出場是怎麼穿著？穿金戴銀還不說，一身的飛禽走獸，精描細繡，還有狐狸毛什麼的披披掛掛，出場的時候不得了。那時是從黛玉的眼光看到的。林黛玉剛剛進賈府，賈母來接待她，那幾個姑娘也都出來了，迎春、探春、惜春、王夫人、邢夫人，還有好多丫鬟，坐滿了一廳人。曹雪芹三筆兩筆就帶過了，沒有仔細寫老太太怎麼富貴，三個姑娘如何裝扮，他通通淡淡的寫，等那個主角上場，王熙鳳在後臺叫一聲「我來晚了！」，等於京戲裏邊的後臺一聲叫場，王熙鳳走出來前呼後擁、氣勢非凡，寫她從頭寫到腳，每一筆都不放過。王熙鳳架式是高，《紅樓夢》裏的角色若用篇幅算的話，她恐怕超過任何一個角色。現在她換裝了，穿得一身素淨，可是暗暗的覺得殺氣騰騰。這個女人出來，好像換了一身短打，換上一身要開鬥的樣子，素白的銀器先聲奪人，那種素淨，更有一種叫人不寒而慄的感覺。曹雪芹心思很細膩的，這一段如果不這樣寫王熙鳳，來了也是穿著一身富麗堂皇跟前面差不多，整個 scene 的氣勢就沒有了。所以他寫的好，講究周圍環境和人物的裝飾，通通預備好了，讓王熙鳳穿著這一身的costume出來，一股殺氣，但表面上素素淨淨的。賈敬剛死，賈府後輩戴孝，穿著不宜花稍。

尤二姐當然迎上去了，張口便叫姐姐。看看鳳姐這個人多麼會作戲：「鳳姐忙陪笑還禮不迭，趕著拉了二姐兒的手，同入房中。拉著她的手進去。鳳姐在上坐，二姐忙命丫頭拿褥子，便行禮，說：『妹子年輕，一從到了這裏，諸事都是家母和家姐商議主張。今兒有幸相會，若姐姐不棄寒微，凡事求姐姐的指教，情願傾心吐膽，只伏侍姐姐。』說著便行下禮去。」二姐當然囉，作妾的嘛！心中已經矮了半截，當然非常謙卑，希望鳳姐能夠容納她。看看鳳姐下面這段話，大概想了很久的。「鳳姐忙下坐還禮，下坐喔！走下來還禮喔！在她來說不容易。大家記得嗎？開始的時候劉姥姥去見鳳姐的時候，鳳姐坐在炕上，手拿著小火爐撥撥撥，頭都不抬，不要說下來行禮，態度多麼的倨傲。這一次呢，她可以做到這個地步，下坐還禮。口內忙說：『皆因我也年輕，向來總是婦人的見識，一味的只勸二爺保重，別在外邊眠花宿柳，恐怕叫太爺太太躭心：這都是你我的痴心，誰知二爺倒錯會了我的意。講這一番話言不由衷。若是外頭包占人家姐妹，瞞著家裏也罷了；如今娶了妹妹作二房，這樣正經大事，也是人家大禮，卻不曾合我說。我也勸過二爺，早辦這件事，果然生個一男半女，連我後來都有靠。講得多好聽！王熙鳳最耿耿於懷的是沒有生個兒子，她生了一個女兒，就是巧姐，懷了一個男胎又掉了。宗法社會傳宗接代是非常重要的一件事情，她當然知道，所以講出這番話來。不想二爺反以我為那等妒忌不堪的人，私自辦了，真真叫我有冤沒處訴。我的這個心，惟有天地可表。頭十天頭裏，我就風聞著知道了，只怕二爺又錯想了，遂不敢先說；目今可巧二爺走了，所以我親自過來拜見。還求妹妹體諒我的苦心，起動大駕，挪到家中，你我姐妹同居同處，彼此合心合意的諫勸二爺，謹慎世務，保養身子，這才是大禮呢。冠冕堂皇一番話講得真好聽，可憐的尤二姐聽她的了。她又講：要是妹妹在外頭，我在裏頭，妹妹白想想，我心裏怎麼過的去呢？況且掛著尤二姐在外面。再者叫外人聽著，不但我的名聲不好聽，就是妹妹的名兒也不雅。況且二爺的名聲，更是要緊的，倒是談論咱們姐兒們還是小事。至於那起下人小人之言，未免見我素昔持家太嚴，背地裏加減些話，也是常情。妹妹想，自古說的：「當家人，惡水缸。」──我要真有不容人的地方兒，上頭三層公婆，當中有好幾位姐姐、妹妹、妯娌們，怎麼容的我到今兒？她講的也是合情合理，但是呢，這些公公婆婆她摸得清清楚楚，她手腕好嘛！而且老太太疼哪一個，她都摸得清楚，人際關係做得非常好，所以才能夠一手遮天。其實她也知道一定有像興兒這種人在尤二姐面前講她壞話，果然講了。你看看她怎麼自辯：就是今兒二爺私娶妹妹，在外頭住著，我自然不願意見妹妹，我如何還肯來呢？你看講這話，拿著我們平兒說起，我還勸著二爺收他呢。這都是天地神佛不忍的叫這些小人們糟塌我，所以才叫我知道了。看看下面，我如今來求妹妹，求她，進去和我一塊兒，住的、使的、穿的、帶的，總是一樣兒的。講得真好，進去以後，尤二姐就嘗到味道了。妹妹這樣伶透人，要肯真心幫我，我也得個膀臂。不但那起小人，堵了他們的嘴；就是二爺，回來一見，他也從今後悔，我並不是那種吃醋調歪的人：講她自己不吃醋，興兒講她不光是醋罐，還是個醋缸、醋海，聽她說呢！你我三人，更加和氣。所以妹妹還是我的大恩人呢。要是妹妹不合我去，我也願意搬出來陪著妹妹住，只求妹妹在二爺跟前替我好言方便方便，留我個站腳的地方兒，就叫我伏侍妹妹梳頭洗臉，我也是願意的！』這個王熙鳳真講得出來。說著，便嗚嗚咽咽，哭將起來了。會演啊！王熙鳳會演戲。演得非常好、非常動人。二姐見了這般，也不免滴下淚來。」尤二姐老實，給王鳳姐哄得一愣一愣的。

後來平兒來跟她見禮，二姐很謙虛，說你跟我是一樣的人，趕緊攙住。鳳姐說：「折死了他！妹妹只管受禮，他原是咱們的丫頭。以後快別這麼著。」把尤二姐捧上天，這一番話，講得好像還要靠她來籠絡賈璉，把自己講得那麼委屈。你看尤二姐的反應：「二姐是個實心人，便認做他是個好人，想道：『小人不遂心，誹謗主子，也是常理。』故傾心吐膽，敘了一回，竟把鳳姐認為知己。難怪叫她苦尤娘，這個苦命人尤二姐被哄進去了，有她受的，等一下就會看到鳳姐整人的厲害了。當然鳳姐不容她們多想，不由分說即刻搬家。鳳姐說，『這事老太太、太太一概不知；倘或知道，二爺孝中娶你，管把他打死了！』」因為現在是國孝跟家孝兩重在身，這個時候娶起妾來了。意思是，你是見不得人的，你是非法的，這個時候娶你是不對的。所以呢，暗示什麼事情聽我的，我來替你安排。

大觀園裏面都知道了，看到鳳姐帶了進來，大家都在看。二姐呢，還沒見到老太太，先見了這些人。他們看她標緻和悅，長得又好，人呢，有點懦弱，好相處，尤二姐客觀上是滿叫人疼的一個女孩子。可是鳳姐馬上吩咐了：「都不許在外走了風聲；若老太太、太太知道，我先叫你們死！」這才是鳳姐的口氣。後來叫下面丫頭把她看住，等於叫下面的人把她囚禁、監控起來，鳳姐說：「好生照看著他，若是走失逃亡，一概和你們算賬！」大家起先覺得，怎麼一下子鳳姐這麼賢慧起來了，馬上就露了真面目。她遣掉尤二姐原來的傭人，叫了一個丫鬟善姐兒服侍，過不了幾天，頭油用完了，尤二姐叫善姐兒說回大奶奶，拿一點給我吧！你看善姐兒怎麼回答的：「二奶奶：你怎麼不知好歹，沒眼色？教訓她囉！我們奶奶，天天承應了老太太，又要承應這邊太太，那邊太太。這些姑娘妯娌們，上下幾百男女人，天天起來，都等他的話；一日少說，大事也有一二十件，小事還有三五十件……那裏為這點子小事去煩瑣他？我勸你能著些兒罷！下面一句話厲害的。咱們又不是明媒正娶來的。」這就講清楚了，你不是明媒正娶，偷偷的搞來的，你還要在這兒當做主子的樣子。善姐兒是個丫頭，當面教訓式的講她，想想也知道是鳳姐教唆的，王熙鳳暗底下安排，慢慢的磨死她。尤二姐這時候還不清楚，聽丫鬟講這種話，真是哭笑不得，又不好罵她，又不好跟鳳姐那邊抱怨，吃了虧只好吞，這個氣也不好受的，讓丫鬟來這麼訓了一頓，「一夕話，說的尤氏垂了頭。」慢慢的，飯也懶得端給她吃了，有一頓，無一頓。後來呢，還故意端一些餿東西給她吃，二姐講過幾次，那個丫頭跟她翻眼。鳳姐忙嘛！隔一陣子見她的時候，你看：那鳳姐卻是和容悅色，滿嘴裏「好妹妹」不離口。又說：「倘有下人不到之處，你降不住他們，只管告訴我，我打他們。」又罵丫頭媳婦說：「我深知你們軟的欺，硬的怕，背著我的眼，還怕誰？倘或二奶奶告訴我一個『不』字，我要你們的命！」你看王熙鳳的兩面三刀，這個時候講得那麼好聽，尤二姐沒辦法講什麼話。所以尤二姐之死是凌遲而死，一步一步給她各種罪受，等一下又加上一個秋桐，叫了另外一個當了賈璉的妾的丫頭來，更磨她、欺負她，慢慢磨死。

王熙鳳對付尤二姐是妻妾之間鬥爭很著名的例子，從前中國人的家庭常常因為一夫多妻制引起鬥爭，到處都有《後宮甄嬛傳》。歷史上有名的例子，《史記》裏面寫漢高祖的皇后呂后怎麼整死戚夫人，戚夫人長得美，尤二姐也是長得漂亮，高祖生前寵愛，鳳姐自己長得也不錯，呂雉大概長得不怎麼樣，所以恨戚夫人，恨了多少年了。漢高祖走了以後，呂后叫人把她手腳砍掉，丟在那變成個人彘，好殘忍的。鳳姐整尤二姐也是那一套，尤二姐在精神上，也等於變成個人彘了，把她整得受不了折磨自殺為止。鳳姐厲害的是她也不出聲，她裝好人，你又拿她不住，不好明說是鳳姐，弄得好像是下面的人在整。另一方面她又去叫人找張華，找本來跟尤二姐定了婚的那個小夥子，叫張華提告，告賈璉霸占民妻，搞得賈璉、賈珍他們下不了場。鳳姐厲害的，幾面來，她還教他寫狀子，「**就告璉二爺國孝家孝的裏頭，背旨瞞親，仗財依勢，強逼退親，停妻再娶。**」張華是個小無賴，哪裏敢啊！旺兒說他不敢告怎麼辦？你看鳳姐怎麼罵他：「**真是他娘的話！怨不得俗語說，『癩狗扶不上牆』的！**」鳳姐教唆他告，給了銀子叫張華告，這下子告了以後，鳳姐才有個由頭去鬧寧國府。

「酸鳳姐大鬧寧國府」，這一回寫得非常 dramatic，很戲劇性的。衙門裏面來拘提了，鳳姐就假裝害怕，有這件事情了，跑到寧國府來。賈珍一聽到報信，他說，張華這個傢伙還算他有膽子，居然敢來告我，拿點錢去塞他，這什麼大不了的事。正在講的時候，門上又來報，西府二奶奶來了。賈珍一聽，倒吃了一驚，這個不好弄，忙和賈蓉兩個人要躲起來。**不想鳳姐已經進來了，說：「好大哥哥，帶著兄弟們幹的好事！」賈蓉忙請安。**

鳳姐拉了他就進來。賈珍還笑說：「好生伺候你嬸娘，吩咐他們殺牲口備飯。」自己騎馬快點溜了，他曉得下面的場面不好看了，讓他的兒子跟太太去應付。這裏鳳姐帶著賈蓉，走進上屋。尤氏也迎出來了，見鳳姐氣色不善，忙說：「什麼事情，這麼忙？」你看下面，這是給鳳姐演戲的一場，鳳姐這場戲演的好！按理講，賈珍這邊，尤氏跟她平起平坐的，尤氏是她的妯娌，賈珍是寧國公的繼承人，人家也是很有體面的太太，當著這麼多人上上下下在那邊，王熙鳳不管了，就是要讓他們難堪。鳳姐照臉一口唾沫，鳳姐的潑辣樣子出來了，一口口水吐在尤氏臉上，啐道：「你尤家的丫頭沒人要了，偷著只往賈家送！難道賈家的人都是好的，普天下死絕了男人了？你就願意給，也要三媒六證，大家說明，成個體統才是。你痰迷了心，脂油蒙了竅！國孝，家孝，兩層在身，就把個人送了來！這會子叫人告我們，連官場中都知道我利害，吃醋。如今指名提我，要休我！我到了這裏，幹錯了什麼不是，你這麼利害？或是老太太、太太有了話在你心裏，叫你們做這個圈套擠出我去？如今咱們兩個一同去見官，分證明白，回來咱們公同請了合族中人，大家覿面說個明白，給我休書，我就走！」這一番話厲害的。一面說，一面大哭，拉著尤氏，只要去見官。急的賈蓉跪在地下碰頭，只求：「嬸娘息怒！」大家記得嗎？賈蓉跟鳳姐其實也有一段滿曖昧的關係在裏頭的，所以程乙本這裏最後的時候，寫了兩句，鳳姐恨恨的說，我今天總認識你了。原來她以為，他跟她還有情，沒想到暗裏他也計算她的。賈蓉這個人也是品行相當不端，心術不正的。鳳姐一面又罵賈蓉：「天打雷劈、五鬼分屍的沒良心的東西！不知天有多高，地有多厚，成日家調三窩四，幹出這些沒臉面、沒王法、敗家破業的營生。你死了的娘，陰靈兒也不容你！祖宗也不容你！還敢來勸我！」一面罵著，揚手就

賈蓉

打。對他媽媽吐口水，兒子是劈哩拍啦打一頓，鳳姐是完全豁出去了。這個時候，你看看，賈蓉這個傢伙動作有點下流的，跟二姐兒、三姐兒調情的時候不是嗎？現在挨打了以後，你看他講的話裏有話了。「嬸娘別動氣！只求嬸娘別看這一時，侄兒千日的不好，還有一日的好。實在嬸娘氣不平，何用嬸娘打，等我自己打，嬸娘只別生氣！」劈哩拍啦的左右開弓，自己打一頓嘴巴子，他也做得出來！又自己問著自己說：「以後可還再顧三不顧四的不了？以後還單聽叔叔的話、不聽嬸娘的話不了？嬸娘是怎麼樣待你？你這麼沒天理，沒良心的！」鳳姐還沒完，滾到尤氏懷裏，嚎天動地，大放悲聲。接著巴拉巴拉罵一頓，罵得尤氏沒有回嘴的餘地。尤氏只好罵賈蓉，就是你闖出來的禍，「混賬種子！」罵他說：「和你老子做的好事！我當初就說使不得。」尤氏是個很懦弱的人，只會聽賈珍的話，自己沒什麼主意的，連她兩個異母的妹妹給整成這樣，她也沒有出來撐撐腰，她怕事、不敢擔。鳳姐兒聽說這話，哭著，搬著尤氏的臉，問道：「你發昏了？你的嘴裏難道有茄子搴著？不就是他們給你嚼子銜上了？為什麼你不來告訴我去？你要告訴了我，這會子不平安了？怎麼得驚官動府，鬧到這步田地？你這會子還怨他們！自古說『妻賢夫禍少』，『表壯不如裏壯』，你但凡是個好的，他們怎敢鬧出這些事來？你又沒才幹，又沒口齒，鋸了嘴子的葫蘆；王熙鳳很會罵人的，就只會一味瞎小心，應賢良的名兒！」說著，啐了幾口。她罵尤氏罵得也對的，尤氏就是這麼一個性格，不敢講話。

《紅樓夢》裏像尤氏這麼一個次要人物，也很難寫，她不突出，寫的好你也會覺得她恰到其分，這時候被王鳳姐蹧蹋成這個樣子，顯得尤氏這個人軟弱、愚昧。榮國府這邊鳳姐撐住了，寧國府尤氏撐不起來，尤氏被罵了，被蹧蹋了，還得百般的賠罪。最後，鳳姐說還賠了幾百兩銀子，他們拿出五百兩銀子給她賠上，反正要哄得鳳姐息怒。她又說還有一關，賈母那邊怎麼辦？國孝、家孝的時候還娶妾，這是犯法的。怎麼跟賈母講？尤氏怕得要死，只好又求鳳姐了。你看鳳姐，一個轉彎過來了，這時她改口了、鬆動了，因為她也鬧夠了，尤氏也給她戳夠了，一身的鼻涕眼淚給她戳的，滾在她懷裏去抓去弄也夠了，賈蓉劈哩拍啦耳光也打夠了，所以鳳姐一轉過來又恩威並用。程乙本到最後的地方寫得很 subtle，尤氏賈蓉一齊笑說：「到底是嬸娘寬洪大量，足智多謀！等事妥了，少不得我們娘兒們過去拜謝。」鳳姐兒道：「罷呀！還說什麼拜謝不拜謝！」下面你看：又指著賈蓉道：「今日我才知道你了！」說著，把臉卻一紅，眼圈兒也紅了，似有多少委屈的光景。這是個曲筆，是暗示他們兩個之間，要不然鳳姐眼睛紅幹什麼？還要裝委屈什麼的。他們兩個有一段情，鳳姐以為賈蓉是向著她，哪曉得如今有被出賣的感覺，受了委屈，講今天我才曉得真正的你了，從前嬸娘長嬸娘短都是在哄我的，所以呢，眼圈一紅，這寫的好！賈蓉忙陪笑道：「罷了！少不得擔待我這一次罷。」講這個話也是有點撒嬌的味道，可見他們兩個是有一些曖曖昧昧的感情在裏頭，前面也有這種暗示的。說著，忙又跪下了。鳳姐兒扭過臉去不理他，賈蓉才笑著起來了。這些看起來沒有很著重的筆法，暗暗地把鳳姐跟賈蓉兩個人的關係又點了一下。如果曹雪芹明寫賈蓉跟鳳姐怎麼樣，又不對了。這個時候，筆下的份量輕重恰恰好，多一點不行，少一點不夠，他要講鳳姐跟賈蓉兩個人的關係，眼圈一紅夠了！賈蓉笑著起來，這個「笑」字用得好，要是兩個人真正完全沒有，哪裏敢笑？這麼盛怒之下，笑著起來表示兩個人之間還有點舊情，才可以對鳳姐撒嬌。

你看看王鳳姐前面怎麼兇，後面怎麼轉彎，這些起起伏伏寫得有聲有色，所以這是《紅樓夢》中相當戲劇性的場景。如果鳳姐劈哩拍啦罵到底、打到底，然後走了，那就不是鳳姐了。她軟硬兼施，罵完了，弄好了，回過頭來又裝好人，說老太太那邊當然我替你們去扛起來囉，你們又沒本事，還來求我。鳳姐手腕是夠的，很厲害的，能屈能伸，把一個人玩在手裏，收放自如，寧國府給她搞得天翻地覆。這個戲完了以後，看她最後怎麼把尤二姐逼死，下一回「弄小巧用借劍殺人」，尤二姐「覺大限吞生金自逝」。

【第六十九回】弄小巧用借劍殺人 覺大限吞生金自逝

鳳姐當然不會自己去虐待尤二姐，那樣就背了悍婦、妒婦的名聲，她躲在後面，唆使她的丫頭去做就行了。鳳姐的心機、城府、手腕，這兩回都發揮到淋漓盡致。把尤二姐弄進來，先要過賈母那一關。賈母正和姑娘們在園中玩，看鳳姐帶著一個標緻的小媳婦來，就問這是什麼人啊？鳳姐故意講，老祖宗先別問，只說比我俊不俊？賈母戴著個眼鏡看一看，還拿尤二姐的手看看皮膚怎麼樣，果然是長得不錯，滿叫人憐愛的。庚辰本：賈母瞧畢，摘下眼鏡來，笑說道：「更是個齊全孩子，我看比你俊些。」那個「更」字，語氣上不大順，我覺得程乙本比較簡潔：「很齊全。我看比你還俊呢！」

其實鳳姐哪裏想要把尤二姐放在園子裏，起先她這麼做，目的是要張華來鬧，把事情鬧得不成樣子，賈母當然說，這麼一個人怎麼能要，還給他吧！順理成章就把她趕走。鳳姐調唆張華去告了，讓賈府知道原來她已經下了聘，有丈夫的，這種人怎麼可以娶進來，等於搶奪民女啊！告了以後，賈母就把尤氏罵了一頓，你辦事這麼糊塗，你妹妹下了聘了你都不知道嗎？尤氏說已經退婚了。退過了的？官司怎麼辦？賈母叫鳳姐，你去料理吧。其實賈蓉很知道鳳姐的心埋，要把尤二姐踢走，他說還是悄悄叫張華把她要回去吧。張華已經得了銀子了，賈珍拿銀子去封他的口，張華一想這麼可怕，賈府要把他捲進官司，他乾脆得了銀子就逃掉了。這下子鳳姐計畫沒成功，張華畏罪跑掉了。鳳姐想這不等於落了把柄給人家嗎？萬一張華以後供出來是她調唆的怎麼辦？鳳姐就要旺兒去追張華，想辦法把他幹掉滅口。王熙鳳發了狠歹毒到這種地步！還好旺兒覺得人家已經走了就算了，不要置人於死，回來找個藉口說，張華半路給強盜打死了。

尤二姐沒能弄走，鳳姐想，先磨她一磨，叫個丫頭給她臉色，餿東西也拿給她吃。這時候賈璉回來了，辦事辦得很妥，賈赦高興了，就賞給他一個十七歲的丫頭叫做秋桐。庚辰本這一段我覺得有點問題，你看：「如這秋桐輩等人，皆是恨老爺年邁昏憒，貪多嚼不爛，沒的留下這些人作什麼，因此除了幾個知禮有恥的，餘者或有與二門上小么兒們嘲戲的。甚至於與賈璉眉來眼去相偷期的，只懼賈赦之威，未曾到手。這秋桐便和賈璉有舊，從未來過一次。」程乙本沒有這一段，這一段把賈家寫得太過了，說賈赦那些妾室、那些丫鬟們淫亂得不得了，亂搞一通。賈赦很厲害的人，即使年老昏憒，邢夫人怎麼會容許這些事情？不要說邢夫人管事，下面好多那種陪房像王善保家的之類，那些老婆婆厲害得很，哪裏容得下這些丫頭亂偷人，那還不去告發？賈赦本人是有很多侍妾，他本來想打鴛鴦的主意，被賈母抹了一鼻子灰，後來就自己拿錢買了一個十七歲叫做嫣紅的姑娘。收侍妾在賈府也是有規矩的，不至於像這一段講的，說他的侍妾丫頭跟那些門房的小么兒搞起來了，那是不得了的事。講賈璉和秋桐有舊，也不合邏輯。若說秋桐來了，剛剛新鮮嘛，還有些道理。雖然賈璉很寵愛二姐兒，但賈璉也是吃著碗裏、看著鍋裏的一個人，來者不拒。他前面不是有多姑娘、鮑二家之類的，他也喜歡的。這秋桐過來是因為賈赦賜賞的，當然她覺得有老爺做後盾，所以來到賈璉這邊很驕傲、很得意，覺得她自己身分不同。鳳姐是一個刺還沒有拔走又來一個，心生一計，借刀殺人，讓秋桐把二姐兒除掉，自己再來收拾秋桐。所以這個時候，鳳姐退到後面去，讓秋桐出頭耍威。你看：「秋桐自為係賈赦之賜，無人僭他的，連鳳姐平兒皆不放在眼裏，豈肯容他。張口是『先姦後娶沒漢子要的娼婦，也來要我的強。』鳳姐聽了暗樂，尤二姐聽了暗愧暗怒暗氣。鳳姐既裝病，便不和尤二姐吃飯了。每日只命人端了菜飯到他房中去吃，那茶飯都係不堪之物。」這時候只有一個人同情二姐，就是平兒。在丫鬟裏面，平兒心地最善良，以鳳姐之威、鳳姐之嚴、鳳姐之毒，她在旁邊替鳳姐解了很多的怨。平兒看不過眼。按理講，尤二姐對平兒絕對是很危險的對手，平兒是賈璉的第一個妾，一個新的妾室來了難免爭寵，但平兒不光是沒像鳳姐這樣去踐踏尤二姐，還因為看不過眼，心地善良的她悄悄的不敢讓鳳姐知道，在園子裏弄點食物，雪中送炭，送給尤二姐吃。這下子被秋桐看見了，馬上去告訴鳳姐，說：「奶奶的名聲，生是平兒弄壞了的。這樣好菜好飯浪著不吃，卻往園裏去偷吃。」這個「生」字多餘的。鳳姐聽了，罵平兒說：「人家養貓拿耗子，我的貓只倒咬鷄。」把平兒訓了一頓，平兒也不敢去了。

尤二姐處境滿難的，表面上又抓不住鳳姐的錯，鳳姐表面上「妹妹長、妹妹短」還是跟她很親熱，沒人的時候故意講：「妹妹的聲名很不好聽，連老太太、太太們都知道了，說妹妹在家做女孩兒就不乾淨，又和姐夫有些首尾，『沒人要的了你揀了來，還不休了再尋好的。』我聽見這話，氣得倒仰，查是誰說的，又查不出來。」這個時候講這些話，尤二姐聽了，更覺得自己抬不起頭來。偏偏碰到秋桐是個無知無識的女孩子，年紀輕，到這邊來是想耀武揚威一番。鳳姐坐山觀虎鬥，她要等到秋桐殺了尤二姐，自己再來殺秋桐，桐，她就去調唆秋桐：「你年輕不知事。他現是二房奶奶，你爺心坎兒上的人，我還讓他三分，你去硬碰他，豈不是自尋其死？」秋桐聽了這個話受不了，大罵起來：「奶奶是軟弱人，那等賢惠，我卻做不來。奶奶把素日的威風怎都沒了。奶奶寬洪大量，我卻眼裏揉不下沙子去。讓我和他這淫婦做一回，他才知道。」這秋桐呢，還跑到賈母、王夫人那邊去告狀，說二姐兒，「專會作死，好好的成天家號喪，背地裏咒二奶奶和我早死了，好和二爺一心一計的過。」王鳳姐有意的借刀殺人，大家如果看過《金瓶梅》，就知道潘金蓮怎麼整死李瓶兒的。一夫多妻制是中國家庭的亂源，潘金蓮是第五房，李瓶兒是第六房，李瓶兒因為生了一個孩子，得了西門慶的寵愛，潘金蓮就訓練一隻貓，藉這個貓去把那個孩子嚇死，因為爭寵，先要把她的孩子搞死。這個秋桐等於那隻厲貓一樣，張牙舞爪的把尤二姐逼死。聽了讒言，賈母就講了：「人太生嬌俏了，可知心就嫉妒。鳳丫頭倒好意待他，他倒這樣爭鋒吃醋。可是個賤骨頭。」賈母一這麼說，墻倒眾人推。賈母是權力中心嘛！開頭的時候，覺得她長得很好，還不錯，現在一聽，原來是這麼不安分守己，一不喜歡她以後，尤二姐的處境更難了。吃沒的吃，壓力這麼大，到處又捱罵，終於折磨得病了。

一個月下來尤二姐奄奄一息，三姐兒的魂來了。夜來合上眼，只見他小妹子手捧鴛鴦寶劍前來說：「姐姐，你一生為人心痴意軟，終吃了這虧。講她心痴意軟、個性柔弱，很容易動情，這是她的缺點。休信那妒婦花言巧語，外作賢良，內藏奸狡，他發恨定要弄你一死方罷。不要聽那妒婦王鳳姐口蜜腹劍，這個女人，她根本就要整死你的。若妹子在世，斷不肯令你進來，即進來時，亦不容他這樣。一定不會讓你到賈府裏面來，進來，我也不容她欺負你成這樣子。她下面嘆一口氣：此亦係理數應然，天理如此，為什麼呢？你我生前淫奔不才，這個地方有個錯誤，就是跟上面一回一樣的，三姐並沒有淫奔不才。程乙本是：只因你前生淫奔不才，你前生犯了一個淫罪，使人家喪倫敗行，兄弟同婦，而且又跟人家兒子也混在一起，故有此報。所以你才有這個報應。你依我將此劍斬了那妒婦，一同歸至警幻案下，聽其發落。不然，你則白白的喪命，且無人憐惜。」三姐說乾脆跟她拼了，拿了劍去刺了再說。二姐的個性完全不一樣，接下來程乙本是：尤二姐哭道：「妹妹，我一生品行既虧，今日之報，既係當然，何必又去殺人作孽？」三姐兒聽了，長嘆而去。程乙本非常簡要，三姐一聽，無可救藥，你已經根本沒有鬥志，認了你的命了，那我也沒辦法救你，長長嘆一口氣，走了。我覺得這一段寫得比較有力量，也比較含蓄。庚辰本則是多了一大段：尤二姐泣道：「妹妹，我一生品行既虧，今日之報既係當然，何必又生殺戮之冤。隨我去忍耐。若天見憐，使我好了，豈不兩全。」小妹笑道：用小妹這個稱謂不對，這一段稱謂錯了。「姐姐，你終是個痴人。自古『天網恢恢，疏而不漏』，天道好還。你雖悔過自新，然已將人父子兄弟致於麀聚之亂，天怎容你安生。」尤二姐泣道：「既不得安生，亦是理之當然，奴亦無怨。」小妹聽了，長嘆而去。我覺得三姐兒講多了，已經講了你生前淫奔，使人家喪倫敗行，夠了，下面不要再講這一大段了，麀聚之亂是很難聽的，麀字是母鹿，講她淫亂像動物一樣。小說對話含蓄一點，有時候言外之意，不講比講還有力量。三姐聽完了長嘆一聲，沒話講了嘛！她講什麼呢？柔弱的姐姐已經認命了，我也沒有話講，長嘆而去。

尤二姐病了，而且已經懷了孕。賈璉來了，因為悄悄的娶了尤二姐，在鳳姐面前更抬不起頭來，所以也不敢太替尤二姐撐腰。現在看她生病了，要找個醫生來，剛好那時候太醫有事，就找了另外一個胡大夫，這個庸醫亂診一頓，你看他怎麼給二姐號脈，庚辰本形容他，一看尤二姐露出臉來，美人嘛！胡君榮一見，魂魄如飛上九天，通身麻木，一無所知。這個形容也太過了。程乙本是：胡君榮一見，早已魂飛天外，那裏還能辨氣色？這個好得多。胡庸醫就給她開了一大堆藥，講她不是懷胎，是血氣不通，劈哩拍啦亂開一通，一吃，把男胎打了下來。賈璉一陣慌亂，要抓他，醫生捲包跑掉了。你看看：鳳姐比賈璉更急十倍，只說：「咱們命中無子，好容易有了一個，又遇見這樣沒本事的大夫。」於是天地前燒香禮拜，自己通陳禱告說：「我或有病，只求尤氏妹子身體大愈，再得懷胎生一男子，我願吃長齋念佛。」賈璉眾人見了，無不稱讚。鳳姐真會做戲啊！你想想看，如果尤二姐真的生一個兒子，我看鳳姐是天天芒刺在背，她就是沒生出兒子來嘛，所以她有點心虛。當年一個媳婦生不出兒子是個大缺陷，所以她巴不得尤二姐的胎兒流掉。下面，庚辰本又多出了這麼一段，鳳姐又罵平兒不是個有福的，「也和我一樣。我因多病了，你卻無病也不見懷胎。如今二奶奶這樣，都因咱們無福，或犯了什麼，沖的他這樣。」一把平兒也罵一頓，程乙本沒有這一段。前面講王熙鳳夠了，再搞罵平兒這一段多餘了。小說的文字，多也多不得，少也少不得，多了以後反而把前面的力量拖下來。

有意思在哪裏呢？王鳳姐又搞鬼了，叫人出去算命，怎麼會掉了胎的？講就是犯了沖，犯了一個陰人，屬兔的女人沖的。算來算去，只有秋桐屬兔。秋桐一聽大罵起來：「我和他『井水不犯河水』，怎麼就沖了他！你看，把尤二姐臭罵一頓。好個愛八哥兒，說她長得像八哥兒，就像鳥一樣。在外頭什麼人不見，偏來了就有人沖了。白眉赤臉，那裏來的孩子？他不過指著哄我們那個棉花耳朵的爺罷了。無知無識的一個小丫頭嘛，罵起來口不遮掩。縱有孩子，也不知姓張姓王。奶奶希罕那雜種羔子，我不喜歡！老了誰不成？誰不會養！一年半載養一個，倒還是一點攙雜沒有的呢！」我也會養，養的還純種的，她那個雜種，不曉得雜了什麼東西。這種話聽到尤二姐的耳朵裏頭去，這麼一罵，大家聽了就是想笑也不敢笑。邢夫人來了她還告狀，邢夫人又把賈璉罵一頓。總而言之，王鳳姐躲在幕後策畫這一切，就要把尤二姐逼死為止。還是平兒對尤二姐好一點，來勸二姐兒好好養病，要寬心。庚辰本寫了一大段，一〇八三頁：鳳姐已睡，平兒過來瞧他，又悄悄勸他：「好生養病，不要理那畜生。」尤二姐拉他哭道：「姐姐，我從到了這裏，多虧姐姐照應。為我，姐姐也不知受了多少閑氣。我若逃的出命來，我必答報姐姐的恩德；只怕我逃不出命來，也只好等來生罷。」平兒也不禁滴淚說道：「想來都是我坑了你。我原是一片痴心，從沒瞞他的話。既聽見你在外頭，豈有不告訴他的。誰知生出這些個事來。」尤二姐忙道：「姐姐這話錯了。若姐姐便不告訴他，他豈有打聽不出來的，不過是姐姐說的在先。況且我也要一心進來，方成個體統，與姐姐何干。」二人哭了一回，平兒又囑咐了幾句，夜已深了，方去安息。這一大段覺得好像平兒跟尤二姐是一夥了，一夥人來對付秋桐、怨鳳姐，這個也不可能的。尤其是罵秋桐「不要理那畜生」這不是平兒的語氣，在她的位子也不宜。所以庚辰本這一段，我覺得有點問題。程乙本簡要得多，幾句話講完了。我想這一次平兒到二姐兒那邊去，也有所顧忌的，不會跟她講這麼多話，你看：鳳姐已睡，平兒過尤二姐那邊來勸慰了一番，尤二姐哭訴了一回。平兒又囑咐了幾句，夜已深了，方去安息。足夠了。

尤二姐一想，胎兒也沒有了，本來她還可能因為生個兒子扳回一城，現在沒有希望了，她心裏知道是鳳姐在搞鬼，卻講不出來，她表面上做得很好，那些底下人整她，弄她，自己已經病成這樣，恐怕也難好了，何必再受這些氣，她吞金自盡了。吞金多麼難受，好像只有在中國聽說，外國小說裏我從來沒看過。吞個金子死可能沒那麼容易，不管怎麼樣，尤二姐終於被逼死了。賈璉有點傷心，鳳姐也貓哭老鼠假裝哭這麼一頓，還說：「狠心的妹妹！你怎麼丟下我去了，辜負了我的心！」這樣死了還不可以葬在他們墓園，賈母說，葬在亂葬崗就行了。所以你看，妾室沒有地位，失了寵的妾死無葬所。一〇八四頁庚辰本這一段也有點問題。他們要把屍首抬出去了，賈璉一看，她的臉還像生前那樣子，就悲傷的大哭起來說：「奶奶，你死的不明，都是我坑了你！」程乙本沒有這一段的，不像賈璉的話。如果賈璉是這麼樣的傷心，之前他為什麼不出來說幾句話？賈蓉忙上來勸：「叔叔解著些兒，我這個姨娘自己沒福。」說著，又向南指大觀園的界墻，那個禍害在那邊，挑唆他，鳳姐才是禍源頭。賈璉會意，只悄悄跌腳說：「我忽略了，終久對出來，我替你報仇。」說是要追究尤二姐的死因，後來完全沒這回事，所以我覺得這一段抄本有問題的。第一，根本不像賈璉的口氣，替她報仇這種話，按理講鳳姐做得不露痕跡，又不是鳳姐直接害死的，她自己自殺的。第二，把賈蓉寫得這麼壞，還來挑唆這個東西，也不像。所以這一段寫的不好，文字、感覺都不對，程乙本根本沒有這一段。反正馬馬虎虎葬了她，葬要花錢的，賈璉沒什麼私房錢，一有點私房錢就被鳳姐揪走了，翻翻尤二姐的那些首飾嫁妝，也沒有什麼值錢的東西，賈璉又傷心嘛，就拿二姐兒那些東西燒了。

平兒心地善良，而且適當的時候護著賈璉的，記得嗎？賈璉不是去偷吃他的相好多姑娘，留下了一綹頭髮，平兒把它收起來，沒有告發他，反而是替賈璉掩飾的。看看一〇八五頁這個地方：平兒又是傷心，又是好笑，看他這樣子錢也沒有，拿了東西自己就來燒，忙將二百兩一包的碎銀子偷了出來，平兒知道王熙鳳有很多私房錢，偷了二百兩碎銀子出來，到廂房拉住賈璉，悄遞與他說：「你只別作聲才好，你要哭，外頭多少哭不得，又跑了這裏來點眼。」賈璉聽說，便說：「你說的是。」接了銀子，又將一條裙子遞與平兒，說：「這是他家常穿的，你好生替我收著，作個念心兒。」平兒只得掩了，自己收去。平兒這個地方會做人，難怪最後鳳姐死了賈璉把她扶正，平兒算是這羣丫鬟裏結局最好的一個，好人好報。她處處替賈璉著想，所以賈璉也感激她。曹雪芹在這種節骨眼的地方絕不放過，如果沒有這一段，賈璉自己跑出去燒了就完了，這個時候讓平兒表現對賈璉的體貼，寫得很 subtle，很細膩。雖然這麼一個好色鬼，她還是愛他，還是對他好的。

賈璉不是可愛的人，那麼好色，曹雪芹也讓他在恰當的時候顯出他的人性，他叫平兒替他收好一件尤二姐的裙子，等於是一個紀念物，這一點，賈璉還有些真情的。曹雪芹的筆下，沒有百分之百的壞人，也沒有百分之百的好人，他的筆下寫的只有人，人包含了各種各類，他的筆下都包容。

這幾回把紅樓二尤故事說完了，跟整個小說的主題有很大關聯。尤三姐的魂來的時候就講了嘛，一干情鬼債都還了，都要回到警幻仙姑那邊去報到。太虛幻境那裏很多情鬼下凡，他們的命運也是《紅樓夢》很重要的主題，他們的故事都繞著一個情字。這情字很複雜的。男女之間生了情才有生命，情也是生命的根源，然後孳孳不息。但另一方面，情又能夠造成蠢動與盲目，會把倫理的社會秩序毀滅衝破，它的複雜性不是單向的，是非常多面的。有時候情非理性 irrational，非常原始，要經過一些教化，才能歸屬在一種範圍內。世界上那些道德系統、宗教系統，對情很設防的，設下各種方法，要斬斷情根，要化解情執，都知道這股原始力量不下於洪水猛獸。但無論怎麼束縛、疏導、跨越，人最基本的這個情根，書裏說青埂峯、情根峯，是拔不掉的。《紅樓夢》整本書都在講情這個字，到最後只有從佛家的觀點，從寶玉出家，還有其他幾個人的出家求道，來找出解脫的結局。尤三姐、尤二姐的悲劇，也都是因為動了情，我們看到《紅樓夢》裏有好多好多情的故事堆疊起來，那個情是男女之情、人倫之情、親情、愛情、同性異性之情，複雜且動人，曹雪芹如此用心用力刻畫，藉以讓世人了解情何以為情。

【第七十回】林黛玉重建桃花社　史湘雲偶填柳絮詞

這一回，又回到林黛玉和大觀園的女孩子們身上去了，她們好久沒有作詩填詞了。海棠詩社成立以後，開過幾次詩筵，作了海棠詩，作了菊花詩，冬天又在蘆雪亭聯句，然後就停了很久了，所以「林黛玉重建桃花社」，又回到她們詩的生活。

庚辰本一〇九〇頁這個地方延續了前面的問題，小戲子芳官在寶玉怡紅院裏，他們不是把她打扮成胡人，改了一個「耶律雄奴」的名字嗎？跟芳官根本不配，芳官哪裏像個胡人的樣子，她很可愛、很機靈的一個小女孩，這裏也要改過來，前面那一段程乙本沒有的，庚辰本多出來的不合理，又破壞氣氛。庚辰本一〇八九頁這幾行：「如今仲春天氣，雖得了工夫，爭奈寶玉因冷遁了柳湘蓮，劍刎了尤小妹，金逝了尤二姐，氣病了柳五兒……」這個怪得很，什麼冷遁了，劍刎了，金逝了，不通。程乙本是這麼寫的：「爭奈寶玉因柳湘蓮遁跡空門，又聞得尤三姐自刎，尤二姐被鳳姐逼死，又兼柳五兒自那夜監禁之後，病越重了。」這不是很通順嗎？發生了這麼多事以後，寶玉就有點瘋瘋癲癲了，或許受到刺激，「語言常亂，似染怔忡之疾」，有點精神恍惚了。的確是，寶玉出家是一步一步來的，他看到接二連三的事情，從最早秦氏死了，秦鐘死了，金釧兒死了，尤三姐死了，柳湘蓮出家了，尤二姐也死了，對寶玉來說，這種刺激都是累積起來的，讓他最後看破紅塵。後來沒有多久晴雯死了，最後黛玉死了，終於對他的覺悟，對他的超越，對他的尋找解脫，起了決定性的作用。

這個時候春天又來了，林黛玉傷春悲秋，對這種季節的變換最敏感。第一個春天的時候，她想到自己的命運，已經寫下〈葬花吟〉，最後那個命運，「一朝春盡紅顏老，花落人亡兩不知」。現在她們又想恢復詩社的時候，黛玉看到桃花這麼盛開，又寫了一首〈桃花行〉。桃花在中國人的觀念裏，是「輕薄桃花逐水流」，臺灣比較看不到很大片的桃花林，臺灣櫻花比較多。我兩次去看桃花，一次在太湖邊上，春天開的時候那種燦爛，整個一片桃林無邊無際，但是呢，從上面看到下面，落英遍地，桃花很容易就凋零的，碰一下就嘩嘩下來了，非常脆弱的。這麼一種花，很薄命的，我想中國桃花跟日本櫻花好有一比，都是極燦爛、極短命，非常燦爛的時候一下子就通通落地了。黛玉以她的極端敏感，看到桃花的時候當然有所感觸，寫過的〈葬花吟〉是講所有的花普遍的命運，桃花詩是專指桃花，講人比桃花。看看她的詩〈桃花行〉：

桃花簾外東風軟，桃花簾內晨妝懶。簾外桃花簾內人，人與桃花隔不遠。東風有意揭簾櫳，花欲窺人簾不捲。桃花簾外開仍舊，簾中人比桃花瘦。花解憐人花也愁，隔簾消息風吹透。風透湘簾花滿庭，庭前春色倍傷情。閑苔院落門空掩，斜日欄杆人自憑。憑欄人向東風泣，茜裙偷傍桃花立。桃花桃葉亂紛紛，花綻新紅葉凝碧。下面庚辰本是：霧裏烟封一萬株，程乙本我覺得比較好：樹樹烟封一萬株，樹樹我覺得比霧裏好，烘樓照壁紅模糊。天機燒破鴛鴦錦，春酣欲醒移珊枕。侍女金盆進水來，香泉影蘸胭脂冷。胭脂鮮艷何相類，花之顏色人之淚；若將人淚比桃花，淚自長流花自媚。淚眼觀花淚易乾，淚乾春盡花憔悴。憔悴花遮憔悴人，花飛人倦易黃昏。一聲杜宇春歸盡，寂寞簾櫳空月痕！

林姑娘真是生來的滿腹幽情，曹雪芹也是順著她那種情緒，寫出這些詩來。前面〈葬花吟〉還沒有提到淚眼觀花淚易乾，淚乾春盡花憔悴。黛玉愛哭嘛，她是絳珠仙草到人間來還淚的，淚盡人亡，眼淚還完，她就枯萎死去。黛玉這時候哭多了，眼淚有點哭竭了，她這裏自己寫的，淚眼觀花淚易乾，淚乾春盡花憔悴。最後一聲杜宇春歸盡，寂寞簾櫳空月痕！杜宇聲中死去。林黛玉時時刻刻都覺得凋零的命運在她身上，她極端的不安全感，甚至寶玉對她很好、對她交心的時候，她說她很感動，但是她曉得自己身體這麼脆弱，可能不能久等，沒法接受寶玉那份深情。她經常有這種死亡來臨的預感，看到桃花也想到自己本身，所以寫了這首〈桃花行〉。別人看了也許只覺幽怨纏綿，寶玉不是的。「寶玉看了並不稱贊，卻滾下淚來。便知出自黛玉，因此落下淚來，又怕眾人看見，又忙自己擦了。」他知道這首詩透出來的消息，他懂得她，他體恤她，他憐惜她，無微不至。寶玉也是很敏感的人，雖然他對自己的命運，要慢慢一步一步到後來才清楚，但他能體會黛玉的無常感，聽了〈葬花吟〉時候寶玉也哭，這個〈桃花行〉寶玉看了也是暗暗的掉下淚，他感動，他是她的知音。在這部書裏，寶黛是真正的知音。寶玉自己也講，林姑娘懂我，不催我去考功名。這兩個人之間，有種互為知己、惺惺相惜的感情，兩個人是心靈上的、精神上的交流感應。我們前面幾回都看到，寶玉聽說她要走，簡直是瘋掉了，黛玉看他這樣，也激烈的反應，他們兩個人之間心是通的。所以寶玉看到〈桃花行〉就掉淚了。

庚辰本一〇九二頁這裏又有小錯誤：寶琴說：「你猜是誰作的？」寶玉說當然是瀟湘妃子的稿子。寶琴說：是我作的呢！寶玉笑道：「我不信。這聲調口氣，迥乎不像蘅蕪之體，所以不信。」蘅蕪是指寶釵嘛！寶琴講是我寫的，怎麼會扯到寶釵去了呢？程乙本沒有的，只有「迥乎不像」，不像你寫的意思。下面庚辰本又錯了，它說寶釵笑道，所以你不通。程乙本是寶琴笑道：「所以你不通：難道杜工部首首都作『叢菊兩開他日淚』不成？一般的也有『紅綻雨肥梅』『水荇牽風翠帶長』等語。」她講杜甫從前〈秋興〉八首，非常有歷史滄桑感，可是他也有「水荇牽風翠帶長」這種寫景很細膩的不同的媚語，這「媚語」二字不好，我想老杜的詩好像沒有媚語，程乙本是也有『紅綻雨肥梅』『水荇牽風翠帶長』等語，這些話。寶琴故意開玩笑哄寶玉，說這是我寫的。寶玉說絕對不可能，就是你想寫，寶姐姐她也不容許你寫這麼傷感的話。講完了以後，說好久沒有起詩社了，就乾脆把海棠社改成桃花社好了，大家來作桃花詩。

正在起勁的時候，又有別的事情打岔了，因為賈政出差前規定了很多功課給寶玉，現在賈政有信來，說快回來了，那不得了，還作什麼詩社？寶玉緊張了。算一算，書法才寫了幾篇，根本不夠。那時候要寫書法的，我記得我們從前當學生時的寒暑假，要寫多少大楷，多少小楷，要交的。怎麼辦呢？後來幾個姑娘通通當槍手，大家一起來替他臨摹，寫了匯集過來也就夠了，趕出來了，而且賈政因事又延期才回來。寶玉緊張一場，現在又能在園子裏照樣遊蕩了。

暮春，楊柳開花，柳絮到處飄。史湘雲也滿有才的，她的詩雖不是最頂尖，人家作一首，她一下子可以作幾首出來，還不錯，有捷才。看到柳絮在飄，她興致來了，作詞。《紅樓夢》裏詞不多，都是詩，這一次詞有幾首也不錯的，曹雪芹真是詩詞歌賦樣樣行，所以，《紅樓夢》是集所有文類大成，散文不用講了，還有詩、有詞、有賦，這些有形無形的都增加它的厚度。很多中國章回舊小說有理無理就作幾首詩，可是曹雪芹他寫詩、寫詞，都有用意的。柳絮的特徵是什麼？飄泊、飄零，史湘雲就作了一首小令，調寄《如夢令》：「豈是繡絨殘吐，捲起半簾香霧，纖手自拈來，空使鵑啼燕妒。且住，且住！莫使春光別去。」滿有趣的一首小詞，心中得意找黛玉來看，她說，我們這幾次都沒有填詞，乾脆來填個詞，換個新花樣。她們就研究了各自抽籤，抽出詞牌，寶釵拈得了《臨江仙》，寶琴拈得了《西江月》，探春拈得了《南柯子》，黛玉拈得了《唐多令》，寶玉拈得了《蝶戀花》，他們點了一炷香，香點完，要把詞做出來。一炷香很快，探春說，我只得了半首：「空掛纖纖縷，徒垂絡絡絲，也難綰繫也難羈，一任東西南北各分離。」講柳絮留也留不住，一任東西南北各分離，似乎有一種預警。這一羣女孩子後來死的死，散的散，探春本人也流落到海疆去，分離就是她的命運了。有意思的是，作完詞她們又放風箏，風箏到處飄，最後把風箏的線一剪，通通飄走了。這也是她們最後一次聚在一起作詩填詞，探春無意間寫到了聚散無常的命運。

我要提醒一下，大家記不記得第五回，寶玉不是在太虛幻境看冊子嗎？每一個人有一幅畫講她的命運，像薛寶釵跟林黛玉是雪裏面埋個金簪，樹上面掛一個帶子；探春那一幅是一個人在江邊，仰頭望著放風箏。探春的命運就像風箏一樣，最後飄走了的。大家恐怕也不太記得元宵的時候，她們每個人都打一個謎語，黛玉講的是「更香」，燒著心的香。寶釵講「竹夫人」，是一個空的枕頭，恩愛夫妻不到冬。記得嗎？探春的謎語是風箏，風箏在那邊放走了。所以探春這句「一任東西南北各分離」，不光她一個人像柳絮飄走，以後這些姐妹們也各自分離。「三春去後諸芳盡，各自須尋各自門」，這是秦氏的鬼魂告訴王熙鳳，最後賈家的命運就是如此，探春在無意間講出來了。看看林黛玉這首《唐多令》：**粉墮百花洲，香殘燕子樓。一團團逐對成毬。飄泊亦如人命薄，空繾綣，說風流。**

草木也知愁，韶華竟白頭！嘆今生誰捨誰收？嫁與東風春不管，憑爾去，忍淹留。

好是好，太悲了，也好像一首悼詞，哀悼柳絮，寫她自己。「**飄泊亦如人命薄**」，她這裏用了一個典，關盼盼啊，那些燕子樓的薄命女的典故，「**嫁與東風春不管，憑爾去，忍淹留**」。東風吹走了，春天留不住，人聚散無常，也留不住啊！

《紅樓夢》的plot，小說情節，很重要一條線是賈府興衰，經常明的暗的來鋪陳這條路。表面上看起來她們在作詩填詞，其實暗中指說他們各人的命運，所以黛玉這首「太作悲了，好是固然好的。」大家點頭感嘆。又來看寶釵的《臨江仙》：「**白玉堂前春解舞，**

東風捲得均勻。一上來，她的調子就是豁達的。蜂團蝶陣亂紛紛。幾曾隨逝水，豈必委芳塵。我不一定往下墜的，柳絮本來就是個輕薄的東西，我講它好的特質。這就是薛寶釵的命運，跟她們不一樣。萬縷千絲終不改，任他隨聚隨分。韶華休笑本無根，好風頻借力，送我上青雲！」平步青雲，這是寶姑娘的追求，她的視野看的不一樣，你們在哭哭啼啼，在悲傷，我要借著風往上爬，最後達到了青雲。不過呢，到了青雲上面才發現，還是空一場，這就是寶釵的命運。寶釵抽花籤，一抽是牡丹，牡丹花豔冠羣芳，任是無情也動人。寶姑娘她有點泰山崩於前不動聲色的樣子，她鎮定、理性，對人生基本上是樂觀的，這就是儒家的哲學，知其不可而為。這首詞大家都說「果然翻得好，自然是這首為尊。」庚辰本這個地方是「果然翻得好氣力」，多了「氣力」兩個字，用不著。所以他們整個的文學觀，基本上還是儒家道統那一套，「纏綿悲戚，讓瀟湘妃子」，可是整個來說，還是最認同寶釵。

正討論得熱鬧，一語未了，只聽窗外竹子上一聲響，恰似窗屜子倒了一般，眾人唬了一跳。丫鬟們出去瞧時，簾外丫鬟嚷道：「一個大蝴蝶風箏掛在竹梢上了。」一個大蝴蝶風箏落下來掛在竹梢上面，「不知是誰家放斷了繩，拿下他來。」寶玉講我認得，這個風箏是大老爺那裏的「嫣紅」姑娘放的。庚辰本錯了，應是「嫣紅」姑娘，沒有這個嫣紅姑娘的，賈赦買的丫頭叫嫣紅。「拿下來給他送過去罷。」講到風箏，曹雪芹真的什麼都懂，有人考證出來他很會做風箏，手很巧的，而且他是風箏專家，找到了他畫的各種樣本。所以他這裏寫風箏，寫得興致勃勃。有人放風箏，這些姑娘丫鬟都跑出去看了，本來紫鵑說把大蝴蝶風箏拿來我們放，姑娘們說你們家也有一隻風箏，放自己的吧！人家的說不定是在「放晦氣」。這麼一說，大家七手八腳的把風箏通通拿出來了，有蝴蝶、美人、大魚、大紅蝙蝠什麼的，通通放到天上面飄去了。寶釵也來，寶玉也來，黛玉也來，放得滿天的風箏在飄。大家要記得，中國人放風箏常是清明的時候，曹雪芹寫這層，看起來是放風箏而已，事實上有更深的寓意。大家看看程乙本這一段：寶玉等大家都仰面看天上這幾個風箏起在空中。一時風緊，眾丫鬟都用絹子墊著手放。黛玉見風力緊了，過去將籰子一鬆，只聽「豁喇喇」一陣響，登時線盡，風箏隨風去了。黛玉因讓眾人來放。眾人都說：「林姑娘的病根兒都放了去了，咱們大家都放了罷。」於是丫頭們拿過一把剪子來，鉸斷了線，那風箏都飄飄颻颻隨風而去。一時只有鷄蛋大，一展眼只剩下一點黑星兒，一會兒就不見了。表面上講黛玉放風箏，後來一剪就隨風去了，好像一縷芳魂慢慢飄走的味道。清明節放風箏，都是往上飄的、散的、飄掉的、剪斷的……，我想曹雪芹是有意無意的藉著風箏講大家，講這些女孩子在大觀園裏的命運，很快像風箏一樣四處飄散了，「一任東西南北各分離」。他用風箏來做 symbol，做人的命運的象徵。

下面兩回，就是賈府的命運從盛到衰的大轉折馬上要來了。外面還沒有抄家，先自己抄大觀園，那一抄完了以後，大觀園就開始離散，像風箏一樣，所以這一回有意無意的都在寫這種命運。二十二回的時候，探春做了一個謎語：「階下兒童仰面時，清明妝點最堪宜。游絲一斷渾無力，莫向東風怨別離。」謎底也是風箏。《紅樓夢》很多細節常有弦外之音，我們看《紅樓夢》就要看這些弦外之音，這是《紅樓夢》很微妙的地方。表面寫實，寫實到了極點，其實寫實的背後，還有更高一層的意義在後面撐著，所以它的寫實不完全落在寫實主義的層面，而有更深刻的東西往上提昇到象徵，我覺得這也是很好的例子。放風箏也很有趣啊，其實它是點題點到了，跟前面的詞，跟柳絮的飄零，互相對應。這一回非常飽滿的寫完了，春天走了，柳絮飄了，風箏飛了，清明過了，春去秋來，秋天肅殺之氣很快就到來。

【第七十一回】嫌隙人有心生嫌隙　鴛鴦女無意遇鴛鴦

到了夏末秋初，八月初三，是賈母八十歲生日，這一回就是寫賈府如何為賈母做生日。《紅樓夢》這部書有許多情節是藉著節慶來推展的，過年、元宵、生日、喪葬……，這些儀式推展故事也推展時序。大家還記得寶玉過生日，那時因為大人都不在府內，沒有宗法社會的框架框住他們，那是一次最自然的 celebration，每個人都是發自內心中的喜悅，給大觀園的護花使者，一個 spontaneous 自發性的慶生。曹雪芹寫那個生日，寫得最興高采烈，寫得你好像聽到一片笑聲溢出園外。寫喜悅的場景，劉姥姥進大觀園是一個高潮，寶玉生日又是一個高潮，現在要來對照一下，賈母的生日是怎樣的一種鋪張和規矩。賈母的生日細節雖然很繁瑣，但它已經完全 ritual，完全儀式化了，曹雪芹如果沒有經過一些陣仗，可能真的寫不出這些東西。皇親國戚的場面非擺出來不可，賈政的女兒是皇帝的妃子，這個規格不能錯，也由不得賈家，那時候賈家還沒有衰敗，看看他們怎麼撐這個場面。

因今歲八月初三日乃賈母八旬之慶，又因親友全來，恐筵宴排設不開，想想看寧國府榮國府有多大，這麼大還怕擺設不開，因為賈母生日等於皇妃的祖母生日，多少人要去祝賀，所以，便早同賈赦及賈珍賈璉等商議，議定於七月二十八日起至八月初五日止榮寧兩處齊開筵宴，生日宴要一個星期才能搞得完，你想想是什麼樣的情景了。寧國府中單請官客，男客人；榮國府中單請堂客，女客人。大觀園中收拾出綴錦閣並嘉蔭堂等幾處大地方來作退居。退居就是吃個飯還要休息一下，休息完了還看戲，看戲完了又吃……。退居的時候，還要寬衣啊，光是掛那些個衣服就不得了。

榮國府二十八日頭一天，請的什麼人呢？皇親駙馬王公諸公主郡主王妃國君太君夫人。這些什麼王什麼妃什麼國公的通通要來，滿清鐵帽子王一大堆，真實中曹雪芹家就有兩個鐵帽子王妃。二十九日便是閣下都府督鎮及誥命等，次一等的又是一輩，通通來祝賀了。再下來，三十日便是諸官長及誥命並遠近親友及堂客，又下一層。初一開始家宴，頭一天是賈赦的家宴，第二天是賈政的家宴，第三天是賈珍賈璉的家宴，初四是賈府合族長幼大小共湊的家宴，你看那賈家有多少親戚啊！這時候合在一起又要請。還沒完，到最後的時候，連那些大管家們，賴大、林之孝等又湊一天。送禮的絡繹不絕，來來往往，那些禮物都要用車子來一車一車運的，而且不能光是收人家禮進來，還要賞回去，賞回去的手筆也不能丟臉。這一回寫賈府的體面，下一回你看看背後的故事，賈家要撐這個場面談何容易。這是中國人死要面子，打腫臉充胖子，前面已經有幾處寫到了賈家財務上的窘迫，甚至於賈璉、鳳姐兩夫婦要去向鴛鴦借當，偷偷把賈母的東西拿出去當了，賈府家庫已經空了，這個場面難撐，不撐又不行，不然什麼王什麼妃都來道賀了怎麼辦，那個面子不能不撐起來。

來來往往禮物太多，賈母懶得看了，叫鳳姐收了吧，等哪一天有空再來看一看。至二十八日，兩府中俱懸燈結彩，屏開鸞鳳，褥設芙蓉，笙簫鼓樂之音，通衢越巷。寧府中本日只有北靜王、南安郡王、永昌駙馬、樂善郡王並幾個世交公侯應襲。北靜王跟賈府很近的，這個角色寫得滿有意思，像個天神一樣，怎麼英武，怎麼漂亮，有趣的是他也冥冥中和寶玉有緣，到最後賈府被抄家的時候，他好像真是個天神來救他們一把。那一回賈寶玉跟蔣玉菡互贈表記，蔣玉菡那條紅巾子就是北靜王賜的，賈寶玉那條贈出去的綠巾子卻是襲人的，等於暗中北靜王替蔣玉菡下了聘禮，所以北靜王雖然是 minor character，只出現幾次，在冥冥中對賈寶玉對賈家的命運，有相當重要的一種聯繫。所以打頭的是最親近的北靜王，另外還有一些王爺王妃們，榮府中南安王太妃、北靜王妃並幾位世交公侯誥命。你看，賈母等皆是按品大妝迎接，老太太要穿一身朝服，要爭氣，要應付，撐那個場面很累的。大家廝見，先請入大觀園內嘉蔭堂，茶畢更衣，方出至榮慶堂上拜壽入席。大家謙遜半日，你讓我我讓你，中國人嘛！方才入席。看看這座位怎麼坐：上面兩席是南、北王妃，下面依敘，便是眾公侯誥命。左邊下手一席，陪客是錦鄉侯誥命與臨昌伯誥命；右邊下手一席，方是賈母主位。賈母雖是皇親國戚，但比起這些王爺王妃，還差一階的，她還不能夠越坐在前。中國人排位要緊，他們怎麼坐，完全是按封誥的地位，一點都亂不得。下面這些邢夫人王夫人帶領尤氏鳳姐並族中幾個媳婦，兩溜雁翅站在賈母身後侍立。連邢夫人、王夫人都沒得坐的，她們是媳婦，兩個雁行這樣排開，後面領了尤氏、鳳姐，排開伺候，這個是規矩。然後呢，林之孝賴大家的帶領眾媳婦都在竹簾外面伺候上菜上酒。再下面，這些管家大娘們，周瑞家的帶領幾個丫鬟在圍屏後伺候呼喚。凡跟來的人，早又有人別處管待去了。那些王妃出來，後面丫鬟侍衛一大羣的，要伺候這些人又要席開多少桌，這些跟來的人也不好怠慢的，吃的用的一點馬虎不得。這也是主人的面子，絕對落不得人家褒貶。

一時臺上參了場。有戲來了，當時這麼大的家裏請客必須演戲款待的。唱的是崑曲，特別是有名的、喜慶的像《滿床笏》那些戲碼。你看：臺下一色十二個未留髮的小廝伺候。須臾，一小廝捧了戲單至階下，先遞與回事的媳婦。這媳婦接了，才遞與林之孝家的，用一小茶盤托上，挨身入簾來遞與尤氏的侍妾佩鳳。佩鳳接了才奉與尤氏。尤氏托著走至上席，南安太妃謙讓了一回，點了一齣吉慶戲文。那個戲單不能說拿就拿上去，還要一個一個這麼漸次遞上來，規矩大呀，這種繁文縟節磨死人的，我想當年他們過得真是不輕鬆。一下子宮裏死了一個太妃要去守喪幾個月，一下子又非得做個生日宴，光是應付這些要花多少錢，怎麼能不虧空？這些讓我們又想到元妃省親的時候，那都是自己家裏面的人，這一回都是外面來的人，接待皇親國戚，完全是一種儀式性的、制式化的。所以這個生日沒有詳細寫他們慶生的歡愉。我覺得賈母累死了，這一個禮拜下來，八十歲的老太太也夠折騰了，過了之後什麼也不管，只要休息。現在規矩還沒完，寶玉要到幾個廟裏面跪經，下跪念經，為賈母祈福。府裏那幾個女孩子和南安太妃見見面，尤其史湘雲也在。那時候林黛玉對史湘雲吃醋，跟賈寶玉講，難道她是公侯小姐，我是民間丫頭嗎？的確她是公侯小姐，她的叔叔是史侯。南安太妃說，我來了你還不見我，明兒我跟你叔叔算賬去。意思是以南安太妃那種地位，跟史侯一定是頻頻來往的，大概也見過史湘雲的，點一下史湘雲的公侯小姐身分，還誇了幾個姑娘。

賈母做生日的排場，上面這一層寫完了，下面還要安插幾個寫實的東西，故事才能夠出來，否則上面像流水賬那樣的寫完，我們對於生日的整個記憶也就是模糊一片。曹雪芹要製造一個事件，什麼事件呢？尤氏這時候不是也要到榮國府這邊去招待管事嗎？榮國府的幾個大娘她叫不動。前面講過尤氏這個人很懦弱，連下人也不怕她，要是鳳姐，連講都不用講，哼一聲下面就嚇死了，還敢說個不字？一一〇七頁，那個尤氏的丫頭奉命去叫這幾個榮府的婆子傳人來，那個老婆子講：「我們只管看屋子，不管傳人。姑娘要傳人再派傳人的去。」不甩她。賈府下面那些媳婦、老大娘們，都不好相與，也很勢利，她們不買尤氏的賬。小丫頭聽了道：「嗳呀，嗳呀，這可反了！怎麼你們不傳去？你哄那新來了的，怎麼哄起我來了！素日你們不傳誰傳去！這會子打聽了梯己信兒，或是賞了那位管家奶奶的東西，你們爭著狗顛兒似的傳去的，不知誰是誰呢。她講了她們的痛腳了。璉二奶奶要傳，你們可也這麼回？」欺負我們奶奶嘛！這兩個婆子一聽惱羞成怒就講了：「扯你的臊！我們的事，傳不傳不與你相干！你不用揭挑我們，你想想，你那老子娘在那邊管家爺們跟前比我們還更會溜呢。」下面這個地方，庚辰本多了幾句：「什麼『清水下雜麵你吃我也見』的事，各家門，另家戶，你有本事，排場你們那邊人去。」寫小說有時候多一句都不行，何況多幾句。那婆子用了這麼一個俗語，「清水下雜麵你吃我也見」，你們記得前面誰講過這句話？尤三姐對不對！尤三姐不是跳到那個炕上去，罵了賈璉、賈珍這句話。這是個歇後語，就是說雜麵應該要用油來和的才好吃，清水弄的很難吃的，所以清水下雜麵你吃吧，我才不要吃，我看著你吃。這句話尤三姐用得再好不過，罵得很有力。這個地方莫名其妙又來這麼一下，而且是一個無知的婆子這麼講，小說裏面很忌這種東西的，一句話用得很好了，不可以再重複，什麼人講，在什麼時候講，那時候已經講得最恰當了，多了這麼一句，把前面削弱了。程乙本沒這一句的。還有這句「你有本事，排場你們那邊人去」。庚辰本幾次用「排場」，沒這種說法，應該是「排揎」，「你有本事，排揎你們那邊人去。」

這個小丫頭跑來跟尤氏告狀，尤氏正在大觀園裏，跟湘雲、寶琴，還有幾個地藏庵的尼姑在一塊兒。那個小丫頭跑來加油添醋的說一通，尤氏當然很氣囉！這些人就勸說：噯呀，今天是賈母的好日子，不要講這些話了。尤氏當然臉面下不來就講：「你不要叫人，你去就叫這兩個婆子來，到那邊把他們家的鳳兒叫來。」這裏不對，尤氏從來沒有把鳳姐叫鳳兒的，生氣的時候也不會，我想最多就是賈母可能會叫。尤氏說鳳姐，直道其名，臉上過不去了嘛！這麼一講呢，鳳姐當然要看尤氏的面子懲罰她的下人，否則給東府奶奶下不了臺，她的意思就說，等過了這幾日，叫人把那兩個老婆子捆起來送到東府去，讓尤氏去處罰她們。這樣一來，好多人就去求情了，都告到邢夫人那邊去了。邢夫人本來就討厭鳳姐，這時候趁機要給鳳姐沒臉。邢夫人討厭鳳姐是什麼原因？記得嗎？她不是聽了賈赦的，跑去要把鴛鴦說給賈赦做妾嗎？被碰了一鼻子灰，她就怪在鳳姐身上，下面的人也壞得很，見有機可乘，你看一一一〇頁這個地方：又值這一干小人在側，他們心內嫉妒挾怨之事不敢施展，便背地裏造言生事，調撥主人。先不過是告那邊的奴才；後來漸次告到鳳姐。告鳳姐什麼呢？「只哄著老太太喜歡了他好就中作威作福，轄治著璉二爺，調唆二太太，把這邊的正經太太倒不放在心上。」這些話在程乙本裏面沒有的，這些下面的人，還不至於如此大膽。你看下面更不像話了：**後來又告到王夫人，說：「老太太不喜歡太太，都是二太太和璉二奶奶調唆的。」**這些人說賈母不喜歡邢夫人，是因為王夫人跟王熙鳳一起調唆的。第一，那些傭人怎麼敢在邢夫人面前講鳳姐，他們早都怕了。第二，怎麼敢講王夫人，這個一傳出去還了得？而且邢夫人也了解，王夫人從來不多事的，不會去調唆賈母。王夫人是有別的缺點，比如她有點愚昧，有點迂腐，但她不是那種說三道四會調唆的人，所以我覺得這點不對，這一段不合適，程乙本裏面也沒有。

邢夫人抓到這個機會，要給個鳳姐沒臉，一一一一頁最後兩行：**邢夫人直至晚間散時，當著許多人陪笑和鳳姐求情，**「陪笑」兩個字用得好，故意裝得這麼個樣子，陪笑向鳳姐求情，鳳姐更難堪了嘛！說：**「我聽見昨兒晚上二奶奶生氣，打發周管家的娘子捆了兩個老婆子，可也不知犯了什麼罪。論理我不該討情，**不要看錯邢夫人，她也有一套的。**我想老太太好日子，發狠的還捨錢捨米，周貧濟老，咱們家先倒折磨起人家來了。」**庚辰本用的是「人家」兩個字，講不通，最多倒過來，折磨起「家人」，這樣子還說得過去。程乙本用的是「老奴才」，**咱們先倒挫磨起老奴才來了？不看我的臉，權且看老太太，竟放了他們罷。」說畢，上車去了。**也不等鳳姐答話，講得表面聽起來很委婉，很有道理的樣子，事實上是給鳳姐打臉，大大打了一個耳光。**鳳姐聽了這話，又當著許多人，又羞又氣，一時抓尋不著頭腦，憋得臉紫漲。**鳳姐很少吃憋的時候，只有她騎在人家頭上，很少挨人一巴掌。邢夫人又是她的婆婆，拿這個婆婆也沒有辦法。鳳姐當然很氣了，就跟尤氏說，這是規矩，如果你那邊的人得罪了我，你也會把他們捆起來讓我來打發。尤氏就講：

「連我並不知道，你原也太多事了。」意思就是說，我是喜歡息事寧人的，不要因為我。她講得也對，老太太生日不要這麼搞。最讓鳳姐下不了臺的，是王夫人講了：「你太太說的是。王夫人不支持鳳姐，反而說你婆婆講的也對。就是珍哥兒媳婦也不是外人，也不用這些虛禮。老太太的千秋要緊，放了他們為是。」說著，回頭便命人去放了那兩個婆子。這下子鳳姐嘗到味道了，完全孤立無助。按理講，鳳姐沒錯呀！自己的手下人得罪了東府奶奶尤氏，按她的規矩應該罰的，但另外一方面老太太做壽，今天不宜，中國人很相信這個的，做壽不宜有懲罰這些事情的，一切以老太太千秋要緊。當然邢夫人不安好心的故意當大家面講，故意整她，鳳姐由不得越想越氣越愧，不覺的灰心轉悲，滾下淚來。因賭氣回房哭泣，又不使人知覺。鳳姐有鳳姐的難處，她做盡了惡人，扮黑臉扮了那麼久，在榮國府裏面立下規矩，當然有時候也受挫的。鳳姐是多好強的人，在那些下人面前挨了婆婆那麼一下，又挨了王夫人那麼一下，她嘗到了那個味道。偏巧賈母差遣丫頭琥珀去喊她，「欸，你怎麼哭了？」鳳姐說哪裏哭了，不承認。後來琥珀就告訴鴛鴦，東府的大太太，不給鳳姐面子。晚上的時候，鴛鴦跟賈母說，鳳姐是哭了的，真的受了委屈。鴛鴦是直接通天的，跟賈母什麼話都可以講的。賈母就說：「這才是鳳丫頭知禮處，難道為我的生日由著奴才們把一族中的主子都得罪了也不管罷。這是太太素日沒好氣，不敢發作，所以今兒拿著這個作法子，明是當著眾人給鳳兒沒臉罷了！」這時候可以叫鳳兒，這是賈母對鳳姐表示憐惜的時候。賈母知道他們幾個人的關係，賈母很清楚的。邢夫人是怎麼回事她也清清楚楚。大家記得嗎？那個邢夫人跑來向賈母要鴛鴦作賈赦的妾，被賈母打回票，說：「只是這賢慧也太過了！」這句話很重，由得你老公那麼胡鬧，已經當祖父的人，還這麼整天想著三妻四妾，不好好做官。賈母是個明白人，哪個子孫不爭氣她也清楚得很。這個老太太的角色，如果讓一個比較迂腐的作家來寫，一定寫成一個孟母的樣子，寫成模範母親、模範祖母，那這本書就糟了。

賈母是塑造得最成功的人物之一，曹雪芹一點不避諱，老太太愛吃好東西，東挑西挑，愛玩，愛聽戲，愛享受人生。曹雪芹一點都沒有貶她，老太太是這樣子的。一個人能夠享榮華、受富貴也是要一套本事的。能享樂的時候盡享其樂，到了賈府抄家、整個家族垮的時候，她的那些兒孫賈政、賈赦、賈珍天崩地裂都招架不住了，才看出來這個老太太擎天一柱，把局勢頂住。所以在這本書裏面，最頂尖的人物是賈母，曹雪芹寫的就是當時貴族家庭裏，一個很有智慧很懂得生活的老太太。我覺得他把她寫得很可愛，那幾個孫子孫女冬天在蘆雪庵吟詩烤鹿肉吃的時候，老太太悄悄坐了轎子，跑去參加他們的聚會，一起玩一起吃，樂得很！所以她不是一個完全不可近人的富貴老太太，她和劉姥姥兩個人對比起來，你唱我和的很有趣。曹雪芹很大的長處，他筆下不隨便批判人，他的寫作態度，並不是說持著什麼儒家道德標準，或者任何其他的標準，高高在上的來寫人物或批判這些人物，他不是這樣子的。我想他大致比較近佛家，眼底眾生皆赤子，不管是善的、惡的、富的、窮的，他都可以包容，以寬大的心胸、容眾的心胸寫那些人物。他寫的真好！文學寫的不外乎是人性人情，人有缺點、弱點，也是人之常情，他是真正把這個寫出來了。你看賈母這個角色，也不容易，做個生日撐那場面多麼辛苦，跟那些孫子孫女在一起，又是一個很慈愛的祖母。一一一三頁庚辰本這個地方又有點不妥：**賈母忽想起一事來，忙喚**

一個老婆子來，吩咐他：「到園裏各處女人們跟前囑咐囑咐，留下的喜姐兒和四姐兒雖然窮，也和家裏的姑娘們是一樣，大家照看經心些。」留下的兩個女孩子是賈家的親戚，一個叫做喜姐兒，一個叫做四姐兒，挺可愛的兩個，她們來拜壽，賈母喜歡她們兩個靈巧可愛，就留她們下來好好招待。庚辰本說「留下的喜姐兒和四姐兒雖然窮」，大大不妥，又說：「我知道咱們家的男男女女都是『一個富貴心，兩隻體面眼』，未必把他兩個放在眼裏。有人小看了他們，我聽見可不依。」程乙本這麼寫的：賈母忽想起留下的喜姐兒四姐兒，叫人吩咐園中婆子們：「要和家裏的姑娘一樣照應。倘有人小看了他們，我聽見可不饒！」多麼的簡單，而且像賈母的口吻。賈母怎麼會講人家窮，可能真的是窮親戚，但老太太絕對不會這麼說：那兩個窮女孩到我們家來，你們不能勢利眼。這一段不妥！程乙本簡簡單單表現出賈母的慈愛，喜歡這兩個拜壽的小女孩，留下來想讓她們開心，就行了。一一一四頁有個地方：「如今咱們家裏更好，新出來的這些底下奴字號的奶奶們」，這個不妥，沒有這個「奴」字，「底下字號的奶奶們」，講這些下面的人。一一一五頁第一行，寶玉說「比不得我們沒這清福，該應濁鬧的。」濁鬧，用混鬧較妥。

接下來一件重要事情要發生了，也就是回目講的「鴛鴦女無意遇鴛鴦」。鴛鴦，是賈母身邊最得意的一個丫頭，在某些方面，鴛鴦也學到了一點賈母大度的風範，是丫頭裏面的領袖。這一回看她怎麼處理這件事情。這件事雖然是個插曲，可是影響整個大觀園，甚至是本書的轉折點。

怎麼回事呢？賈母做完壽，晚上鴛鴦一個人從大觀園走回去，半路內急想小解，就走到一個太湖山石後面的樹蔭下，一一一五頁：「只聽一陣衣衫響，嚇了一驚不小。怎麼有衣服的聲音呢？定睛一看，只見是兩個人在那裏，見他來了，便想往石後樹叢藏躲。有兩個人躲在石頭後面，看她來了趕緊躲起來。鴛鴦眼尖，趁月色見準一個穿紅裙子梳鬅頭高大豐壯身材的，是迎春房裏的司棋。」大家還記得前面有一段專門寫司棋嗎？她想吃碗蛋，叫小丫頭蓮花兒到柳家的管的廚房去要，還指定要燉得嫩嫩的。柳家的就講，最近蛋少了，不夠用，勸你們還是省著點吧，大魚大肉吃了又想吃燉蛋了。這下子得罪司棋了，司棋就自己出馬，帶了一羣丫頭去大鬧廚房，把柳家的東西乒乒乓乓打了個稀巴爛。你看看司棋的個性！當時寫這麼一則，顯示了司棋的任性，個性也滿強的。

鴛鴦以為司棋也跟她一樣是來方便，所以還跟她開玩笑，叫道：「司棋，你不快出來，嚇著我，我就喊起來當賊拿了。這麼大丫頭了，沒個黑家白日的只是頑不夠。」本來她們幾個人，鴛鴦、司棋、襲人、紫鵑都一夥的，以為玩慣了。司棋自己心虛，怕鴛鴦叫起來，就趕緊從樹後跑出來，一把拉住鴛鴦，便雙膝跪下，只說：「好姐姐，千萬別嚷！」鴛鴦反不知因何，忙拉他起來，笑問道：「這是怎麼說？」司棋滿臉紅脹，又流下淚來。鴛鴦再一回想，那一個人影恍惚像個小廝，心下便猜疑了八九。那個人像男人，是個小廝，她心裏就明白了。一想，不好意思，原來兩個人偷情幽會，被鴛鴦撞到了。所以這個回目叫「鴛鴦女無意遇鴛鴦」，非常 ironic，諷刺的，鴛鴦女來了反而打散了這對鴛鴦。這時鴛鴦悄問，那是誰啊？司棋就跪下來說，是我姑舅兄弟。庚辰本這個地方寫鴛鴦的反應我覺得不好，你看鴛鴦啐了一口，道：「要死，要死。」我想鴛鴦那個時候不會這麼叫，那個場面很緊張的，而且非常 embarrassing，尷尬，她怎麼會大叫「要死，要死。」我覺得不妥。你看程乙本：「鴛鴦啐了一口，卻羞的一句話也說不出來。」她自己也是個女孩子，她也沒有過男人的，一看到這個，她自己也不好意思嘛！這時還能講什麼呢？所以我覺得程乙本寫的好。司棋又回頭悄道：「你不用藏著，姐姐已看見了，快出來磕頭。」這就是司棋的個性，乾脆攞明了，他兩人就是要好，你出來吧！看到了。那小廝聽了，只得也從樹後爬出來，磕頭如搗蒜。鴛鴦忙要回身，司棋拉住苦求，哭道：「我們的性命，都在姐姐身上，只求姐姐超生要緊！」我命在你手上，請你給我們超生。你發現了這一上報，後果可知，賈府裏面哪裏容得這種事情呢？這個地方我覺得庚辰本寫得又不夠了，庚辰本是：「你放心，我橫豎不告訴一個人就是了。」太輕描淡寫。你看程乙本的怎麼寫：「你不用多說了，快叫他去罷。還不走，還要等在這裏，你快叫他去吧！橫豎我不告訴人就是了。你這是怎麼說呢！」這個口氣，這就是鴛鴦！庚辰本沒有這麼一句。你放心，我不告訴別人就算了，但鴛鴦總會有一個反應吧，不像話，這麼大一個事，你看這怎麼說！一語未了，只聽角門上有人說道：「金姑娘已出去了，角門上鎖罷。」司棋還要拉著鴛鴦，司棋也害怕嘛！一定要拉著鴛鴦求她。鴛鴦正被司棋拉住，不得脫身，聽見如此說，便接聲道：「我在這裏有事，且略住手，我出來了。」司棋聽了，只得鬆手讓他去了——趁機這麼講一下，司棋不得不放手了，鴛鴦走了。

這一段寫得相當戲劇性，又牽涉到下面很重要的一回。七十四回自己抄家，引出一連串的故事，也就宣告了賈家整個命運往下急轉。這個看起來是司棋個人的小事情，牽動的可大。到了七十三回「痴丫頭誤拾繡春囊，懦小姐不問纍金鳳」，這個繡春囊繡著一個春宮圖被發現了，其實就是司棋跟表兄潘又安之間的紀念物，青年男女兩情相悅嘛！被查出來以後天翻地覆。夏志清先生講這段，他比喻說大觀園本來是個伊甸園，大家都很天真無邪，一下子好像跑出一條蛇來，這條蛇在伊甸園裏面作怪。以司棋跟表兄潘又安來講，本來就是兩個小情人，但是在王夫人她們眼裏不得了了，整個大觀園自己抄家，最後都給拆散掉。

【第七十二回】王熙鳳恃強羞說病 來旺婦倚勢霸成親

鴛鴦遇到了司棋這件事情當然是大事，這是攸關性命的。鴛鴦是丫鬟領袖，她這個人滿正直，對同儕也滿照顧的，有大姐頭之風。她出角門去了，「臉上猶紅，心內突突的」，她也是個女孩子嘛！沒有結過婚，沒有親近過男人，而且她自己發過誓不要結婚了，碰到這種事情，難免尷尬，但無論如何她要替他們隱瞞。庚辰本一一二一頁有這麼一段：「從此凡晚間便不大往園中來。因思園中尚有這樣奇事，何況別處，因此連別處也不大輕走動了。」這個有點多餘，難道大觀園裏面到處都幽會嗎？鴛鴦也沒有那麼膽小，晚上就不敢走動了？程乙本裏面沒有這一段的。然後呢，看看對司棋跟潘又安這件事的解釋：「原來那司棋因從小兒和他姑表兄弟在一處頑笑起住時，小兒戲言，便都訂下將來不娶不嫁。」原來是兩小無猜，兩人姑表，從前表親之間常常成婚的，因為最容易接近嘛！堂親不可以結婚，只有表親可以，當時也沒有血緣這種研究。所以小時候好玩，講非你不娶非你不嫁，可見他們兩個人感情也是很好的。近年大了，彼此又出落的品貌風流，常時司棋回家時，二人眉來眼去，舊情不忘，只不能入手。兩個人大了以後，當然就眉來眼去，很是動心，只是沒機會。又彼此生怕父母不從，二人便設法彼此裏外買囑園內老婆子們留門看道，今日趁亂方初次入港。兩個剛剛入港，又被撞破了。雖未成雙，卻也海誓山盟，私傳表記，已有無限風情了。這兩個人互傳表記，後來被抓住的那個繡春囊，就是潘又安帶來園子裏面給她的。這個潘又安被撞破害怕了，萬一講出來要挨打，可能被賈府送官也不一定，就跑了。司棋當然更是緊張，一夜不曾睡著，又後悔不來。至次日見了鴛鴦，自是臉上一紅一白，百般過不去。心內懷著鬼胎，茶飯無心，起坐恍惚。害怕嘛！怕得自己恍神了，茶飯無思，過了兩天看沒什麼動靜，慢慢地放下心來。這時候有個婆子悄悄告訴她說，你兄弟竟逃走了。這個地方庚辰本錯了，怎麼會是兄弟？是表兄。「你兄弟竟逃走了，三四天沒歸家。如今打發人四處找他呢。」司棋聽了，氣個倒仰。這個女孩子是很剛烈的。因思道：「縱是鬧了出來，也該死在一處。鬧了出來以後最多是死，乾脆死在一處就不怕了。他自為是男人，先就走了，可見是個沒情意的。」因為害怕就先跑了，因此又添了一層氣。司棋氣病了，更多是怕病的，因而成了大病。

鴛鴦聽到了消息，一一二二頁這個地方我覺得是滿動人的一段。鴛鴦聽說無故跑掉了一個小廝，又傳來說司棋病重，要把她搬出去，心裏面曉得兩個人一定是畏罪之故，「生怕我說出來，方嚇到這樣。」鴛鴦心地善良，她反而覺得過意不去，就來看司棋了，叫別人出去，跟司棋一個人說話。鴛鴦立身發誓，對司棋這麼講：「我告訴一個人，立刻現死現報！你只管放心養病，別白遭塌了小命兒。」跟她發誓說，如果我講了，我現死現報！發這種毒誓了你還不相信嗎？所以你不要把自己弄得命送掉。司棋一把拉住，哭道：「我的姐姐，咱們從小兒耳鬢廝磨，你不曾拿我當外人待，我也不敢待慢了你。如今我雖一著走錯，你若果然不告訴一個人，你就是我的親娘一樣。從此後我活一日是你給我一日，我的病好之後，把你立個長生牌位，我天天焚香禮拜，保佑你一生福壽雙全。我若死了時，變驢變狗報答你。」我常講《紅樓夢》裏面的人物，一下子動了真情講出肺腑之言的時候，就是曹雪芹寫得最好的時候，等後面你們看寫晴雯臨死觸動真情的動人，這個司棋講出來的話也是，講得很痛切了，這是肺腑之言，我的命是你給的，以後能活我要立一個長生牌位報答你。庚辰本這裏又多了這幾句，它寫：「再俗語說，『千里搭長棚，沒有不散的筵席。』再過三二年，咱們都是要離這裏的。俗語又說，『浮萍尚有相逢日，人豈全無見面時。』倘或日後咱們遇見了，那時我又怎麼報你的德行。」我覺得激動得不得了的時候還引經據典的講，與司棋不合適，她講我若死了變驢變狗報答你，這已經講到頂了，夠了！而且這個「千里搭長棚，沒有不散的筵席」，大家如果還記得的話，前面有人已經講過了。誰講過了呢？小紅講的，小紅那時候很 bitter，很怨，她受虐，大丫頭打壓她，她就講了，哼！「千里搭長棚，沒有不散的筵席」，大丫頭別得意，有一天她們會散掉的。已經講過一次就不好再講的，這個時候司棋再講，拾人牙慧，這句話就多了。程乙本沒有這一段的。司棋一面說，一面哭。這一席話反把鴛鴦說的心酸，也哭起來了。因點頭道：「正是這話。我又不是管事的人，何苦我壞你的聲名，我白去獻勤。況且這事我自己也不便開口向人說。你只放心。從此養好了，可要安分守己，再不許胡行亂作了。」司棋在枕上點首不絕。很好，寫到這裏夠了，鴛鴦該講的也講了，也很委婉的教訓她了。

這一段伏筆先按下這裏了，後來還有很重要的戲要唱的，一直把司棋跟潘又安的故事講完。《紅樓夢》寫一個情字，裏面寫得最長、最悲劇性的，就是寶黛二人了，可是中間還有好多的故事。尤三姐很剛烈、很決絕的為情而死，司棋後來也是為情而死，還加上一個潘又安。很多小的插曲通通串在情字上，很多小塊的拼圖，弄成整幅寫情的picture，這也是其中之一。

賈母的生日這樣做下來，累人的！第一個被累倒的是王熙鳳。她先前本來就流產了，流產之後身體不怎麼好，一下子又來繁重的工作，鴛鴦到了平兒那邊去問的時候，哎呀，這個奶奶又生病了。王鳳姐很好強，不願意倒下來讓她們看到，身體不舒服還是勉強撐著，撐就撐出毛病來了。鴛鴦就問平兒是怎麼回事？「止從上月行了經之後，這一個月竟瀝瀝淅淅的沒有止住。」鴛鴦吃驚說：「這可不成了血山崩了。」這種婦科病常常流血不止，這當然很嚴重，王熙鳳後來死了，這時候已經伏了一筆。前面講賈母生日，那種排場你想一想用了多少錢，兩三千兩銀子的開銷才辦得過來。一一二五頁這個地方，滿重要的一個事件，賈璉借當扯不攏了！外面撐得那麼厲害，賈璉跟王熙鳳兩個人當家也難的，面子要顧，開銷那麼大，來源又有限。記得嗎？過年的時候有個烏莊頭把農村的地租收成送來——賈家就是靠身為皇親國戚封地出租，每年拿租金分收成來補貼他們的花用。那個烏莊頭把農村的收成算一算幾千兩銀子，賈珍抱怨說這哪裏夠啊！烏莊頭就說你不夠，皇妃娘娘會賞賜你們嘛！賈珍就跟賈蓉說，你聽聽可笑不可笑，他以為那皇家國庫是我們的，每一年娘娘賞個一百兩黃金不得了了。我們聽起來一百兩黃金好多，對賈府來說一百兩黃金連個零頭都不夠，那管什麼用啊！所以他們這個日子很不容易過的。

這時候鴛鴦跑來看鳳姐，賈璉曉得鴛鴦來了，也進來了。至門前，忽見鴛鴦坐在炕上，便煞住腳，笑道：「鴛鴦姐姐，今兒貴腳踏賤地。」你看他拍馬屁拍成這樣，要打她的主意了，先拍拍馬屁。鴛鴦只坐著，笑道：「來請爺奶奶的安，偏又不在家的不在家，睡覺的睡覺。」看看鴛鴦的身分，不起來。賈璉是個爺，鴛鴦不起來只坐著說話，賈母的丫鬟有身分的，他們這些晚輩，要對她特別禮遇，因為她服侍他們的祖母成天辛苦啊！所以他們要叫鴛鴦姐姐，對她很尊重很禮遇的，不可以把她當丫頭用。賈璉講了一番「貴腳踏賤地」的客氣話，鴛鴦也故意說「來請爺奶奶的安，偏又不在家的不在家，睡覺的睡覺」，其實王熙鳳裝睡的，因為她曉得賈璉要借當，裝著不知道，不出來。鴛鴦本來要走了，賈璉請她再坐一坐，又叫人沏上好茶，向鴛鴦吐苦水了。「這兩日因老太太的千秋，所有的幾千兩銀子都使了。一個生日過下來，家裏面的幾千兩銀子都弄光了。所以前面那個排場不是白寫的，那樣的排場就要用那麼多錢，你說賈府可以做的簡樸一點，可能那時候的社會地位也不容許，什麼王什麼太妃都跑來拜壽，這些人往哪裏放，沒辦法，幾千兩銀子就不見了。幾處房租地稅通在九月才得，這會子竟接不上。青黃不接，他們的房租地稅來不及收。明兒又要送南安府裏的禮，人家送禮過來要回呀！南安府也是王府，送禮的出手也不能難看。又要預備娘娘的重陽節禮，還有幾家紅白大禮，至少還得三二千兩銀子用，又有幾千兩銀子需要用，怎麼招架得住？一時難去支借。要借貸也難，到哪裏去借呢？賈府要借貸講出去難聽啊。俗語說，『求人不如求己』。說不得，姐姐擔個不是，暫且把老太太查不著的金銀傢伙偷著運出一箱子來，暫押千數兩銀子支騰過去。不上半年的光景，銀子來了，我就贖了交還，斷不能叫姐姐落不是。」鴛鴦聽了，笑道：「你倒會變法兒，虧你怎麼想來。」賈璉笑道：「不是我扯謊，若論除了姐姐，也還有人手裏管的起千數兩銀子的，只是他們為人都不如你明白有膽量。我若和他們一說，反嚇住了他們。所以我『寧撞金鐘一下，不打破鼓三千』。」唉唷，把鴛鴦捧的哦！要動賈母的念頭、賈母的陪嫁了。賈母的東西當然多，這些年多少人送東西來，大概有幾庫，那些東西拿出來當當倒是值不少錢的。中國人進當鋪，你看當鋪都是遮起來很神祕的，櫃高高的看不見臉，不讓人知。去當鋪不是好事，兩邊要看一下有沒有別人看見，拿著小包袱溜進去溜出來。賈府要進當鋪還真不好講，外面轟轟烈烈的充面子，裏頭空了。鴛鴦是個明白人，「你倒會變法兒，虧你怎麼想來。」她曉得他們當家難為，願意助他們一把，但也不好一口答應，就是這麼淡淡的講了一句。剛好老太太找她，她就走了。

這是一個小的 scene，如果借貸就這麼寫完了，又沒趣了，他還有下文滿有意思。賈璉見他去了，只得回來瞧鳳姐。誰知鳳姐已醒了，聽他和鴛鴦借當，自己不便答話，只躺在榻上。裝睡，她不好跟鴛鴦開口，二奶奶向鴛鴦借當，這更丟人，所以她躲到後面，讓賈璉去問鴛鴦借。賈璉進來，鳳姐因問道：「他可應准了？」賈璉笑道：「雖然未應准，卻有幾分成手，須得你晚上再和他一說，就十成了。」鳳姐笑道：「我不管這事。倘或說准了，這會子說得好聽，到有了錢的時節，你就丟在脖子後頭，誰去和你打饑荒去。倘或老太太知道了，倒把我這幾年的臉面都丟了。」賈璉笑道：「好人，你若說定了，我謝你如何？」夫妻間這種小趣味，王鳳姐也懂的，故意這麼講，我不管，我有什麼好處啊？萬一老太太知道，我這個臉還沒處擱。你謝我要謝什麼呢？賈璉笑道：「你說要什麼就給你什麼。」平兒一旁笑道：「奶奶倒不要謝的。這妻妾一體，鳳姐跟平兒兩個人一唱一搭最合適。昨兒正說，要作一件什麼事，恰少一二百銀子使，不如借了來，奶奶拿一二百銀子，豈不兩全其美。」趁機抽頭，借了來抽一、二百兩銀子用一用。鳳姐笑道：「幸虧提起我來，就是這樣也罷。」賈璉笑道：「你們太也狠了。你們這會子別說一千兩的當頭，就是現銀子要三五千，只怕也難不倒。我不和你們借就罷了。這會子煩你說一句話，還要個利錢，真真了不得。」鳳姐聽了，翻身起來說：「我有三千五萬，不是賺的你的。如今裏裏外外上上下下背著我嚼說我的不少，就差你來說了，可知沒家親引不出外鬼來。鳳姐有點心病，她到處去放高利貸很會搞錢的，賈璉這麼說已經有點翻臉了。我們王家可那裏來的錢，都是你們賈家賺的。別叫我惡心了。別忘了我們王家也是大家，有的是錢，難道是你們賈家的嗎？你們看著你家什麼石崇鄧通，那是古代兩個大商人有錢人。把我王家的地縫子掃一掃，就夠你們過一輩子呢。說出來的話也不怕臊！現有對證：把太太和我的嫁妝細看看，比一比你們的，那一樣是配不上你們的。」一把娘家抬出來了。鳳姐也是靠娘家啊！鳳姐之所以那麼威風，娘家腰桿子硬，王子騰、王夫人家裏面也是大家，四大家族王家也是一份，所以她自己腰桿子硬，很敢講硬話，所以賈璉怕她三分也是有道理的。被鳳姐這麼迎頭一棍，賈璉就矮下去了，一兩百銀子算什麼，你看那個鳳姐也很矯情的，尤二姐給她整死了，外面的人都還抓不到她的痛腳，這個地方還講一句：「我因為我想著後日是尤二姐的周年，我們好了一場，雖不能別的，到底給他上個坟燒張紙，也是姐妹一場。他雖沒留下個男女，也要『前人撒土迷了後人的眼』才是。」一語倒把賈璉說沒了話。你看看，會做人吧！把人家害死了還來居功。鳳姐「機關算盡太聰明，反算了卿卿性命」，她的心機是太多了一點，後來她不得善終也是其來有自。

下面講到「來旺婦倚勢霸成親」，庚辰本這裏有一個地方錯了。記得王夫人有個大丫頭叫彩雲對嗎？彩雲跟賈環好，這個地方把她寫成彩霞，不光是庚辰本如此，程乙本也是，彩霞跟彩雲不是兩個人，可能是誤抄了的。有好幾個地方那個名字蹦出一個人來，之前從來沒有的，這裏就是蹦出個彩霞來，我想其實就是彩雲。賈府有一個制度，丫鬟大了到當嫁的年紀，要發放出去的，不能誤人家一世。發放出去很多時候就配個年紀當娶的小廝，丫鬟配傭人，也是經常這樣做的。現在又有一批該出去，算一算有的病了，有的又必須緩一緩，彩雲是應該放出去的，可是彩雲是對賈環忠心耿耿的，賈環雖然非常不可愛也有人愛了，趙姨娘當然捨不得放彩雲走，就要賈環去跟賈政說，把她留下以後當他的妾。賈環一來不敢去，二來他無所謂，彩雲對他那麼好，這個人卻是沒心肝的。記得玫瑰露那個事情嗎？彩雲給他從王夫人房裏弄了一些玫瑰露之類的東西來，引起追查風波，寶玉為了息事寧人就擔下來了，沒想到賈環竟懷疑是寶玉給的，說彩雲跟他有勾搭，把所有東西甩了，他對寶玉是極端的嫉妒，自卑得很，也無情。彩雲要放出去，賈璉的一個傭人來旺就想讓他兒子娶彩雲，他兒子賭博、喝酒、不成材的一個人。那個來旺家的是鳳姐的陪房，在鳳姐跟前有一點得力，跟鳳姐一講就答應了，彩雲嫁給這麼一個不成材的人當然下場不好。她們這些丫鬟跟著小姐、太太的時候，吃的穿的用的都很講究，在園子裏面身分也很高，一旦出現轉折，她們的命運非常不可靠的，表面上賈府對傭人不錯，但是在節骨眼上，像彩雲這樣，要你嫁誰就嫁誰，就草草嫁掉了。

來旺家選中了彩雲，她的老子娘都不樂意，那趙姨娘素來跟彩雲好，當然很想把她留下來多個臂膀，到了晚上，趙姨娘就跟賈政講了。到底她是賈政的姨太太，有機會在枕邊嘀嘀咕咕跟他講話的，她求賈政讓彩雲給賈環當妾。賈政說不忙，他們要娶妾還早，我已經看中兩個丫頭了，一個給寶玉，一個給賈環，再等兩年，不要誤了他們念書。庚辰本一一三二頁這個地方，趙姨娘道：「寶玉已有了二年了，老爺還不知道？」這是進讒言，寶玉已經娶了妾了，你還不曉得。當然指的是襲人囉！襲人是王夫人指定的，還沒有明說。程乙本是沒有這一段的。趙姨娘哪裏敢在賈政面前講王夫人的壞話，說王夫人瞞著賈政替寶玉娶妾，這還了得，這是天大的事情，趙姨娘絕對不敢。要是這個抖出來，賈母一下子就把她趕出去了。寶玉被打的時候賈母已經罵了，就是你們這些小婦，你們這些小老婆東講西講，寶玉被打了一頓。庚辰本裏面常常有這些姨娘啊、下面的媳婦婆子講一些不得體的話，不是她們身分能講的話抄進去，不管趙姨娘嘴巴怎麼壞，這種地方她還應該知道分寸，不敢的，程乙本沒有這一段。

前面講賈府婚喪喜慶用的錢如同流水，弄得要借當，還有一個窟窿是無底洞，什麼窟窿呢？太監。因為元妃的關係賈家是皇親，跟宮裏聯繫要靠太監，太監很多是自己斂財的，又不能得罪。一一二八頁這個地方，外面來通報：「夏太府打發了一個小內監來說話。」賈璉聽了，忙皺眉道：「又是什麼話，一年他們也搬夠了。」一聽到太監就皺眉頭，又來了。鳳姐道：「你藏起來，等我見他，若是小事罷了，若是大事，我自有話回他。」賈璉躲起來了。太監來沒好事，進來以後就說：「夏爺爺，指大太監，因今兒偶見一所房子，如今竟短二百兩銀子，打發我來問舅奶奶家裏，有現成的銀子暫借一二百，過一兩日就送過來。」太監借銀子有去無還，講得好聽呢！借，就是伸手來要。鳳姐也識相，也答得滿尖銳的：「什麼是送過來，有的是銀子，只管先兌了去。改日等我們短了，再借去也是一樣。」小太監道：「夏爺爺還說了，上兩回還有一千二百兩銀子沒送來，等今年年底下，自然一齊都送過來。」還欠一千二百兩，又來拿一二百兩，這個窟窿填不完的。鳳姐笑道：「你夏爺爺好小氣，這也值得提在心上。我說一句話，不怕他多心，若都這樣記清了還我們，不知還了多少了。只怕沒有；若有，只管拿去。」這個話也重了，你們拿了多少了！這個鳳姐也會這樣說話。說著叫平兒，「把我那兩個金項圈拿出去，暫且押四百兩銀子。」給你看看，這是當出來的，拿我們的銀子，也不是那麼容易的。平兒答應了，去半日，果然拿了一個錦盒子來，裏面兩個錦袱包著。打開時，一個金纍絲攢珠的，那珍珠都有蓮子大小，一個點翠嵌寶石的。兩個都與宮中之物不離上下。一時拿去，果然拿了四百兩銀子來。演這場戲給太監看的，你們來拿銀子，都是我們當來的。其實哪裏真的拿了去當。鳳姐命與小太監打疊起一半，那一半命人與了旺兒媳婦，命他拿去辦八月中秋的節。那小太監便告辭了，鳳姐命人替他拿著銀子，送出大門去了。這裏賈璉出來笑道：「這一起外祟何日是了！」這一個外憂難搞的，你看他說：「昨兒周太監來，張口一千兩。我略應慢了些，他就不自在。將來得罪人之處不少。這會子再發個三二百萬的財就好了。」這些太監不只一個，夏爺爺來了，周爺爺又來了，一開口一千兩銀子，賈府變成提款機了，想想要應付的有多少，賈府最後怎麼不被拖垮？

曹雪芹前面寫得那麼風光，後面寫得那麼窘迫，這前後的對應，賈家慢慢地往衰亡的路走不是無因的，外憂內患交相逼迫，慢慢地逼到這條路上去。

【第七十三回】癡丫頭誤拾繡春囊 懦小姐不問纍金鳳

從七十三到七十四回，慢慢到了賈府從盛入衰的關鍵時刻，高潮迭起。這一回很要緊，大觀園發生了繡春囊事件，這件事發生以前，大觀園聽去都是一片笑聲，從劉姥姥來的時候的滿園笑聲，到寶玉做生日時的滿園子笑聲，但從這一回開始，聽到的聲音慢慢變了，從笑聲變成了哭聲，很值得我們好好地琢磨。

這回一開始講寶玉在園子裏面晃盪，晃了這麼久，因為賈政沒有去查他的功課。趙姨娘在賈政面前咕咕咕咕講了一些話，有個小丫頭就跑去告狀啦，告訴寶玉說你要小心，趙姨娘又在老爺面前講話了。寶玉一聽這緊箍咒又箍起來了，他怕賈政考他，就臨時抱佛腳，算了算肚子裏面背誦了什麼，只有《大學》《中庸》兩篇，《孟子》下半篇還背不出來。寶玉對四書五經興趣不大，他喜歡作詩作詞，詩、詞、賦作得不錯，那些穠詞艷句他也喜歡，賈政就講寶玉像個溫飛卿，專門作艷詞。《孟子》上本他是夾生的，下本根本就忘掉了，《孟子》那套寶玉不喜歡，他吃不消，所以連背都不要背。我想以寶玉的聰明，真要背《孟子》兩下就背出來了，主要是治國平天下那套寶玉沒有興趣。那些古文什麼的都生得很，那怎麼辦呢？半夜爬起來念書。這麼一鬧，整個怡紅院大小丫頭只好跟著他一起開夜車，寶玉在念《大學》《中庸》《孟子》的時候，她們就在旁邊打瞌睡，被晴雯罵了一頓，說一晚都熬不住。正好外面「咕咚」響了一下，「只聽金星玻璃從後房門跑進來，口內喊說：『不好了，一個人從墻上跳下來了！』」怡紅院裏面怎麼會跑出個金星、玻璃來了，所以庚辰本有時候突然出現的名字是根本不認得的，寶玉並沒有金星、玻璃這兩個丫頭，應該是春燕跟秋紋。程乙本寫春燕跟秋紋就對了。外面有人跳下來？晴雯腦筋動得最快，就叫寶玉裝病，裝病就可以不用見老爺了。又去傳上夜的人來，到處去搜尋，查夜的人說根本沒有事啊，可是寶玉受了驚嚇，全身發熱顏色也變了。又拿安神藥什麼的，吵了一頓，晴雯還罵那些查夜的人「別放謅屁！」我還沒看過這麼用的，我想是多了一個「謅」字。總之大張旗鼓這麼一搞，寶玉裝病了。

有外面的人跑進來，賈母說你們這些查夜的人太懈怠，要徹底查一查。賈府那麼大的地方都有守夜的，二十四小時幾班人輪流。守夜一晚上要幹麼呢？悄悄的就賭起來了。中國人本來就愛賭，夜長了嘛，下面這些傭人一方面賭，一方面又設局抽頭，已經有好幾處這麼搞了，上面的主子晃個眼，下面什麼事情都做得出來。這一徹查果然查到了好幾處聚賭，你看，「大頭家三人，小頭家八人，聚賭者通共二十多人。」頭家就是抽頭的，那三個大頭家，有林之孝的兩姨親家；有迎春的奶媽，在賈府裏頭也比較仗勢囉；還有一個是廚娘柳家的妹妹。這下子禁賭，把那些人打了板子趕出去。總之大觀園很多亂象慢慢叢生，接著很重要的事情來了。

這天邢夫人因為迎春的奶媽出事情了，要到迎春那邊去說說她。迎春是賈赦的女兒，雖不是她生的，也等於她的女兒，當然與她的顏面有關。到了園子門口遇見一個人，一一三九頁：只見賈母房內的小丫頭子名喚傻大姐的笑嘻嘻走來，手內拿著個花紅柳綠的東西，低頭一壁瞧著，一壁只管走，不防迎頭撞見邢夫人，抬頭看見，方才站住。邢夫人因說：「這痴丫頭，又得了個什麼狗不識兒這麼歡喜？拿來我瞧瞧。」「狗不識兒」大概就是寶貝兒的意思，程乙本是「愛巴物兒」，「這傻丫頭，又得個什麼愛巴物兒，這樣喜歡？拿來我瞧瞧。」原來這傻大姐年方十四五歲，是新挑上來的與賈母這邊提水桶掃院子專作粗活的一個丫頭。只因他生得體肥面闊，一個大臉的胖姑娘，兩隻大腳作粗活簡捷爽利，且心性愚頑，一無知識，傻大姐什麼都不懂得，行事出言，常在規矩之外。還不懂事，亂講話，也不曉得什麼叫規矩。賈母因喜歡他爽利便捷，又喜他出言可以發笑，便起名為「呆大姐」，不知為什麼又跑出個「呆大姐」，傻大姐就傻大姐了，呆大姐就不好聽。下面有一句話庚辰本說「常悶來便引他取笑一回，毫無避忌，因此又叫他作『痴丫頭』。」這一段程乙本沒有的，賈母不會拿傻丫頭來做玩物，拿她來取笑，我想賈母這個人不是這樣的，她對下人很憐惜。大家還記得嗎？他們到道觀裏去做法事的時候，有個小道士在這些女眷進去時來不及跑，給王熙鳳打了一個耳光，嚇得到處躲藏。賈母看到馬上制止說，窮人家的孩子哪裏見過這種陣仗，不要為難他。賈母對窮人家孩子有一種憐憫之心。「她縱有失禮之處，見賈母喜歡他，眾人也就不去苛責。這丫頭也得了這個力，若賈母不喚他時，便入園內來頑耍。今日正在園內掏促織，她在找蛐蛐兒，忽在山石背後得了一個五彩繡香囊，其華麗精緻，固是可愛，但上面繡的並非花鳥等物，一面卻是兩個人赤條條的盤踞相抱，一面是幾個字。這痴丫頭原不認得是春意，要加個兒字，春意就不對了。春意兒，等於是個繡的春宮畫。便心下盤算：『敢是兩個妖精打架？不然必是兩口子相打』。」這個傻丫頭連兩口子是怎麼回事她還搞不清的，她沒這個觀念，程乙本是：「敢是兩個妖精打架？不就是兩個人打架呢？」反正赤裸裸的兩個東西，傻丫頭也沒看懂。「左右猜解不來，正要拿去與賈母看，她要拿去給賈母看，好玩。是以笑嘻嘻的一壁看，一壁走，忽見了邢夫人如此說，便笑道：『太太真個說的巧，真個是狗不識呢。太太請瞧一瞧。』她還高興得很，拿出來給邢夫人看。說著，便送過去。邢夫人接來一看，嚇得連忙死緊攥住，忙問：『你是那裏得的？』傻大姐道：『我掏促織兒在山石上揀的。』邢夫人道：『快休告訴一人。這不是好東西，連你也要打死。皆因你素日是傻子，以後再別提起了。』這傻大姐聽了，反嚇的黃了臉，說：『再不敢了。』磕了個頭，呆呆而去。邢夫人回頭看時，都是些女孩兒，不便遞與，自己便塞在袖內，心內十分罕異，揣摩此物從何而至，且不形於聲色，且來至迎春室中。」這是很關鍵的一段，一個繡春囊，搖動了整個大觀園的根基，我們好好的來看這件事情。因為傻大姐發現了繡春囊，這個繡春囊造成連鎖反應，勾動了一大串的事情，下一回就搜查，自己抄大觀園，這一抄影響好幾個人，晴雯第一個中箭，第二個是司棋，然後一連串寶玉怡紅院裏面的丫頭，還有那些小伶人芳官等，通通一個個被點名，被趕出大觀園。

因為一個繡春囊勾動這麼多事情，當然曹雪芹寫這個，一定對於繡春囊賦予很重的意義在裏頭。繡春囊被傻大姐拾到，這個值得玩味，如果是被一個普通的丫頭、一個懂事的丫頭拿到，意義又完全不一樣了。傻大姐天真無邪，根本不懂事的一個人，也不懂得男女之間一切的道德規矩，什麼都不懂，是一個 amoral，沒有道德束縛的一個原始的原形人。所以我講曹雪芹常常喜歡用痴啊傻啊這種字，這種字不是貶喔！寶玉常常是痴傻，這種痴傻不是不好，反而變成一種未鑿的天真。我們每個人都是寶玉，本來就像一塊石頭，天真無邪的璞玉，掉到紅塵裏面，各種的污染，各種的規矩，各種的道德灌輸，各種的東西把我們弄得失掉了原來的天真，天真反而被誤認為是痴傻。

這繡春囊是誰的？當然我們已知道司棋跟他的姑表兄潘又安有一段私情，按理講是非常正常的。男女在青春萌動的時候，肉體的交歡很自然的，但是因為發生在賈府，賈府等於是一個中國宗法社會的縮影，在儒家系統下面非常嚴謹的這麼一個社會，秩序和倫理最要緊，不能亂的，至少表面不能亂。儒家要存天理、去人欲，最理想的是人沒有欲，所以儒家對於情欲防範甚嚴。基督教何嘗不是如此，情欲要控制的，不可以踰越，越矩侵犯了上帝，一怒之下整個城會毀滅掉。佛家是更高一層的，情欲是一切生命的根本，也是痛苦和混亂的根本，通通要防範。對於人的原欲佛洛伊德有一本很重要的著作《文明及其不滿》（*Civilization and Its Discontents*），人類的文明是 repress 壓抑了人的原欲，壓抑了以後昇華才能夠產生道德。所以我們對人為的文明都有一種內心壓抑不住的不滿，不管宗教多少束縛，道德重重捆綁，這個最原始的情跟欲很難阻止，也很難分開。你說潘又安跟司棋這兩個人之間是情，他們後來殉情了，其實也是欲，兩個小情侶忍不住了，在花園裏幽會起來。當然這個東西一撞到賈府裏面就不得了，這種所謂的 social order, moral order

是要維持的，否則會搖動他們的根基。必須要把不守規矩的除掉，要趕出去。我想曹雪芹寫這些，他內心是很同情這些真情的，他對林黛玉和賈寶玉的愛情，對司棋跟潘又安的愛情，對尤三姐的愛情，甚至對齡官、藕官都有一種相當憐惜的悲憫，這是人生而具來、無法除去的原始力量，衝撞這些立下來的束縛規矩。所以他讓一個天真未鑿、一塊璞玉一樣，沒有道德觀的這麼一個傻大姐，拿了一個她認為是兩個妖精打架好玩的東西，在王夫人眼裏不得了了，所以要清算這些犯規矩的人。理論上晴雯她並沒有犯規，她並沒有去勾引寶玉啊！就是因為她的色相也是一種威脅，會勾引到欲啊情啊這些東西，所以王夫人說像襲人、麝月兩個笨笨的倒好，這個晴雯妖妖嬈嬈大不成體統，把她趕出去。一個繡春囊引起了大觀園的抄查，這一回自己抄查自己，大觀園基本上動搖了，過去那種伊甸園式的存在因此受到破壞，這種理想生活不可能再存在了。

《紅樓夢》這幾回非常關鍵，曹雪芹天才就是天才，他想到用個傻大姐出來，嘻嘻哈哈的來看待儒家的信仰者眼裏那麼嚴重的一件事情。道家來看，本來就是這樣子的，本來就可以用嘻嘻哈哈的態度來看。曹雪芹用了一個 comic character，一個喜劇人物傻大姐來傳遞這個消息，寫的好！如果他選錯了一個人，就完了，這一回就沒有意義了。所以我講小說裏面用字很要緊的，兩個妖精打架、兩個人打架可以，兩口子就不行了，她就有了人倫觀念了，這就整個違反了曹雪芹的原意。所以有些地方我必須指出來，我覺得必須改動它。有些地方可以過去的，兩個版本意義上不會有歧異的，就放著它。上次我也指出來，庚辰本有幾句把尤三姐整個毀掉了，講得好像原本就跟賈珍有染，那所有的意義都不對了，這個也是。

邢夫人發現繡春囊後當然心中很不安，一連串的事件，傭人賭錢還是小事，該懲罰的懲罰，還可以容忍，可是這件事情茲事體大，春宮圖這種東西怎麼會跑到大觀園裏來，園裏都是些小姐姑娘，看到這種東西還了得。當時那種道德觀，連看《西廂記》都不行的，因為西廂誨淫，一般對於女性的教育都非常森嚴。邢夫人滿腹心事到迎春那邊去了。迎春的奶媽犯了罪啦，查出聚賭抽頭，邢夫人覺得臉面很過不去。迎春你們知道的，興兒不是說迎春的外號叫「二木頭」，形容排行老二的她是個老實、懦弱、木訥的女孩子。她也沒有什麼詩才，好不容易作了一句詩又錯了韻。這麼一個老實善良的姑娘，曹雪芹對她著墨不多，前面也就講她一兩次而已。這一回就講這個懦小姐了，也給她一個焦點的機會。要仔細看曹雪芹的人物刻畫，他三筆兩筆就把傻大姐寫出來，塑造這個人物意義非凡。迎春在這幾個春裏頭，可說最不出色的一個，元春皇妃有她的派頭，探春玫瑰多刺，惜春等下我們要看了，這個小尼姑有意思的，也有她很特殊的意義，現在也要給迎春這個懦小姐幾筆。

一一四〇頁，邢夫人來了，這樣說迎春：「你這麼大了，你那奶媽子行此事，你也不說說他。如今別人都好好的，偏咱們的人做出這事來，什麼意思。」當然覺得很丟面子嘛！別人怎麼沒事呢？偏偏我們這一房抓出個賭頭來。你看，「迎春低著頭弄衣帶。這個小動作形容得好，低著頭很受委曲的弄衣帶，沒話講。半晌答道：『我說他兩次，他不聽也無法。況且他是媽媽，只有他說我的，沒有我說他的。』你看這個二姑娘，脾氣軟得可欺，比起探春那兩下，完全不能比。太老實嘛！對她奶媽沒法子。邢夫人道：『胡說！

你不好了他原該說，如今他犯了法，你就該拿出小姐的身分來。他敢不從，你就回我去才是。』她不從，你應該跟我講啊！罵了迎春一頓。迎春不語，只低頭弄衣帶。沒辦法，只好一直弄衣帶。邢夫人見他這般，因冷笑道：『總是你那好哥哥好嫂子，一對兒赫赫揚揚，璉二爺鳳奶奶，兩口子遮天蓋日，百事周到，竟通共這一個妹子，全不在意。』邢夫人很討厭鳳姐，時時會戳她兩下。程乙本裏面沒這幾句話，不過這裏也還合理。鳳姐呢，沒怎麼照顧迎春，因為迎春是賈赦的女兒，鳳姐不太敢去碰的，就讓邢夫人去操煩，因為她怎麼做都不合適，邢夫人一定要藉這機會挑她毛病的。邢夫人自己沒有孩子，賈璉不是她生的，這個迎春也不是她生的，都是姨娘所出，但賈璉的媽媽是誰沒有交代，好像也不是庶出，這邢夫人是賈赦後娶的。你看她說：『但凡是我身上吊下來的，又有一話說，你要是我生的還有話講嘛——只好憑他們罷了。況且你又不是我養的，你雖然不是同他一娘所生，到底是同出一父，也該彼此瞻顧些，也免別人笑話。都講出這些來了。我想天下的事也難較定，你是大老爺跟前人養的，這裏探丫頭也是二老爺跟前人養的，出身一樣。可見得迎春的媽媽也是個姨娘，沒講她的媽到哪去了，反正賈赦姨娘一大堆。如今你娘死了，從前看來你兩個的娘，只有你娘比如今趙姨娘強十倍的，你該比探丫頭強才是。怎麼反不及他一半！』這個迎春的媽比趙姨娘強，大概是不錯的，按理講，你媽比趙姨娘強，你應該比探春強，怎麼連她一半都不及。探春在賈母、王夫人面前這麼得意，邢夫人心中也不舒服，沒有孩子大概不懂得母愛，她對賈璉不怎麼樣，對迎春也不怎麼樣，她就是死捏住錢。她又說：『誰知竟不然，這可不是異事。倒是我一生無兒無女的，一生乾淨，也不能惹人笑話議論為高。』」

你看邢夫人的心性，很要面子，也滿愚昧的，否則她也不會聽賈赦的話跑去要鴛鴦作妾，捱了賈母一頓，她要是聰明的話，也該知道那個情形了。賈母說賈赦官也不好好做，整天想著討小老婆。賈赦是榮國公，邢夫人是受封誥的夫人，講起來地位滿高的，但好像她的派頭也不夠。一一四一頁這裏有幾句大家注意，「旁邊伺候的媳婦們便趁機道：『我們的姑娘老實仁德，那裏像他們三姑娘伶牙俐齒，會要姐妹們的強。他們明知姐姐這樣，他竟不顧恤一點兒』。」程乙本沒有這段，輪不到這些媳婦來講探春，不敢的！賈府的規矩輪不到她們來講，何況又是個沒名沒姓的媳婦，如果是陪房王善保家的，可能在邢夫人耳邊嘰嘰咕咕，但當場在迎春面前這麼詆毀探春，不敢的，迎春房裏小丫頭那麼多，這話傳到探春那邊還得了，這媳婦吃不了兜著走。這種地方我們要注意，賈府有賈府的規矩，上上下下很嚴的，外面的媳婦不能隨便進到裏面講話，只有大丫頭才能進來，不可能講這種話。下面的人通報璉二奶奶來了，因為邢夫人到這裏嘛，鳳姐一定要來跟婆婆請安的。「邢夫人聽了，冷笑兩聲，命人出去說：『請他自去養病，我這裏不用他伺候』。」冷冰冰的回了一句，她真的討厭鳳姐。

迎春這裏的漏子還不只一件，一方面奶媽聚賭抽頭給查到了，一方面奶媽的媳婦玉住兒也拿了迎春的纍絲金鳳去典當不還。庚辰本一一四一頁這裏是「王住兒」，不對，程乙本是「玉住兒」。纍絲金鳳是金絲纏起來的首飾，大概滿值錢的。她的奶媽賭錢賭輸了，就叫媳婦玉住兒拿了那個纍絲金鳳去押，欺負迎春好講話，押了還沒有贖回來。眼看中秋節馬上要到了，這個東西那天姑娘們都要戴的，丫鬟繡桔就緊張了，纍絲金鳳不曉得哪去了，給他們拿走了又不拿回來。迎春根本知道這回事的，她說：「何用問，自然是他拿去暫時借一肩兒……誰知他就忘了。」繡桔道：「何曾是忘記！他是試準了姑娘的性格，所以才這樣。如今我有個主意：我竟走到二奶奶房裏將此事回了他，或他著人去要，或他省事拿幾吊錢來替他賠補。如何？」繡桔要去告狀。迎春忙道：「罷，罷，罷，省些事罷。寧可沒有了，又何必生事。」這個女孩子可憐，她怕事。邢夫人不疼她，她又是個庶出的女兒，賈赦那個人對兒女無所謂的。迎春因為老實，大概也不是很可愛，所以賈母對她也不怎麼樣，就是一個孫女兒嘛！她的個性軟弱，縮在一邊，因為她沒地位。不像探春，探春之所以神氣，後面有王夫人和賈母撐她的腰，若賈母不撐她的腰，墻倒眾人推，趙姨娘的女兒大家還不是照打一耙。迎春沒有後盾，難怪養成怕事、懦弱、退縮的個性。這下子，繡桔就跟這個玉住兒媳婦吵起架來了，你一句我一句吵個不休，司棋就跑來勸她們。本來司棋有兩下可以鎮得住的，但這陣子泥菩薩過江，出了那個事情又病又嚇，自己都快倒了，也就勉強過來，幫著繡桔詰問那個媳婦。迎春呢，她拿了一本《太上感應篇》來看，這是道家葛洪所寫，在講人間什麼都是因果的書，她躲在旁邊清淨無為，煩的事情通通不管了。正好探春、黛玉、寶釵這幾個人來了，一聽吵架，問吵什麼啊，她們就講了這些事情，三姑娘怎麼容得下這種事，她也很厲害，因為礙著邢夫人，她就調兵遣將暗暗把平兒請來。平兒就代表鳳姐嘛，平兒一來這些人都怕了。一一四五頁，看看三姑娘的派頭：探春見平兒來了，遂問：「你奶奶可好些了？真是病糊塗了，事事都不在心上，叫我們受這樣的委曲。」厲害了，先故意這麼講。平兒忙道：「姑娘怎麼委曲？誰敢給姑娘氣受？姑娘快吩咐我。」當時住兒媳婦兒方慌了手腳，遂上來趕著平兒叫「姑娘坐下，讓我說原故請聽。」本來玉住兒媳婦也很刁的，她利用迎春懦弱就百般的刁難她們，看到平兒來了，害怕了想上來解釋。平兒正色道：「姑娘這裏說話，也有你我混插口的禮！你但凡知禮，只該在外頭伺候。不叫你進不來的地方，幾曾有外頭的媳婦子們無故到姑娘們房裏來的例。」看到沒有，有規矩的，你們是外面媳婦怎麼會跑進來？還要這麼插嘴。規矩先按下來。迎春弄得下人沒規矩了，探春一來，平兒一來，把這規矩使出來，當然玉住兒媳婦就怕了。探春就故意講一番道理給平兒聽，她說：「如今那住兒媳婦和他婆婆仗著是媽媽，又瞅著二姐姐好性兒，如此這般私自拿了首飾去賭錢，而且還捏造假賬妙算，威逼著還要去討情，和這兩個丫頭在臥房裏大嚷大叫，二姐姐竟不能轄治，所以我看不過，才請你來問一聲：還是他原是天外的人，不知道理？還是誰主使他如此，先把二姐姐制伏，然後就要治我和四姑娘了？」這個話講的重了。這就是探春。平兒忙陪笑道：「姑娘怎麼今日說這話出來？我們奶奶如何當得起！」探春冷笑道：「俗語說的，『物傷其類』，『齒竭唇亡』，我自然有些驚心。」這個好，探春這些話講得出來去擠兌平兒，等於是逼得鳳姐要去治這些人。有意思的是，這裏鬧成這個樣子，你看看迎春怎麼反應。當下迎春只和寶釵閱「感應篇」故事，究竟連探春之語亦不曾聞得，她們吵得要命，她也不曉得，懶得聽。忽見平兒如此說，乃笑道：「問我，我也沒什麼法子。他們的不是，自作自受，我也不能討情，我也不去苛責就是了。至於私自拿去的東西，送來我收下，不送來我也不要了。」她倒是《太上感應篇》看通了，道家無為，她看通了。又說：「太太們要問，我可以隱瞞遮飾過去，是他的造化，若瞞不住，我也沒法，沒有個為他們反欺枉太太們的理，少不得直說。你們若說我好性兒，沒個決斷，竟有好主意可以八面周全，不使太太們生

迎春

氣，任憑你們處治，我總不知道。」眾人聽了，都好笑起來。黛玉笑道：「真是『虎狼屯於階陛尚談因果』。老虎、狼都在階陛之下了，你還在談因果。若使二姐姐是個男人，這一家上下若許人，又如何裁治他們。」迎春笑道：「正是。多少男人尚如此，何況我哉。」男人還搞不定，還要我來搞？一頁篇幅就把迎春這個懦小姐通通寫出來了。這個懦小姐反正人間是非她都懶得管，她看《太上感應篇》也看進去了，人生那麼多是是非非，那麼煩，我何必呢？也不是我能弄得定，算了，你們愛說什麼說什麼。

元春、迎春、探春、惜春，四個春個性鮮明，怎麼寫她們呢？記得嗎，元春皇妃的架式，後來到了省親與家人團聚時，滿眼垂淚，說不出話，只管嗚咽對泣。許久才忍悲強笑，安慰賈母、王夫人，當初把我送到那不得見人的地方，現在大家好不容易見一面，不說說笑笑，反倒這麼傷心，等一下子我又走了，等哪年哪月才能再見。自己講得痛切，作為皇妃大不容易，侯門一入深似海啊，一句話就賦予她人性，一句話就把這個皇妃，變成賈府的大女兒。一個女兒回來省親，親情觸發她的感傷，一句話夠了。寫迎春怎麼傻怎麼懦弱，用不著寫那麼多，只說她在旁看《太上感應篇》，你們吵了這半天，講什麼我沒聽見，夠了。懦小姐，二木頭，可憐最後嫁得不好，遇人不淑給人家整死。也難怪，懦弱嘛！這邊通通寫出來了。這就是曹雪芹的 characters portraying，人物刻畫最成功的地方，如果寫得不好的人，可能四個春一片糊塗攪成一團，現在，我們看這四個姑娘，清清楚楚，歷歷分明。這就是小說頭一個要素：人物。人物寫得通通活出來，寫得你不能忘記就成功了。

下面一回很重要的「惑奸讒抄檢大觀園，矢孤介杜絕寧國府」，是《紅樓夢》的 turning point，由盛入衰的轉折點，賈府興衰的這一條線，轉捩點在這個地方。第七十四回以後，「忽喇喇似大廈傾，昏慘慘似燈將盡」，那麼燦爛的燈一盞一盞熄了。賈府等於是一個很大的建築，等於一個社會秩序架構的縮影，就在這個地方，這棟高樓大廈開始垮掉。

【第七十四回】惑奸讒抄檢大觀園　矢孤介杜絕寧國府

賈府表面上仍是豪門貴族，私底下的經濟卻捉襟見肘，一一顯露出來了。上一回平兒逼著玉住兒媳婦把迎春的纍絲金鳳贖回來，賈璉去向鴛鴦借當，把賈母的東西當了一千兩銀子，邢夫人又知道了，叫賈璉拿二百兩來用用，所以賈璉、鳳姐也難為，裏裏外外都要應付，要應付太監，還要應付婆婆、媽媽，這二百兩還一下子拿不出來，鳳姐只好叫平兒把金項圈拿來，去押個二百兩銀子敷衍敷衍她吧。賈璉就說：「那乾脆押四百兩好了。」鳳姐說：「不必，就二百兩吧，還不知拿什麼錢去贖呢！」賈璉也想趁機抓一把，把鳳姐那個項圈多押一點，真是窘態畢露。他們想，借當這事情鬧出來了，讓鴛鴦受累，鳳姐這當家的人也沒什麼臉。

正講的時候，外頭通報王夫人來了，鳳姐很詫異，一向要有什麼事情召她過去就是了，怎麼親自過來？這非比尋常，鳳姐馬上迎了出來。只見王夫人氣色更變，只帶一個貼己的小丫頭走來，別的大丫頭她不帶，怕她們講出去，帶個小丫頭來。這個小的 detail 大家要注意，寫得王夫人很有心思的。一語不發，走至裏間坐下。鳳姐忙奉茶，因陪笑問道：「太太今日高興，到這裏逛逛。」王夫人喝命：「平兒出去！」這事情很嚴重了，命平兒出去。平兒見了這般，著慌不知怎麼樣了，忙應了一聲，帶著眾小丫頭一齊出去。平兒一退下，其他丫頭通通退下，重要事情發生了，一個人都不許進去，鳳姐慌了，怎麼回事呀？只見王夫人含著淚，對王夫人來說是多麼嚴重的一件事情，跑出個繡春囊這種東西，竟然出現在大觀園裏。從袖內擲出一個香袋子來，說：「你瞧。」鳳姐忙拾起一看，見是十錦春意香袋，就是繡著春宮圖的這個東西，也嚇了一跳，忙問哪裏來的。王夫人見問，越發淚如雨下，顫聲說道：「我從那裏得來！我天天坐在井裏，拿你當個細心人，所以我才偷個空兒。誰知你也和我一樣。這樣的東西大天白日明擺在園裏山石上，被老太太的丫頭拾著，不虧你婆婆遇見，早已送到老太太跟前去了。我且問你，這個東西如何遺在那裏來？」這對他們是多麼大的一個 impact，撞擊，賈府是什麼身分，是怎麼樣的一種世家，居然會跑出這種淫邪的東西來，王夫人就故意講了，一定是你的東西囉！意思是賈璉那個好色不長進的從哪裏弄來的。這也非錯怪，賈璉確實有可能啊，這麼多的相好，又是多姑娘，又是鮑二家的，還有外面什麼的，難免王夫人會懷疑他。「你還和我賴！幸而園內上下人還不解事，尚未揀得。倘或丫頭們揀著，你姐妹看見，這還了得。這是第一個不得了，不然有那小丫頭們揀著，出去說是園內揀著的，外人知道，這性命臉面要也不要？」如果說這件事情傳出去，外面知道皇妃的家裏跑出這種東西，賈府的臉面還得了。鳳姐聽說，又急又愧，登時紫漲了面皮，便依炕沿雙膝跪下。什麼時候看見過鳳姐這個樣子，鳳姐第一次知道茲事體大，嚴重了。她就趕快地辯解，她說，我再怎麼不知禮，也不會要這個，而且你看這是坊間繡工繡的，很粗糙的，我怎麼會要外面繡的東西。而且說是我的，也很有可能是別人的，賈珍兩夫婦年紀也不大啊！賈赦那邊那麼多姨娘，也可能是她們的啊！還有那些丫頭慢慢大了，也未必不是她們的。鳳姐倒想得對了，就是司棋的嘛！鳳姐說，我絕對不會有這東西，平兒我也保證不可能有。王夫人其實也是故意講的，激她一下，讓她著急。王夫人說，我也知道你是大家小姐，我們王家怎麼會做這種事情，剛才我氣極了，但現在怎麼辦呢？你婆婆剛剛拿了這個給我看，說是那個傻大姐拿著的，氣得我半死。鳳姐講，這件事情要把它壓下來，第一不能讓老太太知道。什麼事情先瞞著賈母，當然賈政是更不能讓他知道。就趁這個時候，叫我下面的幾個媳婦，周瑞家的，來旺家的，派到園裏面去查一查，有些在賭的，有些難纏的，乾脆趁這個時候把他們趕走。有些丫頭們大了，也懂男女之事了，要不就發配出去。鳳姐說，本來也老早想要裁人的，以她的管家立場來看，人太多，食指浩繁，早該減一減。王夫人說，你講的我也知道，這幾個姑娘還在閨中，怕人說就幾個丫頭也不給她們用，實在是講不過去，賈家的面子要撐住，至少幾個姑娘們、寶玉啊、老太太啊是動不得的。

這個時候要查，鳳姐本來只推薦她身邊幾個信得過的老管事家裏的，人還太少，剛好邢夫人的陪房王善保家的，過來王夫人這邊關心繡春囊後續處理的事。陪房很有臉面的，就是當初小姐嫁過來時跟著一起過來的，因為是邢夫人的陪房，當然也是邢夫人的心腹了。這種陪房老嬤嬤，很喜歡東插西插的管事，她在邢夫人這邊，跑到大觀園去，寶玉那些丫頭不會買她賬的。王善保家的既然送繡春囊來，知道內情了，王夫人就說你去回了太太，你也來一起調查吧，總比別人強些。王善保家的平常東講西講要顯自己的權威，那些丫鬟不理她、不奉承她，早就積怨在心，這個事情得了委託正好，報仇的機會來了，馬上進讒言，一一五六頁，她說：「這個容易。不是奴才多話，論理這事該早嚴緊的。太太也不大往園裏去，這些女孩子們一個個倒像受了封誥似的，他們就成了千金小姐了。鬧下天來，誰敢哼一聲兒。不然，就調唆姑娘的丫頭們，說欺負了姑娘們了，誰還躭得起。」講丫鬟們的壞話了。王夫人道：「這也有的常情，跟姑娘的丫頭原比別的嬌貴些。你們該勸他們。連主子們的姑娘不教導尚且不堪，何況他們。」先講這些姑娘們的丫頭，王夫人擋了一下，說她們當然嬌貴一些。

上面這是庚辰本的，下面這一段庚辰本和程乙本大家仔細比一比，這段要緊的，關鍵著晴雯的命運。王善保家的道：「別的都還罷了，太太不知道，一個寶玉屋裏的晴雯，那丫頭仗著他生的模樣兒比別人標緻些，又生了一張巧嘴，天天打扮的像個西施的樣子，在人跟前能說慣道，掐尖要強。程乙本沒有「掐尖」這兩個字的，有「抓尖要強」這麼一個詞。一句話不投機，他就立起兩個騷眼睛來罵人，程乙本是「立起兩隻眼睛」就夠了，騷眼睛反而削弱了，妖妖趫趫，大不成個體統。」程乙本用「妖妖調調」，比較普遍。下面要緊的，你看看：王夫人聽了這話，猛然觸動往事，便問鳳姐道：「上次我們跟了老太太進園逛去，有一個水蛇腰、削肩膀、眉眼又有些像你林妹妹的，這句話，眉眼又像林妹妹要緊的，我說了，晴雯是黛玉的影子，是她的 mirror image，王夫人無意間講出這句話來，其實就是曹雪芹暗示晴雯是黛玉的影子。正在那裏罵小丫頭。我的心裏很看不上那狂樣子，因同老太太走，我不曾說得。後來要問是誰，又偏忘了。今日對了坎兒，這丫頭想必就是他了。」一個水蛇腰女孩子！蛇腰已經不得了，還水蛇腰，靈動得像蛇在水上面滑行。削肩膀、水蛇腰，兩句就把晴雯的體態形容透了，眉眼像林黛玉，又美，又很有個性。鳳姐替晴雯講話，其實她滿欣賞晴雯的，因為她自己也有晴雯個性的味道，鳳姐很複雜的，她有好幾面。鳳姐道：「若論這些丫頭們，共總比起來，都沒晴雯生得好。這是鳳姐講的，晴雯最漂亮。論舉止言語，他原有些輕薄。方才太太說的倒很像他，我也忘了那日的事，不敢亂說。」王善保家的便道：「不用這樣，此刻不難叫了他來太太瞧瞧。」馬上要把晴雯叫來。王夫人道：「寶玉房裏常見我的只有襲人麝月，這兩個笨笨的倒好。不知道是哪裏笨，看起來笨笨的，裝笨的，應該是這兩個乖乖的倒好。若有這個，他自不敢來見我的。我一生最嫌這樣人，況且又出來這個事。好好的寶玉，倘或叫這蹄子勾引壞了，那還了得。」王夫人是在儒家文化下培養出來的，她心目中女孩子應該守著規矩，像晴雯這樣的她最討厭，因叫自己的丫頭來，吩咐他到園裏去，「只說我說有話問他們，留下襲人麝月伏侍寶玉不必來，有一個晴雯最伶俐，叫他即刻快來。你不許和他說什麼。」這個小丫頭就去了。

下面庚辰本有個地方，也有滿嚴重的錯誤，大家要仔細的對照。正值晴雯身上不自在，睡中覺才起來，正發悶，聽如此說，只得隨了他來。晴雯剛剛起來，身體不太舒服，忽然間聽說叫她，只好就去了。素日這些丫鬟皆知王夫人最嫌趫妝艷飾語薄言輕者，故晴雯不敢出頭。「這些丫鬟……」這一句話程乙本沒有，只說「素日晴雯不敢出頭」，就夠了。晴雯不是因為知道王夫人這樣而不敢出頭，她平常都是讓襲人去，襲人也不會讓她出頭，什麼事情要跟王夫人直接通的，襲人會搶在前面。記得嗎？寶玉被打的時候，襲人還去告了一狀，說寶玉現在漸漸大了，應該把她隔離一下，不要跟那些表姐妹混得太近，有我在旁邊照顧他就好了，別的女孩子遠一點，免得他被帶壞了。所以平常都是襲人掌控，晴雯不出頭的。今因連日不自在，並沒十分妝飾，自為無礙。及到了鳳姐房中，王夫人一見他釵嚲鬢鬆，頭上沒有好好梳理，有點蓬鬆的樣子。衫垂帶褪，有春睡捧心之遺風。春睡捧心大家都知道西施捧心的樣子，春睡嘛，楊貴妃春睡起來的樣子，有點慵懶的。程乙本沒有「遺風」兩個字，我覺得這兩個字不妥，程乙本是說，大有春睡捧心之態，夠了！而且形容面貌恰是上月的那人，不覺勾起方才的火來。庚辰本這裏說：王夫人原是天真爛漫之人，喜怒出於心臆，不比那些飾詞掩意之人，今既真怒攻心，又勾起往事。無論怎麼形容王夫人，不可能「天真爛漫」。天真爛漫形容小姑娘，王夫人經過那麼多事情，說她迂腐可以，她這個人真正是守儒家那套規矩的，又常常做錯事，好好的把金釧兒打一個耳光，明明是自己的兒子要不得，還挑金釧兒的錯，無意間害人家自殺了。說她的心地慈厚，比那個邢夫人好一點，可是這麼一個表面看起來不錯、一個守禮法在家中有地位的女人，無意間卻害死好多人。有時候看起來是好人，無意間做出一些殘忍的事情更可怕。像鳳姐她就是擺明了尤二姐侵犯了她的主權，害死她絕不手軟。王夫人不是的，王夫人講起來是為了守家法，為了家族的利益，但在她手上，金釧兒死掉，晴雯死掉，那些小戲子們被流放，下場都很慘。王夫人是這整個宗法社會制度的一部分，她也不過是按了那個制度去行她的法，至於這個制度的殘忍，她考慮不到，她就是按她所能理解的家規去行事。從她的立場，出了這個繡春囊的事情你說她不要清查嗎？這一清查，傷害了多少人？我們常講制度殺人，這制度立意是好的，要大家守規矩，要維持 social order，維持人倫秩序。王夫人也是，她心地不壞的，她沒有故意怎麼樣，但按那個制度下去就傷了人了，第一個傷的就是晴雯。當然她的耳朵也軟，聽聽讒言就信了。你看她勾起往事，便冷笑道：「好個美人！真像個病西施了。好個美人跟好個美人兒有差別，你若講好個美人，口氣就沒有好個美人兒（程乙本）來得親切，有點諷刺性在裏面。你天天作這輕狂樣兒給誰看？你幹的事，打量我不知道呢！我且放著你，自然明兒揭你的皮！寶玉今日可好些？」

她等於在講，一定是這狐狸精勾壞寶玉。其實這也是一個謎，有這麼一說，晴雯的遭遇是襲人告的狀，後來有一幕是寶玉有點起疑心了，一提的時候襲人心中一動，沒有明講是她告的狀，很可能襲人常常到王夫人面前，說是為了寶玉好，怕寶玉被勾壞，要不然王夫人怎麼會這麼肯定的說你幹的好事，直指去勾引寶玉這種事情。晴雯一聽如此說，心內大異，便知有人暗算了他。雖然著惱，只不敢作聲。一聽就知道怎麼回事了，曉得中了暗箭。他本是個聰敏過頂的人，見問寶玉可好些，他便不肯以實話對，只說：「我不大到寶玉房裏去，又不常和寶玉在一處，好歹我不能知道，只問襲人麝月兩個。」庚辰本用了聰敏，程乙本用聰明，我想聰明比聰敏更高一層。晴雯一聽不妙，王夫人還故意問：「寶玉今日可好些？」萬一她答一句：「寶玉很好！」那完蛋了，她也故意說我不知道，不關我的事。王夫人道：「這就該打嘴！你難道是死人，要你們作什麼！」晴雯道：「我原是跟老太太的人。把老太太搬出來，她是賈母的人。因老太太說園裏空大人少，寶玉害怕，所以撥了我去外間屋裏上夜，不過看屋子。我原回過我笨，不能伏侍。老太太罵了我，說

『又不叫你管他的事，要伶俐的作什麼！』我聽了這話才去的。」講了半天，反正這些不關我的事，有襲人、麝月、秋紋她們管著，她想拿這話來矇住王夫人。王夫人聽了她沒接近寶玉，念了一聲阿彌陀佛：「你不近寶玉是我的造化，竟不勞你費心。既是老太太給寶玉的，我明兒回了老太太，再攆你。」要趕她走了。因向王善保家的道：「你們進去，好生防他幾日，不許他在寶玉房裏睡覺。等我回過老太太，再處治他。」喝聲「去！站在這裏，我看不上這浪樣兒！誰許你這樣花紅柳綠的妝扮！」想想看晴雯這麼高傲的一個人，「心比天高，身為下賤，風流靈巧招人怨」，一向又得寶玉寵，捱了王夫人這麼一下子，打擊不小。晴雯只得出來，這氣非同小可，一出門便拿手帕子握著臉，一頭走，一頭哭，直哭到園門內去。

王善保家的回過邢夫人，開始抄檢了，要查哪裏來的繡春囊，頭一個就到怡紅院。這個王善保家的當然很得意囉，尚方寶劍在手，要好好的砍殺幾個。當下寶玉正因晴雯不自在，忽見這一干人來，不知為何直撲了丫頭們的房門去，撲，用這個「撲」字，這羣媳婦們、老婆子們，平常受了這些丫鬟的氣，這下子報復了。鳳姐道：「丟了一件要緊的東西，因大家混賴，恐怕有丫頭們偷了，所以大家都查一查去疑。」一面說，一面坐下吃茶。其實鳳姐並不想去查的，是因為在王夫人面前被王善保家的拱著，所以也不很主動，她曉得這一來得罪人了。王善保家的等搜了一回，又細問這幾個箱子是誰的，都叫本人來親自打開。襲人因見晴雯這樣，知道必有異事，又見這番抄檢，只得自己先出來打開了箱子並匣子，任其搜檢一番，不過是平常動用之物。隨放下又搜別人的，挨次都一一搜過。下面這一段精采，庚辰本是這樣的：到了晴雯的箱子，因問：「是誰的，怎不開了讓搜？」襲人等方欲代晴雯開時，只見晴雯挽著頭髮闖進來，頭髮一挽，你們看京戲裏要殺人的時候，頭髮就是這麼一挽，衝進來，豁一聲將箱子掀開，兩手捉著底子，朝天往地下盡情一倒，將所有之物盡都倒出。這裏寫的真好！衝進來砰一下把箱子打開，然後往下豁啷一聲把東西通通倒出來給你看，一句話不講。庚辰本下面這一段，完全削弱了這個力量：王善保家的也覺沒趣，看了一看，也無甚私弊之物。回了鳳姐，要往別處去。看看程乙本：王善保家的也覺沒趣兒，便紫脹了臉，很難看啊！給她砰的這麼一下。說道：「姑娘，你別生氣。我們並非私自就來的，原是奉太太的命來搜察；你們叫翻呢，我們就翻一翻，不叫翻，我們還許回太太去呢。那用急的這個樣子！」太太，指邢夫人，叫我來的，你們讓我翻呢我就翻，不給我翻，我就回去上告，告你去。看看晴雯怎麼說。晴雯聽了這話，越發火上澆油，便指著他的臉說道：「你說你是太太打發來的，我還是老太太打發來的呢！你是太太的人，我是老太太打發來的，比你還要高一層。太太那邊的人我也都見過，就只沒看見你這麼個有頭有臉大管事的奶奶！」哇，非常尖利的話！這個話把晴雯的個性寫得活靈活現，沒有這個對話，削弱了。王善保家的看看就跑了，不可能，晴雯也不會放她這樣，有幾句話給她的，所以程乙本這一段非常要緊。

下面還有一段：鳳姐見晴雯說話鋒利尖酸，心中甚喜。她高興，為什麼？她平常吃邢夫人的悶虧，因為是婆婆，鳳姐不好講什麼，王善保家的是代表邢夫人，挨了這麼一槍，她心中暗爽。而且王善保家的代表賈府裏面一種進讒言的惡勢力，藉別人修理修理王善保家的，她高興。卻礙著邢夫人的臉，忙喝住晴雯。那王善保家的又羞又氣，剛要還言，鳳姐道：「媽媽，你也不必和他們一般見識，你且細細搜你的；咱們還到各處走走呢。再遲了，走了風，我可擔不起。」王善保家的只得咬咬牙，且忍了這口氣，細細的看了一看，也無甚私弊之物。這下子王善保家的挨了一記悶棍，鳳姐呢，其實是押了她快快樂樂走了，這一長串寫得非常活。下面更精采了，探春一個耳光子，整個大觀園都打響了。一一六〇頁，查到探春那邊去了。本來到了黛玉那裏，看了一看沒查什麼，老早有人去通報探春了。探春也就猜著必有原故，所以引出這等醜態來。探春非常惱怒自己抄家，遂命眾丫鬟秉燭開門而待。一時眾人來了。探春故問何事。探春對鳳姐本來就不買她賬的。探春是滿有正義感、明辨是非的女孩子，也很有膽識，非常顧家，對家裏的前途一直憂心忡忡，對鳳姐的一些作為很看不慣。看著鳳姐領頭而來，探春故意問什麼事？鳳姐笑道：「因丟了一件東西，連日訪察不出人來，恐怕旁人賴這些女孩子們，所以越性大家搜一搜，使人去疑，倒是洗淨他們的好法子。」鳳姐對別人兇得很，對探春要解釋一下，口氣還有討好的味道。探春冷笑道：「我們的丫頭自然都是些賊，我就是頭一個窩主。既如此，先來搜我的箱櫃，他們所有偷了來的都交給我藏著呢。」說著便命丫頭們把箱櫃一齊打開，將鏡奩、妝盒、衾袱、衣包若大若小之物一齊打開，請鳳姐去抄閱。她要給鳳姐難堪，說我的丫頭當然都是賊了，我就是個賊頭，你們要搜搜我的，自己先把東西都打開來給鳳姐看。鳳姐陪笑道：「我不過是奉太太的命來，妹妹別錯怪我。何必生氣。」因命丫鬟們快快關上。鳳姐當然要陪笑，「陪笑」兩個字用得好。而且叫丫頭們快點替三姑娘把東西收起來。下面這一段話要注意，探春講得很痛切的。探春道：「我的東西倒許你們搜閱；要想搜我的丫頭，這卻不能。我原比眾人歹毒，凡丫頭所有的東西我都知道，都在我這裏間收著，一針一線他們也沒的收藏，要搜所以只來搜我。你們不依，只管去回太太，只說我違背了太太，該怎麼處治，我去自領。下面講了：你們別忙，自然連你們抄的日子有呢！你們今日早起不曾議論甄家，自己家裏好好的抄家，果然今日真抄了。」甄家，這很有意思的，甄與賈，真與假，甄家是賈家的影子，一個 mirror，一個鏡子。實際上曹雪芹家是南京江寧織造府，他也有幾個大親戚，舅舅李煦是蘇州織造，他們有好幾家親戚也被抄了家，寫甄家也不是隨便寫的。那時候七親八戚，互相牽連很容易的，尤其是雍正年間，對那些大官動輒抄家，曹家在最高層的皇儲政治鬥爭中一下子押錯寶了，就被抄家，小說講甄家，其實也就是暗示曹家。探春講：「咱們也漸漸的來了。可知這樣大族人家，若從外頭殺來，一時是殺不死的，這是古人曾說的『百足之蟲，死而不僵』，必須先從家裏自殺自滅起來，才能一敗塗地！」說著，不覺流下淚來。這一段話遙指著後來賈家被抄，這不是好兆頭，好好的家裏自己先抄起來了。探春這個女孩子對家族的命運非常關切，她嘆息自己不是個男兒，若是個男人的話，她老早撐起這個家。的確，在下一輩裏面，寶玉是沒用的，根本撐不起來，要靠賈珍、賈璉他們都不行的，賈政就是太迂腐了，賈家倒是三姑娘有治理之才，可是她是個女孩子，而且要遠嫁的，有心也沒法拯救家族頹屺的命運。但是她知道的，所以這一番話講得很痛切。鳳姐只看著眾媳婦們。這時候這句也寫的好，鳳姐沒話講了，探春這一番話她當然懂，所以沒話講了。周瑞家的便道：「既是女孩子的東西全在這裏，奶奶且請到別處去罷，也讓姑娘好安寢。」周瑞家的，鳳姐下面陪房的，滿乖滑的一個人，想快點下臺階，二奶奶走吧！已經查完了。探春道：「可細細的搜明白了？若明日再來，我就不依了。」看好了，明天你們再來搞可就不行了。鳳姐笑道：「既然丫頭們的東西都在這裏，就不必搜了。」鳳姐都乖滑起來，講丫頭們東西在這了不必搜了。探春冷笑道：「你果然倒乖。連我的包袱都打開了，還說沒翻。明日敢說我護著丫頭們，不許你們翻了。你趁早說明，若還要翻，不妨再翻一遍。」探春是咄咄逼人，鳳姐再怎麼厲害，是外面嫁進來的媳婦，媳婦再怎麼受寵，她這個嫂子都得讓小姑子。

探春怒了，三姑娘發脾氣了，所以鳳姐就說好了，都搜明白了，周瑞家的也都得陪笑。那王善保家的本是個心內沒成算的人，素日雖聞探春的名，那是為眾人沒眼力沒膽量罷了，那裏一個姑娘家就這樣起來，況且又是庶出，他敢怎麼。王善保家的這個傻婆子不明就裏，是個沒有心機的人，她想探春是個沒出嫁的小姐，厲害到哪去？而且是個庶出的、姨娘養的，敢怎麼樣呢？自己是大太太邢夫人的陪房，連王夫人都另眼相看，她不怕，要顯擺一下給眾人看看，你們都不敢，讓我來做一番秀給你們看。她就跑到前面去，因越眾向前拉起探春的衣襟，故意一掀，嘻嘻笑道：「連姑娘身上我都翻了，果然沒有什麼。」這一下子鳳姐大吃一驚，忙說：「媽媽走罷，別瘋瘋癲癲的。」一語未了，只聽「拍」的一聲，王家的臉上早著了探春一掌。這個巴掌打下去，整個大觀園都響了，這一掌打得好。探春登時大怒，指著王家的問道：「你是什麼東西，敢來拉扯我的衣裳！我不過看著太太的面上，你又有年紀，叫你一聲媽媽，你就狗仗人勢，天天作耗，專管生事。如今越性了不得了。」庚辰本用越性，奇怪的一個字，應該是越發。你打諒我是同你們姑娘那樣好性兒，由著你們欺負他，就錯了主意！你搜檢東西我不惱，你不該拿我取笑。」說著，便親自解衣卸裙，拉著鳳姐兒細細的翻。又說：「省得叫奴才來翻我身上。」這下子觸怒了探春，鳳姐也曉得王善保家的這些人，平常整天進讒言，仗著邢夫人的勢力欺負人，居然欺到探春身上來，探春哪裏吃這套，比起「二木頭」迎春，探春的個性剛強，而且講是非講公正，所以她一巴掌打過去，還激著鳳姐省得叫你奴才來搜我。鳳姐跟平兒馬上替探春整衣裳，向她賠罪，也講王善保家的：「媽媽吃兩口酒就瘋瘋癲癲起來。前兒把太太也沖撞了。快出去，不要提起了。」藉個故把老太婆趕出去，一方面安撫探春勸她不要生氣了。探春冷笑道：「我但凡有氣性，早一頭碰死了！不然豈許奴才來我身上翻賊贓了。明兒一早，我先回過老太太、太太，然後過去給大娘陪禮，該怎麼，我就領。」敢做敢當。看看那王善保家的挺有意思，狗仗人勢、作惡多端，從來沒挨過打，在外面就講了：「罷了，罷了，這也是頭一遭挨打。我明兒回了太太，仍回老娘家去罷。這個老命還要他做什麼！」探春喝命丫鬟道：「你們聽他說的這話，還等我和他對嘴去不成。」探春有一個丫頭，庚辰本上寫「待書」不對，程乙本是「侍書」，庚辰本就這麼兩句話就沒有了，你看：侍書等聽說，便出去說道：「你果然回老娘家去，倒是我們的造化了。只怕捨不得去。」程乙本侍書這一段講得好。侍書聽說，便出去說道：「媽媽，你知點道理兒，省一句兒罷。你果然回老娘家去，倒是我們的造化了；只怕你捨不得去！你去了，叫誰討主子的好兒，調唆著察考姑娘、折磨我們呢？」丫鬟侍書這兩句話也厲害的。鳳姐笑道：「好丫頭，真是有其主必有其僕。」探春冷笑道：「我們作賊的人，嘴裏都有三言兩語的；就只不會背地裏調唆主子！」一語雙關，棒打鳳姐一下。探春這個女孩子厲害的。曹雪芹寫小說，好像手上有個 camera 拍電影一樣，focus 到這裏，這個人就上場，上回 focus 在迎春，現在寫探春，探春的戲在前面已經有幾次了，這一場

scene 也寫得極好，把探春這個人刻畫出來。

完了以後又到惜春那裏去了，也有非常精采的一場戲，這裏先鋪陳了一下。惜春有一個丫鬟叫入畫，也算是她的大丫頭了。這幾個春的大丫鬟，迎春的叫司棋，探春的叫侍書，琴棋書畫。他們從入畫這丫鬟的箱子裏搜出了一些金銀錁子，那種成錠金元寶的東西，又搜出男人的靴襪、玉帶。庚辰本這裏顯然是個錯誤：「入畫也黃了臉」，不對！看到怎麼還有男人的東西，程乙本是：「鳳姐也黃了臉，因問是那裏來的。」入畫講這是珍大爺賞給我哥哥的，帶進來叫我收著。這些東西是賈珍賞的，惜春是賈珍的親妹妹，問一下很容易就可以弄清楚，其實入畫是完全清白的。可是你看看惜春的反應：「我竟不知道。這還了得！二嫂子，你要打他，好歹帶他出去打罷，我聽不慣的。」我不要聽這些。鳳姐笑道：「這話若果真呢，賈珍賞給你哥哥，也倒可恕，還可以原諒你，只是不該私自傳送進來。……倘是偷來的，你可就別想活了。」入畫講，我絕對不是偷來的，可以問奶奶（問尤氏），問大爺，（問賈珍）去，如果不是賞的，我死的無怨。鳳姐說，當然我要問。惜春說：「嫂子別饒他這次方可。這裏人多，若不拿一個人作法，那些大的聽見了，又不知怎樣呢。嫂子若饒他，我也不依。」惜春，四姑娘，冷心冷面的一個人。後來她說，我為什麼不冷？我清清白白的給你們污染了，我為什麼不冷？惜春後來出家了，她對人生的看法，對人際之間的看法，最後她也有的一套。

一個一個搜查，下面又有另外一場戲上演了，把整個大觀園弄得天翻地覆。從前的大觀園裏多麼快樂，請客、飲酒、賦詩，無憂的伊甸園，現在完全顛覆了。查到迎春這裏，迎春的大丫頭是司棋，她是王善保的外孫女兒。鳳姐先冷眼看看，王家的可藏私不藏，遂留神看他搜檢。他們從別人的搜起，沒有問題，到了司棋的箱子了，王善保家的說：「也沒有什麼東西。」想敷衍一下。周瑞家的是鳳姐的心腹，也是陪房，學到幾招，你看她怎麼說，庚辰本是：「且住，這是什麼？」我覺得這個味道不夠。程乙本是周瑞家的道：「這是什麼話？有沒有，總要一樣看看，才公道。」然後往裏面一抓，說著，便伸手掣出一雙男子的綿襪並一雙緞鞋，又有一個小包袱。打開看時，裏面是一個同心如意，並一個字帖兒。這下子搜出來了，禍源搜到了，一總遞與鳳姐。鳳姐本來不識字的，後來看看賬，也認得幾個字了，那帖是大紅雙喜箋，誰寫的帖？潘又安，司棋的姑表兄，兩個人不是在園子裏幽會，互相贈送信物，他們兩小無猜，早就談戀愛了的，這時候就寫在帖子裏頭。庚辰本這裏出了離譜的錯，先看看程乙本寫什麼：「上月你來家後，父母已覺察了。但姑娘未出閣，尚不能完你我心願。若園內可以相見，你可托張媽給一信。若得在園內一見，倒比來家好說話。」這是程乙本。庚辰本有點彆扭，倒比來家得說話。他意思是說，家裏面的家長已經知道兩個人有意，因為沒有出閣還不能公開，園子裏若可以幽會就託人給個信，千萬，千萬！下面是重要的，庚辰本是：再所賜香袋二個，今已查收外，特寄香珠一串，略表我心。庚辰本講，你給我兩個香袋，說繡春囊是司棋給他的，而且是兩個，我回贈給你一串香珠請收下。這錯得離譜，完全倒過來了。程乙本是：再所賜香珠二串，今已查收。外特寄香袋一個，略表我心。你給我兩串香珠我收到了，我給你一個香袋，算是我一番心意。看起來潘又安很誠心的，給司棋一個香袋做紀念。他倆一個小傭人，一個小丫頭，也沒有什麼知識的，大概繡春囊在他們心中，也不是個淫畫什麼的，他覺得這是他表示情意的，沒想到闖大禍了。

鳳姐一看這封信後，不由的笑將起來。鳳姐開心了，這下子逮到了，王善保家的搬了石頭砸到腳，鳳姐幸災樂禍。但是你看，那王善保家的素日並不知道他姑表兄妹有這一節風流故事，怎麼知道潘又安跟她的外孫女兒，她當然不曉得，一看那個紅帖子，心裏有點毛病，怎麼回事啊？他便說道：「必是他們胡寫的賬目，不成個字，所以奶奶見笑。」王善保家的看有點不妥了，推說是他們寫的賬。鳳姐有意思，說「正是這個賬竟算不過來。你是司棋的老娘，他的表弟也該姓王，怎麼又姓潘呢？」姨表的姓王，姑表當然是另外一姓，她就說了，「上次逃走的潘又安，就是他。」鳳姐笑道：「這就是了。」說著從頭念了一遍。念給她聽聽。下面庚辰本寫：周瑞家的四人又都問著他：「你老可聽見了？……該怎麼樣？」程乙本是：「周瑞家的四人聽見鳳姐兒念了，都吐舌頭，搖頭兒。」這幾個婆婆媽媽搖頭吐舌，一起幸災樂禍，這個場面就寫活了。小說就該這樣。如果把這段弄掉，又搖頭又吐舌的這四個人就不見了，整個場景就變成王善保家的聽見了沒的話講。「這王家的只恨沒地縫兒鑽進去。」鳳姐的反應好玩，庚辰本寫的是：「只瞅著他嘻嘻的笑」；程乙本是：「抿著嘴兒嘻嘻的笑」，似笑非笑的促狹了。多了一個抿著嘴兒，那個神情又不同了，弄得王善保家的簡直尷尬得不得了。自己罵道：「老不死的娼婦，怎麼造下孽了！說嘴打嘴，現世現報在人眼裏。」罵自己也很絕，老不死的娼婦都罵出來了。眾人見這般，俱笑個不住，又半勸半諷的。像王善保家的這種惡毒的老太婆，曹雪芹是要給她難堪一下，他不會拿出來講，就細細的製造這些場景，讓她非常下不了臺。

庚辰本一一六五頁：「鳳姐見司棋低頭不語，也並無畏懼慚愧之意，倒覺可異。」司棋被當場逮住，也不怕，也沒有羞愧，她愛一個男人，後來為他死。曹雪芹寫這種人物，給她們滿大的同情，尤三姐、司棋、晴雯，最後是黛玉，為情而死，為情犧牲，為情不怕一切。這種人物在曹雪芹筆下，即使人格有所欠缺，可是追求的情是真的。像司棋這個女孩子，為了一碗蛋把人家整個廚房打翻，那麼任性，跟晴雯一樣都有個性上的瑕疵，可是在這裏，曹雪芹對她還是有一種暗暗的憐惜和尊敬，一筆就夠了。如果這個地方沒有這一筆，司棋這整個人就差了很多。如果寫司棋臉上紅一陣白一陣，那就把這個人寫俗掉了。輕輕一筆，低頭不語，你們搞你們的，已經抓到了，就認了，沒有什麼好怕的，也不覺得羞恥，這就是後來殉情的伏筆。如果不先有這麼一個伏筆，後來為情而死就差了一截。在這個節骨眼上下這麼一筆，司棋這個人物得到了定位。

講到這個繡春囊在賈府中引起震撼，主要因為中國從前的社會禮教森嚴，男女在未婚之前絕不可以有性這種事情的，尤其女孩子必須要保持處女。其實不只儒家宗法社會，西方基督教也重視 virgin，性的道德很嚴格的，賈府怎麼能容許女孩子懂得性事？所以從這個角度來看，有些文學作品很大膽，從《西廂記》、《牡丹亭》這麼一直下來，《牡丹亭》裏太守千金杜麗娘十六歲作了一個春夢，以從前的道德是不可思議，女孩子怎麼懂這一套，想男人想得做夢，而且根本不可能發生，不准發生。女孩子在未嫁之前，應該對性事通通不懂。所以王夫人說，女孩子看了這種東西還了得！什麼都不懂出嫁怎麼辦呢？大概出嫁之前媽媽就要跟女孩子講講性知識了，就要這種像繡春囊的東西，給他們看看兩個男女在做什麼。可能有些女孩子從來沒想到男女之間可以赤裸裸的抱在一起，不能想像的事情。在婚嫁的時候，給了繡春囊這種東西，等於一個憑據，所以潘又安給了司棋，就是說我們將來要成為夫婦了，給她的一種相互誓言的表記。可是在王夫人、邢夫人看來，這是敗壞禮教期期不可的事情。

這邊搜完了，惜春最後這一段收尾很要緊。這天尤氏來看鳳姐，又到李紈那兒，惜春來請她。尤氏是賈珍的太太，惜春是賈珍的妹妹，姑嫂的關係，這姑嫂倆一向都不親的。惜春是有點怪脾氣，不那麼好相與的。他們三春，迎春、探春、惜春，個性大不同，惜春有惜春的一套。記得嗎？她第一次在書裏出現的時候跟幾個小尼姑在玩，那個周瑞家的拿宮花分給幾個姑娘，到惜春的時候，她說：「我這裏正和智能兒說，我明兒也剃了頭同他作姑子去呢，可巧又送了花兒來；若剃了頭，可把這花兒戴在那裏呢？」隨便那麼一句，後來果然出家的是她。惜春年紀雖小，卻老早就對人生看得透透的，她擅於畫，他們要她畫大觀園，她畫盡眾人百相，自己卻在外面，她才真正是出了那個檻外的。惜春的這一段，我用程乙本，因為庚辰本有好多地方不太對。惜春請尤氏來了，便將昨夜之事細細告訴了，又命人將入畫的東西一概要來與尤氏過目。尤氏道：「實是你哥哥賞他哥哥的，只不該私自傳送，如今官鹽反成了私鹽了。」她唯一的過錯就是不應該私下遞來，該講一聲，因罵入畫：「糊塗東西！」庚辰本用的是「糊塗脂油蒙了心的。」用不著，糊塗東西簡單些。看惜春怎麼說：「你們管教不嚴，反罵丫頭。這些姐妹，獨我的丫頭沒臉，我如何去見人！昨兒叫鳳姐姐帶了他去，又不肯；今日嫂子來的恰好，快帶了他去。或打，或殺，或賣，我一概不管。」通通不管，只管自己，這個小乘佛法，自己的修煉要緊，先要斬斷這一切，斬斷人生的煩惱、人與人的關係、人與人的情。入畫按理講是她的丫頭，那麼久了也有情啊！入畫聽說，跪地哀求，百般苦告。尤氏跟她奶媽也這麼講：「他不過一時糊塗，下次再不敢的。看他從小兒伏侍一場。」你看，書裏面講的惜春：誰知惜春年幼，天性孤僻，任人怎說，只是咬定牙，斷乎不肯留著。鐵了心不要她。又說：「不但不要入畫，如今我也大了，連我也不便往你們那邊去了。少來纏我，連你們那裏我也不要去了。況且近日聞得多少議論，我若再去，連我也編派。」尤氏一聽不舒服了，她說：「誰敢議論什麼？又有什麼可議論的？姑娘是誰？我們是誰？姑娘既聽見人議論我們，就該問著他才是。」尤氏心裏有鬼，東府裏鬧出多少事情來了，聽了惜春講人家議論，很不舒服。惜春冷笑道：「你這話問著我倒好！我一個姑娘家，只好躲是非的，我反尋是非，成個什麼人了！況且古人說的，『善惡生死，父子不能有所勖助』，父子也不管用，親情通通要斬掉，惹來這麼多麻煩。何況你我二人之間。我只能保住自己就夠了。以後你們有事，好歹別累我。」你們這麼多事情，別來牽扯我。尤氏聽了，又氣又好笑，因向地下眾人道：「怪道人人都說四姑娘年輕糊塗，我只不信。你們聽這些話，無原無故，又沒輕重，真真的叫人寒心。」眾人都勸說道：「姑娘年輕，奶奶自然該吃些虧的。」惜春冷笑道：「我雖年輕，這話卻不年輕。你們不要亂講，她說，你們不看書，不識字，所以都是獃子；倒說我糊塗。」你們這些無知無識的人，你們才獃呢，我才不糊塗。的確，不糊塗最清醒的是她。最後黛玉氣病了吐血的時候，他們都去探望黛玉，惜春在旁邊冷冷地講：「林姐姐那樣一個聰明人，我看他總有些瞧不破，一點半點兒都要認起真來。天下事那裏有多少真的呢。」

尤氏吵不過她，說：「你是狀元，第一個才子！我們糊塗人，不如你明白！」惜春不放過她，「據你這話就不明白。狀元難道沒有糊塗的！可知你們這些人都是世俗之見，那裏眼裏識的出真假、心裏分的出好歹來？你們要看真人，總在最初一步的心上看起，才能明白呢！」她說不是因為我書念得比你們多，念書的還不是傻子一大堆，狀元不也有獃的，就屬心是第一步要明白清楚的。這個尤氏給她搞的哭笑不得，笑道：「好，好！才是才子，這會子又作大和尚，講起參悟來了。」惜春道：「我也不是什麼參悟。我看如今人一概也都是入畫一般，沒有什麼大說頭兒！」我看人都跟入畫一樣，只會惹麻煩，沒什麼講的。尤氏道：「可知你真是個心冷嘴冷的人。」講冷心冷面，還有另外一個人柳湘蓮也是冷郎君，冷，因為人生的煩惱太多，煩惱的根源都是個情字，各種的情，親情、愛情、人情有這麼多牽扯，如何解脫？惜春最後出家了，「西方有樹喚娑婆，上結著長生果」，就是她最後要去悟道的那個東西。惜春道：「怎麼我不冷！我清清白白的一個人，為什麼叫你們帶累壞了？」我生來乾乾淨淨清清白白的一個人，你們這些塵世中的人把我污染了。尤氏心內原有病，怕說這些話；本來就給人家嘰嘰咕咕講了很多，聽說有人議論，已是心中羞惱，只是今日惜春分中，不好發作，忍耐了大半天。怎麼辦呢？小姑子一針一針戳了她沒話講，拿小姑沒辦法，她是嫂子要讓。今日惜春又說這話，因按捺不住，吃不消了，便問道：「怎麼就帶累了你？你的丫頭不是，無故說我；我倒忍了這半日，你倒越發得了意，只管說這些話。你是千金小姐，我們以後就不親近你，仔細帶累了小姐的美名兒！即刻就叫人將入畫帶了過去。」說著，便賭氣起身去了。惜春最後再補她一句：「你這一去了，若果然不來，倒也省了口舌是非，大家倒還乾淨。」你走吧，別來惹我，你這一去了不來最好。尤氏聽了氣得要命，拿這個小姑子一點辦法也沒有，終究是姑娘家，也不好跟她拌嘴，也不說話了，叫人帶了入畫走。

這一場點出回目「矢孤介杜絕寧國府」，把惜春這個人活脫脫的寫出來了。跟寶玉比起來，寶玉恨不得把所有人的感情都去攬，攬得他煩惱不知有多少，最後才慢慢了悟，這些都是煩惱的根，苦的根源。惜春早就看到了。這一回惜春弄得尤氏落荒而逃，在某方面來說也是一種 intellectual discourse，知性話語與俗世的爭論，尤氏講的是最世俗的東西，惜春講的是超脫紅塵，兩個人根本不在一個平面對話，讓旁觀的人自己去想、去判斷。

【第七十五回】開夜宴異兆發悲音　賞中秋新詞得佳讖

中秋來了，還記得前一個秋天嗎？大家在大觀園裏吃螃蟹、喝酒、賞菊，寫了好多詠菊的詩，林黛玉還奪得詩的魁首。賈母興高采烈吃螃蟹，鴛鴦和鳳姐把蟹腳剔開，剝了一盒給老太太享用，多麼熱鬧開心。這個中秋不同了，《紅樓夢》的秋聲賦來了。大觀園本來花花草草，最盛的時候，連同那幾個像邢岫烟、薛寶琴等遷進來做客，滿園百花齊放，即使秋天冬天，大觀園裏面都是溫暖的。那時候我講了，連下雪也覺得是溫的。那麼多花草凋零得很快，導火線當然是查抄之後發生的一連串事情，第一個晴雯被趕走了，接著司棋被趕走，入畫被趕走，那些小伶人們都被趕走，然後四兒被趕走，薛寶釵怕惹了是非，藉個故也遷出大觀園了。這一回感受到秋天的肅殺之氣，悲涼的秋聲來了。

尤氏捱了惜春這一棒，人都傻掉了，她到李紈那邊去看看。李紈正生病，不曉得發生什麼事，查抄到她那裏的時候，她已睡覺了，李紈就問尤氏怎麼了嗎？庚辰本這個地方我覺得不妥，**尤氏道：「你倒問我！你敢是病著死過去了！」**我想中國人忌諱用死字，怎麼可能說你病著死過去了，程乙本是：**「你敢是病著過陰去了？」**過陰就是說到陰間去了，也是死的意思，但語氣上我覺得是程乙本比較合適。一一七三頁，正說著，探春來了，寶釵也來了，藉故說是薛姨媽生病，表示要搬出去了。探春講：「很好。不但姨媽好了還來的，就便好了不來也使得。」尤氏笑道：「這話奇怪，怎麼攆起親戚來了？」探春冷笑道：「正是呢，有叫人攆的，不如我先攆。親戚們好，也不在必要死住著才好。咱們倒是一家子親骨肉呢，一個個不像烏眼鷄，恨不得你吃了我，我吃了你！」探春很痛心，自己人搞成這個樣子，親戚走了，散了吧！尤氏說我真晦氣，剛剛捱了一下，來這裏又捱你一下。探春問誰給你氣受？尤氏比較懦弱她不敢講。這個地方庚辰本又有問題，寫的是：「四丫頭不犯羅唣你，卻是誰呢？」探春不會說四丫頭，四丫頭就是惜春，如果講了語境就不對了。所以程乙本是：「鳳丫頭也不犯合你慪氣」，意思是鳳姐不會跟你吵架，惜春倒可能。探春知道惜春怪脾氣，她說：「這是他的僻性，孤介太過，我們再傲不過他的。」庚辰本「傲」字不太對，程乙本用「扭」，「我們再扭不過他的。」

這時候要過中秋節了，今年榮寧二府中秋節分開來過，因為寧國府這邊賈珍還在居喪。那時候要居喪很久的，他們的父親賈敬死了，表面上不能這樣、不能那樣，居喪期間也不能夠過節，中秋團圓，因為父親不在不團圓了，不好在中秋夜那天晚上過節的，要提前一天。這裏曹雪芹伏了一筆滿重要的，寫賈珍家裏過中秋發生的事情。你看賈珍、賈蓉這兩父子，在守喪期間本該要念經做法事好長的時間，但他們對賈敬沒有什麼真的感情，只是表面上守喪一下子，完了以後再也耐不住了。一一七六頁：「賈珍近因居喪，每不得遊頑曠蕩，又不得觀優聞樂作遣。無聊之極，便生了個破悶之法。日間以習射為由，請了各世家弟兄及諸富貴親友來較射。本來他居喪習射，藉著射箭招了一些紈絝子弟在一起玩，這些來的皆係世襲公子，人人家道豐富，且都在少年，正是鬪鷄走狗、問柳評花的一干遊蕩紈褲。紈絝子弟每天來，在府裏就輪流擺起酒來，還要誇自己的廚子，顯擺自己家裏的闊綽，搞這套東西去了。賈珍之志不在此，再過一二日便漸次以歇臂養力為由，晚間或抹抹骨牌，賭個酒東而已，自後漸次至錢。賭起錢來了，大賭了。如今三四月的光景，竟一日一日賭勝於射了，公然鬪葉擲骰，放頭開局，夜賭起來。家下人借此各有些進益，巴不得的如此，所以竟成了勢了。下面的人剛好了，一賭就有賞錢，更高興了。都是些什麼人呢？第一，喜歡湊熱鬧，當然薛蟠這個呆霸王在裏面，反正鬪鷄走狗都有他的份，他又很喜歡輸錢給人家，耍大爺。還有一個新進來的、好玩的人叫做邢德全，是邢夫人的弟弟，邢大舅。呆霸王、傻大舅，這一對寶貝在裏頭不光是賭了。邢德全跟邢夫人完全不同，邢夫人小氣得要死，什麼錢都摳起來，他呢，可不管，只知吃酒賭錢、眠花宿柳為樂，手中濫漫使錢，待人無二心。」這一對寶貝擲骰子、賭牌九，賭得一塌糊塗不說，他還召妓，召男妓。乾隆時代公開的妓女反而不准的，那時候陪酒的其實是男妓，有些是唱戲的，所以像賈府這麼一個皇親國戚的地方，居喪期間公然把所謂的變童、小子、相公召到府裏去。曹雪芹寫這個的時候，完全不自覺就寫下去了，一定是當時的習俗如此，沒有任何道德上的顧忌，他寫得非常自然。庚辰本這一段不夠好，程乙本寫的好，寫得非常活。

　　這天，尤氏從賈母那邊回來，想來看看這羣傢伙在搞什麼東西。尤氏作為一個太太，對他的丈夫一點拘束力都沒有，由得賈珍這麼胡搞，吃喝嫖賭，帶頭作亂，而且是居喪期間，尤氏也不敢勸他。且說尤氏潛至窗外偷看。其中有兩個陪酒的小么兒，都打扮的粉妝錦飾。程乙本寫的是「小么兒」，小么兒指的就是那些小孌童。庚辰本寫「孌童」，不是很妥，不會這麼講的。今日薛蟠又擲輸了，正沒好氣，幸而後手裏漸漸翻過來了，除了沖賬的，反贏了好些，心中自是興頭起來。賈珍道：「且打住，吃了東西再來。」因問：「那兩處怎麼樣？」此時打天九趕老羊的未清，先擺下一桌，賈珍陪著吃。薛蟠興頭了，便摟著一個小么兒喝酒，又命將酒去敬傻大舅。看看這個寫的好玩的地方：傻大舅輸家，輸了錢，沒心腸，沒心思了，喝了兩碗，便有些醉意，嗔著陪酒的小么兒只趕贏家不理輸家了，贏了錢你就跑過去了。因罵道：「你們這起兔子，這是罵男妓的話，真是些沒良心的忘八羔子！天天在一處，誰的恩你們不沾？只不過這會子輸了幾兩銀子，你們就這麼三六九等的了！難道從此以後再沒有求著我的事了？」眾人見他帶酒，那些輸家不便言語，只抿著嘴兒笑。輸了的人不講話，看了他很好笑，這個傻大舅。那些贏家忙說：「大舅罵的很是，這小狗攮的們都是這個風俗兒。」因笑道：「還不給舅太爺斟酒呢！」兩個小孩子都是演就的圈套，忙都跪下奉酒，扶著傻大舅的腿，一面撒嬌兒說道：「你老人家別生氣，看著我們兩個小孩子罷。我們師父教的：不論遠近厚薄，只看一時有錢的就親近。講的很直白，你老人家不信，回來大大的下一注，贏，白瞧瞧我們兩個是什麼光景兒！」說的眾人都笑了。這傻大舅掌不住也笑了。一面伸手接過酒來，一面說道：「我要不看著你們兩個素日怪可憐見兒的，我這一腳，把你們的小蛋黃子踢出來。」說著，把腿一抬。兩個孩子趁勢兒爬起來，越發撒嬌撒痴，拿著灑花絹子，托了傻大舅的手，把那鍾酒灌在傻大舅嘴裏。傻大舅哈哈的笑著，一揚脖兒，把一鍾酒都乾了，因擰了那孩子的臉一下兒，笑說道：「我這會子看著又怪心疼的了！」這一場，把這兩個傻大爺寫的醜態畢露，寫得很活，庚辰本就沒有這一場戲。當時那些所謂的貴族階級，他們飲酒作樂的風俗，曹雪芹一定看過或者是聽過，很自然的寫出來了。

傻大舅在這一場還當著人埋怨邢夫人小器，不給他錢用，罵他姐姐罵得很難聽的。賈珍看他口無遮攔，快快安撫他。尤氏在外頭聽見就說，你聽連她的弟弟都抱怨她刻薄。前面有些 scene，都寫了邢夫人的為人，這裏又點一下。一一八〇頁，很要緊的一段來了。因為居喪期間不能在八月十五當天慶祝中秋，所以在十四號這天，賈珍跟尤氏帶領幾個妾和賈蓉提前賞月。「果然賈珍煮了一口猪，燒了一腔羊，烹猪宰羊來過中秋，餘者桌菜及果品之類，不可勝記，就在會芳園叢綠堂中，屏開孔雀，褥設芙蓉，擺設很隆重。帶領妻子姬妾，先飯後酒，開懷賞月作樂。將一更時分，一更是晚上七點到九點，真是風清月朗，上下如銀。賈珍因要行令，尤氏便叫佩鳳等四個人也都入席，他的幾個妾也參加，下面一溜坐下，猜枚划拳，飲了一回。划拳喝酒，賈珍有了幾分酒，益發高興，便命取了一竿紫竹簫來，命佩鳳吹簫，文花唱曲，兩個妾，一個吹簫，一個唱曲。喉清嗓嫩，真令人魄醉魂飛。唱罷復又行令。那天將有三更時分，到了三更時候了，賈珍酒已八分。大家正添衣飲茶，換盞更酌之際，忽聽那邊墻下有人長嘆之聲。大家明明聽見，都悚然疑畏起來。賈珍忙厲聲叱咤，問：『誰在那裏？』連問幾聲，沒有人答應。尤氏道：『必是墻外邊家裏人也未可知。』賈珍道：『胡說。這墻四面皆無下人的房子，況且那邊又緊靠著祠堂，焉得有人。』一語未了，只聽得一陣風聲，竟過墻去了。恍惚聞得祠堂內槅扇開闔之聲。只覺得風氣森森，比先更覺涼颯起來；月色慘淡，也不似先明朗。眾人都覺毛髮倒豎。賈珍酒已醒了一半，只比別人撐持得住些，心下也十分疑畏，便大沒興頭起來。勉強又坐了一會子，就歸房安歇去了。次日一早起來，乃是十五日，帶領眾子侄開祠堂行朔望之禮，細查祠內，都仍是照舊好好的，並無怪異之跡。賈珍自為醉後自怪，也不提此事。禮畢，仍閉上門，看著鎖禁起來。」三更的時候，突然在那邊聽到一聲嘆息，難怪毛髮悚然。誰在嘆息？是鬼魂嗎？你們想想，秦可卿的，秦氏在那裏嘆息。記得嗎？秦氏死的時候跟鳳姐說，我們賈家已經繁盛百年了，有盛必有衰，最後不要應了那句樹倒猢猻散。嬸娘你掌家，為了以後家業，希望在鄉下祠堂土地劃些出來當作私塾，以後抄家，家裏的私塾是不抄的。秦氏已經在警告賈府可能會被抄家，最後說了一句話：「三春去後諸芳盡，各自須尋各自門。」三春過後在某種意義上也就是賈府的三春走了，百花都凋零了，一個個通通散掉各走各的。一聲嘆息，意味深長。在賈家最盛的時候，突然間秦氏死了，《紅樓夢》好幾個地方，她都給了 warning，一種警告。

前面這些人還在荒淫無度，還不知道自己的大厄運將要來，秦氏在那邊長長嘆息一聲，一聽，祠堂裏面窗戶嗡嗡響，這個地方真的會覺得毛骨悚然。曹雪芹真會想，怎麼來寫賈府衰，你能想出更好的辦法嗎？我想不出來。在中秋的這個時候，一聲鬼嘆息，這個力量要比你囉哩吧嗦地講半天強得多。這種 super nature，超自然的力量，與命運有關。曹雪芹一直有這個想法，個人的命運、家族的命運、國族的命運都是一種超自然的力量在推動、在控制。這個時候賈家要衰亡了，來這麼一聲嘆息，等於發出第一槍。寫的好！這個時候如果秦氏的鬼魂跑出來講一段話，那就糟了。後來王熙鳳將要生病死亡的時候，秦氏鬼魂真跑出來了，那時候就出現得很適當，現在，一聲長嘆，夠了！這是曹雪芹的筆厲害的地方，什麼時候該出現，什麼時候不該出現，多講了也不行，少講了也不行，剛好要恰得其分。所以「開夜宴異兆發悲音」，那聲嘆息是悲音。

十五號當天榮國府這邊過中秋，賈母要賞月，老太太興致很高，她爬到個小山上面，凸碧山莊的凸碧堂。一一八一頁：他們要過去了，「當下園之正門俱已大開，吊著羊角大燈。嘉蔭堂前月臺上，焚著斗香，秉著風燭，陳獻著瓜餅及各色果品。邢夫人等一干女客皆在裏面久候。真是月明燈彩，人氣香烟，晶艷氤氳，不可形狀。」賈府表面的盛狀還在維持住，鴛鴦、琥珀扶著賈母一步一步走到上面去，中秋團圓，所有賈家的近親通通到了，左邊賈赦、賈珍、賈璉、賈蓉，右邊賈政、寶玉、賈環、賈蘭，團團圍坐。賈母一看還圍不成圓，突然間傷感起來，說：「常日倒還不覺人少，今日看來，還是咱們的人也甚少，算不得甚麼。想當年過的日子，到今夜男女三四十個，何等熱鬧。今日就這樣，太少了。待要再叫幾個來，他們都是有父母的，家裏去應景，不好來的。如今叫女孩們來坐那邊罷。」一看看還是嫌人少，賈母希望大家永遠團圓。因為是中秋，像薛寶釵家裏薛姨媽、薛蟠、寶釵、寶琴，還有薛蝌、邢岫烟，他們自己中秋也要團圓，不好叫他們來，說：這樣吧！把坐在後面的女客請來吧。迎春、探春、惜春三位姑娘，其實史湘雲、黛玉也來了，這裏沒講，下面就知道了，湘雲跟黛玉兩個人在凹晶館聯詩聯句，應該補起來的。

他們就拿一隻桂花敲鼓，花傳來傳去，傳到哪個手裏，就得講些東西。第一個傳到賈政手裏，政老爺平常都是很嚴肅的，沒想到他還有點幽默感，其實大家對賈政是underestimate，低估了他，他是沒辦法，不得不擺出那一副樣子來，其實他也有感情的。記得嗎？有一回元宵猜燈謎的時候，他看到那些女孩子怎麼一個兩個都是講不吉祥的燈謎，怎麼都非福壽之輩，突然間心裏感到一陣悲傷，所以賈政雖然很守儒家道統，但不見得是一個完全古板可厭的人。擊鼓傳花傳到他，他就說：我講一個怕老婆的笑話，講的好，老太太要喝一杯。大家一聽他要講怕老婆就笑起來了，因為他從來不講笑話的嘛！他講，有一個怕老婆的人，中秋的時候給幾個朋友拉了去喝酒，喝得大醉在朋友家睡著了，第二天跑回來只好跟他老婆賠罪。老婆正在洗腳，說你舔一舔我的腳就饒了你，沒辦法，只得舔了一下，噁心要吐了。他老婆就要打，他說，不是奶奶的腳髒，是昨天晚上喝多了黃酒，又吃了幾塊月餅餡兒，今日胃裏頭作酸。這個賈政居然也湊出這麼一個怕老婆的故事來，大家都笑起來。賈母也高興，賞他一杯酒。又傳，輪到寶玉了，其實他很會講笑話，可是不敢講，怕賈政在又要挨吃排頭，乾脆就說作首詩吧！下面輪到賈赦了，我們想賈赦極無聊的一個人，只喜歡娶小老婆、貪人家的扇子什麼的，這麼一個人，他也講了一個笑話。他講某一家有個兒子最孝順，他媽媽生病各處求醫，找了一個針灸的老太婆來，老太婆其實根本不懂，就說這是心火，拿針治一治就好了。兒子說心見了鐵就死怎麼能用針？老婆子就講刺下去不是刺到心，在肋骨上面刺兩下就行了。兒子說肋骨離心那麼遠怎麼會好？老婆子說你不知道啊，天下父母偏心的多得是！這故事無意中講出他的心事來了。原來他心裏面也暗含怨憤的，講這個媽媽偏心，偏愛賈政。大家聽了笑起來。下面一句寫的好，「賈母也只得吃半杯酒」，「只得」，意思是勉強了，老太太不高興了，講中她了。半天才笑道：「我也得這個婆子針一針就好了。」賈赦曉得自己失言，趕快敬酒。這兩個兒子原來跟媽媽也有暗潮。這裏表面寫他們講笑話、講故事，其實也講出母子、兄弟之間的關係。

【第七十六回】
凸碧堂品笛感淒清　凹晶館聯詩悲寂寞

這一回，淒清、寂寞這種詞都來了。本來中秋團圓應該是很歡樂的時候，好不容易賈政、賈赦都在家，賈母一看少了幾個人，她就嘆氣了。一一八九頁：賈母看時，寶釵姐妹二人不在坐內，知他們家去圓月去了，且李紈鳳姐二人又病著，少了四個人，便覺冷清了好些。冷清了。賈母因笑道：「往年你老爺們不在家，咱們越性請過姨太太來，大家賞月，卻十分熱鬧。忽一時想起你老爺來，又不免想到母子夫妻兒女不能一處，也都沒興。及至今年你老爺來了，正該大家團圓取樂，又不便請他們娘兒們來說說笑笑。況且他們今年又添了兩口人，也難丟了他們跑到這裏來。因為寶琴也來了，薛蝌也來了，所以薛家自己要過中秋。偏又把鳳丫頭病了，「偏」這個字要緊，這人世悲歡離合此事古難全，好不容易團圓，鳳姐病了，有他一人來說說笑笑，還抵得十個人的空兒。可見天下事總難十全。」

賈母是很想做個十全老人的，她也真的兒孫滿堂、富貴榮華享盡，可是在這個時候，她感到人生十全難啊！說畢，不覺長嘆一聲。賈母從前跟兒孫們賞菊花的時候，那種的歡樂；劉姥姥進來的時候，史太君兩宴大觀園，那種的歡笑，整個大觀園都笑聲溢滿了，到了這個時候，賈母也有所感觸。賈母是整個賈家的頭，賈家如果是金字塔的話，她是頂尖的人物，頂尖的這個人物感到了人世很難全，也暗暗的講到可能家族要常聚不散也難。遂命拿大杯來斟熱酒。王夫人笑道：「今日得母子團圓，自比往年有趣。往年娘兒們雖多，終不似今年自己骨肉齊全的好。」你看看，賈母笑道：「正是為此，所以才高興拿大杯來吃酒。你們也換大杯才是。」下面再看：邢夫人等只得換上大杯來。只得，是很勉強的了。因夜深體乏，且不能勝酒，未免都有些倦意，無奈賈母興猶未闌，只得陪飲。整個的 mood，整個的氛圍，很勉強的湊在一起，很勉強的要把這個家族箍在一起團圓，很勉強的換大杯喝酒，至少表面要擺出那個架式來，賈母還在撐著這個家。

有人來報，剛剛賈赦走回去的時候，腳拐了一下，賈母就跟邢夫人講，你快回去看你的老爺吧！又走了一個，剩下尤氏，賈母說今天晚上是十五團圓，你跟賈珍兩夫妻也應該團圓一下，當然尤氏不好意思，怎麼樣也要陪老太太，都是勉強陪在一起。這時候賈母就說了，月到中天分外明，這麼好的時候不可不聞笛，叫人來吹個笛子吧！下面是寫得非常好的一段，一一九〇頁：這裏賈母仍帶眾人賞了一回桂花，又入席換暖酒來。正說著閑話，猛不防只聽那壁廂桂花樹下，猛不防用得好！突然間，嗚嗚咽咽，悠悠揚揚，吹出笛聲來。趁著這明月清風，天空地淨，真令人煩心頓解，萬慮齊除，突然間一聲笛子飄上來，中國音樂的笛子、簫、二胡這些樂器，奏出來的音樂，總有一股幽怨、幽情在裏頭，好像一種遠古而來的怨，可是美的不得了。大家都肅然危坐，默默相賞。聽約兩盞茶時，方才止住，大家稱贊不已。於是遂又斟上暖酒來。賈母笑道：「果然可聽麼？」可聽麼？好不好聽。眾人笑道：「實在可聽。我們也想不到這樣，須得老太太帶領著，我們也得開些心胸。」賈母道：「這還不大好，須得揀那曲譜越慢的吹來越好。」說著，便將自己吃的一個內造瓜仁油松穰月餅，非常講究的月餅，又命斟一大杯熱酒，送給譜笛之人，慢慢的吃了再細細的吹一套來。媳婦們答應了，方送去，只見方才瞧賈赦的兩個婆子回來了，說：「右腳面上白腫了些，如今調服了藥，疼的好些了，也不甚大關係。」賈母點頭嘆道：「我也太操心。打緊說我偏心，我反這樣。」這個老太太對偏心還是耿耿於懷。因就將方才賈赦的笑話說與王夫人尤氏等聽。王夫人等因笑勸道：「這原是酒後大家說笑，不留心也是有的，豈有敢說老太太之理。老太太自當解釋才是。」

下面你看：只見鴛鴦拿了軟巾兜與大斗篷來，說：「夜深了，恐露水下來，風吹了頭，須要添了這個。坐坐也該歇了。」夜漸漸深了，有風露了，賈母是八十歲的老人，坐在這個風露裏面，鴛鴦當然很關心，拿個兜風給她兜起來，提醒她坐坐也要睡覺了。賈母說：「偏今兒高興，你又來催。難道我醉了不成，偏到天亮！」老太太拗起來了，不去睡覺，為什麼？希望天下有不散的筵席，希望這個筵席永遠下去，希望這個團圓能永遠維持下去。你看，因命再斟酒來。一面戴上兜巾，披了斗篷，大家陪著又飲，說些笑話。只聽桂花陰裏，嗚嗚咽咽，裊裊悠悠，又發出一縷笛音來，果真比先越發淒涼。大家都寂然而坐。夜靜月明，且笛聲悲怨，賈母年老帶酒之人，聽此聲音，不免有觸於心，禁不住墮下淚來。程乙本沒有這一句，賈母沒有掉淚，只是感到心中突然間淒然。我覺得含蓄些更好，老太太不那麼容易掉淚的，心中不禁淒涼寂寞之意，半日，方知賈母傷感，才忙轉身陪笑，發語解釋。又命暖酒，且住了笛。這一聲笛子是什麼意思，記得嗎？賈母之前聽過一次笛子是在元宵的時候，她不是點戲嗎，點芳官唱《尋夢》，薛姨媽、李嬸娘都在，很熱鬧的。元宵是正月十五，也是月圓的時候，大家團圓吃湯糰，賈母聽了崑曲以後，叫那些吹笛子的再吹一套《燈月圓》那個曲牌，因為元宵十五是燈節，慶祝月圓團圓。那時候賈府正盛，現在要走向衰敗，笛音也感到一陣淒涼。這一聲笛音也跟前面鬼的嘆息互相照應，那聲嘆息是對家族衰敗的預警，這一聲笛音大家肅然，心中感傷。曹雪芹的敘述絕不會粗糙的，這個家要敗了，當然他也講了外在的原因，譬如太監也來拿錢之類，但這冥冥之中有一種命運在操縱。

《紅樓夢》有一個神話架構講命運，十二金釵的命運通通都在太虛幻境那冊子裏頭，家族的命運也有神祕的預警。當賈府將走到衰敗的時候，這些 warnings 通通出來了，一聲鬼的嘆息，一聲淒涼的笛音，都在預示這個家族的命運。賈母也是一個很敏感的人，可能那時候講不出來，但冥冥中她感覺到這麼大的家族將要散了。尤氏看賈母傷感，就笑道：「我也就學一個笑話，說與老太太解解悶。」賈母勉強笑道：「這樣更好，快說來我聽。」強笑，這幾段都是一種勉強撐住的氣氛。尤氏乃說道：「一家子養了四個兒子：大兒子只一個眼睛，二兒子只一個耳朵，三兒子只一個鼻子眼，四兒子倒都齊全，偏又是個啞吧。」正說到這裏，只見賈母已朦朧雙眼，似有睡去之態。尤氏這個笑話一點都不好笑，賈母聽得朦朦朧朧睡過去了。尤氏方住了，忙和王夫人輕輕的請醒。賈母睜眼笑道：「我不困，白閉閉眼養神。你們只管說，我聽著呢。」賈母撐不住睡過去了，睡了一覺醒來她還是不肯走、不肯散。王夫人等笑道：「夜已四更了，風露也大，請老太太安歇罷。明日再賞十六，也不辜負這月色。」賈母道：「那裏就四更了？」這麼快！王夫人笑道：「實已四更，他們姐妹們熬不過，都去睡了。」女孩子吃不消都去睡了。賈母聽說，細看了一看，果然都散了，都散掉了，只有探春在此。探春，就是她一個人想撐住家，在這個家族散落的時候，只剩下探春想撐住。賈母笑道：「也罷。你們也熬不慣，況且弱的弱，病的病，去了倒省心。只是三丫頭可憐見的，尚還等著。你也去罷，我們散了。」不得不散！曹雪芹寫賈母的那個口氣，都有一種說不出的淒涼在裏頭。跟她以前元宵看戲，看完了，一句話，賞！那個錢嘩的撒在戲臺上的派頭，多麼不可同日而語。前面寫它極盛，才襯得出後面的衰，前面用那麼大的力把樓建得極高，後面嘩啦啦如大廈傾的聲音才能產生震撼。現在這些 passages，這些段落，已經在為最後的結局鋪路了。

小說有時候要靠情節，靠人物的刻畫，有時候也靠 mood, atmosphere，氣氛的營造，這兩回完全靠營造出秋天的肅殺之氣，來推動背後的主題。按理講寫中秋夜已經到頂了，但曹雪芹下面又來個神來之筆，「凹晶館聯詩悲寂寞」，林黛玉來了。在中秋這個時刻，賈母感受到整個家族的命運即將衰落，命運是很重要的一個主題，黛玉本來就對命運非常敏感，所以才有〈葬花吟〉、〈桃花詩〉，曹雪芹有意無意地在透露她將要淚盡人亡的最後結果，賈府家族命運跟黛玉走向死亡命運是平行的。

中秋節夜深後，姑娘們坐不住先離開了，林黛玉跟史湘雲沒有馬上回去安寢，兩個人說再去賞賞月去！又說寶姐姐平常跟我們這麼親熱，到了中秋她倒是跟自己家裏過節，把我們甩開不理了。黛玉跟湘雲都是孤兒，沒有父母，逢佳節倍感孤寂，兩個人結伴賞月還不行，就說我們兩個來聯詩吧。記得嗎？她們上一次聯詩是冬天在蘆雪庵吃鹿肉，鳳姐開場「一夜北風緊」，那個時候除了幾個姑娘還加上薛寶琴、李紋、李綺那些女孩子，你一句我一句熱鬧非凡，現在只剩兩個人了。這一段先寫景，也是《紅樓夢》很重要的 scene，她們找了僻靜的地方，到水邊去聯詩。湘雲笑道：「這山上賞月雖好，終不及近水賞月更妙。你知道這山坡底下就是池沿，山坳裏近水一個所在就是凹晶館。這個名字美得不得了！可知當日蓋這園子時就有學問。這山之高處，就叫凸碧；山之低窪近水處，就叫作凹晶。這『凸』『凹』二字，歷來用的人最少。如今直用作軒館之名，更覺新鮮，不落窠臼。可知這兩處一上一下，一明一暗，一高一矮，一山一水，竟是特因玩月而設此處。有愛那山高月小的，便往這裏來；有愛那皓月清波的，便往那裏去。只是這兩個字俗念作『窪』『拱』二音，便說俗了，不大見用，只陸放翁用了一個『凹』字，說『古硯微凹聚墨多』，還有人批他俗，豈不可笑。」她講了這麼一套，形容那個景，凸碧山莊、凹晶館，上面賞月，山高月小，下面賞月，一片波瀾，把大觀園景致寫得非常好。湘雲說了陸放翁有一句詩「古硯微凹聚墨多」用個凹字，黛玉就顯她的學問囉，不只陸放翁，很多人都用過這個凹字的。她說這個凹凸還是我想出來的呢！當年元妃省親的時候，各景取名，黛玉教寶玉巧用，大家一看喜歡上了。

一一九四頁，看看曹雪芹的寫景：黛玉湘雲見息了燈，燈熄掉了只是一片黑暗，湘雲笑道：「倒是他們睡了好。咱們就在這捲棚底下近水賞月如何？」二人遂在兩個湘妃竹墩上坐下。只見天上一輪皓月，池中一輪水月，這多美啊！水月用得好，鏡花水月，一切都是幻境。上下爭輝，如置身於晶宮鮫室之內。微風一過，粼粼然池面皺碧鋪紋，真令人神清氣淨。《紅樓夢》的敘述文字，很多地方用文言文寫的，很有意境，如果這一段用白話文，天上一輪很亮的月亮，水中有另外一輪月亮，簡直就是煞風景了。一輪皓月、一輪水月，用得很好。湘雲笑道：「怎得這會子坐上船吃酒倒好。這要是我家裏這樣，我就立刻坐船了。」黛玉笑道：「正是古人常說的好，『事若求全何所樂』。據我說，這也罷了，偏要坐船起來。」湘雲笑道：「得隴望蜀，人之常情。可知那些老人家說的不錯。說貧窮之家自為富貴之家事事趁心，告訴他說竟不能遂心，他們不肯信的；必得親歷其境，他方知覺了。就如咱們兩個，雖父母不在，然卻也忝在富貴之鄉，只你我竟有許多不遂心的事。」連這麼豁達的史湘雲，這時候也不免想到自己的身世。黛玉笑道：「不但你我不能趁心，就連老太太、太太以至寶玉探丫頭等人，無論事大事小，有理無理，其不能各遂其心者，同一理也，何況你我旅居客寄之人哉！」這兩個女孩子都受過很好的教育，她們講起話來有點跩文的味道，可是你不覺得討厭，好像她倆講話就該這個樣子，而且此時此地他們不是在開玩笑，是滿嚴肅的討論了，說大家都有不遂心。這時候已經到了七十幾回了，大觀園不再是兒童樂園，歡樂漸漸過去，大家都開始有心事了。湘雲聽說，恐怕黛玉又傷感起來，忙道：「休說這些閑話，咱們且聯詩。」

這時候，那個悠悠的、有點淒涼的笛聲傳到凹晶館這邊來了，她們就開始聯詩，數那個欄杆，從頭數到尾共十三根，又用十三韵開始聯句了。開頭講的都是中秋寫景：三五中秋夕，清遊擬上元。撒天箕斗燦，匝地管弦繁。幾處狂飛盞，誰家不啟軒。輕寒風剪剪，良夜景暄暄。即景即情講中秋夜，你聯一句我聯一句，到一一九七頁這裏，慢慢講到兩個人了。黛玉說：「這可以入上你我了。」可以講你跟我兩個人在這裏賞月的情境了，因聯道：擬景或依門。酒盡情猶在，湘雲接：更殘樂已諼。漸聞語笑寂，慢慢暗下去了，淒清的景進來了。黛玉說：「這時候可知一步難似一步了。」她們用那個韵越用越艱難了。空剩雪霜痕。這時候剩什麼呢？剩下雪痕、霜痕。中秋還不至於下雪，到了晚上的時候霜下來了，階露團朝菌，一球一球的露水在階上好像菌一樣。她們要想出一些比較艱險的句子來壓倒對方，越玩越難了。湘雲想出什麼來？庭烟斂夕棔。秋湍瀉石髓，她想了一棵樹，棔樹，剛好有押到那個韵。黛玉聽了不禁也起身叫妙，「棔」字真是好，虧你想得出來。湘雲說，還好看書曾看到。黛玉說，我要打起精神來對一句，風葉聚雲根。寶婺情孤潔，寶婺是個仙女的名字，一下子講到天上的月亮去了。人向廣寒奔。犯斗邀牛女，又往下呢？差不多聯盡了。她們看池塘有個黑影過來，那是什麼？湘雲說，我是不怕鬼的，等我打它一下。湘雲很調皮，有點男孩子脾氣，拿個石頭「咚」一下砸過去，那個黑影「啪」一聲飛起來，原來是個白鶴，直往藕香榭去了。你想想看，晚上一輪皓月一池水，一隻白鶴飛過那個池塘，這意境美吧！這下子助了湘雲，她說：窗燈焰已昏。寒塘渡鶴影，美極了，這可喝住黛玉了，她說這一句比「秋湍」更不同，怎麼來對這個影子呢？只有一個「魂」字可以對，這聯不下去了，要擱筆了。湘雲說，那我們想想明天再來，她以為自己贏了。其實黛玉跟湘雲兩個人在很多方面也較勁的，黛玉不是曾在寶玉面前吃醋嗎？說難道湘雲是侯門千金，我是民間丫頭嗎？女孩子好強嘛，總是要PK兩下的，女孩子之間是 sibling rivalry，姐妹之間是要比劃一下的，尤其黛玉那麼好強的人，這句寒塘渡鶴影怎麼壓倒她？脫口而出這麼一句冷月葬詩魂。庚辰本是「花魂」，程乙本是「詩魂」，我覺得詩魂更好。黛玉本身就是個詩魂，她的靈魂裏面就是詩，冷月葬詩魂這句壓倒了寒塘渡鶴影。湘雲說：「果然好極，好個『葬詩魂』」，只是呢，太頹喪了一點，「你現病著，不該作此過於清奇詭譎之語。」黛玉說：「不如此如何壓倒你？」你看這個女孩子多好強。

正在想下面一句的時候，「蹦」的跳出一個人來，這個時候妙玉出現了，真是安排得太好了！妙玉這個人很奇特，她會扶乩，她能看別人命運的，卻看不到自己的命運。她對於寶玉以後出家心中有數，這是個佛爺。黛玉的短命她也知道的，所以這個時候她出來了。一語未了，只見欄外山石後轉出一個人來，笑道：「好詩，好詩，果然太悲涼了。這一回前面賈母感傷，來到這裏，黛玉有心無心的吟出了自己的命運，冷月葬詩魂，她的命運也快到了，才會吐出這句話來。不必再往下聯，若底下只這樣去，反不顯這兩句了，倒覺得堆砌牽強。」二人不防，倒唬了一跳。細看時，不是別人，卻是妙玉。她們問她：「你如何到了這裏？」她說我在賞月啊。「忽聽見你兩個聯詩，更覺清雅異常，故此聽住了。只是方才我聽見這一首中，有幾句雖好，只是過於頹敗淒楚。下面一句重要：此亦關人之氣數而有，所以我出來止住。」有關氣數，她感知得到，這個時候不宜再往下走。

妙玉就把她們兩個邀到櫳翠庵去，再給她們烹了茶。妙玉從前喝茶非常講究的，甚至要用梅花上的雪存起來煮水泡茶。喝了茶天都快亮了，外面說黛玉和湘雲的丫鬟滿園子找都尋了來呢。妙玉講，你們聯詩還沒有聯完，要不要我來續貂？黛玉跟湘雲就把兩個人聯的那些詩句寫下來，妙玉遂提筆一揮而就，遞與他二人道：「休要見笑。依我必須如此，方翻轉過來，雖前頭有凄楚之句，亦無甚礙了。」妙玉不輕易露她自己的才的，她的那些聯句當然也很好，不過很奇特，用了一些奇奇怪怪的字，如：石奇神鬼搏，木怪虎狼蹲。說那個森林像虎、像狼的樣子。贔屭朝光透，罘罳曉露屯。贔屭是墓碑下的大石龜，罘罳是城角多孔的籬垣。這些字都很罕見。妙玉有她個人的 style，所以曹雪芹寫人寫什麼絕不隨便寫，塑造了妙玉也就是有特殊風格。寫完了以後呢，妙玉題《右中秋夜大觀園即景聯句三十五韵》，總共三十五句。

天快亮了，湘雲就說乾脆我到你那邊安歇吧。兩個人一起睡下來，翻來覆去睡不著，黛玉就問：「怎麼你還沒睡著？」湘雲笑著說：「我有擇席的病，她是認床的，況且走了困，只好躺躺罷。你怎麼也睡不著？」黛玉嘆道：「我這睡不著也並非今日，大約一年之中，通共也只好睡十夜滿足的。」長期睡眠不足，林黛玉得的是肺病，很奮亢地總是睡不著。湘雲道：「卻是你病的原故，所以……」庚辰本這一句不完整，程乙本是：「你這病就怪不得了！」就這麼一句話做為 ending，整個的氣氛，tone 就對了，那個語調就把其中的 message 傳送了出來。

這一回很重要，前面一半講賈母感傷家族要頹敗，後面一半黛玉感傷自己氣數將盡，妙玉感受得到，湘雲也感受得到，「怪不得你病了！」所以賈府家族的命運與黛玉的命運連了起來，兩條線也是這麼平行寫下去了，這是他周延的地方。如果這一回只講前面，後面這一半沒有，就欠缺了很多。曹雪芹藉這個中秋「天下無不散的筵席」的氣氛，不見痕跡地點出了賈家的命運，也點到了主角林黛玉的命運，這就是高手寫的東西。

【第七十七回】俏丫鬟抱屈夭風流　美優伶斬情歸水月

這一回講晴雯之死，裏面最精采、最重要的一段，庚辰本跟程乙本有很大的不同，必須做一個比較，因為那一段是《紅樓夢》寫得最精采的片段之一，庚辰本有些句子插進去，我覺得非常不妥，要指出來給大家看看。

七十四回抄大觀園的後果是什麼？入畫被趕走了，不過是抓出了寄放的贈物就被趕走了，四姑娘不要她，冷心冷面的小尼姑惜春，斬斷一切人際關係。現在其他的丫頭也輪到了，第一個當然是司棋，是迎春的丫鬟，事情多少也因她而起。迎春很懦弱的，司棋被趕走的時候，一點辦法也沒有，最後只好打點包了一包東西送給她，當然司棋很不捨。周瑞家的把司祺拽走，這個很滑頭、很受王夫人信任的陪嫁媳婦，跟那些大娘們一樣，對丫鬟們很不滿的，因為丫鬟從前仗著小姐的勢力，對大娘們不禮貌、不買賬，她們記恨於心，現在聽說要把丫鬟趕走無不稱快。司棋懇求去辭行，周瑞家的說：「我勸你走罷，別拉拉扯扯的了。我們還有正經事呢。誰是你一個衣胞裏爬出來的，辭他們作什麼，他們看你的笑聲還看不了呢。你不過是挨一會是一會罷了，難道就算了不成！依我說快走罷。」

這時候剛好寶玉進來，一看把司棋這麼拽走，就問這怎麼回事啊？周瑞家的曉得寶玉來了又要護這些丫頭們，寶玉說：「好姐姐們，且站一站，我有道理。」想留司棋一下，周瑞家的說：「太太不許少捱一刻，又有什麼道理。我們只知遵太太的話，管不得許多。」司棋見了寶玉，心想可能還有一絲希望，說快點去跟太太求情。寶玉很傷心，他不曉得為什麼晴雯也病成這樣，司棋又要去了，怎麼辦呢？周瑞家的發躁向司棋道：「你如今不是副小姐了，若不聽話，我就打得你。別想著往日姑娘護著，任你們作耗。越說著，還不好走。如今和小爺們拉拉扯扯，成個什麼體統！」那幾個媳婦不由分說，拉著司棋便出去了。你看，完全變了一副臉色。再不聽我的話，我可以打你！那些丫鬟的處境，有小姐護著的時候很驕寵，一旦失恃，入畫、司棋、晴雯通通打回原形，就是一個奴僕，沒有做人的權利。寶玉也沒辦法了，下面這段有意思呢：寶玉又恐他們去告舌，恨的只瞪著他們看已去遠，方指著恨道：「奇怪，奇怪，怎麼這些人只一嫁了漢子，染了男人的氣味，就這樣混賬起來，比男人更可殺了！」他說這些人啊，可厭可惡。守園門的婆子聽了，也不禁好笑起來，因問道：「這樣說，凡女兒個個是好的了，女人個個是壞的了？」寶玉點頭道：「不錯，不錯！」寶玉希望能保護那些女孩子，希望她們永遠不要長大，永遠不要受到外界的污染，一嫁了人都變了男人樣，變得這麼混賬起來。

這還沒完，寶玉回到怡紅院，王夫人坐在那個地方，一臉怒色，見寶玉也不理。晴雯四、五天沒吃東西了，由那些大娘們從炕上面拉下來，蓬頭垢面，兩個女人才架起來去了。拿個架子，蓬頭垢面的一放，抬出去了。你看看晴雯的下場，而且王夫人還要講一句：「只許把他貼身衣服撂出去，餘者好衣服留下給好丫頭們穿。」東西也不准拿，好的留下來，那些不要的丟出去。王夫人很痛恨這種她認定的狐狸精，怕把寶玉勾壞了。而且，王夫人恐怕也聽了不少的讒言，又命把這裏所有的丫頭們都叫來一一過目，還問啦，誰是和寶玉一日的生日？誰跟寶玉生日是同一天的。老嬤嬤就講了，這個四兒。還記得四兒嗎？長得還不錯的小丫頭，本來她這種小丫頭是近不了寶玉的，後來寶玉滿喜歡她的，把她升級，服侍寶玉倒茶倒水。王夫人細看了一看，雖比不上晴雯一半，卻有幾分水秀。視其行止，聰明皆露在外面，且也打扮的不同。王夫人冷笑道：「這也是個不怕臊的。他背地裏說的，同日生日就是夫妻，小孩子開玩笑的話。這可是你說的？打諒我隔的遠，都不知道呢。可知道我身子雖不大來，我的心耳神意時時都在這裏。難道我通共一個寶玉，就白放心憑你們勾引壞了不成！」這種事王夫人也知道，大概王夫人在怡紅院有臥底的，否則怎麼也知道這個事。這個四兒見王夫人說著他素日和寶玉的私語，不禁紅了臉，低頭垂淚。王夫人即命也快把他家的人叫來，領出去配人。嫁給一個小傭人算啦，趕走！

又問，那芳官呢？指名芳官，芳官只得過來了。王夫人道：「唱戲的女孩子，自然是狐狸精了！先說唱戲的就是狐狸精。上次放你們，你們又懶待出去，可就該安分守己才是。你就成精鼓搗起來，調唆著寶玉無所不為。」芳官就說我們不敢，我們哪裏敢調唆什麼。王夫人笑道：「你還強嘴……你連你乾娘都欺倒了，豈止別人！」芳官跟她乾娘吵架，寶玉護著她，這些王夫人也知道。就說：「喚他乾娘來領去，就賞他外頭自尋個女婿去吧。把他的東西一概給他。」走走走！領走，嫁掉。又吩咐上年凡有姑娘們分的唱戲的女孩子們，一概不許留在園裏，都令其各人乾娘帶出，自行聘嫁。不光是芳官，所有這些小伶人通通趕走，以王夫人來看，這些都是小狐狸精，突然間發覺，怎麼大觀園一羣狐狸精在裏頭，通通趕盡殺絕。那些乾娘當然都高興了，都領走了。

王夫人搜了一場，把寶玉訓了一頓，叫他回去好好念書，王夫人從來沒有對寶玉這麼嚴厲過，可見得儒家的道德系統，對於情，對於牽扯到情欲的性，那是大禁忌。從前科學不發達，不曉得原來情欲在 teenagers，在青春懵懂期就開始了，那時認為沒有嫁娶之前，通通沒有 sexuality 性觀念的，也不准有。所以《牡丹亭》講一個十六歲的女孩子做春夢在當時是不得了的，純淨的 virgin 觀念，西方的基督教也是如此。所以突然間發現一個繡春囊，可以說撼動整個大觀園的 moral order，社會的道德秩序。

寶玉這時候當然等於雷轟一樣，六神無主，他想究竟誰去告密呢？尤其是去了晴雯這個最要緊的，他傷心地大哭起來。這一段我們用程乙本：襲人知他心裏別的猶可，獨有晴雯是第一件大事，勸他說：「哭也不中用，你起來，我告訴你：晴雯已經好了，他這一家去，倒心淨養幾天。你果然捨不得他，等太太氣消了，你再求老太太，慢慢的叫進來，也不難。」這是安慰他的話。寶玉說我不知道她犯了什麼滔天大罪，襲人有意思的，很 subtle 地講：「太太只嫌他生的太好了，未免輕狂些。太太是深知這樣美人似的人，心裏是不能安靜的；所以很嫌他。像我們這粗粗笨笨的倒好。」她一點都不粗笨，襲人的心思比誰都密，心機比誰都深，她粗粗笨笨也是裝出來的，因為王夫人跟賈母喜歡這樣子的丫鬟。寶玉說：「美人似的，心裏就不安靜麼？的確古來的紅顏犯忌，長得太好的女孩子總是招天忌、招人忌，古來美人安靜的多著呢！——這也罷了，咱們私自玩話，怎麼也知道了？又沒外人走風，這可奇怪！」襲人道：「你有什麼忌諱的？一時高興，你就不管有人沒人了。我也曾使過眼色，也曾遞過暗號，被那人知道了，你還不覺。」寶玉道：「怎麼人人的不是，太太都知道了，單不挑出你和麝月秋紋來？」寶玉問她了。襲人聽了這話，心內一動，低頭半日，無可回答。寶玉起疑心了。因便笑道：「正是呢。若論我們，也有玩笑不留心的去處，怎麼太太竟忘了？想是還有別的事，等完了，再發放我們，也未可知。」寶玉笑道：「你是頭一個出了名的至善至賢的人，寶玉很少講這種酸話的，這一次講這個話諷刺襲人，你是個賢慧出了名的，他兩個又是你陶冶教育的，焉得有什麼該罰之處？只是芳官尚小，過於伶俐些，未免倚強，壓倒了人，惹人厭。四兒是我誤了他：還是那年我和你拌嘴的那日起，叫上來做細活的，眾人見我待他好，未免奪了地位，也是有的，故有今日。只是晴雯，也是和你們一樣從小兒在老太太屋裏過來的，雖生的比人強些，也沒什麼妨礙著誰的去處；就只是他的性情爽利，口角鋒芒，竟也沒見他得罪了那一個！——可是你說的，想是他過於生得好了，反被這個好帶累了！」說畢，復又哭起來。襲人細揣此話，直是寶玉有疑他之意，竟不好再勸，因嘆道：「天知道罷了！此時也查不出人來了，白哭一會子，也無益了。」襲人也有點不舒服了。寶玉講了，晴雯自幼嬌慣了的，哪裏受過委屈，這下子一身病，一肚子的氣，又沒有親爹親娘，還有整天吃醉酒的一個姑舅哥哥，她在那裏哪能過得去，我看危險得很，見不著她了。

襲人就講：「可是你『自許州官放火，不許百姓點燈』。我們偶說一句妨礙的話，你就說不吉利；你如今好好的咒他，就該的了？」，你反而咒她死了。寶玉就說，我不是妄口咒人，今年春天已有兆頭的。什麼兆頭？記得嗎，怡紅院裏面很多海棠花，怡紅快綠，怡紅指的就是海棠。寶玉說好好的海棠無故死了半邊，他相信花木有人的氣數，「我就知道有異事，果然應在他身上。」襲人聽了越來越不高興了，就說：「我要不說，又掌不住：你也太婆婆媽媽的了。」你看寶玉就講出一大番道理來。寶玉說：「你們那裏知道？不但草木，凡天下有情有理的東西，也和人一樣，得了知己，便極有靈驗的。若用大題目比，就像孔子廟前檜樹，墳前的蓍草，諸葛祠前的柏樹，岳武穆墳前的松樹：這都是堂堂正大之氣，千古不磨之物。世亂，他就枯乾了；世治，他就茂盛了，凡千年枯了又生的幾次。這不是應兆麼？若是小題目比，就像楊太真沈香亭的木芍藥，端正樓的相思樹，王昭君墳上的長青草，難道不也有靈驗？——所以這海棠亦是應著人生的。」扯出一大堆比喻來。襲人這下子露出她的心思來了，襲人怎麼講：「真真的這話越發說上我的氣來了！那晴雯是個什麼東西？講出心裏話了，那晴雯是個什麼東西！就費這樣心思，比出這些正經人來！還有一說：你看看，他總好，也越不過我的次序去。就是這海棠，也該先來比我，也還輪不到他。想是我要死的了。」這個襲人跟晴雯之間的確針鋒相對，兩個完全不同的人，寶玉都喜歡她們、都愛她們，但角色又不同。襲人對寶玉來說，像他的母親，又是他的妾，他的婢女，他的丫頭。晴雯那種真率的個性，倒是寶玉認同的，跟黛玉一樣，有點 soul mate 的感情。所以他們兩個在一起，可以撕扇子作千金一笑，他真的很疼愛她，等於他疼愛黛玉一樣。襲人當然也知道這點，所以她吃醋了，她要防的。她說出再怎麼樣比不過我的次序，我在前面的，是不是我要死了。寶玉聽說，忙掩他的嘴，勸道：「這是何苦？」寶玉說，走了幾個人，還有你在，你再走了怎麼辦！襲人聽了心下暗喜，心想若不如此，也沒個了局，還好不再提了。寶玉跟襲人說，你跟她姐妹一場，把她的東西悄悄的給她吧。王夫人不准拿走嘛！襲人就諷刺他一下：「我原是久已『出名的賢人』，連這一點子好名還不會買去不成？」回過來打他一耙。

寶玉表面不提了，還是放心不下，就想辦法要去看看晴雯，這一段是《紅樓夢》裏面寫得最好的幾段之一，庚辰本有許多不太妥當，所以要跟程乙本仔細對一下。庚辰本講晴雯的身世把它搞錯了，之前我們只曉得晴雯從小丫頭起是服侍賈母的，她有個舅舅，是個整天喝醉酒的醉泥鰍，娶了個燈姑娘，庚辰本說這個燈姑娘就是多姑娘，扯在一起了。記得多姑娘嗎？把賈璉弄得神魂顛倒的那個多姑娘，她老公多渾蟲也是個醉鬼，後來死了，她就改嫁給鮑二，又被賈珍派去服侍尤二姐。鮑二之前的那個老婆鮑二家的，就是跟賈璉有一腿被鳳姐發現，打罵以後上吊死了，所以一個死了老公，一個死了老婆，兩個人又湊成一對，而且都跟賈璉有關係。怎麼這時候又扯出來了多姑娘，把她改成燈姑娘又嫁了多渾蟲，沒道理嘛！這個前後完全不對了。所以介紹晴雯身世的那一段，必須依照程乙本：「卻說這晴雯當日係賴大買的。她是賴大買來的，還有個姑舅哥哥，叫做吳貴，吳貴才是她的姑舅哥哥，就是她表哥了，人都叫他貴兒。那時晴雯才得十歲，時常賴嬤嬤帶進來，賴嬤嬤是很有地位的一個老乳母，孫子做了官的。賈母見了喜歡，故此，賴嬤嬤就孝敬了賈母。過了幾年，賴大又給他姑舅哥哥娶了一房媳婦。這是另外一個女人，跟多姑娘無關，不過跟多姑娘還有一比。誰知貴兒一味膽小老實，那媳婦卻倒伶俐，又兼有幾分姿色，看著貴兒無能為，便每日家打扮的妖妖調調，兩隻眼兒水汪汪的，招惹的賴大家人如蠅逐臭，漸漸做出些風流勾當來。那時晴雯已在寶玉屋裏，他便央及了晴雯，轉求鳳姐，合賴大家的要過來。目今兩口兒就在園子後角門外居住，伺候園中買辦雜差。」這就把晴雯的身世講對了。你看她被趕出來以後，住在姑舅哥哥家裏，那個媳婦哪裏有心照管她，根本不理她，自己去玩去了。晴雯就一個人在外間屋內爬著，寶玉到那邊去，命那婆子在外瞭望，他獨掀起布簾進來，一眼就看見晴雯睡在一領蘆席上，——幸而被褥還是舊日鋪蓋的，心內不知自己怎麼才好，因上來含淚伸手，輕輕拉他，悄喚兩聲。寶玉進來就看到了，晴雯睡在一個破蓆子上面，還好那鋪蓋是以前用的拿了來，也沒人理，那麼淒涼，寶玉就過去了，輕輕拉她，對她的憐惜就不能自已了。當下晴雯又因著了風，又受了哥嫂的歹話，病上加病，嗽了一日，咳嗽了一日，才朦朧睡了。忽聞有人喚他，強展雙眸，一見是寶玉，又驚又喜，又悲又痛，一把死攥住他的手，哽咽了半日，方說道：「我只道不得見你了！」一看到寶玉居然還來看她，驚喜悲痛，五味雜陳，哽咽半天，說以為看不到你了。接著便嗽個不住。寶玉也只有哽咽之分。

下面我覺得 detail 寫得真好。晴雯道：「阿彌陀佛！你來得好，且把那茶倒半碗我喝，渴了半日，叫半個人也叫不著。」可憐，她病在床上動不得，茶水都沒人理她，那麼渴，叫寶玉快點倒杯茶，已經渴得受不了。寶玉聽說，忙拭淚問：「茶在那裏？」晴雯道：「在爐臺上。」寶玉看時，注意這些細節喔！雖有個黑煤烏嘴的吊子，有個吊爐黑煤烏嘴，髒得不得了的一個爐，也不像個茶壺。只得桌上去拿一個碗，未到手內，先聞得油羶之氣。那個油有羶味，髒嘛！寶玉只得拿了來，先拿些水，洗了兩次，你看他把那個碗洗一洗，洗了兩次。復用自己的絹子拭了，掏出他的手帕來揩乾。我講了幾次《占花魁》這個戲，賣油郎在花魁女醉了以後服侍花魁女，怎麼服侍她喝茶，服侍她受吐，看那齣戲寶玉痴掉了，寶玉就是這種憐香惜玉的心情，很疼憐她。聞了聞，還有些氣味，沒奈何，提起壺來斟了半碗，看時，絳紅的，也不大像茶。根本茶也不是茶，不知什麼東西。晴雯扶枕道：「快給我喝一口罷！這就是茶了。那裏比得咱們的茶呢！」從前在怡紅院嬌生慣養，現在渴得沒辦法了。寶玉聽說，先自己嘗了一嘗，並無茶味，鹹澀不堪，只得遞給晴雯。只見晴雯如得了甘露一般，一氣都灌下去了。她病得那樣子，那麼渴，管它那是茶還是什麼東西，喝了。寶玉看著，眼中淚直流下來，連自己的身子都不知為何物了，寶玉是這樣子的，下雨的時候，看畫薔的齡官淋了雨，呆呆的說，你淋濕了，自己淋濕了不知道。玉釧兒餵他喝湯，不小心燙了他的手，他反而問玉釧兒，你的手燙著沒有。這種對人的悲憐，完全到了忘我的地步，所以他最後成佛了嘛。寶玉看晴雯心疼得不得了，一面問道：「你有什麼說的？趁著沒人，告訴我。」晴雯嗚咽道：「有什麼可說的！不過是挨一刻是一刻，挨一日是一日！我已知橫豎不過三五日的光景，我就好回去了。她說回去就是走了、死了的意思。只是一件，我死也不甘心：我雖生得比別人好些，並沒有私情勾引你，怎麼一口死咬定了我是個『狐狸精』！我今兒既擔了虛名，況且沒了遠限，不是我說一句後悔的話，早知如此，我當日——」講不下去了，我當日動手了。早知如此擔了虛名，講我勾引你，我其實沒有。她心中是愛寶玉的，當然她為了護主，滿腹的委屈，滿腹的心酸，講不下去了。說到這裏，氣往上咽，便說不出來，兩手已經冰涼。寶玉又痛，又急，又害怕。便歪在席上，一隻手攥著他的手，一隻手輕輕的給他捶打著。又不敢大聲的叫，真真萬箭攢心。寶玉的痛猶如萬箭攢心那麼痛。兩三句話時，晴雯才哭出來。寶玉拉著他的手，只覺瘦如枯柴；你看這 detail 寫的好，腕上猶戴著四個銀鐲。因哭道：「除下來，等好了再戴上去罷。」看她病得手都瘦成那個樣，還帶著四個鐲頭，是個負擔。又說：「這一病好了，又傷好些。」晴雯拭淚，把那手用力拳回，擱在口邊，狠命一咬，只聽「咯吱」一聲，把兩根蔥管一般的指甲，齊根咬下，這個 detail 寫得不能再好！庚辰本說拿剪刀剪那個指甲，差勁！我想那一定不是曹雪芹寫的。她是咬，用牙齒把這指甲咬下來。拉了寶玉的手，將指甲擱在他手裏。又回手扎掙著，連揪帶脫，在被窩內，將貼身穿著的一件舊紅綾小襖兒脫下，遞給寶玉。不想虛弱透了的人，那裏禁得這麼抖摟，早喘成一處了。把自己的指甲咬下來給他，本來身體沒有跟他親近過，沒有給過他，至少現在我的一部分，我的身體、我的肉體給你，我們兩個作個紀念，死之前做個紀念。她把她的衣服脫下來，跟他交換。寶玉見他這般，已經會意，連忙解開外衣，將自己的襖兒褪下來，蓋在他身上，卻把這件穿上；不及扣鈕子，只用外頭衣裳掩了。剛繫腰時，只見晴雯睜眼道：「你扶起我來坐坐。」寶玉只得扶他。那裏扶得起？好容易欠起半身，晴雯伸手把寶玉的襖兒往自己身上拉。寶玉連忙給他披上，拖著胳膊，伸上袖子，輕輕放倒，然後將他的指甲裝在荷包裏。晴雯哭道：「你去罷！這裏腌臢，你那裏受得？你的身子要緊。今日這一來，我就死了，也不枉擔了虛名！」動人，寫得動人！這一回晴雯之死，寶玉對她那種憐惜，我想不光是她一個人，對所有天下的女孩子遭受到冤屈的，寶玉的那一份大悲疼憐之心，在這一回裏面寫得不能再好。

庚辰本就有點煞風景了，一二一九頁這裏，他不是給她喝茶嗎？看到晴雯如得了甘露一般，一氣都灌下去了。下面多出一行，多出這麼幾個字：寶玉心下暗道：「往常那樣好茶，他尚有不如意之處；今日這樣。看來，可知古人說的『飽飫烹宰，飢饜糟糠』，又道是『飯飽弄粥』，可見都不錯了。」這個時候跑出這麼個說教的，她那個時候在園裏，喝那麼好的茶還要嫌七嫌八，現在這種也接受了。哪有這種想法，看起來這都是後人抄本加的，這麼動人的一回，多這一段就完了。寶玉的心情那麼激動那麼哀傷，哪裏還有理性來批判，不合適，完全不對題。然後那個指甲，庚辰本寫她是用剪刀絞的。用剪刀就差了一大截，她是用咬的。這一節晴雯之死寫的好，我們再看到最後的黛玉之死，兩相對照，晴雯之死還有寶玉跟她見最後一面，黛玉死得更孤單。黛玉死的時候，寶玉已經傻掉了，所以晴雯說：「今日這一來，我就死了，也不枉擔了虛名！」黛玉最後一句話是：「寶玉！寶玉！你好……」對他怨的，怨寶玉，她終究沒有見到寶玉。兩個人的死都寫得極好。寶玉要經過很多的挫折，歷盡生老病死苦，他最後才看破紅塵，所以這些事情是一件一件來，晴雯趕出大觀園當然就是很大的一個撞擊。寫到這裏曹雪芹還沒結束，下面又加了一個鬧劇一樣的東西，那個嫂子跑進來了。前後情境對起來，因為前面太憂傷、太重，如果下面不把它翻轉一下，那個情感太 sentimental 了，而有下面這個 comic scene：一語未完，只見他嫂子笑嘻嘻掀簾進來道：「好呀！你兩個的話，我已都聽見了。」又向寶玉道：「你一個做主子的，跑到下人房裏來，做什麼？看著我年輕長的俊，你敢只是來調戲我麼？」寶玉聽見，嚇得忙陪笑央及道：「好姐姐，快別大聲的。他伏侍我一場，我私自來瞧瞧他。」那媳婦兒點著頭兒，笑道：「怨不得人家都說你有情有義兒的。」便一手拉了寶玉進裏間來，笑道：「你要不叫我嚷，這也容易，你只是依我一件事。」說著，便把他拉進來，兩個腿子把他一夾。寶玉哪裏見過這種陣仗，這兩個比起來，他跟晴雯的那種感情倒是昇華起來，看到這個那麼低俗，這種的強烈對比。寶玉當然心裏面怕的要命，嚇得一身發抖，只說：「好姐姐，別鬧。」那個媳婦斜了個眼睛看他，笑道：「呸！成日家聽見你在女孩兒們身上做工夫，怎麼今兒個就發起訕來了？」……「你這麼個人，只這麼大膽子兒。我剛才進來了好一會子，在窗下細聽，屋裏只你兩個人，我只道有些個體己話兒。這麼看起來，你們兩個人竟還是各不相擾兒呢。我可不能像他那麼傻。」怎麼那麼傻，我可不是揪了來再講！馬上就要動起手來。還好這個時候，柳家的帶了柳五兒剛剛進來要看晴雯，寶玉連忙掀了簾子出來道：「柳嫂子，你等等我，一路兒走。」就跟著柳家的、柳五兒一起走了，這才逃過一劫。

《紅樓夢》常常寫很強烈的對照，尤其曹雪芹對真情、純潔的感情十分愛惜與尊敬。晴雯是清清白白一個人，這個媳婦才是動邪念的人，才是狐狸精，這兩相對照起來，更加顯出寶玉跟晴雯之間生死纏綿真情的可貴。寶玉回去大觀園，那些小伶人都被趕走了，本來要她們出去嫁人，芳官、藕官、蕊官幾個小女孩子都不肯，鬧得要死要活。幾個人的乾娘報告王夫人說，還是把她們還給你吧，我們吃不消，她們幾個說是要出去當尼姑。王夫人說，這佛門哪能給你們這些小孩子進去亂，拉出去打一頓。這時候正好有水月庵和地藏庵幾個姑子在旁，兩個庵都是賈家自己的家廟，那幾個尼姑也不安好心，想有幾個女孩子帶回去當傭人，掃掃廟也好。就跟王夫人講，這也是修來的，幾個小姑娘動了念了。水月庵的姑子就把芳官帶走了，地藏庵的姑子就把藕官跟蕊官兩個人帶走了。芳官落髮為尼，藕官跟蕊官如何沒有講，但她們兩個本來就要好，作伴修行，算是好的下場，但是通通都趕出了大觀園。「美優伶斬情歸水月」，講的是芳官。芳官著墨滿多的，可是到這個時候的下場也很可憐。想想看其實這是一串的，黛玉、晴雯、芳官，還有最後的柳五兒，這幾個人她們的下場都很像，她們有個性，聰明、美、講話尖利，中國人說槍打出頭鳥，哪個要冒起來就挨一槍，風流靈巧惹人怨不行的，所以要像襲人，裝的粗粗笨笨的，或者要像寶釵平穩理性，才可以生存。

【第七十八回】老學士閑徵姽嫿詞　痴公子杜撰芙蓉誄

這一回的〈姽嫿詞〉，表面上講故事中的姽嫿將軍，其實寫的是晴雯；〈芙蓉誄〉表面上悼的是晴雯，骨子裏其實寫的是黛玉。〈芙蓉誄〉尤其是一篇非常重要的悼文，紮紮實實顯出曹雪芹的功夫。

晴雯在《紅樓夢》裏有相當的重要性，不光是她本身，在某方面她也是影射著黛玉。晴雯被趕出去，病在她哥哥嫂嫂家裏，沒有人理。從前在大觀園裏，這些丫鬟們也非常受寵的，都是錦衣玉食，現在她病在腌臢的床上，口渴了，連一口水都喝不到。寶玉偷偷來看她，她叫快倒個茶給我喝，那個茶杯油膩膩的，茶也不像個茶，晴雯拿起來就一口而盡，太渴了，完全沒人理，寶玉痛得是萬箭攢心這麼心疼她。對晴雯的那種憐惜，並不是一般的男女之情，按理講他跟晴雯也沒有談戀愛，但兩個互相很了解。晴雯跟他一樣不拘禮俗，任情直性，她很勇敢很護主，寶玉覺得她被冤枉，被讒言所害，看到她受這麼多苦，受這麼多難，激起他一份憐惜之心，那種 compassion，那種 pity 是一種憐憫，所以寶玉最後成佛，他有那種慈悲心，他看人沒有什麼階級觀念的，晴雯不就是一個丫鬟、一個傭人嗎？但在他眼中，就是個值得疼憐的女孩子。寶玉對女孩子憐惜，尤其憐憫她們的命運。寶玉跟黛玉真的是互相交心很深的愛情，那種緣定三生石上非常 romantic 的神話。黛玉死的時候寶玉已經失去了玉，已經痴傻了，他不在旁邊，所以他跟黛玉反而沒有寫得非常纏綿的這一段，我說晴雯其實也就是黛玉的影子，〈芙蓉誄〉更證明這一點，所以他疼憐晴雯之死，在某方面說，黛玉死的時候他也應該是這種萬箭攢心的疼，這跟他最後出家有關係的，人生的 misery，苦難，各種的悲哀不幸，他看盡了，最終悟道解脫。

從晴雯之死過渡到黛玉之死到最後的了悟出家，這之間是息息相關的。寶玉去看了晴雯，她的境遇讓他很心痛。在這個時候，正好賈政與一羣清客雅聚，就把寶玉叫了去，席間說他們有一個姽嫿將軍的故事。以前有個很好的王爺叫做恒王，在青州那個地方鎮守。恒王好色，所以選了很多美女，而且要那些美女習武。其中有一個林四娘，她姿色很好武藝更精，是恒王最得意的一個姬妾，因為她很能幹、很漂亮，所以把她封為「姽嫿將軍」，姽嫿的意思就是能文能武。有一年，黃巾賊、赤眉賊亂起來了，恒王去平定的時候打敗了，而且被那些亂賊殺害了，青州的文武官員說，恒王都打不過，我們哪裏打得過呢？那些男的官員都棄城投降了，只有林四娘把女眾將集合起來說：「我們受了恒王的恩，一定要為恒王獻身，願意來的跟我走！」反而這些女將跟那些反賊打了一陣，當然怎麼打得過那些賊呢？包括林四娘，她們全部為恒王殉難，一個也沒有苟活。後來皇帝知道了，當然把亂平了，也把這個值得歌頌的事情流傳下來。

賈政聽了這個故事有所感，就說大家來作首詞、作首詩來歌頌一下，一方面把寶玉、賈環、賈蘭他們幾個叫去，要考這幾個人。賈蘭、賈環都寫了，一人寫了一首，賈蘭寫的是七言絕句，賈環寫了一首五言律詩，當然這些清客拍馬屁，大大讚賞一番。輪到寶玉了，寶玉說，這個故事應該寫個古體詩，用歌行像〈琵琶行〉、〈長恨歌〉這種體例來寫，題目叫做〈姽嫿詞〉。賈政說，很好，你大言不慚要寫歌行，我來抄下來，你來念吧。寶玉只得念了一句：**恒王好武兼好色**，這一句看起來起得平常，這種歌行是應該這樣子的。賈政故意罵了句：粗鄙！這首詞越到後面，越出現幾個警句：**眼前不見塵沙起，將軍俏影紅燈裏**。講這個女將的樣子。**叱咤時聞口舌香，霜矛雪劍嬌難舉**。這是個女將嘛，叱咤一聲，也聞到那個口香。寶玉一直寫下去，把這個姽嫿將軍好好地歌頌了一頓，歌頌她很勇敢、很忠心，為了恒王獻身殉國，很忠義、很剛烈。大家要問了，好好地寫這首詞幹嘛？前面不是很淒慘的晴雯之死嗎，曹雪芹在這個地方，怎麼一下子跳到寫這麼一個好像完全沒有關係的歌頌林四娘。其實這就是曹雪芹的暗示，歌頌林四娘就是歌頌晴雯。晴雯也護主，勇晴雯病補孔雀裘，她病得要死了自己性命都不顧，要替寶玉補孔雀裘，怕寶玉受責備，她的個性、她的護主之心，跟姽嫿將軍林四娘好有一比，哀悼林四娘也就是哀悼晴雯。

寶玉作完了詩回來，他想起有個小丫鬟說，晴雯死的時候她們在場，晴雯講，我不是死，我是成仙了，我要變成芙蓉仙子，變成花神了。寶玉聽了就信了。他看到池上有芙蓉，這是一種水芙蓉，水芙蓉也等於是蓮花、荷花，是非常重要的 symbol，化身轉世的象徵，他想到她要作芙蓉之神，他還沒有祭她，這個時候他就整了衣冠焚了香，很隆重的在芙蓉池邊祭晴雯，寫下非常有名的〈芙蓉誄〉。

〈芙蓉誄〉也是曹雪芹顯示他文學底蘊的才氣之作，這不好寫的，裏邊不光是賦體，而且又加上《楚辭》的騷體，招魂的意味非常地纏綿，有《楚辭》的神話性。《楚辭》基本上是個神話世界，是極端抒情的，像屈原的〈哀郢〉那種哀悼之深在裏頭。這個〈芙蓉誄〉有很多的典故，大家看的時候可以仔細看看注釋，恐怕還不大容易了解，但寫得非常好。〈芙蓉誄〉在講什麼？第一，講晴雯的身世，講晴雯怎麼美、怎麼好，很不幸被這些人進了讒言，很有《離騷》的文風。屈原一生受讒，所以《離騷》整個就是一個字：怨，怨之幽深。〈芙蓉誄〉也就是《楚辭》整個的文風感覺。晴雯受讒至死，受了很多冤屈，不過死了以後，她化作一個芙蓉仙女，他就把她寫得神化了。你看講她是**乘玉虬以遊乎**，乘那個玉龍在天上遨遊，乘那個瑤象之車——美玉和象造的車子，上天下地，又把我們這整個寫實的故事拉回了神話世界去。

芙蓉在這個地方很要緊，大家還記得嗎？在六十三回的時候寶玉生日，晚上他們在怡紅院，把幾個女孩子都請來，丫鬟也在一起，大家一邊喝酒一邊玩抽花籤，籤上面都有一種花，籤詩是講他們的命運。反正這是一種遊戲，大家輪著抽，寶釵一抽，牡丹花，寶釵有點豐滿的，她像朵牡丹一樣富貴堂皇，籤詩「**任是無情也動人**」，寶釵這個人很理性，看起來好像不動聲色，即使不動情感，牡丹看起來也動人。探春一抽，抽個杏花。輪到黛玉的時候，一抽，芙蓉花，這點很要緊，黛玉的籤是芙蓉籤，她才是芙蓉仙子。寶玉寫的〈姽嫿詞〉有主僕之分，用於晴雯很合適，這個〈芙蓉女兒誄〉裏頭有幾句，好像希望死了同穴，死了葬在一起，這種話是非常情深的愛人才會講的。這一篇祭悼的祭文其實是祭黛玉，黛玉死的時候寶玉性靈已失，失掉了玉，有一天他講，「不知道如今一點靈機兒都沒有了。」一寫不出東西來了。晴雯是個丫頭，還寫了一篇祭文祭她，反而沒有一篇祭文給黛玉。其實這個時候他已經寫了，已經寫給黛玉了。

這一篇〈芙蓉誄〉中間有幾句：自為紅綃帳裏，公子情深；始信黃土壟中，女兒命薄！這是庚辰本的。程乙本是：豈道紅綃帳裏，公子情深；始信黃土隴中，女兒命薄！紅綃帳裏公子情深，講寶玉自己，我對她那麼深情；可憐黃土壟中女兒命薄，你的命那麼薄。就在祭完了以後，寶玉燒了香，上了茶，還有一點依依不捨不肯走的樣子，那幾個丫頭催他，剛剛要回身的時候，突然間山石之後，走出一個人。一二四七頁，讀畢，遂焚帛奠茗，猶依依不捨。小鬟催至再四，方才回身。忽聽山石之後有一人笑道：「且請留步。」二人聽了，不免一驚。那小鬟回頭一看，卻是個人影從芙蓉花中走出來，他便大叫：「不好，有鬼。晴雯真來顯魂了！」嚇得寶玉也忙看，一看是誰？黛玉！曹雪芹真是高明，他用這麼一個 incident，就把整個東西一下子過渡到黛玉身上去了。是黛玉從芙蓉花裏面走出來，這個芙蓉花是黛玉。

〈芙蓉誄〉悼的既是晴雯，也是黛玉，我想曹雪芹心思之縝密，用的手法之高，不見痕跡的挪過來。這個就等於是為黛玉寫的祭悼詞，寶玉所有的感情，通通放到裏頭去了。而且〈芙蓉誄〉又把整個神話世界搬回來，太虛幻境裏面的情境，在〈芙蓉誄〉裏面重新呈現，神話與寫實出入自如，所以成為千古不朽的一本鉅著。中國文學要我來選，《紅樓夢》絕對是頭一本，出現在我們整個民族文化最巔峯的時候，它不是偶然。這麼一個了不起的作品，我希望大家看了以後，對於自己的文化傳統，對於自己的文字，可以了解中文有多美，可以寫到什麼地步，千萬不要忽略我們固有的東西。《紅樓夢》的散文、詩詞、歌賦，通通用到極點，把各種文類合成一個有機體，他不是隨隨便便寫一個賦，寫一個誄詞，他是牢牢扣住整個主題的。黛玉前面「冷月葬詩魂」那個警句已經出來，寶玉再加〈芙蓉誄〉去祭悼她，一步一步推向黛玉最後的命運。

【第七十九回】
薛文龍悔娶河東獅　賈迎春誤嫁中山狼

上一回講到寶玉寫了〈芙蓉誄〉，表面上祭悼的是晴雯，骨子裏其實寫的是黛玉，而且不著痕跡的挪移過來。一二五九頁：話說寶玉祭完了晴雯，只聽花影中有人聲，倒唬了一跳。走出來細看，不是別人，卻是林黛玉，滿面含笑，口內說道：「好新奇的祭文！可與曹娥碑並傳的了。」寶玉聽了，不覺紅了臉。寶玉不好意思，撞到他很動情的時候，林黛玉聽到了。黛玉心中是有一點酸的，祭文這麼長篇大論的，故意諷刺他跟〈曹娥碑〉可以比得上，〈曹娥碑〉是很有名的一篇祭文。寶玉只好說：「我想著世上這些祭文都蹈於熟濫了，所以改個新樣，原不過是我一時的頑意，誰知又被你聽見了。有什麼大使不得的，何不改削改削。」寶玉不好意思，故意這麼講，你替我改一改。黛玉道：「原稿在那裏？倒要細細一讀。長篇大論，不知說的是什麼。黛玉當然知道他講的是什麼，從裏面特別挑出中間兩句，『紅綃帳裏，公子多情；黃土壟中，女兒薄命。』公子多情講寶玉自己，黃土壟中本來講的是晴雯，黛玉有點酸酸的，故意挑這一句出來，她說：「這一聯意思卻好，只是『紅綃帳裏』未免熟濫些。放著現成真事，為什麼不用？」用濫掉了。黛玉說，為什麼你不用真事？我們房子裏邊都是一些霞影紗，何不說『茜紗窗下，公子多情』

呢？大家記得嗎？賈母到他們每個院裏去，看到他們窗糊的那些紗都舊了，跟王熙鳳說，我那邊有霞影紗，拿來給他們通通糊上。你看，千里伏筆！那麼早的時候想的那個窗紗，不是隨隨便便的，這個時候用著了，用得再好不過。黛玉說紅綃帳裏俗得很，茜紗窗下講的是我們自己住的地方。寶玉聽了，不禁跌足笑道：「好極，是極！到底是你想的出，說的出。」寶玉大大稱讚林黛玉幾下，拍拍她馬屁，講她改得好。又說你住的地方茜紗窗下可以，我住的，有點不敢當，又講了一、二十個不敢當。黛玉笑道：「何妨。我的窗即可為你之窗，何必分晰得如此生疏。」黛玉刺他兩下，寶玉還要故意踐個文。他們倆平常講話完全用的是白話文，但是論起學問論起詩來，就有點文謅謅的了。寶玉笑道：「論交之道，不在肥馬輕裘，即黃金白璧，亦不當錙銖較量。倒是這唐突閨閣，萬萬使不得的。如今我越性將『公子』『女兒』改去，竟算是你誄他的倒妙。」他說，這樣吧！把那公子改了，改成「茜紗窗下，小姐多情；黃土壟中，丫鬟薄命。」他不好意思了，推給林黛玉。黛玉說：「他又不是我的丫頭……等我的紫鵑死了，我再如此說，還不算遲。」紫鵑是黛玉的丫頭。寶玉說：「這是何苦又咒他。」這下子，重要的時刻來臨了，寶玉突然講：「我又有了，這一改可妥當了。莫若說『茜紗窗下，我本無緣；黃土壟中，卿何薄命。』」黛玉一聽，臉色都變了。這一改講的是誰？直指黛玉身上去。卿，是你，寶玉不會叫晴雯為卿，他無形中吐露出來，點到了黛玉身上，黛玉一聽，當然刺心得不得了。

一語成讖！後來果然是「茜紗窗下，我本無緣；黃土壟中，卿何薄命。」本來兩個人緣定三生，這麼樣一段纏綿的情，最後無緣，因為你的命太薄啊！這一句講出來，其實非常痛心的，其實這才是整個〈芙蓉誄〉的重點所在。黛玉是個極端敏感的人，尤其她自己知道身體不好，可能命不長，很傷感。寶玉被打了以後送她幾方舊手帕，她在手帕上面寫了情詩，一邊寫一邊掉淚，你對我的情這麼深，恐怕我自己命不長。這在她的潛意識裏經常感受威脅，從〈葬花吟〉開始，她寫的都在追悼自己，花落人亡兩不知，她最後的命運就像那個花一樣，飄零枯萎。大家記得沒多久之前，中秋夜她跟史湘雲兩個人對聯，到最後突然來了這麼一句：「冷月葬詩魂」，她最後的命運一步一步很快來到，到八十二回的時候，她做了一個惡夢後吐血，不光是精神上，身體上的潰敗也漸漸出來了。

所以這一句，在這裏等於是一聲喪音，黛玉聽了當然非常刺心，寶玉是無心的一句，誄文改來改去，結果講出了最哀傷、最痛心的一句話：卿何薄命。他跟她最後不能結合。寶玉也驚覺，黛玉也趕快用別的事情把他混過去，說：「你二姐姐已有人家求準了，想是明兒那家人來拜允，所以叫你們過去呢。」這種細節大家也要注意。黛玉表面不露出來，想把他瞞過去，心裏面已經很受刺激了，心中一激動，一面講話就咳嗽起來。寶玉忙道：「這裏風冷，咱們只顧呆站在這裏，快回去罷。」寶玉很體貼她、很疼她的，看到她站在風裏又咳嗽了，說：你快回去吧。黛玉道：「我也家去歇息了，明兒再見罷。」說著，便自取路去了。寫到這裏，你就會覺得有一種說不出的淒涼，跟他們從前在一起完全不一樣了。曹雪芹很會用一種 atmosphere，一種 tone，這些就是小說寫的好的地方，那個語調是不知不覺的一些小細節，在風裏面她咳嗽了，平常咳個嗽無所謂，這個時候突然站在那邊咳嗽起來，你就知道，黛玉心中這一刺下去很重的。他在外面輕輕地一點，其實是寫那裏面的沉重。這一邊晴雯死了，作了這個祭文；那一邊迎春要出嫁了，大觀園裏死的死、走的走、散的散，整個家族已經聚不攏了。所以前面中秋夜的時候，賈母不肯回房睡覺，筵席要散了還不肯散，老太太自己心裏知道，這個家族保不住了。

迎春要出嫁了，寶玉就到紫菱洲去看他二姐姐，一到那個地方，見其軒窗寂寞，屏帳翛然，這幾個字，夠了！一片荒涼冷寂的氣氛進來。不過有幾個該班上夜的老嫗。再看那岸上的蓼花葦葉，池內的翠荇香菱，也都覺搖搖落落，似有追憶故人之態，迥非素常逞妍鬪色之可比。既領略得如此寥落淒慘之景，是以情不自禁，乃信口吟成一歌。他到那邊去的時候，到處都是零零落落的了。以前寫大觀園的時候，都是一片春天，百花齊放。秋天菊花開，天高氣爽；冬天尋梅，雪也是暖的。這個時候衰了，他的眼睛看到園子裏面什麼都枯萎了，看的心情變了，心裏邊一片荒涼，秋天就只剩下肅殺。

晴雯死了，迎春馬上要出嫁了。迎春在整本書裏角色不重，比起探春、惜春，她都是一個低調不帶趣味的人。可是在這個地方突然關注到她了，因為她嫁錯了人，受了很大的折磨，活活被磨死。迎春也教人同情，那麼好的一個老實人，偏偏嫁給一個非常糟糕的紈絝子弟孫紹祖。迎春出嫁後曾經回來向王夫人傾訴，這個人物一下子就不光是「二木頭」了，也是一個遭遇很可憐的千金小姐，但她沒有受到父母的疼愛，賈赦自己就是個糟糕的人，對兒女也是很平淡的，邢夫人不是迎春的親生母親，對她的幸福並不關切，嬸嬸王夫人對她還比較溫暖些。寶玉平常跟迎春這個姐姐不是很 close，跟探春不一樣，探春是他的同父異母的姐妹，迎春是他的堂姐，又隔了一層。可是寶玉對她要嫁出去還是相當不捨，就信口吟了一首詩：池塘一夜秋風冷，吹散芰荷紅玉影。蓼花菱葉不勝愁，重露繁霜壓纖梗。不聞永晝敲棋聲，燕泥點點污棋枰。古人惜別憐朋友，況我今當手足情！

這時候突然有一個人叫他，問「你又發什麼呆呢？」他回頭一看，是誰呢？香菱。香菱原是甄士隱命運多舛的女兒英蓮，後改名香菱，被薛蟠搶來做妾。香菱在《紅樓夢》裏也是個 minor character，但有滿重要的預言象徵意義。太虛幻境的金陵十二副冊，頭一個就是香菱的命運，她的判詩：根並荷花一莖香，平生遭際實堪傷。菱花跟荷花一樣都是水裏的植物，都有清香，但是她平生遭遇實在叫人聽了傷感。自從兩地生孤木，致使香魂返故鄉。自從薛蟠娶了一個很兇的老婆夏金桂，那個「桂」字左邊不是有個孤木，兩地不就是右邊兩個土。按這個判詩，香菱應該是被夏金桂折磨死的，可是後四十回把她的命運改了。後四十回當然有許多值得探討的問題。夏金桂想害香菱，哪曉得陰錯陽差把自己毒死了，所以跟前面第五回就寫好的判詩不太吻合。《紅樓夢》前八十回與後四十回有的地方矛盾，的確香菱的命運是其一，很可能後四十回沒有經過曹雪芹最後的定稿，他寫著寫著，想一想還是讓夏金桂毒死自己，前面沒有改。夏金桂死了真是人心大快，這麼一個悍婦，不光是悍婦，又淫賤，還想勾引小叔，自己毒死了，這個結果好像比較合理。

曹雪芹筆下香菱有點 naive，很天真的，完全不曉得她的處境危險，她跟寶玉說：為你哥哥娶嫂子的事，還得忙一番吶！寶玉問娶的是什麼人？香菱說是桂花夏家的，叫夏金桂，因為她們家好多畝地種了桂花。家裏做生意很有錢，不是官家，只這麼一個獨女兒，從前就認得的，所以薛家跟夏家就結親了。香菱講得興致勃勃，說巴不得她早些過來，又添了一個作詩的人。香菱整天想作詩，夏金桂對作詩可沒興趣，喜歡啃雞骨頭，很奇怪的一個嗜好。她把雞鴨的肉通通給人家吃，就剩下骨頭炸了下酒，一邊喝酒一邊罵人。香菱很天真，以為會多一個作詩的伴，寶玉一聽很敏感，就講：「雖如此說，但只我聽這話不知怎麼倒替你擔心慮後呢。」寶玉講出重點，我替你擔心了。香菱聽了，不覺紅了臉，正色道：「這是什麼話！素日咱們都是廝抬廝敬的，今日忽然提起這些事來，是什麼意思！怪不得人人都說你是個親近不得的人。」一面說，一面轉身走了。香菱一聽這戳中她是個妾，有了正室來，你就要受罪了。香菱不喜歡聽這個話，這不是講到我的私事來了？其實寶玉倒是一番好意。寶玉見他這樣，便悵然如有所失，呆呆的站了半天，思前想後，不覺滴下淚來，只得沒精打彩，還入怡紅院來。一夜不曾安穩，睡夢之中猶喚晴雯，或魘魔驚怖，種種不寧。次日便懶進飲食，身體作熱。此皆近日抄檢大觀園、逐司棋、別迎春、悲晴雯等羞辱驚恐悲淒之所致，兼以風寒外感，故釀成一疾，臥床不起。寶玉連日受到各種刺激，大觀園裏死的死，散的散，嫁的嫁，趕的趕，聚散無常生死不定讓他心痛得很，做為一個護花使者，最終都保護不了她們，所以他自己生病了。王夫人心裏也明白，心中自悔不合因晴雯過於逼責了他。心中雖如此，臉上卻不露出，延醫治病就是了。寶玉從這幾回以後，好像沒有真正開心的時候了，有時候也許還吟吟詩，那也是強顏歡笑，所以整個《紅樓夢》的 tone 轉了。曹雪芹遣詞用字很 subtle 的，在裏面把整個調子轉轉轉，轉到最後，黛玉死了，賈府抄家了，小說節奏越來越快，前面七十幾回慢慢漸進的砌堆，一下子嘩啦嘩啦撒開來。好像起一個房子是一層一層建起來的，要把房子拉下來，轟一聲，坍掉了，房子要坍下來的時候很快的。

這時候筆鋒一轉寫到薛家，夏家小姐娶進門了。一二六四頁：「原來這夏家小姐今年方十七歲，生得亦頗有姿色，亦頗識得幾個字。若論心中的邱壑經緯，頗步熙鳳之後塵。」夏金桂雖有王熙鳳那幾下，但格調比王熙鳳 low 多了。王熙鳳雖然很潑辣，甚至有時候很毒辣，可她到底是榮國府的大掌家，有她的派頭，而且出身跟夏金桂也不一樣，她是官家出身，舅舅王子騰也是當大官的。夏金桂，到底有點跟她的名字一樣，桂花香是香，有時候太過了。我家鄉桂林有好多桂花，在那桂花林裏面吃不消那個香味，桂香有點俗，濃得受不了，倒是香菱那個菱花荷花，清清淡淡的香味讓人很舒服。

你看這夏金桂，只吃虧了一件，從小時父親去世的早，所以沒有怎麼教導她，又無同胞弟兄，寡母獨守此女，嬌養溺愛，不啻珍寶，凡女兒一舉一動，彼母皆百依百隨，因此未免嬌養太過。竟釀成個盜跖的性氣。愛自己尊若菩薩，窺他人穢如糞土；外具花柳之姿，內秉風雷之性。你看她啊，在家中時常就和丫鬟們使性弄氣，輕罵重打的。今日出了閣，自為要作當家的奶奶，比不得作女兒時靦腆溫柔，須要拿出這威風來，才鈐壓得住人；況且見薛蟠氣質剛硬，舉止驕奢，若不趁熱灶一氣炮製熟爛，將來必不能自豎旗幟矣；又見有香菱這等一個才貌俱全的愛妾在室，越發添了「宋太祖滅南唐」之意，「臥榻之側豈容他人酣睡」之心。曹雪芹真是有意思，他給這個呆霸王一個兇老婆，好好地來治治他，弄得薛蟠這個家雞飛狗跳，我覺得這是曹雪芹的幽默，給他一個悍婦，讓他嘗嘗滋味。

這個夏金桂霸道得很，她的名字有金桂兩個字，她就不准人家講，提也不能提，哪個提了金桂兩個字，就毒打一頓。她還講，傳說月宮裏吳剛砍桂花，桂花在月宮裏面有，不得了，所以桂花叫做嫦娥花，她自封為嫦娥。哪裏像嫦娥呢？那麼兇。有一天這個夏金桂挾制住薛蟠，薛蟠兩下給她搞定了。她又看薛姨媽也好欺負，也壓了婆婆。還有呢，寶釵這個小姑她也看不慣，她也想要去壓一壓寶釵。寶姑娘可不是省油的燈，夏金桂見機想拿話壓寶釵，立刻被頂回去。找不到寶釵的碴，她想藉香菱看是不是能夠找到碴。一二六六頁，有一天，她問起香菱的身世，這名字誰取的。香菱說姑娘起的，是寶釵替她取的。金桂冷笑道：「人人都說姑娘通，只這一個名字就不通。」香菱說：「噯喲，奶奶不知道，我們姑娘的學問連我們姨老爺時常還誇呢。」香菱不知道這個金桂要整她，就因為寶釵在後面是她的靠山嘛！她這麼一講就火上加油了。下一回你看看：「美香菱屈受貪夫棒」，香菱的厄運開始了。

【第八十回】
美香菱屈受貪夫棒　王道士胡謅妒婦方

曹雪芹寫王熙鳳，無論怎麼潑辣，出來還是個美人，那種 style 有她的派頭。這個夏金桂，到底是賣桂花家出身的，你看看她的樣子，一二六九頁：話說金桂聽了，將脖項一扭，嘴唇一撇，鼻孔裏哧了兩聲。寫的好！就這麼幾個小動作，把她整個的格調就寫出來了。又扭脖子，又撇嘴，在鼻子裏出氣，這麼一個人，長得再漂亮，這麼兩下也不好看了嘛！她拍著掌冷笑道：「菱角花誰聞見香來著？若說菱角香了，正經那些香花放在那裏？」香菱真是不識相，她講啊，「不獨菱角花，就連荷葉蓮蓬，都有一股清香的。但他那原不是花香可比……」沒錯，夏天的時候你到了池塘邊，那個荷花菱花很清香，好像一種清涼的感覺。香菱不是亂講，她咕嚕咕嚕講了半天，講了自己的經驗。金桂故意引她，按你這麼講蓮花那麼好，「那蘭花桂花倒香的不好了？」香菱說到熱鬧頭上，忘了忌諱，便接口道：「蘭花桂花的香，又非別花之香可比。」好，講到桂花，犯忌了。一句未完，金桂的丫鬟名喚寶蟾者，忙指著香菱的臉兒說道：「要死，要死！你怎麼真叫起姑娘的名字來！」這個小節大家注意啊。

曹雪芹寫夏金桂，他又創出這麼個人物來。本來十二金釵寫完了，紅樓二尤出來，又起了個高峯，所有的女性角色，從老太太到小姑娘都寫完了，還要寫出新的、不同的，很難，結果跑出個夏金桂來。夏金桂也很潑辣，又跟王熙鳳不一樣，潑辣裏面帶了一點淫賤。王熙鳳也風騷的，跟小叔子賈蓉好像也有點曖昧，但不覺得噁心，這個夏金桂去勾引薛蝌就讓人目瞪口呆了。她一個還不夠，加上個丫頭寶蟾，這是一對寶貝。前面的紅樓二尤，尤三姐、尤二姐兩個很對稱的，寫到這裏，又是一對，夏金桂、寶蟾一對主僕，一樣的潑辣，一樣的淫賤，兩個人狼狽為奸要整死香菱。寶蟾指著香菱的臉叫罵，這個丫頭有她的戲。曹雪芹寫各式各樣的丫頭寫得多了，寶蟾這樣的還沒見過。《紅樓夢》的丫鬟們不管怎麼樣，個性也許像晴雯那樣有些驕縱也很任性，但不覺得她壞；襲人心機很深，寫得也是合情合理，你也不會覺得討厭她；小紅很刁鑽，她有她的一套，你覺得滿欣賞的。唯獨寶蟾這個丫頭，跟夏金桂一樣看了令人生厭。曹雪芹的筆能掌握每個人的情緒，對大部分的角色他都滿寬容的，這兩個是例外。在某方面，這對主僕也是曹雪芹創造出來鬧薛蟠的，把薛蟠家裏搞得雞犬不寧。

薛蟠這個人，一方面非常驕奢，父親死得早，薛姨媽寵他，弄成典型的惡劣紈絝子弟，在某方面他也是比較天真，不過天真的壞，所以是呆霸王。他最大的毛病是好色，在書裏面曹雪芹也寫了很多情跟欲，對於有真情的欲，曹雪芹是有同情之心的，譬如司棋跟他的表弟潘又安，在大觀園裏幽會，留下一個繡春囊，他認為這是值得人家同情的。但像賈璉、薛蟠這些好色之徒，曹雪芹的筆貶抑嘲笑的成分就比較多了，看看這一段寫薛蟠跟寶蟾之間怎麼勾來搭去的。

剛剛娶了夏金桂的時候，薛蟠也像一團火似的，沒有多久，連丫頭也一起看上了。寶蟾這個女孩子帶點淫蕩，很合薛蟠的口味。一二七〇頁，這日薛蟠晚間微醺，又命寶蟾倒茶來吃。薛蟠接碗時，故意捏他的手，挑逗她。寶蟾又喬裝躲閃，連忙縮手。兩下失誤，豁啷一聲，茶碗落地，潑了一身一地的茶。薛蟠不好意思，佯說寶蟾不好生拿著。寶蟾說：「姑爺不好生接。」其實是打情罵俏。金桂冷笑道：「兩個人的腔調兒都夠使了。別打諒誰是傻子！」金桂看在眼裏，當然一肚子的妒火中燒，寶蟾是她的丫頭，把她的丫頭也勾上了，那她怎麼不把威風拿出來呢？夏金桂有她的心計。大家還記得王鳳姐怎麼整死尤二姐的嗎？施小巧借刀殺人。賈璉娶了尤二姐之後，沒多久賈赦又送他一個丫鬟叫秋桐，秋桐倒是跟寶蟾有點像，王鳳姐心中當然很不高興，一個還沒解決又來一個，乾脆借這個秋桐來殺尤二姐。所以夏金桂就想借了寶蟾來整香菱，除掉香菱，也是借刀殺人之計。

這兩個故事有點相似之處，但是又很不一樣。你看，這個夏金桂就講了：「要作什麼和我說，別偷偷摸摸的不中用。」薛蟠聽了，仗著酒蓋臉，便趁勢跪在被上拉著金桂笑道：「好姐姐，你若要把寶蟾賞了我，你要怎樣就怎樣。你要人腦子也弄來給你。」寫薛蟠那個下流急色鬼的樣子，那個 comic character 寫到底了。從前面開始，薛蟠口裏面講出「繡房攛出個大馬猴」，他家那個男人是個大烏龜，曹雪芹就把他當作一個 comic character，這個時候他又跑出來了。記得他還去打柳湘蓮的主意嗎？喝醉以後騎個馬去找，那個頭一搖二晃像撥浪鼓一樣，後來被柳湘蓮痛打一頓。《紅樓夢》是個大悲劇，但曹雪芹寫喜劇也寫得很好，劉姥姥、薛蟠，還有被一羣小戲子轟到她身上扯亂頭髮的趙姨娘，基本上都是喜劇人物。有這些 comic scene 穿插，整個小說才有悲有喜，引人入勝。你想像那薛蟠跪在被子上面，涎著那張臉，「我人腦子都給你弄來」的場景，寫得活！如果他不是跪在被子上面，那又差一點了。所以小說寫的好就是這種地方，把他製造成這個樣子，兩下就行了。形容夏金桂，嘴巴一撇，頸子一歪，人就出來了。薛蟠跪著這麼講，那個樣子也就出來了。

夏金桂心機很毒的，她故意放一馬，讓寶蟾跟薛蟠幽會。又故意叫香菱，香菱這時候名字也改了，不准她香了，叫秋菱，她就是要和寶釵作對把她名字改掉的。她叫：「**菱姑娘，奶奶的手帕子忘記在屋裏了。你去取來送上去豈不好？**」明明曉得薛蟠跟寶蟾在裏頭，故意叫香菱去撞破他們。香菱傻傻的跑去了，進去一看，哎喲，他們兩個人在裏面有私，羞得滿臉通紅跑出來。薛蟠剛剛入港，怎麼給她闖破了，勃然大怒，罵香菱：「**死娼婦，你這會子作什麼來撞屍遊魂！**」你看把香菱罵得這個樣子。寶蟾被抓住了，等於被捉姦嘛，她也強要面子，說是薛蟠逼姦，不肯認賬。到了晚上洗澡的時候，香菱伺候他囉，水稍為燙了一點，薛蟠就藉故找碴，說香菱害他，衣服也不穿，赤精大條地追著香菱打出去。薛蟠這個人真的差勁，香菱可憐，她的出身也是好人家的小姐，命運播弄落得這個地步。大婦夏金桂整她，自己的丈夫又這樣子的虐待她，還不只這樣，夏金桂講薛蟠把我的丫頭占走了，沒人服侍我，叫香菱來。香菱不肯去卻也沒辦法，只好去服侍她了。夜裏一下子叫她倒茶，一下子叫她這樣那樣，整晚上要她睡不好。這樣搞了幾天，又說從她的房間搜出一個紙人來，把她的八字寫在上面，中國人相信這是咒人的，就鬧起來了。是誰在她房間住呢？香菱！這個薛蟠也不管三七二十一，拿了一個很長很粗的門閂，朝香菱追著打。薛姨媽看不過眼了，就說這丫頭服侍你那麼多年，你怎麼不分青紅皂白動起粗來了。你看這個夏金桂怎麼反應：金桂聽見他婆婆如此說著，怕薛蟠耳軟心活，便益發嚎啕大哭起來，挾制薛蟠，整他的媽。一面又哭喊說：「這半個多月把我的寶蟾霸占了去，不容他進我的房，唯有秋菱跟著我睡。我要拷問寶蟾，你又護到頭裏。你這會子又賭氣打他去。治死我，再揀富貴的標緻的娶來就是了，何苦作出這些把戲來！」薛蟠就急了，這個呆霸王對這種老婆也沒辦法。薛姨媽聽了金桂這話，一句一句都在挾制她的兒子，可惡得很，只好罵薛蟠說：「不爭氣的孽障！騷狗也比你體面些！誰知你三不知的把陪房丫頭也摸索上了，叫老婆說嘴霸占了丫頭，什麼臉出去見人！也不知誰使的法子，也不問青紅皂白，好歹就打人。我知道你是個得新棄舊的東西，白辜負了我當日的心。他既不好，你也不許打，我即刻叫人牙子來賣了他，你就心淨了。」說著，命香菱「收拾了東西跟我來」，一面叫人去：「快叫個人牙子來，多少賣幾兩銀子，拔去肉中刺、眼中釘，大家過太平日子。」這是在講金桂了，我替你拔掉肉中刺、眼中釘，這樣好了吧！薛蟠看見媽媽動了氣，不敢講話了。金桂聽了這個話，新娶的媳婦竟然說：「你老人家只管賣人，不必說著一個扯著一個的。我們很是那吃醋拈酸容不下人的不成，怎麼『拔出肉中刺，眼中釘』？是誰的釘，誰的刺？」唷，兇得很！那時候的媳婦哪裏敢對著婆婆大呼小叫、咕嚕咕嚕的罵？薛姨媽氣得要命，說道：「這是誰家的規矩？婆婆這裏說話，媳婦隔著窗子拌嘴。」這個夏金桂乾脆撒潑大鬧，說是你們娶我來的，又不是我求你的。你看娶了個敗家精，搞得鷄犬不寧。這下子薛姨媽氣昏了，真的要把香菱賣掉。這時候寶釵出來勸：

「咱們家從來只知買人，並不知賣人之說。媽可是氣的胡塗了，倘或叫人聽見，豈不笑話。哥哥嫂子嫌他不好，留下我使喚，我正也沒人使呢。」寶釵是個最明理的人，在很多恰當的時候出面。不光是這一次，不光是對她媽媽，有時候是對王夫人，常常在最需要理性的時候，她就出現了。於是香菱就躲到寶釵那邊受到她的庇護。當然捱了這麼些虐待，受了驚恐，香菱就生病了。

第八十回還是曹雪芹自己寫的原稿，就是暗示香菱慢慢病死了，是夏金桂整的。可是後來的後四十回把它翻轉過來了，變成夏金桂毒死了自己。怎麼回事呢？香菱不在了，乾脆寶蟾代替了她，寶蟾比夏金桂更加放浪，很合薛蟠的口味，這下子把那個夏金桂放到腦後去了。自己的丫頭嘛！當然打一頓、罵一頓時時有的，寶蟾有她的瘋，撒潑，滿地滾，也跟夏金桂一樣。好好的一個家，來了一個潑辣悍婦，又來一個潑辣淫婦，哇啦哇啦吵得滿地滾，給他們弄得還像個家嗎？薛蟠吃不下制不了，只好開溜，跑出去又犯了罪殺了人，四大家族的薛家也敗了。弄成這個樣子。夏金桂還不甘心，在家裏一下子整天發脾氣，一下子高興起來就叫人來一起聚賭，這個媳婦還會賭錢、鬪牌、擲骰子作樂，且有個很奇怪的嗜好，生平最喜啃骨頭，她把肉賞給人家吃，只單以油炸焦骨頭下酒。吃的不奈煩或動了氣，便肆行海罵，說：「有別的忘八粉頭樂的，我為什麼不樂！」你看夏金桂的那個格和罵人的粗俗，跟薛蟠倒是滿配對的，兩個一對寶。我想這是曹雪芹幽默的地方。

寶玉知道薛蟠娶來這麼一個悍婦、妒婦、攪家精，當然很替香菱和薛家擔心。有一次他隨賈母到一個道觀裏去還願。聽說那個道士王一貼很會治病，一貼藥可以治百病，他就問你的藥真的這麼靈嗎？那個道士就嘰哩咕嚕講了一大堆江湖話，問大爺要什麼藥呢？他又猜寶玉可能有房中事，要的是春藥。寶玉是個很天真的人，他聽不懂，就問書僮茗烟什麼是房事，茗烟就罵那個道士。寶玉說：「有沒有藥能治妒婦？」愛妒嫉的女人你有沒有一貼藥能把她一下治好。道士說：「這個病沒聽過。」想一下，有的！開了一個方子叫做「療妒湯」。這療妒湯看起來滿好喝的：「用極好的秋梨一個，秋天的梨子，二錢冰糖，一錢陳皮，水三碗，梨熟為度，每日清早吃這麼一個梨，吃來吃去就好了。」寶玉說這個沒有什麼稀奇，怎麼會療得好呢？王一貼講：「一劑不效吃十劑，今日不效明日再吃，今年不效吃到明年。橫豎這三味藥都是潤肺開胃不傷人的，甜絲絲的，又止咳嗽，又好吃。吃過一百歲，人橫豎是要死的，死了還妒什麼！那時就見效了。」他這個療妒湯很有意思，曹雪芹也能寫這種有趣的東西。

這一回最後寫到迎春出嫁之後回娘家，哭哭啼啼到王夫人那邊訴委屈。迎春本是不善言語的，大家還記得那一回嗎？她的傭人把她的首飾偷出去當了，下面的人吵得一塌糊塗，這個懦小姐在看〈太上感應篇〉，根本不管這些事。這一次不同了，她在王夫人面前說，嫁的丈夫孫紹祖是一個好色的男人，家中所有的媳婦丫頭將及淫遍。勸過他幾次，就罵她醋汁子老婆擰出來的，講迎春吃醋。過去是大男人沙文主義，男人可以三妻四妾亂搞，太太吃醋就是醋婆子不賢慧。而且孫紹祖又講了賈赦這個人，賈赦是迎春的父親，道德上最缺的，迎春嫁了之後，孫紹祖說賈赦曾收著他五千銀子，不該使了他的。如今他來要了兩三次不得，他便指著我的臉說道：「你別和我充夫人娘子，你老子使了我五千銀子，把你準折賣給我的。好不好，打一頓攆在下房裏睡去。」講得非常不堪，原來賈赦用了人家的錢，她把女兒嫁出去等於是賣出去一樣。難怪孫紹祖講這些話：「當日有你爺爺在時，希圖上我們的富貴，趕著相與的。論理我和你父親是一輩，如今強壓我的頭，賣了一輩。又不該作了這門親，倒沒的叫人看著趕勢利似的。」講的太蹧蹋人了！迎春遇人不淑，她是賈家的千金，榮國公的千金，被欺負成這個樣子。迎春這個角色在前面一點都不突顯，這個地方才讓人注意到她的命運。後來她講得更可憐了，她回來想住幾天，離開那些姐妹很想念她們，她還記掛著自己在園裏的屋子，希望就住個三五天，死也甘心，不知道下次還住不住得了。她曉得夫家這樣磨她，自己命恐怕也不長。第五回秦氏的鬼魂來跟鳳姐講，最後給你一句話：「三春過後諸芳盡，各自須尋各自門。」三春本來是講春天的初春、仲春、暮春，三春過了以後，一片繁華百花謝了。各自須尋各自門，賈府的三春，元春、迎春、探春，各有各的命運，都散掉了。這個時候三春過盡，迎春走了，元春也快面臨死亡，探春也快嫁走了，賈府抄家散戶的時刻快到了。

XLB0044

白先勇細說紅樓夢（中冊）

作　　者 — 白先勇
內圖繪者 — [清] 改琦
封面題字 — 董陽孜
文稿整理及執行主編 — 項秋萍（特約）
系列主編 — 鍾岳明
執行編輯 — 陶蕃震（特約）、張啟淵
美術指導 — 張治倫
封面及美術設計 — 張治倫工作室 林姿婷 魏振庭
執行企劃 — 劉凱瑛

董 事 長 — 趙政岷
出 版 者 — 時報文化出版企業股份有限公司
108019台北市和平西路三段二四〇號四樓
發行專線 — (02)2306-6842
讀者服務專線 — 0800-231-705
(02)2304-7103
讀者服務傳真 — (02)2304-6858
郵撥 — 一九三四四七二四時報文化出版公司
信箱 — 一〇八九九臺北華江橋郵局第九九信箱

時報悅讀網 — http://www.readingtimes.com.tw
法律顧問 — 理律法律事務所 陳長文律師、李念祖律師
印　　刷 — 勁達印刷有限公司
初版一刷 — 二〇一六年七月一日
二版一刷 — 二〇一八年三月十六日
二版三刷 — 二〇二三年七月二十五日
平裝本定價 — 新台幣四〇〇元
精裝本定價 — 新台幣七三〇元

時報文化出版公司成立於一九七五年，
並於一九九九年股票上櫃公開發行，於二〇〇八年脫離中時集團非屬旺中，
以「尊重智慧與創意的文化事業」為信念。
（缺頁或破損的書，請寄回更換）

本書由財團法人趙廷箴文教基金會贊助出版
ISBN 978-957-13-6670-8(中冊平裝)
ISBN 978-957-13-6674-6(中冊精裝)
Printed in Taiwan

白先勇細說紅樓夢 / 白先勇著.
-- 初版. -- 臺北市 : 時報文化,
2016.07
冊 ; 公分
ISBN 978-957-13-6669-2(上冊 : 平裝). --
ISBN 978-957-13-6670-8(中冊 : 平裝). --
ISBN 978-957-13-6671-5(下冊 : 平裝). --
ISBN 978-957-13-6672-2(全套 : 平裝). --
ISBN 978-957-13-6673-9(上冊 : 精裝). --
ISBN 978-957-13-6674-6(中冊 : 精裝). --
ISBN 978-957-13-6675-3(下冊 : 精裝). --
ISBN 978-957-13-7374-4(全套 : 精裝)

1.紅學 2.研究考訂

847.49　　105009952